你应该阅读的世界经典短篇小说

史为昆　主编

百花洲文艺出版社

图书在版编目（CIP）数据

你应该阅读的世界经典短篇小说／史为昆主编. —
南昌：百花洲文艺出版社，2018.5
　　ISBN 978－7－5500－2763－3

　　Ⅰ.①你… Ⅱ.①史… Ⅲ.①短篇小说－小说集－世
界 Ⅳ.①I14

　　中国版本图书馆 CIP 数据核字（2018）第 060033 号

你应该阅读的世界经典短篇小说

史为昆　主编

出 版 人	姚雪雪
出 品 人	杨建峰
责任编辑	余丽丽　辛蔚萍
美术编辑	松 雪　王 进
制　　作	王 进
出版发行	百花洲文艺出版社
社　　址	南昌市红谷滩世贸路 898 号博能中心 A 座 20 楼
邮　　编	330038
经　　销	全国新华书店
印　　刷	河北鹏润印刷有限公司
开　　本	880mm×1230mm　1/32　印张　12
版　　次	2018 年 8 月第 1 版第 1 次印刷
字　　数	248 千字
书　　号	ISBN 978－7－5500－2763－3
定　　价	38.00 元

赣版权登字 05－2018－154

邮购联系　0791－86895108
网　　址　http://www.bhzwy.com
图书若有印装错误，影响阅读，可向承印厂联系调换。

前　言

　　短篇小说又称为小小说，是在任何国家都有的文学体裁形式。其特点是篇幅短小，情节简洁，人物集中，结构精巧。往往选取和描绘富有典型意义的生活片断，着力刻画主要人物的性格特征，反映生活的某一侧面，使读者"借一斑略知全豹"。

　　在世界文学史上，短篇小说的地位十分重要。早期东方国家的古老传说中已有短篇小说的雏形，而欧洲的文艺复兴可以说对世界短篇小说的发展具有跨时代的意义。在此期间，近代短篇小说的杰作先后出现了，即意大利薄伽丘的《十日谈》和英国乔叟的《坎特伯雷故事集》，它们生动的人文主义内容与现实主义的叙述方式，构成了近代世界短篇小说的开篇。

　　17 世纪和 18 世纪是世界短篇小说继续成熟与发展的时机，而到了 19 世纪，则是欧美文学辉煌发展的阶段，也是短篇小说真正奠定其地位的阶段。许多杰出的作家创作了大量的短篇精品，尤其以十九世纪末法国的莫泊桑、俄国的契诃夫、美国的欧·亨利为代表，他们的短篇小说颇负盛名，对世界文学史产生很大的影响，并称为"世界三大著名短篇小说巨匠"。

　　20 世纪，在现实主义、现代主义和后现代主义三大文学思潮的影响下，欧美作家为主的短篇小说的创作虽然不及长篇小说的辉煌，但也异彩纷呈，流派众多。 英国的劳伦斯、高尔斯华绥，美国的杰克·伦敦、菲茨杰拉尔德、海明威，俄国的托尔斯泰、蒲宁、安德列耶夫等奉献了大批现实主义和批判现实主义的短篇杰作，而拉美文学的魔幻现实主义也在短篇小说的领域大有丰收。

20 世纪，有着反传统、非理性的现代主义文学思潮也盛行于欧美，形成了表现主义（奥地利的卡夫卡等人为代表）、意识流（爱尔兰的乔伊斯、英国的伍尔夫、美国的福克纳等人为代表）、存在主义（法国的萨特、加缪等人为代表）等主要流派，也出现了许多堪称经典的短篇小说精品。

二十世纪五六十年代在西方发达资本主义国家发展起来的后现代主义则让人难以定义，以至于是众说纷纭。 它在内容上反对传统文学对小说价值、意义、深度和真实性的要求，否定传统小说的结构、体裁和叙述方式。 虽然有些作品轰动一时，但读者却难以理解和接受。 一些作家后又回归到了现实主义。

综上所观，可知世界文学史上短篇小说所占的地位和其丰富的程度。 本书本着优中选优、精中选精、名家名译的宗旨，力求全面地体现世界短篇小说的概貌和水平。 书中所选作品都是传世精品之作，也是相关作者最富代表性的作品。 诚然，如想凭一书之力而网罗尽世界短篇小说的精华并不现实。 限于本书的篇幅，有些作品未能入选，也不能不说小有遗憾。

2018 年 4 月

目　录

清兵卫和葫芦

［日本］志贺直哉①

　　这是一个叫清兵卫的孩子跟葫芦的故事。　自从发生了这件事以后，清兵卫和葫芦就断了关系。　过了不久，他又有了代替葫芦的东西。　那便是绘画，正如他过去热衷于葫芦一样，现在他正热衷着绘画。……

　　清兵卫常常买了葫芦来玩，他爸妈是知道的。　从三四分钱到一毛五分钱一个的带皮葫芦，他大概已有十来个了。　他能够自己把葫芦口切开，把里边的子掏出来，技巧很好，塞子也是自己装上的。先用茶卤一泡，把气味泡干净了，然后就把父亲喝剩的淡酒装在里面，不停地把表皮擦亮。

　　他对于这爱好异常专心。　有一天，他在海边的街上走，心里依然在想着葫芦，忽然眼前看见一件东西，使他吓了一跳。　原来背海一带都是摊户，这时候忽然从一个摊户伸出一个老头子的秃脑袋，

---

　　①　志贺直哉(1883—1971），日本心境小说与白桦派的代表作家，向有"日本短篇小说之神"的美誉。　一生著作甚丰，代表作有《直到网走》《剃刀》《正义派》《大津顺吉》《清兵卫和葫芦》《范某的犯罪》等。

清兵卫把它错看作葫芦了。 "这葫芦真好!"心里这么想着,有好一会儿没有看清楚——再仔细一看,连自己也吃惊了。 那老头子昂着光采奕奕的秃脑袋,走进巷子里去了。 清兵卫觉得好笑,就大声地笑了起来,一边不住地笑着,一边跑过了半条街,还是忍不住地笑。

因为他热衷得这么厉害,所以他每次上街的时候,走过古董店、水果铺、旧货店、甜食店以及专门卖葫芦的铺子或仅仅门口挂着葫芦的店铺,总是呆呆地站在门前观望。

清兵卫是一个才十二岁的小学生,每天学校里放学回来,他也不跟别的孩子一起玩,常常一个人上街去看葫芦。 一到晚上,就坐在起居室里收拾葫芦;收拾好了,就装上酒,用手巾包好,放在罐子里,又把罐子藏在火炉箱中,然后去睡觉。 第二天早晨起来,立刻又打开罐子看,葫芦皮上冒出了许多水珠。 他永远不倦地看着,看过之后,很郑重地系好络绳,挂在朝阳的廊檐下,然后上学校去。

清兵卫居住的小镇,是个商业码头,虽然算个市镇,其实是很狭小的,一条细长的市街,只要二十分钟就可以走完了。 所以卖葫芦的店铺即使怎样多,像清兵卫这样几乎每天都跑去看,大概所有的葫芦也都被他一一地看过了。

他对于旧的葫芦,没有多大的兴趣,他所喜欢的是还没有开过口的带皮葫芦。 而且他所有的大抵都是葫芦形很周正的平凡的东西。

"真是小孩子呢,不是这种葫芦他就不喜欢。"来看望做木匠的他爸爸的客人,看见清兵卫在一旁很专心地擦葫芦,就这样说。

"是呀,一个小孩子,却喜欢这种玩意儿……"他爸爸很不高兴地向那边望了一望。

"阿清，这些并不见什么好，再去买几个奇特点的来呀。"客人说。

"这样的好呀。"清兵卫只是这样回答了一句。

清兵卫的父亲与朋友就谈到了葫芦。

"今年春天开评品会时，有人拿出了马琴的葫芦来做参考品，那才是出色的呢。"清兵卫的父亲说了。

"是一个很大的葫芦吧？"

"又大又长。"

听见这样的话，清兵卫偷偷地发笑。他们所说的马琴的葫芦，是那时候一件很有名的东西，他也去看了一看——他不知道马琴是什么人——立刻觉得并不见得怎样好，就掉头走了。

"那种葫芦我可不喜欢，不过大一点就是了。"他插嘴说。

听了这话，父亲就圆睁着眼睛呵斥说：

"什么话，你懂得什么，也来多嘴！"

清兵卫沉默了。

有一天，清兵卫走过后街。在平时不大注意的地方，一家闭了门的住房前，有一个老婆婆摆着一个卖柿子橘子的摊子。他发现摊子后边的店板门上，挂着二十来个葫芦。他立刻说：

"让我看一看。"说着走近去一个一个地仔细把玩。其中有一个，约五寸高，看那模样是很普通的，他却喜欢得什么似的。

他心头发着跳，问了：

"这个葫芦卖多少钱？"

"看你是小哥儿，就便宜点算一毛钱吧。"老婆婆回答了。他喘着气：

"好，你别卖给别人，我回家去马上拿钱来。"他急匆匆地说定，就跑回家去。

不多一会，他红着脸，呼呼地喘着气跑回来，买了葫芦就跑着回去了。

从此，他片刻也不离这个葫芦，还带到学校里去。终于因为在上课的时候也偷偷地藏在桌子底下摩擦，给级任教员看见了。恰巧上的是修身课，所以教员更加生气。

这位外来的教员，对于本地人爱好葫芦的风气心里本来不舒服，他是喜欢武士道的。每次名伶云右卫门来的时候，平时连走过都不大高兴的新地的戏园子，演四天戏，倒要去听三天。学生在操场里唱戏，他也不会怎么生气，可是对于清兵卫的葫芦，却气得连声音都抖起来，甚至说："这种小孩子将来不会有出息的。"于是这个被一心热衷的葫芦，终于被当场没收。清兵卫连哭也没有哭一声。

他脸无人色地回到家里，靠火炉边发呆。

这时候，教员挟着一只书包来访问他的父亲，父亲恰巧不在家。

"这种事情，家里应该管管他……"教员对清兵卫的母亲这样说，母亲吓得只是战战兢兢地不敢出声。

清兵卫对于这位教员的顽固，吓得什么似的，哆嗦着嘴唇，在屋角里缩作一团。在教员身后面的柱子上正挂着许多收拾好了的葫芦。清兵卫心头咚咚地跳着，怕他会注意到。

训斥了一顿之后，教员终于没有注意到葫芦，回去了，清兵卫透出了一口大气。清兵卫的母亲却哭了起来，唠唠叨叨发了许多没意味的怨言。

不多一会，清兵卫的父亲做工回来了，听了这话，立刻抓住正在身边的清兵卫，使劲揍了一顿。在这儿，清兵卫又被骂了"没出息的孩子！"还说："像你这种家伙，赶快给我滚蛋吧。"

清兵卫的父亲忽然注意到柱子上的葫芦，就拿起槌子来一个一个地砸碎；清兵卫只是脸色发青，不敢作声。

从清兵卫那儿没收来的那个葫芦，教员当作脏东西似的交给老年的校役，叫他去扔了。校役拿了来挂在自己那间熏黑的小屋子的柱子上。

约莫过了两个月，校役恰巧因为没有钱花，想起这个葫芦，准备多少换几个钱，就拿到附近的古董店里去看。

古董店老板横捧竖捧地仔细瞧了半天，马上做出一副冷淡的神气，把葫芦向校役一推：

"要卖就算五块钱吧。"

校役暗暗吃了一惊，可是他是乖觉的，连忙板起脸回答说：

"五块钱可不卖。"古董店马上加到了十块；可是校役还不肯答应。

结果是五十块成了交——校役从那位教员手中好像平白地得了四个月的薪水，心里偷偷地高兴。他当然不曾告诉教员，对清兵卫也隐瞒到底。因此这个葫芦的去处，终究没有人知道。

可是凭校役怎样聪明，也不会想到古董店把这个葫芦卖给当地的富家，价钱是六百块。

……清兵卫现在正热衷于绘画，自从有了新的寄托，他早已不怨恨教员和用槌子打破了他十多只葫芦的父亲了。

可是他的父亲，对于他的喜欢绘画，又在开始嘀咕了。

楼适夷　译

罗生门

[日本] 芥川龙之介①

某日傍晚，有一家将，在罗生门下避雨。

宽广的门下，除他以外，没有别人，只在朱漆斑驳的大圆柱上，蹲着一只蟋蟀。罗生门正当朱雀大路，本该有不少戴女笠和乌软帽的男女行人到这儿来避雨，可是现在却只有他一个。

这是为什么呢，因为这数年来，接连遭了地震、台风、大火、饥馑等几次灾难，京城已格外荒凉了。照那时留下来的记载，还有把佛像、供具打碎，将带有朱漆和飞金的木头堆在路边当柴卖的。京城里的情况如此，像修理罗生门那样的事，当然也无人来管了。在这种荒凉景象中，便有狐狸和强盗来乘机做窝。甚至最后变成了一种习惯，把无主的尸体，扔到门里来了。所以一到夕阳西下，气象阴森，谁也不上这里来了。

倒是不知从哪里，飞来了许多乌鸦。白昼，这些乌鸦成群地在高高的门楼顶空飞翔啼叫，特别到夕阳通红时，黑魆魆的好似在天

---

① 芥川龙之介（1892—1927），日本现代著名短篇小说家。在短暂的一生创作短篇小说一百四十多篇。1927 年 7 月 24 日，芥川服安眠药自杀，令日本举国震惊。人们以他的名字命名了"芥川文学奖"，是日本文学界的最高奖项。

空撒了黑芝麻，看得分外清楚。 当然，它们是到门楼上来啄死人肉的——今天因为时间已晚，一只也见不到，但在倒塌了的砖石缝里长着长草的台阶上，还可以看到点点白色的鸟粪。 这家将穿着洗旧了的宝蓝袄，一屁股坐在共有七级的最高一层的台阶上，手护着右颊上一个大肿疱，茫然地等雨停下来。

说是这家将在避雨，可是雨停之后，他也想不出要上哪里去。照说应当回主人家去，可是主人在四五天前已把他辞退了。 上边提到，当时京城市面正是一片萧条，现在这家将被多年老主人辞退出来，也不外是这萧条的一个小小的余波。 所以家将的避雨，说正确一点，便是"被雨淋湿的家将，正在无路可走"。 而且今天的天气也影响了这位平安朝家将的忧郁的心情。 从申末下起的雨，到酉时还没停下来。 家将一边不断地在想明天的日子怎样过，——也就是从无办法中求办法，一边耳朵里似听非听地听着朱雀大路上的雨声。

雨包围着罗生门从远处飒飒地打过来，黄昏渐渐压到头顶，抬头望望门楼顶上斜出的飞檐上正挑起一朵沉重的暗云。

要从无办法中找办法，便只好不择手段。 要择手段便只有饿死在街头的垃圾堆里，然后像狗一样，被人拖到这门上扔掉。 倘若不择手段哩——家将反复想了多次，最后便跑到这儿来了。 可是这"倘若"，想来想去结果还是一个"倘若"。 原来家将既决定不择手段，又加上了一个"倘若"，对于以后要去干的"走当强盗的路"，当然是提不起积极肯定的勇气了。

家将打了一个大喷嚏，又大模大样地站起来，夜间的京城已冷得需要烤火了，风同夜暗毫不客气地吹进门柱间。 蹲在朱漆圆柱上的蟋蟀已经不见了。

家将缩着脖子，耸起里面衬黄小衫的宝蓝袄子的肩头，向门内四处张望，如有一个地方，既可以避风雨，又可以不给人看到能安安静静睡觉，就想在这儿过夜了。

这时候，他发现了通门楼的宽大的、也漆朱漆的楼梯。楼上即使有人，也不过是些死人。他便留意着腰间的刀，别让脱出鞘来，举起穿草鞋的脚，跨上楼梯最下面的一级。

过了一会，在罗生门门楼宽广的楼梯中段，便有一个人，像猫儿似的缩着身体，憋着呼吸在窥探上面的光景。楼上漏下火光，隐约照见这人的右脸，短胡子中长着一个红肿化脓的面疮。当初，他估量这上头只有死人，可是上了几级楼梯，看见还有人点着火。这火光又这儿那儿地在移动，模糊的黄色的火光，在屋顶挂满蛛网的天花板下摇晃。他心里明白，在这儿点着火的，绝不是一个寻常的人。

家将壁虎似的忍着脚声，好不容易才爬到这险陡的楼梯上最高的一级，尽量伏倒身体，伸长脖子，小心翼翼地向楼房望去。

果然，正如传闻所说，楼里胡乱扔着几具尸体。火光照到的地方挺小，看不出到底有多少具。能见到的，有光腔的，也有穿着衣服的，当然，有男也有女。这些尸体全不像曾经活过的人，而像泥塑的，张着嘴，摊开胳臂，横七竖八躺在楼板上。只有肩膀胸口略高的部分，照在朦胧的火光里；低的部分，黑漆漆地看不分明，只是哑巴似的沉默着。

一股腐烂的尸臭，家将连忙掩住鼻子，可是一刹那，他忘记掩鼻子了，有一种强烈的感情，夺去了他的嗅觉。

这时家将发现尸首堆里蹲着一个人，是穿棕色衣服、又矮又瘦像只猴子似的老婆子。这老婆子右手擎着一片点燃的松明，正在窥探一具尸体的脸，那尸体头发秀长，是一个女人。

家将带着六分恐怖四分好奇的心理，一阵激动，连呼吸也忘了。 照旧记的作者的说法，就是"毛骨悚然"了。 老婆子把松明插在楼板上，两手在那尸体的脑袋上，跟母猴替小猴捉虱子一般，一根一根地拔着头发，头发似乎也随手拔下来了。

看着头发一根根拔下来，家将的恐怖也一点点消失了，同时对这老婆子的怒气，却一点点升上来了——不，对这老婆子，也许有语病，应该说是对一切罪恶引起的反感，愈来愈强烈了。 此时如有人向这家将重提刚才他在门下想的是饿死还是当强盗的那个问题，大概他将毫不犹豫地选择饿死。 他的恶恶之心，正如老婆子插在楼板上的松明，烘烘地冒出火来。

他当然还不明白老婆子为什么要拔死人头发，不能公平判断这是好事还是坏事，不过他觉得在雨夜罗生门上拔死人头发，单单这一点，已是不可饶恕的罪恶。 当然他已忘记刚才自己还打算当强盗呢。

于是，家将两腿一蹬，一个箭步跳上了楼板，一手抓住刀柄，大步走到老婆子跟前。 不消说，老婆子大吃一惊，并像弹弓似的跳了起来。

"吥，哪里走！"

家将挡住了在尸体中跌跌撞撞地跑着、慌忙逃走的老婆子，大声吆喝。 老婆子还想把他推开，赶快逃跑，家将不让她逃，一把拉了回来，两人便在尸堆里扭结起来。 胜败当然早已注定，家将终于揪住老婆子的胳膊，把她按倒在地。 那胳膊瘦嶙嶙地皮包骨头，同鸡脚骨一样。

"你在干什么，老实说，不说就宰了你！"

家将摔开老婆子，拔刀出鞘，举起来晃了一晃。 可是老婆子不作声，两手发着抖，气喘吁吁地耸动着双肩，睁圆大眼，眼珠子几乎从眼眶里蹦出来，像哑巴似的顽固地沉默着。 家将意识到老婆子的死活已全操在自己手上，刚才火似的怒气，便渐渐冷却了，只想搞明白究竟是怎么一回事，便低头看着老婆子放缓了口气说：

"我不是巡捕厅的差人，是经过这门下的行路人，不会拿绳子捆你的。 只消告诉我，你为什么在这个时候在门楼上，到底干什么？"

于是，老婆子眼睛睁得更大，用眼眶红烂的肉食鸟一般矍铄的眼光盯住家将的脸，然后把发皱的同鼻子挤在一起的嘴，像吃食似的动着，牵动了细脖子的喉尖，从喉头发出乌鸦似的嗓音，一边喘气，一边传到家将的耳朵里。

"拔了这头发，拔了这头发，是做假发的。"

一听老婆子的回答，竟是意外的平凡，一阵失望，刚才那怒气又同冷酷的轻蔑一起兜上了心头。 老婆子看出他的神气，一手还捏着一把刚拔下的死人头发，又像蛤蟆似的动着嘴巴，做了这样的说明：

"拔死人头发，是不对，不过这儿这些死人，活着时也都是干这类营生的。 这位我拔了她头发的女人，活着时就是把蛇肉切成一段段，晒干了当干鱼到兵营去卖的。 要不是害瘟病死了，这会还在卖呢。 她卖的干鱼味道很鲜，兵营的人买去做菜还缺少不得呢。她干那营生也不坏，要不干就得饿死，反正是没有法子嘛。 你当我干这坏事，我不干就得饿死，也是没有法子呀！ 我跟她一样都没法子，大概她也会原谅我的。"

老婆子大致讲了这些话。

家将把刀插进鞘里，左手按着刀柄，冷淡地听着，右手又去摸摸脸上的肿疱，听着听着，他的勇气就鼓起来了。 这是他刚在门下所缺乏的勇气，而且同刚上楼来逮老婆子的是另外的一种勇气。 他不但不再为着饿死还是当强盗的问题烦恼，现在他已把饿死的念头完全逐到意识之外去了。

"确实是这样吗？"

老婆子的话刚说完，他讥笑地说了一声，便下定了决心，立刻跨前一步，右手离开肿疱，抓住老婆子的大襟，狠狠地说：

"那么，我剥你的衣服，你也不要怪我，我不这样，我也得饿死嘛。"

家将一下子把老婆子剥光，把缠住他大腿的老婆子一脚踢到尸体上，只跨了五大步便到了楼梯口，腋下挟着剥下的棕色衣服，一溜烟走下楼梯，消失在暗夜中了。

没多一会儿，死去似的老婆子从尸堆里爬起光赤的身子，嘴里哼哼哈哈地、借着还在燃烧的松明的光，爬到楼梯口，然后披散着短短的白发，向门下张望。 外边是一片沉沉的黑夜。

谁也不知这家将到哪里去了。

楼适夷　译

竹林中

[日本] 芥川龙之介

推官审讯樵夫供词

是呀，发现那具尸体的，正是小的。今儿个早上，小的像往常一样，去后山砍柴，结果在山后的竹林里，看到那具尸体。老爷问在哪儿吗？那地方离山科大路约莫一里来地，是片竹子和小杉树的杂树林，很少有人迹。

尸身穿一件浅蓝色绸子褂，头上戴了一顶城里人的细纱帽，仰天躺在地上。虽说只挨了一刀，可正好扎在心口上，尸体旁的竹叶子全给染红了。没有，血已经不流了。伤口好像也干了。而且有只大马蝇死死叮在上面，连我走近的脚步声都不理会。

没看见刀子什么的吗？——没有，什么都没看见。就是旁边杉树根上，留下一条绳子。后来……对了，除了绳子，还有一把梳子。尸体旁边没别的，就这两样东西。不过，有一片地里，荒草和竹叶给踩得乱七八糟的，看样子那男子被杀之前，准是狠斗了一场。

怎么，没有马？——那地方，马压根儿进不去。能走马的路，在竹林外面呐。

推官审讯行脚僧供词

贫僧昨日确曾遇见死者。 昨天……大约是晌午时分吧。 地点是从关山快到山科的路上。 他与一个骑马女子同去关山。 女子竹笠上遮着面纱，所以贫僧不曾得见她的容貌。 只看见那身紫色绸夹衫。 马是桃花马……马鬃剃得光光的，不会记错。 个头有多高么？ 总有四尺多吧……贫僧乃出家之人，这些事情不甚了然。 那男子……不，佩着刀，还带着弓箭。 特别是黑漆箭筒里，插了二十多枝箭，要说这点，贫僧至今还历历在目。

做梦也想不到，那男子会有如此结局。 真可谓人生如朝露，性命似电光。 呜呼哀哉，贫僧实无话可说。

推官审讯捕快供词

大人问小人捉到的那家伙吗？ 他确确实实是臭名远扬的大盗多襄丸。 小人去抓的时候，他正在粟田口石桥上哼哼呀呀，大概是从马上摔下来的缘故。 什么时辰吗？ 是昨晚初更时分。 上次逮他的时候，穿的也是这件藏青褂子，佩着这把雕花大刀。 不过，这一回，如大人所见，除了刀，还带着弓箭。 是吗？ 被害人也带着刀箭……那么，行凶杀人的，必是多襄丸无疑。 皮弓，黑漆箭筒，十七枝鹰羽箭矢……这些想必都是被害人的。 是的，正如大人所说，马是秃鬃桃花马。 那畜生把他摔下来，是他报应。 马拖着长长的缰绳，在石桥前面不远的地方，啃着路旁的青草。

这个叫多襄丸的家伙，在出没京畿一带的强盗中，最是好色之徒。 去年秋天，乌部寺宾头卢后山，有个像是去进香的妇人连同丫头一起被杀，据说就是这家伙作的案。 这回，这男的若又是他下的毒手，那骑桃花马的女子，究竟给弄到什么地方去了，把她怎么样了，就不得而知了。 也许小人逾分，还望大人明察。

推官审讯老妪供词

是的，死者正是小女的丈夫。 他并非京都人士。 是若狭国府的武士。 名叫金泽武弘，二十六岁。 不，他性情温和，不可能惹祸招事的。

小女么？ 闺名真砂，年方十九。 倒是刚强好胜，不亚于男子。 除了武弘以外，没跟别的男人相好。 小小的瓜子脸，肤色微黑，左眼角上有颗痣。

武弘昨天是同小女一起动身去若狭的。 没料到竟出了这样的事。 真是造孽哟！ 女婿死了，认倒霉罢，可小女究竟怎样了？ 老身实在担心得很。 恳求青天大老爷，不论好歹，务必找到小女的下落才好。 说来说去，最可恨的便是那个叫什么多襄丸的狗强盗，不但杀了我女婿，连小女也……（余下泣不成声）

多襄丸的供词

杀那男的，是我；可女的，我没杀。 那她去哪儿啦？ ——我怎么知道！ 且慢，大老爷。 不管再怎么拷问，不知道的事也还是招不出来呀。 再说，咱家既然落到这一步，好汉做事好汉当，绝不隐瞒什么。

我是昨天过午，遇见那小两口的。 正巧一阵风吹过，掀起竹笠上的面纱，一眼瞟见那小娘儿的姿容。 可一眨眼——就再无缘得见了。 八成是这个缘故吧。 觉得她美得好似天仙。 顿时打定主意，即使要杀她男人，老子也非把她弄到手不可。

什么？ 杀个把人，压根儿不像你们想的，算不得一回事。 反正得把女人抢到手，那男的就非杀不可。 只不过我杀人用的是腰上的大刀，可你们杀人，不用刀，用的是权，是钱，有时甚至几句假仁假义的话，就能要人的命。 不错，杀人不见血，人也活得挺风光，可总归是凶手哟。 要讲罪孽，到底谁个坏，是你们？ 还是我？ 鬼才知道！ （讽刺地微微一笑）

当然，只要能把那小娘儿抢到手，不杀她男人也没什么。 说老实话，按我当时的心思，只想把她弄到手，能不杀她男人就尽量不杀。 可是，在山科大道上，这种事是没法动手的。 于是，我就想法子，把那小两口诱进山里。

这倒不是什么难事。 我跟他们一搭上伴，就瞎编了一通话，说对面山里有座古墓，掘出来一看，竟有许多古镜和宝刀，我不让人知道，就偷偷埋在后山的竹林里。 若是有人要，随便哪件，打算便宜出手。 ——不知不觉间，男的对我这套话渐渐动了心。 这后来嘛——您说怎么着？ 人的贪心真叫可怕！ 不出半个时辰，小两口竟掉转马头，跟我上了山。

到了竹林前，我推说，宝物就埋在里边，进去瞧瞧吧。 男的财迷心窍，自然答应。 可女的，连马也不肯下，说：我就在这儿等。 那竹林子密密匝匝，也难怪她要说这话。 老实说，这倒正中我的下怀。 于是便让那小娘儿留下，我跟她男人一起钻进了林子。

开头林子里尽是竹子，再过去十多丈地，才是一片稀疏的杉树林。 ——要下手，那地方再合适不过了。 我一面拨开竹丛，一面煞有介事地骗他说：宝物就埋在杉树下面。 男的信以为真，就朝看得见杉树的地方拼命赶去。 不大会工夫，便来到竹子已稀稀落落，有几棵杉树的地方。 ——说时迟那时快，我一下子便把他摔倒在地。 还真不愧是个佩刀的武士，力气像是蛮大的哩。 可是不意着了我的道儿，他也没辙。 我当即把他绑在一棵杉树根上。 绳子吗？ 这正是干我们这行的法宝，说不准什么时候要翻墙越户，随时拴在腰上。 当然啦，我用竹叶塞了他一嘴，叫他出不了声。 这样，就不用怕什么了。

对付过男的，回头去找那小娘儿，谎说她男人好像发了急症，叫她快去看看。 不用说，她也中了圈套。 便摘下竹笠，由我拽着她的手，拉进竹林深处。 到了那里，她一眼就看见了——丈夫给绑在杉树根上。 也不知哪阵工夫，她从怀里掏出一把明晃晃的匕首来。 老子从来没见过那么烈性的女人。 当时要是一个不小心，没准肚子上就会挨一刀。 虽说我闪开了身子，可她豁出命来一阵乱刺，保不住哪儿得挂点彩。 不过，老子是多襄丸，何须拔刀，结果还不是将她的匕首打落在地。 一个再烈性的女子，没了家伙，也就傻了眼了。 我终于称心如意，用不着杀那男人，也能把她小媳妇儿弄到手。

用不着杀她男人——不错，我本来就没打算杀。 可是，当我撇下趴在地上嘤嘤啜泣的小娘儿，正想从竹林里溜之大吉，不料她一把抓住我胳膊，发疯似的缠上身来。 只听她断断续续嚷道：不是你强盗死，便是我丈夫死，你们两个总得死一个。 让两个男人看我出丑，比死还难受。 接着，她又喘吁吁地说：你们两个，谁活我就跟谁去。 这时，我才对她男人萌生杀机。 （阴郁地兴奋）

听我这么说来，你们必定把我看得比你们还残忍。 那是因为你们没看到她的脸庞，尤其没看到那一瞬间，她那对火烧火燎的眸子。 我盯着她眸子，心想：就是天打雷劈，也要娶她为妻。 我心里只转着这个念头。 这绝非你们大人先生所想的，是什么无耻下流，淫邪色欲。 如果当时仅止于色欲，而无一点向往，我早一脚踢开她，逃之夭夭了。 我的刀也不会沾上她男人的血。 可是，在幽暗的竹林里，我凝目望着她的脸庞，刹那间，主意已定：不杀她男人，誓不离开此地。

不过，即便开杀戒，也不愿用卑鄙手段。 我解开绑，叫他拿刀跟我一决生死。 （杉树脚下的绳子，就是那时随手一扔忘在那里了。）他脸色惨白，拔出那把大刀。 一声不吭，一腔怒火，猛地一刀朝我劈来。 ——决斗的结果，也不必再说了。 到第二十三回合，我一刀刺穿他的胸膛。 请注意——是第二十三回合！ 只有这一点，我对他至今还十分佩服。 因为跟我交手，能打到二十回合的，普天之下也只他一人啊！ （快活的微笑）

男人一倒下，我提着鲜血淋漓的大刀，回头去找那小娘儿。 谁知，哪儿都没有。 逃到什么地方去啦？ 我在杉树林里找来找去。地上的竹叶，连一点踪迹都没留下。 侧耳听听，只听见她男人临终前的喘息声。

说不定我们打得难分难解之际，她早就溜出竹林搬救兵去了。为自己想，这可是性命攸关的事。 当即捡起大刀和弓箭，又回到原来的山路。 小娘儿的马还在那里静静儿吃草。 后来的事，也就不必多说了。 只是进京之前，那把刀，给我卖掉了。 ——我要招的，便是这些。 横竖我脑袋总有一天会悬在狱门前示众的，尽管处我极刑好啦！ （态度昂然）

一个女人在清水寺的忏悔

那个穿藏青褂子的汉子把我糟蹋够了，瞧着我那给捆在一旁的丈夫，又是讥讽又是嘲笑。 我丈夫心里该多难受啊。 不论他怎么挣扎，绳子却只有越勒越紧的份儿。 我不由得连滚带爬，跑到丈夫身边去。 不，我是想要跑过去的。 但是，那汉子却冷不防把我踢倒在地。 就在那一刹那，我看见丈夫眼里，闪着无法形容的光芒。我不知该怎样形容好，至今一想起来，都禁不住要打战。 他嘴里说不出话，可是他的心思，全在那一瞥的眼神里传达了出来。 他那灼灼的目光，既不是愤怒，也不是悲哀——只有对我的轻蔑，真个是冰寒雪冷呀！ 挨那汉子一脚不算什么，可他的目光，却叫我万万受不了。 我不由得惨叫一声，便昏了过去。

过了一会儿，才恢复神志，穿藏青褂子的汉子已不知去向。 只留下我丈夫还捆在杉树根上。 我从洒满竹叶的地上抬起身子，凝目望着丈夫的面孔。 他的眼神同方才一样，丝毫没有改变。 依然是那么冰寒雪冷的，轻蔑之中又加上憎恶的神色。 那时我的心呀，又羞愧，又悲哀，又气愤，简直不知怎么说才好。 我晃晃悠悠地站了起来，走到丈夫跟前。

"官人！ 事情已然如此，我是没法再跟你一起过了。 狠狠心，还是死了干净。 可是……可是你也得给我死掉！ 你亲眼看我出丑，我就不能让你再活下去。"

我好不费劲才说出这番话来。 但是我丈夫仍是不胜憎恶地瞪着我。 我的心都快碎了。 我克制住自己，去找他的刀。 也许叫那强盗拿走了，竹林里不仅没大刀，连弓箭也找不见。 幸好那把匕首还在我脚边。 我挥动匕首，最后对他说：

"那么，就请把命交给我吧。 为妻的随后就来陪你。"

听了这话，我丈夫这才动了动嘴唇。 嘴里塞满了落叶，当然听不见一点声音。 可我一看，立即明白他的意思。 他对我依然不胜轻蔑，只说了一句：杀吧！ 我丈夫穿的是浅蓝色的绸褂，我懵懵懂懂，朝他胸口猛一刀扎了下去。

　　这时，我大概又晕了过去。等到回过气来，向四处望了望，丈夫还绑在那里，气早已断了。一缕夕阳，透过杉竹的隙缝，射在他惨白的脸上。我忍气吞声，松开尸身上的绳子。接下来——接下来，怎么样呢？我真没勇气说出口来。讲死，我已没了那份勇气！我试了种种办法，拿匕首往脖子上抹，还是在山脚下投湖，都没有死成。这么苟活人世，实在没脸见人。（凄凉的微笑）我这不争气的女人，恐怕连大慈大悲的观世音菩萨都不肯度化的。我这个杀夫的女人呀，我这个强盗糟蹋过的女人呀，究竟该怎么办才好啊！我究竟，我……（突然痛哭不已）

亡灵借巫女之口的供词

　　强盗将我妻子凌辱过后，坐在那里花言巧语，对她百般宽慰。我自然没法开口，身子还绑在杉树根上。可是，我一再向妻子以目示意："千万别听他的，他说的全是谎话！"可她只管失魂落魄，坐在落叶上望着膝头，一动也不动。那样子，分明对强盗的话，听得入了迷。我不禁妒火中烧。而强盗还在甜言蜜语，滔滔不绝："你既失了身，和你丈夫之间，恐怕就破镜难圆了。与其跟他过那种日子，不如索性嫁给我，怎么样？咱家真正是爱煞你这俏冤家，才胆大包天，做出这种荒唐事儿。"——这狗强盗居然连这种话都不怕说出口。

　　听强盗这样一说，我妻子抬起她那张神迷意荡的面孔！我从来没见过妻有这样美丽。然而，我这娇美的妻子当着我——她那给人五花大绑的丈夫的面，是怎样回答强盗的呢？尽管我现在已魂归幽冥，可是一想起她的答话，仍不禁忿火中烧。她确是这样说的：

"好吧，随你带我去哪儿都成。"（沉默有顷）

妻的罪孽何止于此。 否则在这幽冥界，我也不至于这样痛苦了。 她如梦如痴，让强盗拉着她手，正要走出竹林，猛一变脸，指着杉树下的我，说："把他杀掉！ 有他活着，我就不能跟你。"她发狂似的连连喊着："杀掉他！"这话好似一阵狂风，即便此刻也能将我一头刮进黑暗的深渊。 这样可憎的话，有谁说得出？ 这样可诅咒的要求，又有谁听到过？ 哪怕就一次……（突然冷笑起来）连那个强盗听了，也不免大惊失色。 妻拉住强盗的胳膊，一面喊着："杀掉他！"强盗一声不响地望着她，没有说杀，也没有说不杀……就在这一念之间，他一脚将妻踢倒在落叶上。 （又是一阵冷笑）抱着胳膊，镇静地望着我，说道："这贱货你打算怎么办？ 杀掉么？ 还是放过她？ 回答呀，你只管点点头就行。 杀掉？"——就凭这一句话，我已愿意饶恕强盗的罪孽。 （又沉默良久）

趁我还在游移之际，妻大叫一声，随即逃向竹林深处。 强盗立刻追了过去，似乎连她衣袖都没抓着。 我像做梦似的，望着这一情景。

妻逃走后，强盗捡起大刀和弓箭，割断我身上的绳子。 "这回该咱家溜之大吉了。"——记得在林中快看不见他身影时，听见他这样自语。 然后，四周是一片沉寂。 不，似有一阵呜咽之声。 我一面松开绳子，一面侧耳谛听。 原来呜呜咽咽的，竟是我自家呀。（第三次长久沉默）

我疲惫不堪，好不容易才从杉树下站起身子。 在我面前，妻掉下的那把匕首，正闪闪发亮。 我捡起来，一刀刺进了胸膛。 嘴里涌进一股血腥味。 可是没有一丝儿痛苦。 胸口渐渐发凉，四围也愈发沉寂。 吓，好静呀！ 山林的上空，连只小鸟都不肯飞来鸣转。 那杉竹的梢头，唯有一抹寂寂的夕阳。 可是，夕阳也慢慢暗淡了下来。 看不见杉，也看不见竹。 我倒在地上，沉沉的静寂将我紧紧地包围。

这时，有人蹑足悄悄走近我身旁，我想看看是谁。 然而，这时已暝色四合。 是谁……谁的一只我看不见的手，轻轻拔去我胸口上的匕首。 同时，我嘴里又是一阵血潮喷涌。 从此，我永远沉沦在黑暗幽冥之中……

高慧勤　译

喀布尔人

[印度] 罗宾德拉纳特·泰戈尔①

　　我的五岁的女儿敏妮，没有一天不叽叽呱呱地说个不停。我真相信她这一生没有一分钟是在沉默中度过的。她母亲时常为此生气，总是拦住她的话头，可是我就不这样做。看到敏妮沉默是很不自然的，她倘若半天不说话，我就不能忍受。因此我和她的谈话一直是很热闹的。

　　比方说，一天上午，我正在写我的新小说第十七章的时候，我的小敏妮溜进房间里来，把小手放在我的手心里，说："爸爸！看门的拉蒙达雅，管乌鸦叫'五鸦'。他什么都不懂，对不对？"

　　我还没有来得及向她解释世界上的语言是不同的，她已经转到另一个话题的高潮。"您猜怎么着，爸爸？普拉说云里有一只象，从鼻子里喷出水来，天就下雨了！"

　　当我静坐在那儿思索着怎样来回答她最后的问题的时候，她忽然又提出了一个新问题："爸爸！妈妈跟您是什么关系呢？"

---

　　① 罗宾德拉纳特·泰戈尔（1861—1941），印度近现代著名诗人、作家和社会活动家，1913 年获诺贝尔文学奖。泰戈尔一生著述非常丰富，创作诗集五十余部，中长篇小说十二部，剧本二十余种，短篇小说一百多篇，其中以《喀布尔人》《素芭》《摩诃摩耶》等最为著名。

我不知不觉地低声自语着："她在法律上是我的亲爱的妹妹！"但是我绷起脸来敷衍她道："去跟普拉玩去吧，敏妮！ 我正忙着呢！"

我屋子的窗户是临街的。 这孩子就在我书桌旁，靠近我脚边坐下来，用手轻轻地敲着自己的膝盖玩。 我正在专心地写我小说的第十七章。 小说中的主人公普拉达·辛格，刚刚把女主人公康昌拉达抱住，正要带着她从城堡的三层楼窗子里逃出去，忽然间敏妮不玩了，跑到窗前，喊道："一个喀布尔人！ 一个喀布尔人！"下面街上果然有一个喀布尔人，正在慢慢地走过。 他穿着宽大的污秽的喀布尔族服装，裹着高高的头巾；背着一个口袋，手里拿着几盒葡萄干。

我不知道我女儿看到这个人有什么感想，但是她开始大声地叫他。 "哎！"我想，"他要进来了，我这第十七章永远写不完了！"就在这时候，那个喀布尔人回过身来，抬头看这孩子。 她看到这光景，却吓住了，赶紧跑到妈妈那里去躲起来了。 她糊里糊涂地认为这大个子背着的口袋里也许有两三个和她一样的孩子。 这时那小贩已经走进门里，微笑着和我招呼。

我书里的男女主人公的情况是那样地紧急，当时我想既然已经把他叫进来了，我就停下来买一点东西。 我买了点东西，开始和他谈到阿卜都·拉曼①、俄国人、英国人和边疆政策。

他要走的时候，问道："先生，那个小姑娘在哪儿呢？"

我想到敏妮不应当有这种无谓的恐惧，就叫人把她带出来。

她站在我的椅子旁边，望着这个喀布尔人和他的口袋。 他递给她一些干果和葡萄干，但是她没有动心，只是更紧紧地靠近我，她

① 十九世纪末叶阿富汗的国王。

的疑惧反而增加了。

这是他们第一次会面。

可是，没过几天，有一个早晨，我正要出门，出乎意外地发现敏妮坐在门口长凳上，和那个坐在她脚边的大个儿喀布尔人，又说又笑。 我这小女儿，一生中除了她父亲以外，似乎从来没遇见过这么一个耐心地听她说话的人。 她的小纱丽的角上已经塞满了杏仁和葡萄干——她的客人送给她的礼物。 "你为什么给她这些东西呢？"我说，一面拿出一个八安那的银角子来，递给了他。 这人不在意地接了过去，丢进他的口袋里。

糟糕得很，一个钟头以后我回来时，发现那个不祥的银角子引起了比它的价值多一倍的麻烦！ 因为这喀布尔人把银角子给了敏妮，她母亲看到这亮晶晶的小圆东西，就不住地追问："这个八安那的小角子，你从哪里弄来的？"

"喀布尔人给我的。"敏妮高兴地说。

"喀布尔人给你的！"她母亲吓得叫起来，"呵，敏妮！ 你怎么能拿他的钱呢？"

我正在这时候走进了门，把她从危急的灾难中救了出来，我自己就对她进行盘问。

我发现这两个人会面不止一两次了。 喀布尔人用干果和葡萄干这种有力的贿赂，把这孩子当初的恐怖克服了，现在这两人已成了很好的朋友。

他们常说些好玩的笑话，给他们增加许多乐趣。 敏妮满脸含笑地坐在喀布尔人的面前，小大人似的低头看着这大高个儿："呵，喀布尔人！ 喀布尔人！ 你口袋里装的是什么？"

他就用山民的鼻音回答说："一只象！"也许这并不可笑；但是这两个人多么欣赏这句俏皮话！ 依我看来，这种小孩和大人的对话里面，带有一些非常引人入胜的东西。

这喀布尔人也不放过开玩笑的机会，便反问道："那么，小人儿，你什么时候到你公公家去呢？"

孟加拉的小姑娘，多半早就听说过公公家这一回事了；但是我们有点新派作风，没有让孩子知道这些事情，敏妮对于这个问题一定有点莫名其妙，但是她不肯显露出来，却机灵地回答道："你到那里去么？"

可是在喀布尔人这一阶层中间，谁都知道，"公公家"这几个字有一个双关的意思。 那就是"监狱"的雅称，一个不用自己花钱而照应得很周到的地方。 这粗鲁的小贩以为我女儿是指这个说的。"呵，"他就向幻想中的警察挥舞着拳头说："我要揍我的公公！"听到他这样说，想象到那个狼狈不堪的"公公"，敏妮就哈哈大笑起来，她那了不起的大个子朋友也跟她一起笑着。

那些日子是秋天的早晨，正是古代的帝王出去东征西讨的季节；我却在加尔各答我的小角落里，从来也不走动，却让我的心灵在世界上漫游。 一听到别的国家的名字，我的心就飞往那边去，在街上一看到一个外国人，我的脑子里就要织起梦想的网，——他那遥远的家乡的山岭啦、溪谷啦、森林啦，布景里还有他的茅舍和那些远方山野的人们自由独立的生活。 也许因为我过的是植物一般固定的生活，叫我去旅行，就等于当头一个霹雳，所以在我眼前幻现的漫游景象，加倍生动地在我的想象中重复地掠过。 看到这个喀布尔人，我立刻神游于光秃秃的山峰之下，在高耸的山岭间，有许多窄小的山径蜿蜒出入。 我似乎看见那连绵不断的、驮着货物的骆驼，一队队裹着头巾的商人，有的带着古怪的武器，有的带着长矛，从山上向着平原走来。 我似乎看见——但是正在这时，敏妮的母亲就要来打扰，她央求我"留心那个人"。

敏妮的母亲偏偏是个极胆小的女人。 只要她一听见街上有什么声音，或是看见有人向我们的房子走来，她就立刻断定他们不外乎是盗贼、醉汉、毒蛇、老虎、疟疾菌、蟑螂、毛虫，或是英国的水手。 甚至有了多年的经验，她还不能消除她的恐怖。 因此她对于这个喀布尔人充满了疑虑，常常叫我注意他的行动。

我总是笑一笑，想把她的恐惧慢慢地去掉，但是她就会很严肃地向我提一些严重的问题。

小孩从来没有被拐走过么？

那么，在喀布尔不是真的有奴隶制度么？

那么，说这个大汉把一个小娃娃抱走，会是荒唐无稽的事情么？

我辩解说，这虽然不是不可能，但多半是不会发生的。 可是这解释还不够，她的恐怖始终存在着。 因为这样的事没有根据，那么不让这个人到我们家里来似乎是不对的，所以他们的亲密友谊就不受约束地继续着。

每年一月中旬，拉曼，这个喀布尔人，总要回国去一趟，快动身的时候，他总是忙着挨家挨户去收欠款。 今年，他却匀出工夫来看敏妮。 旁人也许以为他们两人有什么密约，因为他若是早晨不能来，晚上总要来一趟。

有时在黑暗的屋角，忽然发现这个高大的、穿着宽大的衣服背着大口袋的人，连我也不免吓一跳，但是当敏妮笑着跑进来，叫着"呵，喀布尔人！ 喀布尔人！"的时候，年纪相差得这么远的这两个朋友，就沉没在他们的往日的笑声和玩笑里，我也就觉得放心了。

在他决定动身的前几天，有一天早晨，我正在书房里看校样。天气很凉。 阳光从窗外射到我的脚上，微微的温暖使人非常舒服。

差不多八点钟了，早出的小贩都蒙着头回家了。 忽然我听见街上有吵嚷的声音，往外一看，我看见拉曼被两个警察架住带走了，后面跟着一群看热闹的孩子。 喀布尔人的衣服上有些血迹，一个警察手里拿着一把刀。 我赶紧跑出去，拦住他们，问这是怎么回事。 众口纷纭之中，我打听到有一个街坊欠了这小贩一条软浦①围巾的钱，但是他不承认他买过这件东西，在争吵之中，拉曼把他刺伤了。 这时在盛怒之下，这犯人正在乱骂他的仇人，忽然间，在我房子的凉台上，我的小敏妮出现了，照样地喊着："呵，喀布尔人！ 喀布尔人！"拉曼回头看她的时候，脸上露出了笑容。 今天他胳臂底下没有夹着口袋，所以她不能和他谈到关于那只象的问题。 她立刻就问到第二个问题："你到公公家里去么？"拉曼笑了说："我正是要到那儿去，小人儿！"看到他的回答没有使孩子发笑，他举起被铐住了的一双手。 "呵，"他说，"要不然我就揍那个老公公了，可惜我的手被铐住了！"

因为蓄意谋杀，拉曼被判了几年的徒刑。

时间一天一天地过去，他被人忘却了。 我们仍在原来的地方做原来的事情，我们很少或是从来没有想到那个曾经是自由的山民正在监狱里消磨时光。 说起来真不好意思，连我的快活的敏妮，也把她的老朋友忘了。 她的生活里又有了新的伴侣。 她长大了，她和女孩子们在一起的时间更多了。 她总是和她们在一起，甚至不像往常那样到她爸爸的房间里来了。 我几乎很少和她攀谈。

一年一年过去。 又是一个秋天，我们把敏妮的婚礼筹备好了。婚礼定在杜尔伽大祭节举行。 在杜尔伽回到凯拉斯去的时候，我们家里的光明也要到她丈夫家里去，把她父亲的家丢到阴影里。

---

① 离德里不远的一个印度城市。

早晨是晴朗的。 雨后的空气给人一种清新的感觉，阳光就像纯金一般灿烂，连加尔各答小巷里肮脏的砖墙，都被照映得发出美丽的光辉。 打一清早，喜事的喇叭就吹奏起来，每一个节拍都使我心跳。 拍拉卑①的悲调仿佛在加深着我别离在即的痛苦。 我的敏妮今晚就要出嫁了。

　　从清早起，房子里就充满了嘈杂和忙乱。 院子里，要用竹竿把布篷撑起来；每一间屋子和走廊里要挂上叮叮当当的吊灯。 真是没完没了的忙乱和热闹。 我正坐在书房里查看账目，有一个人进来了，恭敬地行过礼，站在我面前。 原来是拉曼，那个喀布尔人。 起先我不认识他。 他没有带着口袋，没有了长头发，也失去了他从前的那种生气。 但是他微笑着，我又认出他来。

　　"你什么时候来的，拉曼？"我问他。

　　"昨天晚上，"他说，"我从监狱里放出来了。"

　　这些话听起来很刺耳。 我从来没有跟伤害过自己的同伴的人说过话，我一想到这里，我的心瑟缩不安了，我觉得碰巧他今天来，这不是个好的预兆。

　　"这儿正在办喜事，"我说，"我正忙着。 你能不能过几天再来呢？"

　　他立刻转身往外走，但是走到门口，他迟疑了一会说："我可不可以看看那小人儿呢，先生，只一会儿工夫？"他相信敏妮还是像从前那个样子。 他以为她会像往常那样向他跑来，叫着："呵，喀布尔人！ 喀布尔人！"他又想象他们会和往日一样地在一起说笑。 事实上，为着纪念过去的日子，他带来了一点杏仁、葡萄干和葡萄，好好地用纸包着，这些东西是他从一个老乡那里弄来的，因

---

　　① 一种印度音乐曲调名。

为他自己的一点点本钱已经用光了。

我又说："家里正在办喜事，今天你什么人也见不到。"

这个人的脸上露出失望的神色。他不满意地看了我一会，说声"再见"，就走出去了。

我觉得有点抱歉，正想叫住他，发现他已自动转身回来了。他走近我跟前，递过他的礼物，说："先生，我带了这点东西来，送给那小人儿。您可以替我交给她吗？"

我把它接过来，正要给他钱，但是他抓住我的手说："您是很仁慈的，先生！永远记着我。但不要给我钱！——您有一个小姑娘；在我家里我也有一个像她那么大的小姑娘。我想到她，就带点果子给您的孩子——不是想赚钱的。"

说到这里，他伸手到他宽大的长袍里，掏出一张又小又脏的纸来。他很小心地打开这张纸，在我桌上用双手把它抹平了。上面有一个小小的手印。不是一张相片。也不是一幅画像。这个墨迹模糊的手印平平地捺在纸上。当他每年到加尔各答街上卖货的时候，他自己的小女儿的这个印迹总在他的心上。

眼泪涌到我的眼眶里。我忘了他是一个穷苦的喀布尔小贩，而我是——，但是，不对，我又哪儿比他强呢？他也是一个父亲呵。

在那遥远的山舍里他的小帕拔蒂的手印，使我想起了我自己的小敏妮。

我立刻把敏妮从内室里叫出来。别人多方阻挠，我都不肯听。敏妮出来了，她穿着结婚的红绸衣服，额上点着檀香膏，打扮成一个小新娘的样子，含羞地站在我面前。

看着这景象，喀布尔人显出有点惊讶的样子。他不能重温他们过去的友谊了。最后他微笑着说："小人儿，你要到你公公家里去么？"

但是敏妮现在懂得"公公"这个词的意思了，她不能像从前那样地回答他。听到他这样一问，她脸红了，站在他面前，把她新娘般的脸低了下去。

我想起这喀布尔人和我的敏妮第一次会面的那一天，我感到难过。她走了以后，拉曼长长地吁了一口气，就在地上坐下来。他突然想到在这悠长的岁月里他的女儿一定也长大了，他必须重新和她做朋友。他再看见她的时候，她一定也和从前不一样了。而且，在这八年之中，她怎么可能不发生什么变故呢？

婚礼的喇叭吹起来了，温煦的秋天的阳光倾泻在我们周围。拉曼坐在这加尔各答的小巷里，却冥想着阿富汗的光秃秃的群山。

我拿出一张钞票来，给了他，说："回到你的家乡，你自己的女儿那里去吧，拉曼，愿你们重逢的快乐给我的孩子带来幸运！"

因为送了这份礼，在婚礼的排场上我必须节省一些。我不能用我原来想用的电灯，也不能请军乐队，家里的女眷们感到很失望。但是我觉得这婚筵格外有光彩，因为我想到，在那遥远的地方，有一个久出不归的父亲和他的独生女儿重逢了。

冰心　译

竞选州长

[美国] 马克·吐温①

几个月以前，我被提名为纽约州州长候选人，代表独立党参加竞选，对方是斯坦华特·L·伍福特先生和约翰·T·霍夫曼先生。我总觉得自己名声不错，同这两位先生相比，这是我显著的长处。从报上很容易看出：如果说这两位先生也曾知道爱护名声的好处，那是过去的事情了，近年来他们显然已经把各种各样的无耻勾当看作家常便饭。当时，我虽然醉心于自己的长处，暗自得意，但是一想到我得让自己和这些人的名字混在一起到处传播，总有一股不安的混浊暗流在我愉快心情的深处"翻腾"。我心里越想越乱。后来我给我祖母写了一封信，把这件事告诉她。她回信又快又干脆，她说：

> 你生平没有做过一桩亏心事—— 一桩也没有做过。你看看

---

① 马克·吐温(1835—1910)，美国著名作家。幼年丧父，十二岁即外出谋生，先后当过印刷工人、密西西比河上的领航员、矿工、记者，1865年发表《卡拉维拉斯县驰名的跳蛙》，一举成名。代表作《汤姆·索亚历险记》和《哈克贝利·费恩历险记》深受青少年的喜爱，后者更被普遍认为是美国长篇小说的杰作，对整个美国现代文学有深远影响。

报纸——看一看就会明白，伍福特和霍夫曼等先生是何等样人，看你愿不愿意把自己降低到他们的水平，跟他们一道竞选。

我正是这个想法！那天晚上我一夜没合眼。但是我毕竟不能打退堂鼓。我既然已经卷了进去，只好干下去。

我一边吃早饭，一边无精打采地翻阅报纸。我看到有这么一段消息，老实说，我从来没有这样惊惶过：

伪证罪——一八六三年，在交趾支那的瓦卡瓦克，有三十四名证人证明马克·吐温先生犯有伪证罪，企图侵占一小片芭蕉地，那是当地一位穷寡妇和她一群孤儿丧失亲人之后在凄惨的境遇中赖以活命的唯一资源。马克·吐温先生现在既然在众人面前出来竞选州长，是否可以请他讲讲此事的经过。吐温先生不论对自己或是对其要求投票选举他的伟大人民，都有责任把此事交代清楚。他愿意交代吗？

我当时惊愕得不得了！这样残酷无情的指控。我从来没有到过交趾支那！我从来没有听说过瓦卡瓦克！我也不知道什么是芭蕉地，就像我不知道什么是袋鼠一样！我不知道怎么办才好。我都气疯了，却又毫无办法。那一天我什么也没干就这么过去了。第二天早晨，这家报纸没说别的，只有这么一句：

值得注意——大家都会注意到，马克·吐温先生对交趾支那的伪证案保持缄默，似有苦衷。

〔备忘——在这场竞选运动中，这家报纸此后凡提到我必称

"臭名昭著的伪证犯吐温"。〕

下一份是《新闻报》，登了这么一段：

急需查究——吐温先生在蒙大那州野营时，与他同一帐篷的伙伴经常丢失小东西，后来这些东西一件不少都在吐温先生身上或"箱子"（即他卷藏什物的报纸）里发现了。大家为他着想，不得不对他进行友好的告诫，在他身上涂满柏油，插上羽毛，叫他跨坐在横杆上，把他撵出去，并劝告他让出铺位，从此别再回来。这件小事是否请新州长候选人向急于要投他票的同胞们解释一下？他愿意解释吗？

难道还有比这种控告用心更加险恶的吗？ 我一辈子也没有到过蒙大那州。

〔从此以后，这家报纸按例管我叫"蒙大那小偷吐温"。〕

于是，我拿起报纸总有点提心吊胆，好像你想睡觉，可是一拿起床毯，心里总是嘀咕，生怕毯子下面有条蛇似的。 有一天，我看到这么一段消息：

谎言已被揭穿！ ——根据五点区的密凯尔·奥弗拉纳根先生、华脱街的吉特·彭斯先生和约翰·艾伦先生三位的宣誓证书，现已证明马克·吐温先生曾恶毒声称我们尊贵的领袖约翰·T·霍夫曼的祖父系拦路抢劫被处绞刑一说，纯属卑劣无端之谎言，毫无事实根据。用毁谤故人、以谰言玷污其美名这种下流手段，来掠取政治上的成功，使有道德的人见了甚为痛心。我们一想到这一卑劣的谎言必然会使死者无辜的亲友蒙受极大悲痛时，恨不得鼓动起被伤害和被侮辱的公众，立即对诽谤者施行非法的报复。但是，我们不这样做，还是让他去经受良心谴责的痛苦吧。（不过，公众如果气得义愤填膺，盲目行动起来，竟对诽谤者加以人身伤害，显然陪审团不可能对肇事者判罪，法庭也不可能加以惩处。）

最后这句妙语大起作用，当天晚上"被伤害和被侮辱的公众"从前门冲进来，吓得我赶紧从床上爬起来，打后门溜走。他们义愤填膺，来的时候捣毁家具和门窗，走的时候把能抄走的财物统统抄走。然而，我可以把手按在《圣经》上起誓：我从来没有诽谤过霍夫曼州长的祖父。不仅如此，在那一天之前，我从来没有听人说起过他，我自己也没有提到过他。

〔顺便提一下，刊登上述新闻的那家报纸此后总是称我为"盗尸犯吐温"。〕

下一篇引起我注意的报上文章是这样写的：

好一个候选人——马克·吐温先生原定于昨晚独立党民众大会上作一次毁损对方的演说，却未按时到会。他的医生打来一个电报，说是他被一辆疯跑的马车撞倒，腿部两处负伤，极为痛苦，无法起身，以及一大堆诸如此类的废话。独立党的党员们硬着头皮想把这一拙劣的托词信以为真，假装不知道他们提名为候选人的这个放任无度的家伙未曾到会的真正原因。

昨天晚上，分明有一个人喝得酩酊大醉，歪歪斜斜地走进吐温先生下榻的旅馆。独立党人刻不容缓，有责任证明那个醉鬼并非马克·吐温本人。这下我们到底把他们抓住了。这一事件不容躲躲闪闪，避而不答。人民用雷鸣般的呼声要求回答："那个人是谁？"

把我的名字果真与这个丢脸的嫌疑人联系在一起，一时叫我无法相信，绝对叫我无法相信。 我已经有整整三年没有喝过啤酒、葡萄酒或任何一种酒了。

〔这家报纸第二天大胆地授予我"酗酒狂吐温先生"的称号，而且我明白它会忠诚无二地永远这样称呼下去，但是，我当时看了竟无动于衷，现在想来，足见这种时势对我起了多大的影响。〕

到那时候，我所收到的邮件中，匿名信占了重要的部分。 一般是这样写的：

> 被你从你寓所门口一脚踢开的那个要饭的老婆子，现在怎么样了？
>
> 　　　　　　　　　　　　　　　包·打听

还有这样写：

> 你干的有些事，除我之外无人知晓，奉劝你掏出几元钱来孝敬老子，不然，咱们报上见。
>
> 　　　　　　　　　　　　　　　惹不起

大致是这类内容。 读者如果想听，我可以不断引用下去，弄得你腻烦为止。

不久，共和党的主要报纸"宣判"我犯了大规模的贿赂罪，民主党最主要的报纸把一桩极为严重的讹诈案件"栽"在我的头上。

〔这样我又多了两个头衔："肮脏的贿赂犯"和"恶心的讹诈犯"。〕

这时候舆论哗然，纷纷要我答复所有这些可怕的指控。 我们党的报刊主编和领袖们都说，我如果再不说话，政治生命就要完蛋。好像为使他们的要求更为迫切似的，就在第二天，有一家报纸登了这么一段话：

> 注意这个人！ ——独立党这位候选人至今默不作声，因为他不敢答复。对他的控告条条都有充分根据，并且为他满腹隐衷的沉默所一而再、再而三地证实，现在他永远翻不了案。独立党的党员们，看看你们这位候选人！看看这位臭名昭著的伪证犯！这位盗尸犯！好好看一看你们这位酗酒狂的化身！你们这位肮脏的贿赂犯！你们这位恶心的讹诈犯！你们好好看一看，想一想——这个家伙犯下了这么可怕的罪行，得了这么一串倒霉的称号，而且一条也不敢张嘴否认，看你们愿不愿意把自己正当的选票去投给他！

我没有办法摆脱这个困境，只得深受委屈地着手"答复"一大堆毫无根据的指控和卑鄙下流的谎言。 但是我始终没有做完这件事情，因为就在第二天，有一家报纸登出一个新的耸人听闻的案件，再一次恶意中伤，严厉地控告我因一家疯人院妨碍我家的人看风景，我就将这座疯人院烧掉，把里面的病人统统烧死。 这叫我十分惊慌。 接着又是个控告，说我为吞占我叔父的财产不惜把他毒死，并且要求立即挖开坟墓验尸。 这叫我神经都快错乱了。 这一些还不够，竟有人控告我在负责育婴堂事务时雇用掉了牙的、年老昏庸的亲戚给育婴堂做饭。 我都快吓晕了。 最后，党派斗争的积怨对我的无耻迫害达到了自然而然的高潮：有人教唆九个刚刚在学走路的小孩，包括各种不同的肤色，穿着各式各样的破烂衣服，冲到一次民众大会的讲台上来，抱住我的双腿，管我叫爸爸！

我放弃了竞选。 我偃旗息鼓、举手投降。 我够不上纽约州州长竞选运动所需要的条件，所以，我递上退出竞选的声明，而且怀着怨恨、痛苦的心情签上我的名字：

"你忠实的朋友，过去是好人，现在却成了臭名昭著的伪证犯、蒙大那小偷、盗尸犯、酗酒犯、肮脏的贿赂犯和恶心的讹诈犯——马克·吐温。"

董衡巽　译

卡拉维拉斯县驰名的跳蛙

［美国］马克·吐温

　　我的一个朋友从东部写信给我，我按照他的嘱咐访问了性情随和、唠唠叨叨的老西蒙·惠勒，去打听我那位朋友的朋友，利奥尼达斯·斯迈利的下落，我在此说说结果吧。我暗地里有点疑心这个利奥尼达斯·斯迈利是编出来的；也许我的朋友从来不认得这么一个人，他不过揣摩着如果我向老惠勒去打听，那大概会使他回想到他那个丢脸的吉姆·斯迈利，他会鼓劲儿唠叨着什么关于吉姆的该死的往事，又长又乏味，对我又毫无用处，倒把我腻烦得要死。如果安的这种心，那可真是成功了。

　　在古老的矿区安吉尔小镇上那家又破又旧的小客栈里，我发现西蒙·惠勒正在酒吧间火炉旁边舒舒服服打盹，我注意到他是个胖子，秃了顶，安详的面容上带着引人欢喜的温和质朴的表情。他惊醒过来，向我问好。我告诉他我的一个朋友委托我打听一位童年的挚友，名叫利奥尼达斯·斯迈利，也就是利奥尼达斯·斯迈利牧师，听说这位年轻的福音传道士一度是安吉尔镇上的居民，我又说，如果惠勒先生能够告诉我任何关于这位利奥尼达斯·斯迈利牧师的情况，我会十分感激他的。

西蒙·惠勒让我退到一个角落里，用他的椅子把我封锁在那儿，这才让我坐下，滔滔不绝地絮叨着从下一段开始的单调的情节。他从来不笑，从来不皱眉，从来不改变声调，他的第一句话就用的是细水长流的腔调；他从来不露丝毫痕迹让人以为他热衷此道，可是在没完没了的絮叨之中却始终流露着一种诚挚感人的语气，直率地向我表明，他想也没有想过他的故事有哪一点显得荒唐或者离奇；在他看来，这个故事倒真是事关重大，其中的两位主角也都是在勾心斗角上出类拔萃的天才人物。对我来说，看到一个人安闲自得地信口编出这样古怪的奇谈，从不露笑，这种景象也是荒谬绝伦的了。我先前说过，我要他告诉我他所了解的利奥尼达斯·斯迈利牧师的情况，他回答如下。我随他按他自己的方式讲下去，一次也没有打断他的话。

"从前，这儿有一个人，名叫吉姆·斯迈利，那时候是一九四九年冬天，也许是一九五〇年春天，我记不准了。不知怎么的，不过我怎么会想到冬又想到春呢，因为我记得他初来矿区的时候，大渠还没有完工。反正，不管怎么样吧，他是你从来没见过的最古怪的人，总是找到一点什么事就来打赌，如果他能找到什么人跟他对赌的话；要是他办不到，他情愿换个个儿。只要对方称意，哪一头都合适，只要他赌上了一头，他就称心了。可是他很走运，出奇地走运，多少次总是他赢的。他总是准备好了，单等机会；随便提起哪个碴，他都没有不能打赌的，正像我刚才跟你说的，你可以随便挑哪一头。如果遇到赛马，赛完时你会发现他发了财，或者输得精光；遇到狗打架，他要打赌；遇到猫打架，他要打赌；遇到小鸡打架，他要打赌；哎，即使遇到两只小鸟停在篱笆上，他也要跟你赌哪一只先飞走；要是遇上野营布道会，那他是经常到的，他会在沃克尔牧师身上打赌，他认为沃克尔牧师是这一带最擅长劝善布道的，可也真是的，真是位善心的人。甚至如果他一个金龟子开始向哪儿走，他也会跟你打赌要多久它才会走到它要去的地方，如果你答应他了，他会跟着那个金龟子走到墨西哥，不过他不会去弄清楚它要到哪儿去或者在路上走多久。这儿的许多小伙子都见过这个斯迈利，都能跟你谈起他的事情。哎，对他这个人，这都从来没有关系，他什么都要赌，这个倒霉透了的家伙。有一回，沃克尔牧师的老婆得重病，躺了好久，仿佛他们都救不了她了；可是有一天早晨，牧师来了，斯迈利问起她身体怎样，牧师说她好多了，感谢上帝无限慈悲，身子轻松多了，靠老天保佑，她还会好的。斯迈利想也没想先说，'唔，我愿意赌上两块半，她不会好，怎么也不会。'

"这个斯迈利有一匹牝马，小伙子们管它叫作十五分钟驽马，不过这是闹着玩的，你知道，因为，当然啦，它总比这个快点。尽管它这么慢，又总是得气喘啦，马腺疫啦，要不就是肺病啦，还有这个那个毛病的，斯迈利倒常在它身上赢钱。他们常常开头先让它二三百码，然后算它在比赛，可是到了比赛临了儿那一截，它总是会激动起来，不要命似的，欢腾着迈步过来啦，它会柔软灵活地撒开四蹄，一会儿腾空，一会儿跑到栅栏那边，踹起好多灰尘，而且要闹腾一大阵，又咳嗽，又打喷嚏，又擤鼻涕，可它总是正好先出一头颈到达看台，跟你计算下来的差不离儿。

"他还有一只小不点儿的小巴儿狗，瞧那样子，你会认为一钱不值，只好随它去摆出要打架的神气，冷不防偷点什么东西。可是只要在它身上压下赌注，它就是另外一种狗了，它的下巴会伸出来，像轮船的前甲板似的，牙齿也龇出来，像火炉似的闪着凶光。

别的狗也许要来对付它，吓唬它，咬它，让它摔倒两三跤，可是安德鲁·杰克逊①，这是那条狗的名字。 安德鲁·杰克逊从来不露声色，像是心安理得，也不指望有什么别的，那一面的赌注于是一个劲地加倍呀加倍，直到钱全拿出来了，这时候，猛然间，它会正好咬住另外那条狗的后腿弯，啃紧了不放，不只是咬上，你明白，而是咬紧了不放，直到他们认输，哪怕要等上一年。 斯迈利拿这条狗打赌，最后总是赢家，直到有一回他套上了一条狗，这条狗压根没有后腿，因为都给圆锯锯掉了，等到事情闹得够瞧的了，钱都拿出来了，它要施展最得意的招数了，它这才一下子看出它怎么上了当，这条狗怎么，打个比方说，把它诓进门了，它于是露出诧异的样子，后来就有点像泄气了，它再也不想打赢了，终于给弄得凄惨地脱了一层皮。 它朝斯迈利望了一眼，仿佛说它的心都碎了，这完全是斯迈利的错，不该弄出这么一条没后腿的狗让它来施展招数，它打架主要依靠这一招，于是它一瘸一拐了一会儿，躺下死了。 它是条好狗，这个安德鲁·杰克逊，它要是活下去，它会给自己扬名的，因为它有本事，它有天才——我知道它有才，因为它从来没有得到过好机会，可是像它这样在那种条件下能用这种办法打架的狗，如果说它没有才气，那也说不过去。 我一想到它最后的一仗，想到打成了那个样子，我总是觉得难过。

　　"唔，这个斯迈利还养了些逮耗子的小猎狗，小公鸡，雄猫，还有形形色色的东西，闹得你不安，你无论拿出什么东西，他都不会没有跟你那个凑成一对的东西来跟你打赌。 有一天，他捉住了一只青蛙，把它带回家了，他说他打算教育它；于是一连三个月他什么事也不干，只管待在他的后院里，教那只青蛙学会蹦蹦跳跳。 你

可以拿得稳，他也真让它学会了。 他只要在那只青蛙后面轻轻戳一下，接下去你就会看见它在半空里打转，像个油炸面饼圈，你会瞧见它翻一个斤斗，也许翻两个，如果它起跳得顺当的话，还会跳下来四爪落地，稳稳当当，跟猫一样。 他让它跳起来去捉苍蝇，让它经常练习，所以，凡是它看得见的苍蝇，每一次它都能捉住。 斯迈利说，青蛙所需要的全靠教育，它差不多什么都办得到，我倒也相信他。 嗨，我瞧见过他把丹尼尔·韦伯斯特①放在这儿的这块地板上。 丹尼尔·韦伯斯特是这只青蛙的名字。 他大喊一声，'苍蝇，丹尼尔，苍蝇！'你连眨眼也来不及，它就一下子跳起来，捉住柜台那儿的一只苍蝇，又噗的一声重新落在地板上，扎扎实实，像一团泥巴。 它落下来以后还用后脚来搔脑袋旁边，若无其事，仿佛它做的就是随便哪个青蛙也会做的，没有一点儿稀奇。 你从来没见过像它这样又谦虚又耿直的青蛙，尽管它有那么高的天赋。 等到要公公正正肩并肩比跳的时候，它能一蹦老远，让你见过的它的任何同类都比不上。 肩并肩比跳是它的拿手好戏，你明白吧；遇到这种情形，斯迈利只要还有一分钱，也会在它身上押个赌注。 斯迈利觉得他的青蛙神气得不得了，他也应当觉得自豪，那些走南闯北，哪儿都去过的人全说它压倒了他们所见过的任何青蛙。

"啊，斯迈利把这个畜生放在一个有洞的小方匣子里，有时还常把它带到镇上打个赌。 有一天，有一个家伙，在矿区上人地生疏的一个家伙，他偶然碰见斯迈利和他那只匣子，他说，

"'你在那个匣子里装的什么东西了？'

"于是斯迈利说，带着点漫不经心的口气，'也许是只鹦鹉，也许是只金丝雀，也许吧，不过它都不是，它不过是一只青蛙。'

---

① 本是美国政治家(1782—1852)名，此处用作青蛙名。

"那个家伙拿过匣子，仔细地瞧了瞧，把它转过来转过去，然后说，'唔，倒也是的。啊，它有什么用处？'

"'啊，'斯迈利随口不当回事地说，'它只有一个用处，我认为，在卡拉维拉斯县里它能比随便哪个青蛙跳得更远。'

"那个家伙又拿起匣子，又仔仔细细瞧了很久，于是把它还给斯迈利，不慌不忙故意说，'哦，我看不出这只青蛙有哪一点比别的青蛙好一点。'

"'也许你看不出，'斯迈利说，'也许你了解青蛙，也许你不了解青蛙，也许你有经验，也许你不过是个业余玩玩的，可以这么说吧。总之，我有我的看法，我愿意赌四十元，它能比卡拉维拉斯县里随便哪只青蛙都跳得远。'

"那个家伙琢磨了一会，然后说，像有点为难似的，'啊，我在这儿是个外乡人，我没有青蛙，要是我有一只青蛙，我愿意跟你打赌。'

"于是斯迈利说，'那没有关系，那没有关系，要是你愿意拿着我的匣子待一会儿，我就去给你找来一只青蛙。'于是那个家伙拿起匣子，把他的四十元和斯迈利的放在一起，坐下来等着。

"他坐在那儿待了好一阵，想了又想，于是把青蛙取出来，撬开它的嘴，用一只小茶匙把它喂足了打鹌鹑的铁砂，喂得几乎到了下巴颏，再把它放到地板上。斯迈利走到泥塘，在淤泥里溅来溅去好久，最后他捉到了一只青蛙，把它带回去交给了那个家伙，他说：

"'现在，要是你准备好了，把它放在丹尼尔旁边，让它的前爪跟丹尼尔的并齐了，我来发命令。'于是他说，'一 —— 二 —— 三 ——跳！'他和那个家伙都从后面碰了青蛙一下，新青蛙跳出去了，可是丹尼尔吸了口气，竖起它的肩膀——这样——像个法国人，不过这也没有用——它挪不动，它像铁砧子一样牢牢地定在那儿，它动也不能动，跟抛锚在那儿不差一点儿。 斯迈利大吃一惊，他也觉得可恶，要是他一点也不知道这是怎么回事，当然啦。

"那个家伙拿起钱，动身就走，在他正要走出门口的时候，他用拇指在肩上猛然一甩——像这样——朝着丹尼尔，他又不慌不忙故意说，'哦，我看不出这只青蛙有哪一点比别的青蛙好一点。'

"斯迈利站着搔他的脑袋，向下对丹尼尔瞧了很久，最后，他说，'我真是纳闷，究竟为什么这只青蛙会出岔子——我倒想知道它是不是出了什么事；它好像鼓胀得很厉害，不知怎么的。'他抓住丹尼尔的颈背，一边把它拎起来，一边说，'哎唷，我敢赌咒，它少不了有五磅重咧！'他把它倒翻个儿，于是它喷出了两捧铁砂。 这时候，他知道是怎么回事了，他气极了，他把青蛙放下立刻去追那个家伙，可是他从来没有捉住那个家伙。 于是……"

（说到这里，西蒙·惠勒听见前院里有人叫他的名字，站起来去瞧要他干什么。）他在走出去之前转过身来对我说，"你就坐在你那儿，外乡人，放心待着吧——我去不了多一会儿。"

不过，请你原谅，我看把这个有事业心的流浪汉吉姆·斯迈利的经历继续说下去未必能使我得到许多关于利奥尼达斯·斯迈利牧师的消息，我就起身走了。

我在门口遇到爱交际的惠勒刚刚回来，他硬要留着我长谈，并且向我介绍：

"哦，这个斯迈利还有一头独眼的黄母牛，它没有尾巴，只不过那么一小截，像根香蕉似的，还有……"

"哦，让斯迈利和他那倒霉的母牛见鬼去吧！"我和颜悦色地轻轻地说，跟这位老先生告别之后我就走开了。

雨宁　译

麦琪的礼物

[美国] 欧·亨利①

　　一块八毛七分钱。 全在这儿了。 其中六毛钱还是铜子儿凑起来的。 这些铜子儿是每次一个、两个向杂货铺、菜贩和肉店老板那儿死乞白赖地硬扣下来的；人家虽然没有明说，自己总觉得这种掂斤播两的交易未免太吝啬，当时脸都臊红了。 德拉数了三遍。 数来数去还是一块八毛七分钱，而第二天就是圣诞节了。

　　除了倒在那张破旧的小榻上号哭之外，显然没有别的办法。 德拉就那样做了。 这使一种精神上的感慨油然而生，认为人生是由啜泣、抽噎和微笑组成的，而抽噎占了其中绝大部分。

　　这个家庭的主妇渐渐从第一阶段退到第二阶段，我们不妨抽空儿来看看这个家吧。 一套连家具的公寓，房租每星期八块钱。 虽不能说是绝对难以形容，其实跟贫民窟也相去不远。

　　下面门廊里有一个信箱，但是永远不会有信件投进去；还有一

---

　　① 欧·亨利(1862—1910)，美国著名短篇小说家。 被誉为美国现代小说之父。 他笔下的主人公多是社会底层的小人物，小说结尾常出人意料但又让人感到合情合理，世人称之为"欧·亨利式的结尾"，有一种"泪中带笑，笑中含泪"的效果。 其代表作品有《麦琪的礼物》《警察与赞美诗》《最后一片叶子》《黄雀在后》《市政报告》《配供家具的客房》《双料骗子》等。

个电钮，除非神仙下凡才能把铃按响。 那里还贴着一张名片，上面印有"詹姆斯·迪林汉·扬先生"几个字。

"迪林汉"这个名号是主人先前每星期挣三十块钱得法的时候，一时高兴，加在姓名之间的。 现在收入缩减到二十块钱，"迪林汉"几个字看来就有些模糊，仿佛它们正在郑重考虑，是不是缩成一个质朴而谦逊的"迪"字为好。 但是每逢詹姆斯·迪林汉·扬先生回家上楼，走进房间的时候，詹姆斯·迪林汉·扬太太——就是刚才已经介绍给各位的德拉——总是管他叫作"吉姆"，总是热烈地拥抱他。 那当然是很好的。

德拉哭了之后，在脸颊上扑了些粉。 她站在窗子跟前，呆呆地瞅着外面灰蒙蒙的后院里，一只灰猫正在灰色的篱笆上行走。 明天就是圣诞节了，她只有一块八毛七分钱来给吉姆买一件礼物。 好几个月来，她省吃俭用，能攒起来的都攒了，可结果只有这点儿。 一星期二十块钱的收入是不经用的。 支出总比她预算的要多。 总是这样的。 只有一块八毛七分钱来给吉姆买礼物，她的吉姆。 为了买一件好东西送给他，德拉自得其乐地筹划了好些日子。 要买一件精致、珍奇而真有价值的东西——够得上为吉姆所有的东西固然很少，可总得有些相称才成呀。

房里两扇窗子中间有一面壁镜。 诸位也许见过房租八块钱的公寓里的壁镜。 一个非常瘦小灵活的人，从一连串纵的片断的映象里，也许可以对自己的容貌得到一个大致不差的概念。 德拉全凭身材苗条，才精通了那种技艺。

她突然从窗口转过身，站到壁镜面前。 她的眼睛晶莹明亮，可是她的脸在几十秒钟之内却失色了。 她迅速地把头发解开，让它披落下来。

且说，詹姆斯·迪林汉·扬夫妇有两样东西特别引为自豪，一样是吉姆三代祖传的金表，另一样是德拉的头发。 如果示巴女王①住在天井对面的公寓里，德拉总有一天会把她的头发悬在窗外去晾干，使那位女王的珠宝和礼物相形见绌。 如果所罗门王②当了看门人，把他所有的财富都堆在地下室里，吉姆每次经过那儿时准会掏出他的金表看看，好让所罗门妒忌得吹胡子瞪眼睛。

这当儿，德拉美丽的头发披散在身上，像一股褐色的小瀑布，奔泻闪亮。 头发一直垂到膝盖底下，仿佛给她铺成了一件衣裳。她又神经质地赶快把头发梳好。 她踌躇了一会儿，静静地站着，有一两滴泪水溅落在破旧的红地毯上。

她穿上褐色的旧外套，戴上褐色的旧帽子。 她眼睛里还留着晶莹的泪光，裙子一摆，就飘然走出房门，下楼跑到街上。

她走到一块招牌前停住了，招牌上面写着："莎弗朗妮夫人——经营各种头发用品。"德拉跑上一段楼梯，气喘吁吁地让自己定下神来。 那位夫人身躯肥大，肤色白得过分，一副冷冰冰的模样，同"莎弗朗妮"③这个名字不大相称。

"你要买我的头发吗？"德拉问道。

"我买头发，"夫人说，"脱掉帽子，让我看看头发的模样。"

那股褐色的小瀑布泻了下来。

"二十块钱。"夫人用行家的手法抓起头发说。

---

① 示巴女王：示巴古国在阿拉伯西南，即今之也门。《旧约·列王纪上》载示巴女王带了许多香料、宝石和黄金去觐见所罗门王，用难题考验所罗门的智慧。

② 所罗门王：公元前 10 世纪以色列国王，以聪明豪富著称。

③ 莎弗朗妮：意大利诗人塔索(1544—1595)以第一次十字军东征为题材的史诗《被解放的耶路撒冷》中的人物，她为了拯救耶路撒冷全城的基督徒，承认了并未犯过的罪行，成为舍己救人的典型。

“赶快把钱给我。”德拉说。

噢，此后的两个钟头仿佛长了玫瑰色翅膀似的飞掠过去。 诸位不必理会这种杂凑的比喻。 总之，德拉正为了送吉姆的礼物在店铺里搜索。

德拉终于把它找到了。 它准是专为吉姆，而不是为别人制造的。 她把所有店铺都兜底翻过，各家都没有像这样的东西。 那是一条白金表链，式样简单朴素，只是以货色来显示它的价值，不凭什么装潢来炫耀—— 一切好东西都应该是这样的。 它甚至配得上那只金表。 她一看到就认为非给吉姆买下不可。 它简直像他的为人。 文静而有价值——这句话拿来形容表链和吉姆本人都恰到好处。 店里以二十一块钱的价格卖给了她。 她剩下八毛七分钱，匆匆赶回家去。 吉姆有了那条链子，在任何场合都可以毫无顾虑地看看钟点了。 那只表虽然华贵，可是因为只用一条旧皮带来代替表链，他有时候只是偷偷地瞥一眼。

德拉回家以后，她的陶醉有一小部分被审慎和理智所替代。 她拿出卷发铁钳，点着煤气，着手补救由于爱情加上慷慨而造成的灾害。 那始终是一件艰苦的工作，亲爱的朋友们——简直是了不起的工作。

不出四十分钟，她头上布满了紧贴着的小发鬈，变得活像一个逃课的小学生。 她对着镜子小心而苛刻地照了又照。

“如果吉姆看了一眼不把我宰掉才怪呢，”她自言自语地说，“他会说我像是康奈岛游乐场里的卖唱姑娘。 我有什么办法呢？——唉！ 只有一块八毛七分钱，叫我有什么办法呢？”

到了七点钟，咖啡已经煮好，煎锅也放在炉子后面热着，随时可以煎肉排。

吉姆从没有晚回来过。 德拉把表链对折着握在手里，在他进来时必经的门口的桌子角上坐下来。　接着，她听到楼下梯级上响起了他的脚步声。　她脸色白了一忽儿。　她有一个习惯，往往为了日常最简单的事情默祷几句，现在她悄声说：“求求上帝，让他认为我还是美丽的。”

门打开了，吉姆走进来，随手把门关上。　他很瘦削，非常严肃。　可怜的人儿，他只有二十二岁——就负起了家庭的担子！　他需要一件新大衣，手套也没有。

吉姆在门内站住，像一条猎狗嗅到鹌鹑气味似的纹丝不动。　他的眼睛盯着德拉，所含的神情是她所不能理解的，这使她大为惊慌。　那既不是愤怒，也不是惊讶，又不是不满，更不是嫌恶，不是她所预料的任何一种神情。　他只带着那种奇特的神情凝视着德拉。

德拉一扭腰，从桌上跳下来，走近他身边。

“吉姆，亲爱的，”她喊道，“别那样盯着我。　我把头发剪掉卖了，因为不送你一件礼物，我过不了圣诞节。　头发会再长出来的——你不会在意吧，是不是？　我非这么做不可。　我的头发长得快极啦。　说句‘恭贺圣诞’吧！　吉姆，让我们快快乐乐的。　我给你买了一件多么好——多么美丽的好东西，你怎么也猜不到的。”

“你把头发剪掉了吗？”吉姆吃力地问道，仿佛他绞尽脑汁之后，还没有把这个显而易见的事实弄明白似的。

“非但剪了，而且卖了。”德拉说，“不管怎样，你还是同样地喜欢我吗？　虽然没有了头发，我还是我，可不是吗？”

吉姆好奇地向房里四下张望。

“你说你的头发没有了吗？”他带着近乎白痴般的神情问道。

“你不用找啦，”德拉说，“我告诉你，已经卖了——卖了，没有了。　今天是圣诞前夜，亲爱的。　好好地对待我，我剪掉头发为的是你呀。　我的头发也许数得清，”她突然非常温柔地接下去说，"但我对你的情爱谁也数不清。 我把肉排煎上好吗，吉姆？"

吉姆好像从恍惚中突然醒过来。 他把德拉搂在怀里。 我们不要冒昧，先花十秒钟工夫瞧瞧另一方面无关紧要的东西吧。 每星期八块钱的房租，或是每年一百万元房租——那有什么区别呢？ 一位数学家或是一位俏皮的人可能会给你不正确的答复。 麦琪带来了宝贵的礼物①，但其中没有那件东西。 对这句晦涩的话，下文将有所说明。

吉姆从大衣口袋里掏出一包东西，把它扔在桌上。

"别对我有什么误会，德拉。"他说，"不管是剪发、修脸，还是洗头，我对我姑娘的爱情是绝不会减低的。 但是只消打开那包东西，你就会明白，你刚才为什么使我愣住了。"

白皙的手指敏捷地撕开了绳索和包皮纸。 接着是一声狂喜的呼喊；紧接着，哎呀！ 突然转变成女性神经质的眼泪和号哭，立刻需要公寓的主人用尽办法来安慰她。

因为摆在眼前的是那套插在头发上的梳子——全套的发梳，两鬓用的，后面用的，应有尽有；那原是在百老汇路上的一个橱窗里，为德拉渴望了好久的东西。 纯玳瑁做的，边上镶着珠宝的美丽的发梳——来配那已经失去的美发，颜色真是再合适也没有了。 她知道这套发梳是很贵重的，心向神往了好久，但从来没有存过占有它的希望。 现在这居然为她所有了，可是那佩带这些渴望已久的装饰品的头发却没有了。

但她还是把这套发梳搂在怀里不放，过了好久，她才能抬起迷

---

① 麦琪：指基督生时来送礼物的三贤人。 一说是东方的三王：梅尔基奥尔（光明之王）赠送黄金表示尊贵；加斯帕（洁白者），赠送乳香象征神圣；巴尔撒泽赠送没药预示基督后来遭受迫害而死。

蒙的泪眼，含笑对吉姆说："我的头发长得很快，吉姆！"

接着，德拉像一只给火烫着的小猫似的跳了起来，叫道："喔！喔！"

吉姆还没有见到他的美丽的礼物呢。她热切地伸出摊开的手掌递给他。那无知觉的贵金属仿佛闪闪反映着她那快活和热诚的心情。

"漂亮吗，吉姆？我走遍全市才找到的。现在你每天要把表看上百来遍了。把你的表给我，我要看看它配在表上的样子。"

吉姆并没有照着她的话去做，却倒在榻上，双手枕着头，笑了起来。

"德拉，"他说，"我们把圣诞节礼物搁在一边，暂且保存起来。它们实在太好啦，现在用了未免可惜。我是卖掉了金表，换了钱去买你的发梳的。现在请你煎肉排吧。"

那三位麦琪，诸位知道，全是有智慧的人——非常有智慧的人——他们带来礼物，送给生在马槽里的圣子耶稣。他们首创了圣诞节馈赠礼物的风俗。他们既然有智慧，他们的礼物无疑也是聪明的，可能还附带一种碰上收到同样的东西时可以交换的权利。我的拙笔在这里告诉了诸位一个没有曲折、不足为奇的故事；那两个住在一间公寓里的笨孩子，极不聪明地为了对方牺牲了他们一家最宝贵的东西。但是，让我们对目前一般聪明人说最后一句话，在所有馈赠礼物的人当中，那两个人是最聪明的。在一切授受衣物的人当中，像他们这样的人也是最聪明的。无论在什么地方，他们都是最聪明的。他们就是麦琪。

王仲年　译

最后一片叶子

[美国] 欧·亨利

在华盛顿广场西边的一个小区里，街道都横七竖八地伸展开去，又分裂成一小条一小条的"胡同"。 这些"胡同"稀奇古怪地拐着弯子。 一条街有时自己本身就交叉了不止一次。 有一回一个画家发现这条街有一种优越性：要是有个收账的跑到这条街上，来催要颜料、纸张和画布的钱，他就会突然发现自己两手空空，原路返回，一文钱的账也没有要到！

所以，不久之后不少画家就摸索到这个古色古香的老格林尼治村来，寻求朝北的窗户、十八世纪的尖顶山墙、荷兰式的阁楼，以及低廉的房租。 然后，他们又从第六街买来一些锡蜡酒杯和一两只火锅，这里便成了"艺术区"。

苏和琼西的画室设在一所又宽又矮的三层楼砖房的顶楼上。"琼西"是琼娜的爱称。 她俩一个来自缅因州，一个是加利福尼亚州人。 她们是在第八街的"台尔蒙尼歌之家"吃份饭时碰到的，她们发现彼此对艺术、生菜色拉和时装的爱好非常一致，便合租了那间画室。

那是五月里的事。 到了十一月，一个冷酷的、肉眼看不见的、医生们叫作"肺炎"的不速之客，在艺术区里悄悄地游荡，用他冰冷的手指头这里碰一下那里碰一下。 在广场东头，这个破坏者明目张胆地踏着大步，一下子就击倒几十个受害者，可是在迷宫一样、狭窄而铺满青苔的"胡同"里，他的步伐就慢了下来。

肺炎先生不是一个你们心目中行侠仗义的年老绅士。 一个身子单薄，被加利福尼亚州的西风刮得没有血色的弱女子，本来不应该是这个有着红拳头的、呼吸急促的老家伙打击的对象。 然而，琼西却遭到了打击；她躺在一张油漆过的铁床上，一动也不动，凝望着小小的荷兰式玻璃窗外对面砖房的空墙。

一天早晨，那个忙碌的医生扬了扬他那毛茸茸的灰白色肩毛，把苏叫到外边的走廊上。

"我看，她的病只有十分之一的恢复希望，"他一面把体温表里的水银柱甩下去，一面说，"这一分希望就是她想要活下去的念头。 有些人好像不愿意活下去，喜欢照顾殡仪馆的生意，简直让整个医药界都无能为力。 你的朋友断定自己是不会痊愈的了。 她是不是有什么心事呢？"

"她——她希望有一天能够去画那不勒斯的海湾。"苏说。

"画画？ ——真是瞎扯！ 她脑子里有没有什么值得她想了又想的事——比如说，一个男人？"

"男人？"苏像吹口琴似的扯着嗓子说，"男人难道值得——不，医生，没有这样的事。"

"哦，那么就是她病得太衰弱了，"医生说，"我一定尽我的努力用科学所能达到的全部力量来治疗她。 可要是我的病人开始算计会有多少辆马车送她出丧，我就得把治疗的效果减掉百分之五十。 只要你能想法让她对冬季大衣袖子的时新式样感兴趣而提出一两个问题，那我可以向你保证把医好她的机会从十分之一提高到五分之一。"

医生走后，苏走进工作室里，把一条日本餐巾哭成一团湿。 后来她手里拿着画板，装作精神抖擞的样子走进琼西的屋子，嘴里吹着爵士音乐调子。

琼西躺着，脸朝着窗口，被子底下的身体纹丝不动。 苏以为她睡着了，赶忙停止吹口哨。

她架好画板，开始给杂志里的故事画一张钢笔插图。 年轻的画家为了铺平通向艺术的道路，不得不给杂志里的故事画插图，而这些故事又是年轻的作家为了铺平通向文学的道路而不得不写的。

苏正在给故事主人公，一个爱达荷州牧人的身上，画上一条马匹展览会穿的时髦马裤和一片单眼镜时，忽然听到一个重复了几次的低微的声音。 她快步走到床边。

琼西的眼睛睁得很大。 她望着窗外，数着……倒过来数。

"十二，"她数道，歇了一会又说，"十一，"然后是"十"和"九"；接着几乎同时数着"八"和"七"。

苏关切地看了看窗外。 那儿有什么可数的呢？ 只见一个空荡阴暗的院子，二十英尺以外还有一所砖房的空墙。 一棵老极了的常春藤，枯萎的根纠结在一块，枝干攀在砖墙的半腰上。 秋天的寒风把藤上的叶子差不多全都吹掉了，只有几乎光秃的枝条还缠附在剥落的砖块上。

"什么呀，亲爱的？"苏问道。

"六，"琼西几乎用耳语低声说道，"它们现在越落越快了。三天前还有差不多一百片。 我数得头都疼了。 但是现在好数了。又掉了一片。 只剩下五片了。"

"五片什么呀，亲爱的。 告诉你的苏娣吧。"

"叶子。 常春藤上的。 等到最后一片叶子掉下来，我也就该去了。 这件事我三天前就知道了。 难道医生没有告诉你？"

"哼，我从来没听过这种傻话，"苏十分不以为然地说，"那些破常春藤叶子和你的病好不好有什么关系？你以前不是很喜欢这棵树吗？你这个淘气孩子。不要说傻话了。瞧，医生今天早晨还告诉我，说你迅速痊愈的机会是，——让我一字不改地照他的话说吧——他说有九成把握。噢，那简直和我们在纽约坐电车或者走过一座新楼房的把握一样大。喝点汤吧，让苏娣去画她的画，好把它卖给编辑先生，换了钱来给她的病孩子买点红葡萄酒，再给她自己买点猪排解解馋。"

　　"你不用买酒了，"琼西的眼睛直盯着窗外说道，"又落了一片。不，我不想喝汤。只剩下四片了。我想在天黑以前等着看那最后一片叶子掉下去。然后我也要去了。"

　　"琼西，亲爱的，"苏俯着身子对她说，"你答应我闭上眼睛，不要瞧窗外，等我画完，行吗？明天我非得交出这些插图。我需要光线，否则我就拉下窗帘了。"

　　"你不能到那间屋子里去画吗？"琼西冷冷地问道。

　　"我愿意待在你跟前，"苏说，"再说，我也不想让你老看着那些讨厌的常春藤叶子。"

　　"你一画完就叫我。"琼西说着，便闭上了眼睛。她脸色苍白，一动不动地躺在床上，就像是座横倒在地上的雕像。"因为我想看那最后一片叶子掉下来，我等得不耐烦了，也想得不耐烦了。我想摆脱一切，飘下去，飘下去，像一片可怜的疲倦了的叶子那样。"

　　"你睡一会吧，"苏说道，"我得下楼把贝尔门叫上来，给我当那个隐居的老矿工的模特儿。我一会儿就回来的。不要动，等我回来。"

　　老贝尔门是住在她们这座楼房底层的一个画家。他年过六十，有一把像米开朗琪罗的摩西雕像那样的大胡子，这胡子长在一个像半人半兽的森林之神的头颅上，又鬈曲地飘拂在小鬼似的身躯上。贝尔门是个失败的画家。他操了四十年的画笔，还远没有摸着艺术女神的衣裙。他老是说就要画他的那幅杰作了，可是直到现在他还没有动笔。几年来，他除了偶尔画点商业广告之类的玩意儿以外，什么也没有画过。他给艺术区里穷得雇不起职业模特儿的年轻画家们当模特儿，挣一点钱。他喝酒毫无节制，还时常提起他要画的那幅杰作。除此以外，他是一个火气十足的小老头子，十分瞧不起别人的温情，却认为自己是专门保护楼上画室里那两个年轻女画家的一只看家狗。

苏在楼下他那间光线黯淡的斗室里找到了嘴里酒气扑鼻的贝尔门。一幅空白的画布绷在一个画架上，摆在屋角里，等待那幅杰作已经二十五年了，可是连一根线条还没等着。苏把琼西的胡思乱想告诉了他，还说她害怕琼西自个儿瘦小柔弱得像一片叶子一样，对这个世界的留恋越来越微弱，恐怕真会离世飘走了。

老贝尔门两只发红的眼睛显然在迎风流泪，他十分轻蔑地嗤笑这种痴呆的胡思乱想。

"什么，"他喊道，"世界上真会有人蠢到因为那些该死的常春藤叶子落掉就想死？我从来没有听说过这种怪事。不，我才不给你那隐居的矿工糊涂虫当模特儿呢。你干吗让她胡思乱想？唉，可怜的琼西小姐。"

"她病得很厉害很虚弱，"苏说，"发高烧发得她神经昏乱，满脑子都是古怪想法。好吧，贝尔门先生，你不愿意给我当模特儿，就拉倒，我看你是个讨厌的老——老啰唆鬼。"

"你简直太婆婆妈妈了！"贝尔门喊道，"谁说我不愿意当模特儿？走，我和你一块去。我不是讲了半天愿意给你当模特儿吗？ 老天爷，琼西小姐这么好的姑娘真不应该躺在这种地方生病。总有一天我要画一幅杰作，我们就可以都搬出去了。 一定的！"

他们上楼以后，琼西正睡着觉。 苏把窗帘拉下，一直遮住窗台，做手势叫贝尔门到隔壁屋子里去。 他们在那里提心吊胆地瞅着窗外那棵常春藤。 后来他们默默无言，彼此对望了一会。 寒冷的雨夹杂着雪花不停地下着。 贝尔门穿着他的旧的蓝衬衣，坐在一把翻过来充当岩石的铁壶上，扮作隐居的矿工。

第二天早晨，苏只睡了一个小时的觉，醒来了，她看见琼西无神的眼睛睁得大大地注视着拉下的绿窗帘。

"把窗帘拉起来，我要看看。"她低声地命令道。

苏疲倦地照办了。

然而，看呀！ 经过了漫长一夜的风吹雨打，在砖墙上还挂着一片藤叶。 它是常春藤上最后的一片叶子了。 靠近茎部仍然是深绿色，可是锯齿形的叶子边缘已经枯萎发黄，它傲然挂在一根离地二十多英尺的藤枝上。

"这是最后一片叶子。"琼西说道，"我以为它昨晚一定会落掉的。 我听见风声的。 今天它一定会落掉，我也会死的。"

"哎呀，哎呀，"苏把疲乏的脸庞挨近枕头边上对她说，"你不肯为自己着想，也得为我想想啊。 我可怎么办呢？"

可是琼西不回答。 当一个灵魂正在准备走上那神秘的、遥远的死亡之途时，她是世界上最寂寞的人了。 那些把她和友谊及大地联结起来的关系逐渐消失以后，她那个狂想越来越强烈了。

白天总算过去了，甚至在暮色中她们还能看见那片孤零零的藤叶仍紧紧地依附在靠墙的枝上。 后来，夜的降临带来了呼啸的北风，雨点不停地拍打着窗子，雨水从低垂的荷兰式屋檐上流泻下来。

天刚蒙蒙亮，琼西就毫不留情地吩咐拉起窗帘来。

那片藤叶仍然在那里。

琼西躺着对它看了许久。 然后她招呼正在煤气炉上给她煮鸡汤的苏。

"我是一个坏女孩子，苏娣，"琼西说，"天意让那片最后的藤叶留在那里，证明我是多么坏。 想死是有罪过的。 你现在就给我拿点鸡汤来，再拿点羼葡萄酒的牛奶来，再——不，先给我一面小镜子，再把枕头垫垫高，我要坐起来看你做饭。"

过了一个钟头，她说道：

"苏娣，我希望有一天能去画那不勒斯的海湾。"

下午医生来了，他走的时候，苏找了个借口跑到走廊上。

"有五成希望，"医生一面说，一面把苏细瘦的颤抖的手握在自己的手里，"好好护理，你会成功的。 现在我得去看楼下另一个病人。 他的名字叫贝尔门——听说也是个画家。 也是肺炎。 他年纪太大，身体又弱，病势很重。 他是治不好的了；今天要把他送到医院里，让他更舒服一点。"

第二天，医生对苏说："她已经脱离危险，你成功了。 现在只剩下营养和护理了。"

下午苏跑到琼西的床前，琼西正躺着，安详地编织着一条毫无用处的深蓝色毛线披肩。 苏用一只胳臂连枕头带人一把抱住了她。

"我有件事要告诉你，小家伙，"她说，"贝尔门先生今天在医院里患肺炎去世了。 他只病了两天。 头一天早晨，门房发现他在楼下自己那间房里痛得动弹不了。 他的鞋子和衣服全都湿透了，冰凉冰凉的。 他们搞不清楚在那个凄风苦雨的夜晚，他究竟到哪里去了。 后来他们发现了一盏没有熄火的灯笼，一把挪动过地方的梯子，几支扔得满地的画笔，还有一块调色板，上面涂抹着绿色和黄色的颜料，还有——亲爱的，瞧瞧窗子外面，瞧瞧墙上那最后一片藤叶。　难道你没有想过，为什么风刮得那样厉害，它却从来不摇一摇，动一动呢？　唉，亲爱的，这片叶子才是贝尔门的杰作——就是在最后一片叶子掉下来的晚上，他把它画在那里的。"

文美惠　译

乞力马扎罗的雪

[美国] 欧内斯特·米勒尔·海明威①

乞力马扎罗是一座海拔一万九千七百一十英尺的常年积雪的高山，据说它是非洲最高的一座山。西高峰叫马塞人②的"鄂阿奇——鄂阿伊"，即上帝的庙殿。在西高峰的近旁，有一具已经风干冻僵的豹子的尸体。豹子到这样高寒的地方来寻找什么，没有人做过解释。

"奇怪的是它一点也不痛。"他说，"你知道，开始的时候它就是这样。"

"真是这样吗？"

"千真万确。可我感到非常抱歉，这股气味准教你受不了啦。"

"别这么说！请你别这么说。"

---

① 欧内斯特·米勒尔·海明威（1899—1961），美国著名小说家，1954年获诺贝尔文学奖。曾参加第一次世界大战，后担任驻欧洲记者，并以记者身份参加了第二次世界大战和西班牙内战。他的早期长篇小说《太阳照样升起》《永别了，武器》成为表现美国"迷惘的一代"的主要代表作。
② 马塞人（Masai）：肯尼亚和坦桑尼亚的一个游牧狩猎民族。

"你瞧那些鸟儿，"他说，"到底是这儿的风景，还是我这股气味吸引了它们？"

男人躺在一张帆布床上，在一棵含羞草树的浓荫里，他越过树荫向那片阳光炫目的平原上望去，那儿有三只硕大的鸟讨厌地蜷伏着，天空中还有十几只在展翅翱翔，当它们掠空而过时，投下了迅疾移动的影子。

"从卡车抛锚那天起，它们就在那儿盘旋了。"他说，"今天是它们第一次落到地上来。 我起先还很仔细地观察过它们飞翔的姿态，心想一旦我写一篇短篇小说的时候，也许会用得上它们。 现在想想真可笑。"

"我希望你别写这些。"她说。

"我只是说说罢了，"他说，"我要是说着话儿，就会感到轻松得多。 可是我不想打扰你。"

"你知道这绝不打扰我，"她说，"我是因为没法出点儿力，才搞得这么焦灼的。 我想在飞机来到以前，咱们不妨尽可能轻松一点儿。"

"或者直等到飞机根本不来的时候。"

"请你告诉我能做些什么吧。 总有一些事是我能干的。"

"你可以把我这条腿锯下来，这样就可以不让它蔓延开去了。不过，我怀疑这样恐怕也不成。 也许你可以把我打死。 你现在是个好射击手啦。 我教过你打枪，不是吗？"

"请你别这么说。 我能给你读点什么吗？"

"读什么呢？"

"咱们书包里不论哪本咱们没有读过的书都行。"

"我可听不进啦，"他说，"只有谈话最轻松了。 咱们来吵嘴吧，吵吵嘴时间就过得快。"

"我不吵嘴。 我从来就不想吵嘴。 咱们再不要吵嘴啦。 不管咱们心里有多烦躁。 说不定今天他们会乘另外一辆卡车回来的。也说不定飞机会来到的。"

"我不想动了，"男人说，"现在转移已经没有什么意思了，除非使你心里轻松一些。"

"这是懦弱的表现。"

"难道你就不能让一个男人尽可能死得轻松一点儿，非得把他痛骂一顿不可吗？ 你辱骂我有什么用处呢？"

"你不会死的。"

"别傻啦。 我现在就快死了。 不信你问问那些个杂种。"他朝那三只讨厌的大鸟蹲伏的地方望去，它们光秃秃的头缩在耸起的羽毛里。 第四只掠飞而下，它快步飞奔，接着，蹒跚地缓步向那几只走去。

"每个营地都有这些鸟儿。 你从来没有注意罢了，要是你不自暴自弃，你就不会死。"

"你这是从哪儿读到的？ 你这个大傻瓜。"

"你不妨想想还有别人呢。"

"看在上帝的分上，"他说，"这可一向是我的行当哩。"

他静静地躺了一会儿，接着，越过那片灼热而炫目的平原，眺望灌木丛的边缘。 在黄色的平原上，有几只野羊显得又小又白，在远处，他看见一群斑马，映衬着葱绿的灌木丛，显得白花花的。 这是一个舒适宜人的营地，背倚山岭，上面覆盖着大树，有清冽的水。 附近有一个几乎已经干涸的水穴，每当清晨时分，沙松鸡就在那儿飞翔。

"你要不要我给你读点什么？"她问道。 她坐在帆布床边一张帆布椅上。 "有一阵微风吹来了。"

"不要，谢谢你。"

"也许卡车会来的。"

"我根本不在乎什么卡车来不来。"

"我可是在乎。"

"你在乎的东西多着哩，我可不在乎。"

"并不很多，哈里。"

"喝点酒怎么样？"

"喝酒对你是有害的。 在布拉克出版的书里说，一滴酒都不能喝。 你不应该喝酒啦。"

"莫洛！"他唤道。

"是，先生。"

"拿威士忌苏打来。"

"是，先生。"

"你不应该喝酒。"她说，"我说你自暴自弃，就是这个意思。 书上说酒对你是有害的。 我就知道酒对你是有害的。"

"不，"他说，"酒对我有好处。"

现在一切就这样完了，他想。 现在他再没有机会来了结这一切了。 一切就这样在为喝一杯酒这种小事争吵中了结了。 自从他的右腿开始生坏疽以来，他就不觉得痛，随着疼痛的消失，恐惧也消失了，他现在感到的只是一种强烈的厌倦和愤怒：这居然就是结局。 至于这个结局现在正在来临，他倒并不感到多大奇怪。 多少年来它就一直萦绕着他；但是现在它本身并不说明任何意义。 真奇怪，只要你厌倦够了，就能这样轻而易举地达到这个结局。

现在他再也不能把原来打算留到将来写作的题材写出来了，他本想等到自己有足够的了解以后才动笔，这样可以写得好一些。 唔，他也不用在试着写这些东西的时候遭遇失败了。 也许你永远不能把这些东西写出来，这就是你为什么一再延宕，迟迟没有动笔的缘故。 得了，他永远不会理解了，现在。

"我但愿咱们压根儿没上这儿来。"女人说。 她咬着嘴唇望着他手里举着酒杯。 "在巴黎你绝不会出这样的事儿。 你一向说你喜欢巴黎。 咱们本来可以待在巴黎或者上任何别的地方去。 不管哪儿我都愿意去。 我说过你要上哪儿，我都愿意去。 要是你想打猎，咱们本来可以上匈牙利去，而且会很舒服的。"

"你有的是该死的钱。"他说。

"这么说是不公平的。"她说，"那一向是你的，就跟是我的一样。 我撇下了一切，不管上哪儿，只要你想去我就去，你想干什么我就干什么。 可我真希望咱们压根儿没上这儿来。"

"你说过你喜欢这儿。"

"我是说过的，那时你平安无事。 可现在我恨这儿。 我不明白干吗非得让你的腿出岔儿。 咱们到底干了什么，要让咱们遇到这样的事？"

"我想我干的事情就是，开头我把腿擦破了，忘了给抹上碘酒，随后又根本没有去注意它，因为我是从不感染的。 后来等它严重了，别的抗菌剂又都用完了，可能就因为用了药性很弱的石炭酸溶液，使微血管麻痹了，于是开始生坏疽了。"他望着她。 "除此以外还有什么呢？"

"我不是指这个。"

"要是咱们雇了一个高明的技工，而不是那个半瓶子醋的吉库尤①人司机，他也许就会检查汽油，而绝不会把卡车的轴承烧毁啦。"

---

① 非洲班图人的一支。

"我不是指这个。"

"要是你没有离开你自己的人——你那些该死的威斯特伯里、萨拉托加和棕榈滩①的老相识——偏偏捡上了我——"

"不，我是爱上了你。 你这么说，是不公平的。 我现在也爱你。 我永远爱你。 你爱我吗？"

"不，"男人说，"我不这么想。 我从来没有这样想过。"

"哈里，你在说些什么？ 你昏了头啦。"

"没有，我已经没有头可以发昏了。"

"你别喝酒啦，"她说，"亲爱的，我求求你别喝酒啦。 只要咱们能办到的事，咱们就得尽力去干。"

"你去干吧，"他说，"我可是已经累啦。"

现在，在他的脑海里，他看见在卡拉加奇②的一座火车站，他正背着背包站在那里，现在正是辛普伦——奥连特列车的前灯划破了黑暗，当时在撤退以后他正准备离开色雷斯③。这是他准备留待将来写的一段情景，还有下面一段情节：早晨吃早餐的时候，眺望着窗外保加利亚群山的积雪，南森的女秘书问那个老头儿，山上是不是雪，老头儿望着窗外说，不，那不是雪。这会儿还不到下雪的时候哩。于是那个女秘书把老头儿的话重复讲给其他几个姑娘听，不，你们看，那不是雪。她们都说，那不是雪，咱们都看错了。可是等他提出交换居民，把她们送往山里去的时候，那年冬天她们脚下一步步踩着前进的正是积

---

① 这三个地方都在美国。
② 卡拉加奇： 土耳其西北部， 位于欧洲部分的一城市。
③ 色雷斯： 爱琴海北岸的一个地区， 分属希腊、 土耳其和保加利亚。

雪，直到她们死去。

那年圣诞节在高厄塔耳山，雪也下了整整一个星期。那年他们住在伐木人的屋子里，那口正方形的大瓷灶占了半间屋子，他们睡在装着山毛榉树叶的垫子上，这时那个逃兵跑进屋来，两只脚在雪地里冻得鲜血直流。他说宪兵就在他后面紧紧追赶，于是他们给他穿上了羊毛袜子，并且缠住宪兵闲扯，让雪花盖没了逃兵的足迹。

在希伦兹，圣诞节那天，雪是那么晶莹闪耀，你从酒吧间望出去，刺得你的眼睛发痛，你看见每个人都从教堂回到自己的家里去。他们肩上背着沉重的滑雪板，就是从那儿走上松林覆盖的陡峭的群山旁的那条给雪橇磨得光溜溜的、尿黄色的河滨大路的，他们那次大滑雪，就是从那儿一直滑到"梅德纳尔之家"上面那道冰川的大斜坡的，那雪看来平滑得像糕饼上的糖霜，轻柔得像粉末似的，他记得那次阒无声息的滑行，速度之快，使你仿佛像一只飞鸟从天而降。

他们在"梅德纳尔之家"被大雪封了一个星期，在暴风雪期间，他们挨着灯光，在烟雾弥漫中玩牌，伦特先生输得越多，赌注也跟着越下越大。最后他输得精光，把什么东西都输光了，把滑雪学校的钱和那一季的全部收益都输光了，接着把他的资金也输光了。他能看到伦特先生那长长的鼻子，捡起了牌，接着翻开牌说："不看。"那时候总是赌博。天不下雪，你赌博，雪下得太多，你又是赌博。他想起他这一生消磨在赌博里的时间。

可是关于这些，他连一行字都没有写，还有那个凛冽而晴朗的圣诞节，平原那边显出了群山，那天巴克飞过防线去轰炸那列运送奥地利军官去休假的火车，当军官们四散奔跑的时候，他用机枪扫射他们。他记得后来巴克走进食堂，开始谈起这件事。大家听他讲了以后，都鸦雀无声，接着有个人说："你这个该死的杀人坏种。"关于这件事，他也一行字都没有写。

他们杀死的那些奥地利人，就是不久前跟他一起滑雪的奥地利人，不，不是那些奥地利人。汉斯，那年一整年跟他一起滑雪的奥地利人，是一直住在"国王—猎人客店"里的，他们一起到那家锯木厂上面那个小山谷去猎兔的时候，他们还谈起那次在帕苏比奥①的战斗和向波蒂卡和阿萨洛纳的进攻，这些他连一个字都没有写。关于孟特科尔诺，西特科蒙姆，阿尔西陀②，他也一个字都没有写。

在福拉尔贝格③和阿尔贝格④他住过几个冬天？住过四个冬天，于是他记起那个卖狐狸的人，当时他们到了布卢登茨⑤，那回是去买礼物，他记起甘醇的樱桃酒特有的樱桃核味儿，记起在那结了冰的像粉一般的雪地上的快速滑行，你一面唱着"嗨！嗬！罗利说！"一面滑过最后一段坡道，笔直向那险峻的陡坡飞冲而下，接着转了三个弯滑到果园，从果园出来又越过那道沟渠，登上客店后面那条滑溜溜的大路。你敲松缚带，踢下滑雪板，把它们靠在客店外面的木墙上，灯光从窗里照射出来，屋子里，在烟雾缭绕、冒着新醅的酒香的温暖中，人们正在拉着手风琴。

---

① 帕苏比奥：意大利东北部一山峰。
② 从波蒂卡到阿尔西陀这些都是意大利地名。有些地名作者的拼法有错误，如孟特科尔诺（Montc corno），正确的译音应为蒙特科维诺（Monte Covino），阿尔西陀（Ars iedo）正确的译音是阿尔西洛（Arsiero）。
③ 福拉尔贝格：奥地利西部地区。
④ 阿尔贝格：奥地利西部蒂罗尔州的一乡村。该地以滑雪著称。
⑤ 布卢登茨：奥地利福拉尔贝格州一区，游览胜地。

"在巴黎咱们住在哪儿？"他问女人，女人正坐在他身边一只帆布椅里，现在，在非洲。

"在克里昂。这你是知道的。"

"为什么我知道是哪儿？"

"咱们始终住在那儿。"

"不，并不是始终住在那儿。"

"咱们在那儿住过，在圣·日耳曼区的亨利四世大楼也住过。你说过你爱那个地方。"

"爱是一堆粪，"哈里说，"而我就是一只爬在粪堆上咯咯叫的公鸡。"

"要是你一定得离开人间的话，"她说，"是不是你非得把你没法带走的都砍尽杀绝不可呢？我的意思是说，你是不是非得把什么东西都带走不可？你是不是一定要把你的马，你的妻子都杀死，把你的鞍子和你的盔甲都烧掉呢？"

"对，"他说，"你那些该死的钱就是我的盔甲。就是我的马和我的盔甲。"

"你别这么说。"

"好吧。我不说了。我不想伤害你的感情。"

"现在这么说，已经有点儿晚啦。"

"那好吧，我就继续来伤害你。这样有趣多啦。我真正喜欢跟你一起干的唯一的一件事，我现在不能干了。"

"不，这可不是实话。你喜欢干的事情多得很，而且只要是你喜欢干的，我也都干过。"

"啊，看在上帝的分上，请你别那么夸耀啦，行吗？"

他望着她，看见她在哭了。

"你听我说，"他说，"你以为我这么说有趣吗？我不知道我为什么要这样说。 我想，这是想用毁灭一切来让自己活着。 咱们刚开始谈话的时候，我还是好好的。 我并没有意思要这样开场，可是现在我蠢得像个老傻瓜似的，对你狠心也真狠到了家。 亲爱的，我说什么，你都不要在意。 我爱你，真的。 你知道我爱你。 我从来没有像爱你这样爱过任何别的女人。"

他不知不觉地说出了他平时用来谋生糊口的谎话。

"你对我挺好。"

"你这个坏娘们，"他说，"你这个有钱的坏娘们。 这是诗。现在我满身都是诗。 腐烂和诗。 腐烂的诗。"

"别说了。 哈里，为什么你现在一定要变得这样恶狠狠的？"

"任何东西我都不愿留下来，"男人说，"我不愿意有什么东西在我身后留下来。"

现在已是傍晚，他睡熟了一会。 夕阳已隐没在山后。 平原上一片阴影，一些小动物正在营地近旁吃食；它们的头很快地一起一落，摆动着尾巴，他看着它们现在正从灌木丛那边跑掉了。 那几只大鸟不再在地上等着了。 它们都沉重地栖息在一棵树上。 它们还有很多。 他那个随身伺候的男仆正站在床边。

"太太打猎去了。"男仆说，"先生要什么吗？"

"不要什么。"

她打猎去了，想搞一点兽肉，她知道他喜欢看打猎，有心跑得远远的，这样她就不会惊扰这一小片平原而让他看到她在打猎了。她总是那么体贴周到，他想。 只要是她知道的或是读到过的，或是她听人讲过的，她都考虑得很周到。

这不是她的过错，他来到她身边的时候，他已经完了。 一个女人怎么能知道你说的话，都不是真心实意呢？ 怎么能知道你说的话，不过是出于习惯，而且只是为了贪图舒服呢？ 自从他对自己说的话不再当真以后，他靠谎话跟女人相处，比他过去对她们说真心话更成功。

他撒谎并不都是因为他没有真话可说。 他曾经享有过生命，他的生命已经完结，接着他又跟一些不同的人，而且有更多的钱，在从前那些最好的地方，以及另外一些新的地方重新活了下来。

你不让自己思想，这可真是了不起。 你有这样一副好内脏，因此你没有那样垮下来，他们大部分都垮下来了，而你却没有垮掉，你抱定一种态度，既然你再也不能干了，你就毫不关心你经常干的工作了。 可是，在你心里，你说你要写这些人；写这些非常有钱的人，你说你实在并不属于他们这一类，而只是他们那个国度里的一个间谍；你说你会离开这个国度，并且写这个国度，而且是第一次由一个熟悉这个国度的人来写它。 可是他永远不会写了，因为每天什么都不写，贪图安逸，扮演自己所鄙视的角色，就磨钝了他的才能，松懈了他工作的意志，最后他干脆什么都不干了。 他不干工作的时候，那些他现在认识的人都感到惬意得多。 非洲是在他一生幸运的时期中感到最幸福的地方，他所以上这儿来，为的是要从头开始。 他们这次是以最低限度的舒适来非洲作狩猎旅行的。 没有艰苦，但也没有奢华，他曾想这样他就能重新进行训练。 这样或许他就能够把他心灵上的脂肪去掉，像一个拳击手，为了消耗体内的脂肪，到山里去干活和训练一样。

她曾经喜欢这次狩猎旅行来着。 她说过她爱这次狩猎旅行。凡是激动人心的事情，能因此变换一下环境，能结识新的人，看到愉快的事物，她都喜爱。 他也曾经感到工作的意志力重新恢复的幻觉。 现在难道就这样了结不成，而他也知道事实就是如此，他不必变得像一条蛇那样，因为背脊给打断了就啃咬自己。 这不是她的过错。 如果不是她，也会有别的女人。 如果他以谎言为生，他就应该试着以谎言而死。 他听到山那边传来一声枪响。

她的枪打得挺好，这个善良的，这个有钱的娘们，这个他的才能的体贴的守护人和破坏者。 废话，是他自己毁了自己的才能。他为什么要嗔怪这个女人，就因为她好好地供养了他？ 他虽然有才能，但是因为弃而不用，因为出卖了自己，也出卖了自己所信仰的一切，因为酗酒过度而磨钝了敏锐的感觉，因为懒散，因为怠惰，因为势利，因为傲慢和偏见，因为其他种种缘故，他毁灭了自己的才能。 这算是什么？ 一张旧书目录卡？ 到底什么是他的才能？就算是才能吧，可是他没有充分利用它，而是利用它做交易。 他从来不是用他的才能去做些什么，而总是用它来决定他能做些什么。他决意不靠钢笔或铅笔谋生，而靠别的东西谋生。 说来也怪，是不是？ 每当他爱上另一个女人的时候，为什么这另一个女人总是要比前一个女人更有钱？ 可是当他不再真心恋爱的时候，当他只是撒谎的时候，就像现在对这个女人那样，她比所有他爱过的女人更有钱，她有的是钱，她有过丈夫，孩子，她找过情人，但是她不满意那些情人，她倾心地爱他，把他当作一位作家，当作一个男子汉，当作一个伴侣，当作一份引为骄傲的财产来爱他——说来也怪，当他根本不爱她，而且对她撒谎的时候，为了报答她为他花费的钱，他所能给予她的，居然比他过去真心恋爱的时候还多。

咱们干什么，都是注定了的，他想。 不管你是干什么过活的，这就是你的才能所在。 他的一生都是出卖生命力，不管是以这种形式或者那种形式。 而当你并不十分钟情的时候，你越是看重金钱。他发现了这一点，但是他绝不会写这些了，现在也不会写了。 不，他不会写了，尽管这是很值得一写的东西。

现在她走近来了，穿过那片空地向营地走过来了。 她穿着马裤，擎着一支来复枪，两个男仆扛着一只野羊跟在她后面走来。 她仍然是一个很好看的女人，他想，她的身躯也很动人，她对床笫之乐很有才能，也很有领会，她并不美，但是他喜欢她的脸庞，她读过大量的书，她喜欢骑马和打枪，当然，她酒喝得太多。 她还是一个比较年轻的女人的时候，丈夫就死了，在一个很短暂的时间里，她把心都放在两个刚长大的孩子身上，孩子却并不需要她，她在他们身边，他们就感到不自在，她还专心致志地养马、读书和喝酒。她喜欢在黄昏吃晚饭前读书，一面阅读一面喝威士忌苏打。 到吃晚饭的时候，她已经喝得醉醺醺的，在晚饭桌旁再喝上一瓶甜酒，往往就醉得足够使她昏昏欲睡了。

这是她没有情人时候的情况。 她有了那些情人以后，她就不再喝那么多的酒了，因为她不必喝醉了酒去睡觉了。 但是情人使她感到厌烦。 她嫁过一个丈夫，他从没有使她厌烦，而这些人却使她感到厌烦透了。

接着，她的一个孩子在飞机失事中死去了，事件过去以后，她不再需要情人了，酒也不再是麻醉剂了，她必须建立另一种生活。突然间，孤身独处吓得她心惊胆战。 但是她要跟一个她所尊敬的人在一起生活。

事情发生得很简单。 她喜欢他写的东西，她一向羡慕他过的那种生活。 她认为他正是干了他自己想干的事情。 她为了获得他而采取的种种步骤，以及她最后爱上了他的那种方式，都是一个正常过程的组成部分，在这个过程中她给自己建立起一个新生活，而他则出售他旧生活的残余。

他出售他旧生活的残余，是为了换取安全，也是为了换取安逸，除此以外，还为了什么呢？ 他不知道。 他要什么，她就会给他买什么。 这他是知道的。 她也是一个非常温柔的女人。 他跟任何人一样，愿意立刻和她同床共枕；特别是她，因为她更有钱，因为她很有风趣，很有欣赏力，而且因为她从不大吵大闹。 可是现在她重新建立的这个生活行将结束了，因为两个星期以前，一根荆棘刺破了他的膝盖，而他没有给伤口涂上碘酒，当时他们挨近去，想拍下一群羚羊的照片，这群羚羊站立着，扬起了头窥视着，一面用鼻子嗅着空气，耳朵向两边张开着，只等一声响动就准备奔入丛林。 他没有能拍下羚羊的照片，它们已跑掉了。

现在她到这儿来了。

他在帆布床上转过头来看她。 "你好。"他说。

"我打了一只野羊。"她告诉他，"它能给你做一碗好汤喝，我还让他们捣一些土豆泥拌奶粉。 你这会儿觉得怎么样？"

"好多啦。"

"这该有多好！ 你知道，我就想过你也许会好起来的。 我离开的时候，你睡熟了。"

"我睡了一个好觉。 你跑得远吗？"

"我没有跑远，就在山后面。 我一枪打中了这只野羊。"

"你打得挺出色，你知道。"

"我爱打枪。 我已经爱上非洲了。 说真的，要是你平安无事，这可是我玩得最痛快的一次了。 你不知道跟你一起是多么有趣。 我已经爱上这个地方了。"

"我也爱这个地方。"

"亲爱的，你不知道看到你觉得好多了，那有多么了不起。 刚才你难受得那样，我简直受不了。 你再不要那样跟我说话了，好吗？ 你答应我吗？"

"不啦。"他说，"我记不起我说了些什么了。"

"你不一定要把我给毁掉，是吗？ 我不过是个中年妇女，可是我爱你，你要干什么，我都愿意干。 我已经给毁了两三次啦。 你不会再把我给毁掉吧，是吗？"

"我倒是想在床上再把你毁几次。"他说。

"是啊。 那可是愉快的毁灭。 咱们就是给安排了这样毁灭的。 明天飞机就会来啦。"

"你怎么知道明天会来？"

"我有把握。 飞机一定要来的。 仆人已经把木柴都准备好了，还准备了生浓烟的野草。 今天我又下去看了一下。 那儿足够让飞机着陆，咱们在空地两头准备好两堆浓烟。"

"你凭什么认为飞机明天会来呢？"

"我有把握它准定会来。 现在它已经耽误了。 这样，到了城里他们就会把你的腿治好，然后咱们就可以搞点儿毁灭，而不是那种讨厌的谈话。"

"咱们喝点酒好吗？ 太阳落山啦。"

"你想喝吗？"

"我想喝一杯。"

"咱们就一起喝一杯吧。 莫洛，去拿两杯威士忌苏打来！"她唤道。

"你最好穿上防蚊靴。"他告诉她。

"等我洗过澡再穿……"

他们喝着酒的时候，天渐渐暗下来，在这暮色苍茫没法瞄准打枪的时刻，一只鬣狗穿过那片空地往山那边跑去了。

"那个杂种每天晚上都跑过那儿，"男人说，"两个星期以来，每晚都是这样。"

"每天晚上发出那种声音来的就是它。 尽管这是一种讨厌的野兽，可我不在乎。"

他们一起喝着酒，没有痛的感觉，只是因为一直躺着不能翻身而感到不适，两个仆人生起了一堆篝火，光影在帐篷上跳跃，他感到自己对这种愉快的投降生活所怀有的那种默认的心情，现在又油然而生了。她确实对他非常好。今天下午他对她太狠心了，也太不公平了。她是个好女人，确实是个了不起的女人。可是就在这当儿，他忽然想起他快要死了。

这个念头像一种突如其来的冲击；不是流水或者疾风那样的冲击；而是一股无影无踪的臭气的冲击，令人奇怪的是，那只鬣狗却沿着这股无影无踪的臭气的边缘轻轻地溜过来了。

"干什么，哈里？"她问他。

"没有什么。"他说，"你最好挪到那一边去坐。坐到上风那一边去。"

"莫洛给你换药了没有？"

"换过了。我刚敷上硼酸膏。"

"你觉得怎么样？"

"有点颤抖。"

"我要进去洗澡了。"她说，"我马上就会出来的。我跟你一起吃晚饭，然后把帆布床抬进去。"

这样，他自言自语地说，咱们结束吵嘴，是做对啦。他跟这个女人从来没有大吵大闹过，而他跟他爱上的那些女人却吵得很厉害，最后由于吵嘴的腐蚀作用，总是毁了他们共同怀有的感情：他爱得太深，要求得也太多，这样就把一切全都耗尽了。

他想起那次他孤零零地在君士坦丁堡①的情景，从巴黎出走

---

① 君士坦丁堡：现名伊斯坦布尔，土耳其最大的城市。

之前，他吵了一场。那一阵他夜夜宿娼，而事后他仍然无法排遣寂寞，相反更加感到难忍的寂寞，于是他给她，他那第一个情妇，那个离开了他的女人写了一封信，告诉她，他是怎样始终割不断对她的思恋。……怎样有次在摄政院外面他以为看到了她，为了追上她，他跑得头昏眼花，心里直想吐，他会在林荫大道跟踪一个外表有点像她的女人，可就是不敢看清楚不是她，生怕就此失去了她在他心里引起的感情。他跟不少女人睡过，可是她们每个人又是怎样只能使他更加想念她，他又是怎样绝不介意她干了些什么，因为他知道他摆脱不掉对她的爱恋。他在夜总会冷静而清醒地写了这封信，寄到纽约去，央求她把回信寄到他在巴黎的事务所去。这样似乎比较稳当。那天晚上他非常想念她，他觉得心里空荡荡的直想吐，他在街头踯躅，一直溜过塔克辛姆，碰到了一个女郎，带她一起去吃晚饭。后来他到了一个地方，同她跳舞，可是她跳得很糟，于是丢下了她，搞上了一个风骚的亚美尼亚女郎，她把肚子贴着他的身子摆动，擦得肚子都几乎要烫坏了。他跟一个少尉衔的英国炮手吵了一架，就把她从炮手手里带走了。那个炮手把他叫到外面去，于是他们在暗地里，在大街的圆石地面上打了起来。他朝他的下巴颏狠狠地揍了两拳，可是他并没有倒下，这一下他知道他免不了要有一场厮打了。那个炮手先打中了他的身子，接着又打中他的眼角。他又一次挥动左手，击中了那个炮手。炮手向他扑过来，抓住他的上衣，扯下了他的袖子，他往他的耳朵后面狠狠揍了两拳，接着在他把他推开的时候，又用右手把他击倒在地。炮手倒下的时候，头先磕在地上，于是他带着女郎跑掉了，因为他们听见宪兵来了。他们乘上一辆出租汽车，沿着博斯普鲁斯海峡①驶向雷米利希萨，兜了一圈，在凛冽的寒夜回到城里睡觉，她给人的感觉就像她的外貌一样，过于成熟了，但是柔滑如脂，像玫瑰花瓣，像糖浆似的，肚子光滑，乳房高耸……在她醒来以前，他就离开了她，在第一线曙光照射下，她的容貌显得粗俗极了，他带着一只打得发青的眼圈来到彼拉宫，手里提着那件上衣，因为袖子已经不见了。

就在那天晚上，他离开君士坦丁堡动身到安纳托利亚②去，后来他回忆那次旅行，整天穿行在种着罂粟花的田野里，那里的人们种植罂粟花提炼鸦片，这使你感到多么新奇，最后——不管朝哪个方向走仿佛都不对似的——到了他们曾经跟那些刚从君士坦丁堡来的军官一起发动进攻的地方，那些军官啥也不懂，大炮都打到部队里去了，那个英国观察员哭得像个小孩子似的。

就在那天，他第一次看到了死人，穿着白色的芭蕾舞裙子和向上翘起的有绒球的鞋子。土耳其人像波浪般地不断涌来，他看见那些穿着裙子的男人在奔跑着，军官们朝他们打枪，接着军官们自己也逃跑了，他同那个英国观察员也跑了，跑得他肺都发痛了，嘴里尽是那股铜腥味，他们在岩石后面停下来休息，土耳其人还在波浪般地涌来。后来他看到了他从来没有想象到的事情，后来他还看到比这些更糟的事情。所以，那次他回到巴黎的时候，这些他都不能谈，即使提起这些他都受不了。他经过咖啡馆的时候，里面有那位美国诗人，面前一大堆碟子，

---

① 博斯普鲁斯海峡：位于土耳其欧亚两个部分之间。君士坦丁堡即在该海峡西岸。

② 土耳其的亚洲部分。

土豆般的脸上露出一副蠢相，正在跟一个名叫特里斯坦·查拉①的罗马尼亚人讲达达运动。特里斯坦·查拉老是戴着单眼镜，老是闹头痛；接着，当他回到公寓跟他的妻子在一起的时候，他又爱他的妻子了，吵架已经过去了，气恼也过去了，他很高兴自己又回到家里，事务所把他的信件送到了他的公寓。这样，一天早晨，那封答复他写的那封信的回信托在一只盘子里送进来了，当他看到信封上的笔迹时，他浑身发冷，他想把那封信塞在另一封信下面。可是他的妻子说："亲爱的，那封信是谁寄来的？"于是那件刚开场的事就此了结。

　　他想起他同所有这些女人在一起时的欢乐和争吵。她们总是挑选最妙的场合跟他吵嘴。为什么她们总是在他心情最愉快的时候跟他吵嘴呢？关于这些，他一点也没有写过，因为起先是他绝不想伤害她们任何一个人的感情，后来看起来好像即使不写这些，要写的东西就已经够多了。但是他始终认为最后他还是会写。要写的东西太多了。他目睹过世界的变化；不仅是那些事件而已；尽管他也曾目睹过许多事件，观察过人们，但是他目睹过更微妙的变化，而且记得人们在不同的时刻又是怎样表现的。他自己就曾经置身于这种变化之中，他观察过这种变化，写这种变化，正是他的责任，可是现在他再也不会写了。

"你觉得怎样啦？"她说。　现在她洗过澡从帐篷里出来了。

"没有什么。"

"这会儿就给你吃晚饭好吗？"他看见莫洛在她后面拿着折叠桌，另一个仆人拿着菜盘子。

　　"我要写东西。"他说。

　　"你应该喝点肉汤恢复体力。"

　　"我今天晚上就要死了，"他说，"我用不着恢复什么体力啦。"

　　"请你别那么夸张，哈里。"她说。

　　"你干吗不用你的鼻子闻一闻？我都已经烂了半截啦，现在烂到大腿上了。我干吗还要跟肉汤开玩笑？莫洛，拿威士忌苏打来。"

　　"请你喝肉汤吧。"她温柔地说。

　　"好吧。"

　　肉汤太烫了。他只好把肉汤倒在杯子里，等凉得可以喝了，才把肉汤喝下去，一口也没有哽住过。

　　"你是一个好女人，"他说，"你不用关心我啦。"

　　她仰起她那张在《激励》和《城市与乡村》上人人皆知，人人都爱的脸庞望着他，那张脸因为酗酒狂饮而稍有逊色，因为贪恋床笫之乐而稍有逊色，可是《城市与乡村》从未展示过她那美丽的胸部，她那有用的大腿，她那轻柔地爱抚你的纤小的手，当他望着她，看到她那著名的动人的微笑的时候，他感到死神又来临了。这回没有冲击。它是一股气，像一阵使烛光摇曳，使火焰腾起的微风。

　　"待会儿他们可以把我的蚊帐拿出来挂在树上，生一堆篝火。今天晚上我不想搬到帐篷里去睡了。不值得搬动了。今天是一个晴朗的夜晚。不会下雨。"

　　那么，你就这样死了，在你听不见的悄声低语中死去了。好吧，这样就再也不会吵嘴了。 这一点他可以保证。 这个他从来没有经历过的经验，他现在不会去破坏它了。 但是他也可能会破坏。你已经把什么都毁啦。 但是也许他不会。

"你能听写吗？"

"我没有学过。"她告诉他。

"好吧。"

没有时间了，当然，尽管好像经过了压缩，只要你能处理得当，你只消用一段文字就可以把那一切都写进去。

在湖畔，一座山上，有一所圆木构筑的房子，缝隙都用灰泥嵌成白色。门边的柱子上挂着一只铃，这是召唤人们进去吃饭用的。房子后面是田野，田野后面是森林。一排伦巴底白杨树从房子一直伸展到码头。另一排白杨树沿着这一带迤逦而去。森林的边缘有一条通向山峦的小路，他曾经在这条小路上采摘过黑莓。后来，那所圆木房子烧坍了，在壁炉上面的鹿脚架上挂着的猎枪都烧掉了，枪筒和枪托跟融化在弹夹里的铅弹也都一起烧坏了，搁在那一堆灰上——那堆灰原是给那只做肥皂的大铁锅熬碱水用的，你问祖父能不能拿去玩，他说，不行。你知道那些猎枪仍旧是他的，他从此也再没有买别的猎枪了。他也再不打猎了。现在在原来的地方用木料重新盖了那所房子，漆成了白色，从门廊上你可以看见白杨树和那边的湖光山色；可是再也没有猎枪了。从前挂在圆木房子墙上的鹿脚上的猎枪筒，搁在那堆灰上，再也没有人去碰过。

战后，我们在黑森林①里，租了一条钓鲑鱼的小溪，有两条

---

① 黑森林；德国西南部山区，在巴登－符腾堡州，著名的游览胜地。

路可以跑到那儿去。一条是从特里贝格走下山谷。然后绕着那条覆盖在林荫（靠近那条白色的路）下的山路走上一条山坡小道，穿山越岭，经过许多矗立着高大的黑森林式房子的小农场，一直走到小道和小溪交叉的地方。我们就在这个地方钓鱼。

另一条路是陡直地爬上树林边沿，然后翻过山巅，穿过松林，接着走出林子来到一片草地边沿，下山越过这片草地到那座桥边。小溪边是一溜桦树，小溪并不宽阔，而是窄小、清澈而湍急，在桦树根边冲出了一个个小潭。在特里贝格的客店里，店主人这一季生意兴隆。这是使人非常快活的事，我们都是亲密的朋友。第二年通货膨胀，店主人前一年赚的钱，还不够买进经营客店必需的物品，于是他上吊死了。

你能口授这些，但是你无法口授那个城堡护墙广场，那里买花人在大街上给他们的花卉染色，颜料淌得路面上到处都是，公共汽车都从那儿出发，老头儿和女人们总是喝甜酒和用果渣酿制的低劣的白兰地，喝得醉醺醺的；小孩子们在寒风凛冽中淌着鼻涕；汗臭和贫穷的气味，"业余者咖啡馆"里的醉态，还有"风笛"跳舞厅的妓女们，她们就住在舞厅楼上。那个看门女人在她的小屋里款待那个共和国自卫队员，一张椅子上放着共和国自卫队员的那顶插着马鬃的帽子。门厅那边还有家住户，她的丈夫是个自行车比赛者，那天早晨她在牛奶房打开《机动车》报看到他在第一次参加盛大的巴黎环城比赛中名列第三时，她是多么高兴。她涨红了脸，大声笑了出来，接着跑到楼上，手里拿着那张淡黄色的体育报哭了起来。他，哈里，有一次要凌晨乘飞机出门，经营"风笛"跳舞厅的女人的丈夫驾了一辆出租汽车来敲门唤他，动身前他们两个人在酒吧间的锌桌边喝了一杯白葡萄酒。那时，他熟悉那个地区的邻居，因为他们都很穷。

在城堡护墙广场附近有两种人：酒徒和运动员。酒徒以酗酒打发贫困，而运动员则在锻炼中忘却贫困。他们是巴黎公社的后裔，因此，对于他们来说，懂得他们的政治并不难。他们知道是谁打死了他们的父老兄弟和亲属朋友的，当凡尔赛的军队开进巴黎，继公社之后而占领了这座城市，任何人，只要是他们摸到手上有茧的，或者戴着便帽的，或者带有任何其他标志说明他是一个劳动者的，一律格杀勿论。就是在这样的贫困之中，就是在这个地区里。街对面是一家马肉铺和一家酿酒合作社，他开始了他此后的写作生涯。巴黎，再没有他这样热爱的地区了，那蔓生的树木，那白色的灰泥墙，下面涂成棕色的老房子，那在圆形广场上一长列绿色的公共汽车，那路面上淌着染花的紫色颜料，那从山上向塞纳河急转直下的莱蒙昂红衣主教大街，还有那另一条狭窄然而热闹的莫菲塔德路。那条通向万神殿的大街和那另一条他经常骑着自行车经过的大街，那是那个地区唯一的一条铺上沥青的大街，车胎驶过，感到光溜平滑，街道两边尽是高耸而狭小的房子，还有那家高耸的下等客店，保尔·魏尔伦[1]就死在这里。在他们住的公寓里，他们只有两间屋子，他在那家客店的顶楼上有一间房间，每月他要付六十法郎的房租，他在这里写作，从这间房间，他可以看到鳞次栉比的屋顶和烟囱以及巴黎所有的山峦。

你从那幢公寓却只能看到那个经营木柴和煤炭的人的店铺，他也卖酒，卖低劣的甜酒。马肉铺子外面挂着金黄色的马头，在马肉铺的橱窗里挂着金黄色和红色的马肉，那涂着绿色油漆

---

① 保尔·魏尔伦（1844—1896）：法国诗人。

的合作社，他们就在那儿买酒喝；醇美而便宜的甜酒。其余就是灰泥的墙壁和邻居们的窗子。夜里，有人喝醉了躺在街上，在那种典型的法国式的酩酊大醉（人们向你宣传，要你相信根本不存在这样的大醉）中呻吟着，那些邻居会打开窗子，接着是一阵喃喃地低语。

　　"警察上哪儿去了？总是在你不需要警察的时候，这个家伙就出现了。他准是跟哪个看门女人在睡觉啦。去找警察。"等到不知是谁从窗口泼下一桶水，呻吟声才停止了。"倒下来的是什么？水。啊，这可是聪明的办法。"于是窗子都关上了。玛丽，他的女仆，抗议一天八小时的工作制，说："要是一个丈夫干到六点钟，他在回家的路上就只能喝得稍微有点醉意，花钱也不会太多。可要是他活儿只干到五点钟，那他每天晚上都会喝得烂醉，你也就一个子儿也没有了。受这份缩短工时的罪的是工人的老婆。"

"你要再喝点儿肉汤吗？"女人现在问他。

"不要了，多谢你。 味道好极了。"

"再喝一点儿吧。"

"我想喝威士忌苏打。"

"酒对你可没有好处。"

"是啊，酒对我有害。 柯尔·波特①写过这些歌词，还作了曲子。 这种知识正使你在生我的气。"

"你知道我是喜欢你喝酒的。"

"啊，是的，不过因为酒是对我有害的。"

---

① 柯尔·波特（1893—1964）：美国作曲家和抒情诗人。

等她走开了，他想，我就会得到我所要求的一切。 不是我所要求的一切，而只是我所有的一切。 嗳，他累啦。 太累啦。 他想睡一会儿。 他静静地躺着，死神不在那儿。 它准是上另一条街溜达去了。它成双结对地骑着自行车，静悄悄地在人行道上行驶。

不，他从来没有写过巴黎。没有写过他喜爱的那个巴黎。可是其余那些他从来没有写过的东西又是如何呢？

大牧场和那银灰色的山艾灌木丛，灌溉渠里湍急而清澈的流水和那浓绿的苜蓿又是如何呢？那条羊肠小道蜿蜒而上向山里伸展，而牛群在夏天胆小得像麋鹿一样。那吆喝声和持续不断的喧嘈声，那一群行动缓慢的庞然大物，当你在秋天把它们赶下山来的时候，扬起了一片尘土。群山后面，嶙峋的山峰在暮霭中清晰地显现，在月光下沿着那条小道下山，山谷那边一片皎洁。他记得，当你穿过森林下山时，在黑暗中你看不见路，只能抓住马尾巴摸索前进，这些都是他想写的故事。

还有那个打杂的傻小子，那次留下他一个人在牧场，并且告诉他别让任何人来偷干草，从福克斯来的那个老坏蛋，经过牧场停下来想搞点饲料，傻小子过去给他干活的时候，老家伙曾经揍过他。孩子不让他拿，老头儿说他要再给他一顿狠揍。当他想闯进牲口栏去的时候，孩子从厨房里拿来了来复枪，把老头儿打死了，于是等他们回到牧场的时候，老头儿已经死了一个星期，在牲口栏里冻得直僵僵的，狗已经把他吃掉了一部分。但是你把残留的尸体用毯子包起来，捆在一架雪橇上，让那个孩子帮你拖着，你们两个穿着滑雪板，带着尸体赶路，然后滑行六十英里，把孩子解到城里去。他还不知道人家会逮捕他呢。你满以为自己尽了责任，你是他的朋友，他准会得到报酬呢。他是帮着他把这个老家伙拖进城来的，这样谁都能知道这个老家伙一向有多坏，他又是怎样想偷饲料，饲料可不是他的啊，等到行政司法官给孩子戴上手铐时，孩子简直不能相信。于是他放声哭了出来。这是他留着准备将来写的一个故事。从那儿，他至少知道二十个有趣的故事，可是他一个都没有写。为什么？

"你去告诉他们，那是为什么。"他说。

"什么为什么，亲爱的？"

"没有什么。"

她自从有了他，现在酒喝得不那么多了。可要是他活着，他绝不会写她。这一点现在他知道了。他也绝不写她们任何一个。有钱的人都是愚蠢的，他们就知道酗酒，或者整天玩双陆。他们是愚蠢的，而且唠唠叨叨叫人厌烦。他想起可怜的朱利安和他对有钱人怀着的那种罗曼蒂克的敬畏之感，记得他有一次怎样动手写一篇短篇小说，他开头这样写道："豪门巨富是跟你我不同的。"有人曾经对朱利安说，是啊，他们比咱们有钱。可是对朱利安来说，这并不是一句幽默的话。他认为他们是一种特殊的富有魅力的族类，等到他发现他们并非如此，他就毁了，正好像任何其他事物把他毁了一样①。

他一向鄙视那些毁了的人。你根本没有必要去喜欢这一套，因为你了解这是怎么回事。什么事情都骗不过他，他想，因为什么都伤害不了他，如果他不在意的话。

———————

① 这一段，作者所说的朱利安，系指美国小说家 S. 菲茨吉拉德，据威廉·奥康纳编《七个现代美国小说家》中，恰尔斯·夏因写的《S. 菲茨吉拉德》一文。

好吧。 现在要是死，他也不在意。 他一向害怕的一点是痛。他跟任何人一样忍得住痛，除非痛的时间太长，痛得他精疲力竭，可是这儿却有一种什么东西曾经痛得他无法忍受，但就在他感觉到有这么一种东西在撕裂他的时候，痛却已经停止了。

他记得在很久以前，投弹军官威廉逊那天晚上钻过铁丝网爬回阵地的时候，给一名德国巡逻兵扔过来的一枚手榴弹打中了，他尖声叫着，央求大家把他打死。他是个胖子，尽管喜欢炫耀自己，有时叫人难以相信；却很勇敢，也是一个好军官。可是那天晚上他在铁丝网里给打中了，一道闪光突然把他照亮了，他的肠子淌了出来，钩在铁丝网上，所以当他们把他抬进来的时候，当时他还活着，他们不得不把他的肠子割断。打死我，哈里。看在上帝的分上，打死我。有一回他们曾经对"凡是上帝给你带来的你都能忍受"这句话争论过，有人的理论是，经过一段时间，痛会自行消失。可是他始终忘不了威廉逊和那个晚上。在威廉逊身上痛苦并没有消失，直到他把自己一直留着准备自己用的吗啡片都给他吃下以后，也没有立刻止痛。

可是，现在他感觉到的痛苦却非常轻松，如果就这样下去而不变得更糟的话，那就没有什么需要担心的事情了。 不过他想，要是能有更好的同伴在一起，该有多好。

他想了一下他想要的同伴。

不，他想，你干什么事情，总是干得太久，也干得太晚了，你不可能指望人家还在那儿。 人家全走啦。 已经酒阑席散，现在只留下你和女主人啦。

我对死越来越感到厌倦，就跟我对其他一切东西都感到厌倦一样，他想。

"真使人厌倦。"他禁不住说出声来。

"你说什么，亲爱的？"

"我干什么事情都干得太久了。"

他瞅着她坐在自己身边和篝火之间。 她躺在椅子里，火光在她那线条动人的脸上照耀着，他看得出她困了。 他听见那只鬣狗就在那一圈火光外发出一声嗥叫。

"我一直在写东西，"他说，"我累啦。"

"你想你能睡得着吗？"

"一定能睡着。 为什么你还不去睡？"

"我喜欢跟你一起坐在这里。"

"感觉到有什么奇怪的东西吗？"他问她。

"没有。 只是我有点困啦。"

"我可是感觉到了。"

就在这时候，他感到死神又一次临近了。

"你知道，我唯一没有失去的东西，只有好奇心了。"他对她说。

"你从来没有失去什么东西，你是我所知道的一个最完美的人了。"

"天哪，"他说，"女人知道的东西实在太少啦。 你根据什么这样说？ 是直觉吗？"

因为正是这个时候死神来了，死神的头靠在帆布床的脚上，他闻得出它的呼吸。

"你可千万别相信死神是镰刀和骷髅。"他告诉她，"它很可能是两个从从容容骑着自行车的警察或者是一只鸟儿。 或者是像鬣狗一样有一只大鼻子。"

现在死神已经挨到他的身上来了，可是它已不再具有任何形状了。它只是占有空间。

"告诉它走开。"

它没有走，相反挨得更近了。

"你呼哧呼哧地净喘气，"他对它说，"你这个臭杂种。"

它还是在向他一步步挨近，现在他不能对它说话了，当它发现他不能说话的时候，又向他挨近了一点，现在他想默默地把它赶走，但是它爬到他的身上来了，这样，它的重量就全压到他的胸口了，它趴在那儿，他不能动弹也说不出话来，他听见女人说："先生睡着了，把床轻轻地抬起来，抬到帐篷里去吧。"

他不能开口告诉她把它赶走，现在它更沉重地趴在他的身上，这样他气也透不过来了。但是当他们抬起帆布床的时候，忽然一切又正常了。重压从他胸前消失了。

现在已是早晨，已是早晨好一会儿了，他听见了飞机声。飞机显得很小，接着飞了一大圈，两个男仆跑出来用汽油点燃了火，堆上野草，这样在平地两端就冒起了两股浓烟，晨风把浓烟吹向帐篷，飞机又绕了两圈，这次是低飞了，接着往下滑翔，拉平，平稳地着陆了，老康普顿穿着宽大的便裤，上身穿一件花呢夹克，头上戴着一顶棕色毡帽，朝着他走来。

"怎么回事啊，老伙计？"康普顿说。

"腿坏了。"他告诉他，"你要吃点儿早饭吗？"

"谢谢。我只要喝点茶就行啦，你知道这是一架'天社蛾'，我没有能搞到那架'夫人'。只能坐一个人。你的卡车正在路上。"

海伦把康普顿拉到旁边去，正在给他说着什么话。康普顿显得更兴高采烈地走回来。

"我们得马上把你抬进飞机去，"他说，"我还要回来接你太太。 现在我怕我得在阿鲁沙①停一下加油。 咱们最好马上就走。"

"喝点茶怎么样？"

"你知道，我实在并不想喝。"

两个男仆抬起了帆布床，绕着那些绿色的帐篷兜了一圈，然后沿着岩石往下走到那片平地上，走过那两股浓烟——现在正亮晃晃地燃烧着，风吹旺了火，野草都烧光了——来到那架小飞机前。 好不容易把他抬进飞机，一进飞机他就躺在皮椅子里，那条腿直挺挺地伸到康普顿的座位旁边。 康普顿发动了马达，便上了飞机。 他向海伦和两个男仆扬手告别，马达的咔嗒声变成惯常熟悉的吼声，他们摇摇摆摆地打着转儿，康普顿留神看着那些野猪的洞穴，在两堆火光之间的平地上怒吼着，颠簸着，随着最后一次颠簸，起飞了，而他看见他们都站在下面扬手，山边的那个帐篷现在显得扁扁的，平原展开着，一簇簇的树林，那片灌木丛也显得扁扁的，那一条条野兽出没的小道，现在似乎都平坦坦地通向那些干涸的水穴，有一处新发现的水，这是他过去从来不知道的。 斑马，现在只看到它们那圆圆的隆起的背脊了。 大羚羊像长手指头那么大，它们越过平原时，仿佛是大头的黑点在地上爬行，现在当飞机的影子向它们逼近时，都四散奔跑了，它们现在显得更小了，动作也看不出是在奔驰了。 你极目望去，现在平原是一片灰黄色，前面是老康普顿的花呢夹克的背影和那顶棕色的毡帽。 接着他们飞过了第一批群山，大羚羊正往山上跑去，接着他们又飞越高峻的山岭，陡峭的深谷里斜生着浓绿的森林，还有那生长着茁壮的竹林的山坡，接着又是一

---

① 阿鲁沙：坦桑尼亚一城市。

大片茂密的森林，他们又飞过森林，穿越一座座尖峰和山谷。 山岭渐渐低斜，接着又是一片平原，现在天热起来了，大地显出一片紫棕色，飞机热烘烘地颠簸着，康普顿回过头来看看他在飞行中情况怎样。 接着前面又是黑压压的崇山峻岭。

接着，他们不是往阿鲁沙方向飞，而是转向左方，很显然，他揣想他们的燃料足够了，往下看，他见到一片像筛子里筛落下来的粉红色的云，正掠过大地，从空中看去，却像是突然出现的暴风雪的第一阵飞雪，他知道那是蝗虫从南方飞来了。 接着他们爬高，似乎他们是往西方飞，接着天色晦暗，他们碰上了一场暴风雨，大雨如注，仿佛像穿过一道瀑布似的，接着他们穿出水帘，康普顿转过头来，咧嘴笑着，一面用手指着，于是在前方，极目所见，他看到，像整个世界那样宽广无垠，在阳光中显得那么高耸、宏大而且白得令人不可置信，那是乞力马扎罗山的方形的山巅。 于是他明白，那儿就是他现在要飞去的地方。

正是这个当儿，鬣狗在夜里停止了呜咽，开始发出一种奇怪的几乎像人那样的哭声。 女人听到了这种声音，在床上不安地反侧着。 她并没有醒。 在梦里她正在长岛的家里，这是她女儿第一次参加社交的前夜。 似乎她的父亲也在场，他显得很粗暴。 接着鬣狗的大声哭叫把她吵醒了，一时她不知道自己身在何处，她很害怕。 接着她拿起手电照着另一张帆布床，哈里睡着以后，他们把床抬进来了。 在蚊帐的木条下，他的身躯隐约可见，但是他似乎把那条腿伸出来了，在帆布床沿耷拉着，敷着药的纱布都掉落了下来，她不忍再看这副景象。

"莫洛，"她喊道，"莫洛！ 莫洛！"

接着她说："哈里，哈里！"接着她提高了嗓子："哈里！ 请你醒醒，啊，哈里！"

没有回答，也听不见他的呼吸声。

帐篷外，鬣狗还在发出那种奇怪的叫声，她就是给那种叫声惊醒的。 但是因为她的心在怦怦跳着，听不见鬣狗的哭叫声了。

汤永宽　译

纪念爱米丽的一朵玫瑰花

[美国] 威廉·福克纳①

一

爱米丽·格里尔生小姐过世了，全镇的人都去送丧：男子们是出于敬慕之情，因为一个纪念碑倒下了。 妇女们呢，则大多数出于好奇心，想看看她屋子的内部。 除了一个花匠兼厨师的老仆人之外，至少已有十年光景谁也没进去看看这幢房子了。

那是一幢过去漆成白色的四方形大木屋，坐落在当年一条最考究的街道上，还装点着有十九世纪七十年代风格的圆形屋顶、尖塔和涡形花纹的阳台，带有浓厚的轻盈气息。 可是汽车间和轧棉机之类的东西侵犯了这一带庄严的名字，把它们涂抹得一干二净。 只有爱米丽小姐的屋子岿然独存，四周簇拥着棉花车和汽油泵。 房子虽已破败，却还是执拗不驯，装模作样，真是丑中之丑。 现在爱米丽

① 威廉·福克纳(1897—1962)，美国著名现代小说家。 1950年诺贝尔文学奖获得者。 他的短篇小说很有特点，一生创作的短篇小说数量有一百多篇，其中不乏杰作，如《纪念爱米丽的一朵玫瑰花》《烧马棚》《干旱的九月》《花斑马》《沃许》等。

小姐已经加入了那些名字庄严的代表人物的行列，他们沉睡在雪松环绕的墓园之中，那里尽是一排排在南北战争时期杰弗生战役中阵亡的南方和北方的无名军人墓。

爱米丽小姐在世时，始终是一个传统的化身，是义务的象征，也是人们关注的对象。打一八九四年某日镇长沙多里斯上校——也就是他下了一道黑人妇女不系围裙不得上街的命令——豁免了她一切应纳的税款起，期限从她父亲去世之日开始，一直到她去世为止，这是全镇沿袭下来对她的一种义务。这也并非说爱米丽甘愿接受施舍，原来是沙多里斯上校编造了一大套无中生有的话，说是爱米丽的父亲曾经贷款给镇政府，因此，镇政府作为一种交易，宁愿以这种方式偿还。这一套话，只有沙多里斯一代的人以及像沙多里斯一样头脑的人才能编得出来，也只有妇道人家才会相信。

等到思想更为开明的第二代人当了镇长和参议员时，这项安排引起了一些小小的不满。那年元旦，他们便给她寄去了一张纳税通知单。二月份到了，还是杳无音信。他们发去一封公函，要她便中到司法长官办公处去一趟。一周之后，镇长亲自写信给爱米丽，表示愿意登门访问，或派车迎接她，而所有回信却是一张便条，写在古色古香的信笺上，书法流利，字迹细小，但墨水已不鲜艳，信的大意是说她已根本不外出。纳税通知附还，没有表示意见。

参议员们开了个特别会议，派出一个代表团对她进行了访问。他们敲敲门，自从八年或者十年前她停止开授瓷器彩绘课以来，谁也没有从这大门出入过。那个上了年纪的黑人男仆把他们接待进阴暗的门厅，从那里再由楼梯上去，光线就更暗了。一股尘封的气味扑鼻而来，空气阴湿而又不透气，这屋子长久没有人住了。黑人领他们到客厅里，里面摆设的笨重家具全都包着皮套子。黑人打开了一扇百叶窗，这时，便更可看出皮套子已经坼裂；等他们坐了下来，大腿两边就有一阵灰尘冉冉上升，尘粒在那一缕阳光中缓缓旋转。壁炉前已经失去金色光泽的画架上面放着爱米丽父亲的炭笔画像。

她一进屋，他们全都站了起来。一个小模小样、腰圆体胖的女人，穿了一身黑服，一条细细的金表链拖到腰部，落到腰带里去了，一根乌木拐杖支撑着她的身体，拐杖头的镶金已经失去光泽。她的身架矮小，也许正因为这个缘故，在别的女人身上显得不过是丰满，而她却给人以肥大的感觉。她看上去像长久泡在死水中的一具死尸，肿胀发白。当客人说明来意时，她那双凹陷在一脸隆起的肥肉之中，活像揉在一团生面中的两个小煤球似的眼睛不住地移动着，时而瞧瞧这张面孔，时而打量那张面孔。

她没有请他们坐下来。她只是站在门口，静静地听着，直到发言的代表结结巴巴地说完，他们这时才听到那块隐在金链子那一端的挂表嘀嗒作响。

她的声调冷酷无情。"我在杰弗生无税可纳。沙多里斯上校早就向我交代过了。或许你们有谁可以去查一查镇政府档案，就可以把事情弄清楚。"

"我们已经查过档案，爱米丽小姐，我们就是政府当局。难道你没有收到过司法长官亲手签署的通知吗？"

"不错，我收到过一份通知，"爱米丽小姐说道，"也许他自封为司法长官……可是我在杰弗生无税可缴。"

"可是纳税册上并没有如此说明，你明白吧。我们应根据……"

"你们去找沙多里斯上校。我在杰弗生无税可缴。"

"可是，爱米丽小姐——"

"你们去找沙多里斯上校。"（沙多里斯上校死了将近十年了。）"我在杰弗生无税可纳。 托比！"黑人应声而来。 "把这些先生们请出去。"

二

她就这样把他们"连人带马"地打败了。 正如三十年前为了那股气味的事战胜了他们的父辈一样，那是她父亲死后两年，也就是在她的心上人——我们都相信一定会和她结婚的那个人——抛弃她不久的时候。 父亲死后，她很少外出；心上人离去之后，人们简直就看不到她了。 有少数几位妇女竟冒冒失失地去访问过她，但都吃了闭门羹。 她居处周围唯一的生命迹象就是那个黑人男子拎着一个篮子出出进进，当年他还是个青年。

"好像只要是一个男子，随便什么样的男子，都可以把厨房收拾得井井有条似的。"妇女们都这样说。 因此，那种气味越来越厉害时，她们也不感到惊异。 那是芸芸众生的世界与高贵有势的格里尔生家之间的另一联系。

邻家一位妇女向年已八十的法官斯蒂芬斯镇长抱怨。

"可是太太，你叫我对这件事又有什么办法呢？"他说。

"哼，通知她把气味弄掉，"那位妇女说，"法律不是有明文规定吗？"

"我认为这倒不必要，"法官斯蒂芬斯说，"可能是她用的那个黑鬼在院子里打死了一条蛇或一只老鼠。 我去跟他说说这件事。"

第二天，他又接到两起申诉，一起来自一个男的，用温和的语气提出意见。 "法官，我们对这件事实在不能不过问了。 我是最不愿意打扰爱米丽小姐的人，可是我们总得想个办法。"那天晚上全体参议员——三位老人和一位年纪较轻的新一代成员在一起开了个会。

"这件事很简单，"年轻人说，"通知她把屋子打扫干净，限期搞好，不然的话……"

"先生，这怎么行？"法官斯蒂芬斯说，"你能当着一位贵妇人的面说她那里有难闻的气味吗？"

于是，第二天午夜之后，有四个人穿过了爱米丽小姐家的草坪，像夜盗一样绕着屋子潜行，沿着墙角一带以及在地窖通风处拼命闻嗅，而其中一个人则用手从挎在肩上的袋子中掏出什么东西，不断做着播种的动作。他们打开了地窖门，在那里和所有的外屋里都撒上了石灰。等到他们回头又穿过草坪时，原来暗黑的一扇窗户亮起了灯：爱米丽小姐坐在那里，灯在她身后，她那挺直的身躯一动不动像是一尊偶像。他们蹑手蹑脚地走过草坪，进入街道两旁洋槐树树荫之中。一两个星期之后，气味就闻不到了。

而这时人们才开始真正为她感到难过。镇上的人想起爱米丽小姐的姑奶奶韦亚特老太太终于变成了十足疯子的事，都相信格里尔生一家人自视过高，不了解自己所处的地位。爱米丽小姐和像她一类的女子对什么年轻男子都看不上眼。长久以来，我们把这家人一直看作一幅画中的人物：身段苗条、穿着白衣的爱米丽小姐立在背后，她父亲叉开双脚的侧影在前面，背对爱米丽，手执一根马鞭，一扇向后开的前门恰好嵌住了他们俩的身影。因此当她年近三十，尚未婚配时，我们实在没有喜幸的心理，只是觉得先前的看法得到了证实。即令她家有着疯癫的血液吧，如果真有一切机会摆在她面前，她也不至于断然放过。

父亲死后，传说留给她的全部财产就是那座房子；人们倒也有点感到高兴。到头来，他们可以对爱米丽表示怜悯之情了。单身独处，贫苦无告，她变得懂人情了。 如今她也体会到多一便士就激动喜悦、少一便士便痛苦失望的那种人皆有之的心情了。

她父亲死后的第二天，所有的妇女们都准备到她家拜望，表示哀悼和愿意接济的心意，这是我们的习俗。 爱米丽小姐在家门口接待她们，衣着和平日一样，脸上没有一丝哀愁。 她告诉她们，她的父亲并未死。 一连三天她都是这样，不论是教会牧师访问她也好，还是医生想劝她让他们把尸体处理掉也好。 正当他们要诉诸法律和武力时，她垮下来了，于是他们很快地埋葬了她的父亲。

当时我们还没有说她发疯。 我们相信她这样做是控制不了自己。 我们还记得她父亲赶走了所有的青年男子，我们也知道她现在已经一无所有，只好像人们常常所做的一样，死死拖住抢走了她一切的那个人。

三

她病了好长一个时期。 再见到她时，她的头发已经剪短，看上去像个姑娘，和教堂里彩色玻璃窗上的天使像不无相似之处——有几分悲怆肃穆。

行政当局已订好合同，要铺设人行道，就在她父亲去世的那年夏天开始动工。 建筑公司带着一批黑人、骡子和机器来了，工头是个北方佬，名叫荷默·伯隆，个子高大，皮肤黝黑，精明强干，声音洪亮，双眼比脸色浅淡。 一群群孩子跟在他身后听他用不堪入耳的话责骂黑人，而黑人则随着铁镐的上下起落有节奏地哼着劳动号子。 没有多少时候，全镇的人他都认识了。 随便什么时候人们要是在广场上的什么地方听见呵呵大笑的声音，荷默·伯隆肯定是在人群的中心。 过了不久，逢到礼拜天的下午我们就看到他和爱米丽小姐一齐驾着轻便马车出游了。 那辆黄轮车配上从马房中挑出的栗色辕马，十分相称。

起初我们都高兴地看到爱米丽小姐多少有了一点寄托，因为妇女们都说："格里尔生家的人绝对不会真的看中一个北方佬，一个拿日工资的人。"不过也有别人，一些年纪大的人说就是悲伤也不会叫一个真正高贵的妇女忘记"贵人举止"，尽管口头上不把它叫作"贵人举止"。 他们只是说："可怜的爱米丽，她的亲属应该来到她的身边。"她有亲属在亚拉巴马；但多年以前，她的父亲为了疯婆子韦亚特老太太的产权问题跟他们闹翻了，以后两家就没有来往。 他们连丧礼也没派人参加。

老人们一说到"可怜的爱米丽"，就交头接耳开了。 他们彼此说："你当真认为是那么回事吗？""当然是啰。 还能是别的什么事？ ……"而这句话他们是用手捂住嘴轻轻地说的；轻快的马蹄得得驶去的时候，关上了遮挡星期日午后骄阳的百叶窗，还可听出绸缎的塞窣声："可怜的爱米丽。"

她把头抬得高高——甚至当我们深信她已经堕落了的时候也是如此，仿佛她比历来都更要求人们承认她作为格里尔生家族末代人物的尊严，仿佛她的尊严就需要同世俗的接触来重新肯定她那不受任何影响的性格。 比如说，她那次买老鼠药、砒霜的情况。 那是在人们已开始说"可怜的爱米丽"之后一年多，她的两个堂姐妹也正在那时来看望她。

"我要买点毒药。"她跟药剂师说。 她当时已三十出头，依然是个削肩细腰的女人，只是比往常更加清瘦了，一双黑眼冷酷高傲，脸上的肉在两边的太阳穴和眼窝处绷得很紧，那副面部表情是你想象中的灯塔守望人所应有的。 "我要买点毒药。"她说道。

"知道了，爱米丽小姐。 要买哪一种？ 是毒老鼠之类的吗？

那么我介……"

"我要你们店里最有效的毒药，种类我不管。"

药剂师一口说出好几种。"它们什么都毒得死，哪怕是大象。可是你要的是……"

"砒霜，"爱米丽小姐说，"砒霜灵不灵？"

"是……砒霜？知道了，小姐。可是你要的是……"

"我要的是砒霜。"

药剂师朝下望了她一眼。她回看他一眼，身子挺直，面孔像一面拉紧了的旗子。"噢噢，当然有，"药剂师说，"如果你要的是这种毒药。不过，法律规定你得说明做什么用途。"

爱米丽小姐只是瞪着他，头向后仰了仰，以便双眼好正视他的双眼，一直看到他把目光移开了，走进去拿砒霜包好。黑人送货员把那包药送出来给她；药剂师却没有再露面。她回家打开药包，盒子上骷髅骨标记下注明："毒鼠用药"。

四

于是，第二天我们大家都说："她要自杀了。"我们也都说这是再好没有的事。我们第一次看到她和荷默·伯隆在一块儿时，我们都说："她要嫁给他了。"后来又说："她还得说服他呢。"因为荷默自己说他喜欢和男人来往，大家知道他和年轻人在麋鹿俱乐部一道喝酒，他本人说过，他是无意于成家的人。以后每逢礼拜天下午他们乘着漂亮的轻便马车驰过：爱米丽小姐昂着头，荷默歪戴着帽子，嘴里叼着雪茄烟，戴着黄手套的手握着马缰和马鞭。我们在百叶窗背后都不禁要说一声："可怜的爱米丽。"

后来有些妇女开始说，这是全镇的差辱，也是青年的坏榜样。

男子汉不想干涉，但妇女们终于迫使浸礼会牧师——爱米丽小姐一家人都是属于圣公会的——去拜访她。 访问经过他从未透露，但他再也不愿去第二趟了。 下个礼拜天他们又驾着马车出现在街上，于是第二天牧师夫人就写信告知爱米丽住在亚拉巴马的亲属。

原来她家里还有近亲，于是我们坐待事态的发展。 起先没有动静，随后我们得到确讯，他们即将结婚。 我们还听说爱米丽小姐去过首饰店，订购了一套银质男人盥洗用具，每件上面刻着"荷·伯"。 两天之后人家又告诉我们她买了全套男人服装，包括睡衣在内，因此我们说："他们已经结婚了。"我们着实高兴。 我们高兴的是两位堂姐妹比起爱米丽小姐来，更有格里尔生家族的风度。

因此当荷默·伯隆离开本城——街道铺路工程已经竣工好一阵子了——时，我们一点也不感到惊异。 我们倒因为缺少一番送行告别的热闹，不无失望之感。 不过我们都相信他此去是为了迎接爱米丽小姐做一番准备，或者是让她有个机会打发走两个堂姐妹（这时已经形成了一个秘密小集团，我们都站在爱米丽小姐一边，帮她踢开这一对堂姐妹）。 一点也不差，一星期后她们就走了。 而且，正如我们一直所期待的那样，荷默·伯隆又回到镇上来了。 一位邻居亲眼看见那个黑人在一天黄昏时分打开厨房门让他进去了。

这就是我们最后一次看到荷默·伯隆。 至于爱米丽小姐呢，我们则有一段时间没有见到过她。 黑人拿着购货篮进进出出，可是前门却总是关着。 偶尔可以看到她的身影在窗口晃过，就像人们在撒石灰那天夜晚曾经见到过的那样，但却有整整六个月的时间，她没有出现在大街上。 我们明白这也并非出乎意料；她父亲的性格三番五次地使她那作为女性的一生平添波折，而这种性格仿佛太恶毒，太狂暴，还不肯消失似的。

等到我们再见到爱米丽小姐时，她已经发胖了，头发也已灰白了。 以后数年中，头发越变越灰，变得像胡椒盐似的铁灰色，颜色就不再变了。 直到她七十四岁去世之日为止，还是保持着那旺盛的铁灰色，像是一个活跃的男子的头发。

打那时起，她的前门就一直关闭着，除了她四十岁左右的那段约有六七年的时间之外。 在那段时期，她开授瓷器彩绘课。 在楼下的一间房里，她临时布置了一个画室，沙多里斯上校的同时代人全都把女儿、孙女儿送到她那里学画，那样的按时按刻，那样的认真精神，简直同礼拜天把她们送到教堂去，还给她们二角五分钱的硬币准备放在捐献盆子里的情况一模一样。 这时，她的捐税已经被豁免了。

后来，新的一代成了全镇的骨干和精神，学画的学生们也长大成人，渐次离开了，她们没有让她们自己的女孩子带着颜色盒、令人生厌的画笔和从妇女杂志上剪下来的画片到爱米丽小姐那里去学画。 最后一个学生离开后，前门关上了，而且永远关上了。 全镇实行免费邮递制度之后，只有爱米丽小姐一个拒绝在她门口钉上金属门牌号，附设一个邮件箱。 她怎样也不理睬他们。

日复一日，月复一月，年复一年，我们眼看着那黑人的头发变白了，背也驼了，还照旧提着购货篮进进出出。 每年十二月我们都寄给她一张纳税通知单，但一星期后又由邮局退还了，无人收信。不时我们在楼底下的一个窗口——她显然是把楼上封闭起来了——见到她的身影，像神龛中的一个偶像的雕塑躯干，我们说不上她是不是在看着我们。 她就这样度过了一代又一代——高贵，宁静，无法逃避，无法接近，怪僻乖张。

她就这样与世长辞了。 在一栋尘埃遍地、鬼影幢幢的屋子里得了病，侍候她的只有一个老态龙钟的黑人。 我们甚至连她病了也不知道；也早已不想从黑人那里去打听什么消息。 他跟谁也不说话，恐怕对她也是如此，他的嗓子似乎由于长久不用变得嘶哑了。

她死在楼下一间屋子里，笨重的胡桃木床上还挂着床帷，她那长满铁灰头发的头枕着的枕头由于用了多年而又不见阳光，已经黄得发霉了。

五

黑人在前门口迎接第一批妇女，把她们请进来，她们话音低沉，发出咝咝声响，以好奇的目光迅速扫视着一切。 黑人随即不见了，他穿过屋子，走出后门，从此就不见踪影了。

两位堂姐妹也随即赶到，她们第二天就举行了丧礼，全镇的人都跑来看看覆盖着鲜花的爱米丽小姐的尸体。 停尸架上方悬挂着她父亲的炭笔画像，一脸深刻沉思的表情。 妇女们叽叽喳喳地谈论着死亡，而老年男子呢——有些人还穿上了刷得很干净的南方同盟军制服——则在走廊上、草坪上纷纷谈论着爱米丽小姐的生，仿佛她是他们的同时代人，而且还相信和她跳过舞，甚至向她求过爱，他们把按数学级数向前推进的时间给搅乱了。 这是老年人常有的情形。 在他们看来，过去的岁月不是一条越来越窄的路，而是一片广袤的连冬天也对它无所影响的大草地，只是近十年来才像窄小的瓶口一样，把他们同过去隔断了。

我们已经知道，楼上那块地方有一个房间，四十年来从没有人见到过，要进去得把门撬开。 他们等到爱米丽小姐安葬之后，才设法去开门。

门猛烈地打开，震得屋里灰尘弥漫。 这间布置得像新房的屋子，仿佛到处都笼罩着墓室一般的淡淡的阴惨惨的氛围：败了色的玫瑰色窗帘，玫瑰色的灯罩，梳妆台，一排精细的水晶制品和白银做底的男人盥洗用具，但白银已毫无光泽，连刻制的姓名字母图案都已无法辨认了。 杂物中有一条硬领和领带，仿佛刚从身上取下来似的，把它们拿起来时，在台面上堆积的尘埃中留下淡淡的月牙痕。 椅子上放着一套衣服，折叠得好好的；椅子底下有两只寂寞无声的鞋和一双扔了不要的袜子。

那男人躺在床上。

我们在那里立了好久，俯视着那没有肉的脸上令人莫测的龇牙咧嘴的样子。 那尸体躺在那里，显出一度是拥抱的姿势，但那比爱情更能持久、那战胜了爱情的熬煎的永恒的长眠已经使他驯服了。他所遗留下来的肉体已在破烂的睡衣下腐烂，跟他躺着的木床粘在一起，难分难解了。 在他身上和他身旁的枕上，均匀地覆盖着一层长年累月积下来的灰尘。

后来我们才注意到旁边那只枕头上有人头压过的痕迹。 我们当中有一个人从那上面拿起了什么东西，大家凑近一看——这时一股淡淡的干燥发臭的气味钻进了鼻孔——原来是一绺长长的铁灰色头发。

杨岂深　译

穷人的专利权

[英国] 查尔斯·狄更斯①

我这个人向来是不习惯写什么东西发表的。一个工人，每天（除了有几个礼拜一、圣诞节以及复活节之外）干活从来不少于十二或十四小时，情况可想而知！既然是要我直截了当地把想说的话写下来，那我也就只好拿起纸笔尽力而为了，欠缺不妥之处还希望能得到谅解。

我出生在伦敦附近，不过，自从满师之后就在伯明翰一家工场做工（你们叫工厂，我们这儿叫工场）。我在靠近我出生地但脱福特当学徒，学的是打铁的行当。我的名字叫约翰。打十九岁那年起，人家看见我没几根头发，就一直管我叫"老约翰"了。现时我已经五十六岁了，头发并不比上面提到的十九岁的时候多，可也不比那时候少，因此，这方面也就没有什么新的情况好说。

下一个四月是我结婚三十五周年。我是万愚节②那天结婚的。

---

① 查尔斯·狄更斯（1812—1870），是英国19世纪伟大的批判现实主义作家。一生创作了大量作品，广泛描写了19世纪英国维多利亚时代的社会生活。代表作有《老古玩店》《大卫·科波菲尔》《荒凉山庄》《艰难时世》《小杜丽》《双城记》《远大前程》等。

② 万愚节：愚人节，是西方民间传统节日，为每年的4月1日。

让人家去笑话我的这个胜利品好了。 我就是在那天赢了个好老婆的，那一天可真是我平生最有意思的日子哩。

我们总共生过十个孩子，活下来七个。 我的大儿子在一条意大利客轮上当机师，这条船的招牌叫作"曼佐·纪奥诺"号，往返马赛、那不勒斯，停靠热那亚、莱格亨以及西维太·范切埃。 他是个好工匠，发明过许多很派用场的小玩意儿，不过，这些发明却从来没有给过他一丁点好处。 我还有两个儿子，一个在悉尼，一个在新威尔士，全都干得挺不错，上回来信的时候都还没有成家呢。 我另外一个儿子(詹姆士)想法有点疯疯癫癫，居然跑到印度去当兵，就在那里挨了颗枪子儿。 肩胛骨里嵌着粒子弹头，在医院里躺了六个礼拜，这还是他自己写信告诉我的。 几个儿子当中要数他长得顶俊。 我有个女儿(玛丽)日子过得蛮舒服，可就是得了个胸积水的毛病。 另一个女儿(夏洛蒂)，让她丈夫给遗弃了，那事儿可真卑鄙到了极点，她带了两个孩子跟我们一起过。 我最小的一个孩子，这会儿才六岁，在机械方面已经很有点爱好了。

我不是个宪章派，从来就不是。 我确实看到有许许多多的公共弊病引起大家的怨恨，不过我并不认为宪章派的主张是纠正弊端的什么好办法。 我要是那么认为的话，那可就真的成了宪章派了，可我并不那么认为，所以我也就不成为一名宪章派。 我阅读报纸，也上伯明翰我们称为"会堂"的地方去听听讨论。 所以，我认得宪章派的许多人。 不过，各位请注意他们可全都不主张凭蛮力解决问题。

要是我说自己向来有创造发明的癖好，这话也不好算是自吹自擂(我这个人要是不当即把想到要说的话统统记下来，就没有办法把整个事情写完全)。 我发明过一种螺丝，挣了二十镑钱，这笔钱我这会儿还在用。 整整有二十年工夫，我都在断断续续地搞一样发明，边搞边改进。　上一个圣诞节前夜十点钟，我终于完成了这个发明。　完成之后，我喊我妻子也进来看一看。　这时候，我跟我妻子站在机器模型旁边，眼泪簌簌地落到它身上。

　　我的一位名叫威廉·布彻的朋友是个宪章派，属于温和派。　他是位挺棒的演说家，谈锋相当雄健。　我经常听他说，咱们工人之所以到处碰壁，就是因为要奉养长期以来形成的那些多如牛毛的衙门，就是因为咱们得遵从官场的那些敝习陋规，还得缴付一些根本就不应当缴付的费用去养活那些衙门的人。　"不错，"威廉·布彻说，"全体公众都分担了一份，但是工人的负担最重，因为工人仅有糊口之资；同样道理，在一个工人要求匡正谬误，伸张正义的时候，谁要是给他设置障碍，那可就是最不公平的事了。"各位，我只不过是笔录威廉·布彻所说。　他是在演说里刚刚这么说过的。

　　现在，回头再来说说我的机器模型。　那是在差不多一年之前的圣诞节前夜十点钟完成的。　我把凡是能节省下来的钱统统都用在模型上了。　碰上时运不济，我的女儿夏洛蒂的孩子生病，或者祸不单行，两者俱来，模型也就只好搁在一旁，一连几个月也不会去碰它。　我还把它统统拆卸开来，加以改进，再重新做好，这样不知道弄过多少回，最后才成了上面所说的模型的样子。

　　关于这个模型，威廉·布彻和我两个人在圣诞节那天作了一次长谈。　威廉是个很聪明的人，不过有时候也有点怪脾气。　他说："你打算拿它怎么办，约翰？"我说："想弄个专利。"威廉说："怎么个弄法，约翰？"我说："申请个专利权呗。"威廉这才说给我听，有关专利的法律简直是坑死人的玩意儿。　他说："约翰，要是在取得专利之前你就把发明的东西公之于众，那么，别人随时都会窃走你艰苦劳动的成果，你可就要弄得进退两难啦，约翰。　你要么干一桩亏本买卖，事先就请好一批合伙人出来承担申请专利的大量费用，要么你就让人给弄得晕头转向，到处碰壁，夹在好几批合伙人中间又是讨价还价，又是摆弄你发明的玩意儿。 这么一来，你的发明很可能就一个不当心让人给弄走。"我说："威廉·布彻，你想得挺怪的，你有时是想得挺怪。"威廉说："不是我怪，约翰，我把事情的真实情况给你说说。"于是他进一步给我讲了一些详细情况。 我对威廉·布彻说，我想自己去申请专利。

我的姻兄弟，西布罗密奇的乔治·贝雷（他的妻子不幸染上了酗酒的恶习，弄得倾家荡产，先后十七次关进伯明翰监狱，最后病死狱中，万事皆休），临死的时候遗留给我的妻子、他的姊妹一百二十八镑零十个先令的英格兰银行股票。 我和我妻子一直还没有动用过这笔钱。 各位，咱们都会老的，也都会丧失工作能力。 因此，我们俩都同意拿这个发明去申请专利。 我们说过，我们甚至都打算用掉上面提到的那笔钱去申请专利。 威廉·布彻替我写了一封信给伦敦的汤姆斯·乔哀。 这位汤姆斯·乔哀是个木匠，身长六英尺四英寸，玩掷绳圈的游戏最内行。 他住在伦敦的契尔西，靠近一座教堂边上。 我在工场里请了个假，等我回来的时候好恢复工作。 我是个好工匠。 我并不是禁酒主义者，可是从来也没有喝醉过。 过了圣诞假期，我乘"四等车"上了伦敦，在汤姆斯·乔哀那里租了一间为期一个礼拜的房子。 乔哀是个结过婚的人，有个当水手的儿子。

汤姆斯·乔哀说（他从一本书里看来的），要申请专利，第一步得向维多利亚女王提交一份申请书。 威廉·布彻也是这么说，而且还帮我起了草稿。 各位，威廉可是个笔头很快的人。 申请书上还要附上一份给大法官推事的陈述书，我们也把它起草好了。 费了一番周折以后，我在靠近司法院法官弄的桑扫普顿大楼里找到了一位推事，在他那儿提出了陈述书，付了十八便士。 他叫我拿着陈述书和申请书到白厅的内务部去，（找到这个地方之后）把这两份东西留在那里请内务大臣签署，缴付了两镑两先令又六便士。 六天后，大臣签好了字，又叫我拿到首席检察官公署去打一份调查报告。 我照他说的去办了，缴付了四镑四先令。 各位，我从头到尾碰到的这些人可以说没有一个在收钱的时候是表示感谢的，相反，他们全是些毫无礼貌的人。

我临时住在汤姆斯·乔哀那里，租期已经展延了一个礼拜，这会儿五天又过去了。 首席检察官写了一份所谓例行调查报告（就像威廉·布彻在我出发之前跟我讲的那样，我的发明未遭反对，获得顺利通过了），打发我带着这份东西到内务部去。 内务部根据它搞了个副本，他们把它叫作执照。 为了这张执照，我付出了七镑十三先令六便士。 这张执照又要送到女王面前去签署，女王签署完毕，再发还下来。 内务大臣又签了一次。 我到部里去拜访的时候，里面的一位绅士先生把执照往我面前一掷，说："现在你拿着它到设在林肯旅社的专利局去。"我现在已经在汤姆斯·乔哀那里住了第三个礼拜了，费用挺大，我只好处处节俭过日子。 我感到自己都有点泄气了。

在林肯旅社的专利局里，他们替我的发明搞了一份"女王法令草案"的东西，还准备了一份"法令提要"。 就为这份东西，我付了五镑十先令六便士。 专利局又"正式誊写两份法令文本，一份送印章局，另一份送掌玺大臣衙门"。 这道手续下来，我付了一镑七先令六便士，外加印花税三镑。 这个局里的誊写员誊写了女王法令准备送呈签署，我付了他一镑一先令。 再加印花税一镑十先令。接下来，我把女王法令再送到首席检察官那儿签署。 我去取的时候，付了五镑多。 拿回来后，又送给内务大臣。 他再转呈女王。女王又签署了一次。 这道手续我又付了七镑十六先令六便士。 到现在，我待在汤姆斯·乔哀那儿已经超过了一个月。我都不大有耐心了，钱袋也掏得差不多了。

汤姆斯·乔哀把我的全部情况都告诉了威廉·布彻。布彻又把这事儿说给伯明翰的三个"会堂"听，从那儿又传到所有的"会堂"，我还听说，后来竟传遍了北英格兰的全部工场。各位，威廉·布彻在他所在的"会堂"做过一次演讲，还把这件申请专利的事说成是把人们变成宪章派的一条途径呢。

不过，我可没那么干。女王法令还得送到设在河滨大道上桑莫塞特公馆的印章局去——印花商店也在那里。印章局的书记搞了一份"供掌玺大臣签署的印章局法令"，我付了他四镑七先令。掌玺大臣的书记又准备了一份"供大法官签署的掌玺大臣法令"，我付给他四镑两先令。"掌玺法令"转到了办理专利的书记手里，誊写好后，我付了他五镑七先令八便士。在此同时，我又付了这件专利的印花税，一整笔三十镑。接着又缴了一笔"专利置匣费"，共儿镑零七便士。各位，同样置办专利的匣子，要是到汤姆斯·乔哀那里，他只要收取十八个便士。接着，我缴付了两镑两先令的"大法官财务助理费"。再接下来，我又缴了七镑十三先令的"保管文件夹书记费"。再接着，缴付了十先令的"保管文件夹协理书记费"。再接下来，又重新给大法官付了一镑十一先令六便士。最后，还缴付了十先令六便士的"掌玺大臣助理及封烫火漆助理费"。到这时，我已经在汤姆斯·乔哀那里待了六个礼拜了。这件获得顺利通过的发明已经花掉了我九十六镑七先令十八便士。这还仅仅在国内有效。要是带出联合王国的境界，我就要再花上三百镑。

要知道，在我还年轻的那会儿，教育是很差劲的，即使受了点教育，也是十分有限的。你可能会说这事儿对我可太糟了。我自己也这么说。 威廉·布彻比我年轻二十岁，可他懂的东西比我足足要多出一百年。 如果是威廉·布彻给他自己的发明申请专利，也让人给从这个衙门到那个衙门这么推来搡去的，他可就不会像我这么好对付。 各位，威廉这个人有时是有股倔脾气的，要知道，搬运夫、信差和做文书的都有那么点倔脾气。

我并不想拿这个说明，经过申请专利这件事，我已经厌倦了生活。 不过，我要这么说，一个人搞了一件巧妙的技术革新总是桩好事吧，可是竟弄得他像是做了什么错事似的，这公平吗？ 一个人要是到处都碰上这种事，他不这么想又叫他怎么想呢？ 所有申请专利的发明家都会这么想的。 你再看看这些花销。 一点事情都还没有办成，就让我这样破费，你说这有多刻薄；要是我这个人有点才能的话，这对整个国家又是多么刻薄！（我要感激地说，现在我的发明总算被接受啦，而且还应用得不错呢。）你倒帮我算算看，花掉的钱多达九十六镑七先令十八便士哪。 不多也不少，是花了这么多钱。

关于这么多的官职的问题，我实在拿不出话来反驳威廉·布彻。 你瞧：内务大臣、首席检察官、专利局、誊缮书记、大法官、掌玺大臣、办理专利书记、大法官财务助理、主管文件夹书记、主管文件夹协理书记、掌玺助理，还有封烫火漆助理。 在英国，任何一个人想要给哪怕是一根橡皮筋或是一只铁箍申请个专利，也不得不跟这一长串衙门打交道。 其中有的衙门，你还要一遍又一遍地同它们打交道。 我前后就总共费了三十六道手续。 我从跟英王宝座上的女王打交道开始，到跟封烫火漆助理打交道结束。 各位，我倒真想亲眼瞧瞧这位封烫火漆助理究竟是个人呢，还是个别的什么玩意儿。

我心里要说的，我都说了。 我把要说的都写下来了。 我希望自己所写的一切都清楚明了。 我不是指的书法（这方面我没有什么好自夸的），我是指这里边的意思。 我想再说说汤姆斯·乔哀作为结束吧。 咱们分手的时候，汤姆斯跟我讲过这么句话："约翰，要是国家法律真的像它所说的那么公平正直的话，你就上伦敦吧——给你的发明弄一份精确详尽的图解说明——搞这么一份东西大概要花半个五先令银币——凭这份东西你就可以办好你的专利了。"

我现在的看法可就跟汤姆斯·乔哀差不离了。 还不但如此呢。我都同意威廉·布彻的这个说法："什么'文件夹主管'，还有'封烫火漆主管'，那一帮子人都非得废除不可，英国已经叫他们给愚弄糟蹋够了。"

赵守垠　译

无神论者做弥撒

[法国] 诺雷·德·巴尔扎克①

　　巴黎大学是智慧的中心，欧洲的医生无不向它顶礼致敬；有个在科学上提出了一门生理学杰出理论的医生，虽然还年轻，却已经跻身于巴黎大学的名流之中。　他，皮安训医生，在投身于医学之前，早就开业做外科手术了。　他最初的学业是由法国最伟大的外科医生之一、大名鼎鼎的德普兰指导的；这个外科医生匆匆度过了一生，就像是科学上的一颗陨星。　他把那不能传之于世的方法，同自己一起埋入了坟墓，这正中他冤家对头的心愿。　恰如一切天才人物，他没有继承人：他随身带着，也随身带走了一切。　外科医生的荣誉有如演员的荣誉，只在他们生前存在，他们一旦消逝，他们的才能再也就不受尊崇了。　演员和外科医生，还有伟大的歌唱家和具有音乐才干的人——他们通过自己的创作演奏使音乐的威力增加十倍——都是一时的风流人物。　德普兰就提供了这些昙花一现的天才，命运彼此相同的例证。　他的名字昨天闻

---

　　①　诺雷·德·巴尔扎克(1799—1850)，法国 19 世纪伟大的批判现实主义作家，欧洲批判现实主义文学的奠基人和杰出代表，法国现实主义文学成就最高者之一。　他创作的《人间喜剧》共 91 部小说，是人类文学史上罕见的文学丰碑，被称为法国社会的"百科全书"。

名遐迩，今天却几乎被人遗忘，只存留于他的专业范围内，丝毫越不出它的界限。要使一个学者的名字从科学领域进入人类通史，难道不需要出现罕见的情况吗？德普兰有没有这样无所不包的知识，能使一个人成为代表一个世纪的"声音"或者"面貌"呢？

德普兰确有神奇的眼力：他有后天获得的或者天生的推断力，使他能够对人体所特有的征候一览无遗，同时考虑到气候条件和气质特点，确定必须做手术的精确时刻，什么钟点，哪一分钟，这样，他对病人和他的病情都洞察入微。他难道不是顺应自然，研究了人体和环境所包含的基本要素同大地给予人的基本要素这两者不断的结合，从而了解到人是在吸收这些要素并对之提供条件，最后从中获得特殊的表现吗？居维埃①的天才赖以存在的这种推断和分析的能力，他不是由此而渐进的吗？总而言之，这个人成了肉体的知心人，他依靠着今天，也就攫住了肉体的过去和未来。可是，在他身上有没有总结了全部科学，像希波克拉特、伽利恩、亚里士多德②所做的那样？他有没有把整个学派引向新的天地？没有！这个人体化学孜孜不倦的观察家虽然不会拒绝研究幻术这一古老科学，也就是说了解结合的原则，生命的原因，有生命之前的情况，生命的起源过程，不幸的是，在他身上一切都限于个人的活动：利己主义使他孤立于自己的生活之中，而到今天，连他的荣誉也葬送了。他的坟墓并没有竖立起声名远扬的雕像，向着未来诉说天才怎

---

① 居维埃（1769—1832），法国著名动物学家和古生物学家，比较解剖学的创立者。

② 希波克拉特（生于公元前460年），古代名医；伽利恩（131至201左右），希腊医生，在解剖学方面有重要发现；亚里士多德（公元前384—公元前322），希腊哲学家。

样自费寻求秘密的。

不过，也许德普兰的才具是同他的信念相连的，因此会消逝而去。在他看来，地球环境是一个能创造的魔袋：他把地球看作蛋壳里的蛋黄，不知道是先有蛋还是先有鸡，两者他都不同意。他既不相信先有动物，也不相信产生于人之后的说法。德普兰并不是处在怀疑之中，而是进行论断的。他的无神论纯粹而直言不讳，同许多学者的无神论一样；他们是世界上最优秀的人物，都是永远不会改变信念的无神论者，恰如信教的人不承认有无神论者一样。像他这样的人，从年轻时就习惯于出色地解剖没有生出来的、活着的、已经死了的人体，他在一切机体里搜寻，却怎么也找不到对宗教理论必不可少的独一无二的灵魂，因而他也只能有上述的见解。他在人体中证实存在着一个脊髓中心，一个神经中枢和一个血液循环系统，其中前两样互为补充。他在晚年深信，对于听，听觉不是必不可少的，对于看，视觉也不是必不可少的，太阳神经丛可以代替它们，而不为人觉察罢了；德普兰在人体里找到了两个灵魂，由此更加强了他的无神论，尽管他对上帝还毫无偏见。据说，这个人死时没有作最后忏悔，许多优秀的天才都这样不幸地死去，上帝对他们是会宽恕的。

这个伟大高尚人物的一生，被他的死对头说成有不少卑微的表现，认为降低他的荣誉他便要嫉恨，不过，把这种说法称为肤浅的误解或许更合适些。好嫉妒的人或者天真幼稚的人，从不了解才智卓绝的人行动的决心，他们根据表面上的某些矛盾，马上就列出罪状，在一个短时期，确也能让人跟着他们一样判断。即使到了后来，受到攻击的那些安排获得了成功，显示了准备手段和结果之间的联系，可还是会一直残存一点先前的污蔑。因此，时至今日，拿破仑还受到我们同时代人的谴责，就因为他曾经向英国展开了他鹰隼的翅膀：直到1822年，才能解释1804年为什么在布洛涅建造平底船。①

在德普兰身上，荣誉和科学都是无懈可击的，因而他的冤家对头便抨击他的怪脾气和性格；而他正好具有这种英国人称之为"怪诞"的品质。有时他穿着华丽，像写悲剧的克雷比荣②，有时他对服装又摆出奇怪的漠不关心的样子；他有时坐车，有时步行。一会儿暴躁，一会儿温良，表面上贪婪和吝啬，可又能把他的财产献给曾殷勤招待过他几天的如今在流亡中的主人，没有人比他招来更多互相矛盾的评语了。尽管他为了获得医生不得不追求的黑绶带③，可以在宫廷里从口袋掉下一本祈祷的经文，但请你相信，他内心是嘲弄一切的；他从上和从下观察过人，在最庄严和最卑劣的生活行为中当场抓住了他们真正的表现，这之后他就对人怀着深深的蔑视。在伟大人物的身上，各种品质往往是互相关联的。在这些巨人当中，即使其中一个他的才能胜过思想，那么他的思想还是比一般被看作有点思想的人要广阔得多。凡是天才，在想象中都有一种精神的视野。这种视野可以适用于某种专业；但俗语说，看得见鲜花的，就应该看得见太阳。假设有这么一个人，救了一个外交家，外交家问："皇帝④怎么样了？"他回答："他回来了，人们都跟着他！"那么这个人就不仅是个外科医生或大夫，而且他还惊人地机智。因此，对别人能进行耐心细致、孜孜不倦观察的人，定会看

---

① 指拿破仑的《回忆录》，此书在1821年拿破仑死后发表；拿破仑曾在布洛涅建营，准备渡海进攻英国。
② 克雷比荣(1674—1762)，法国戏剧家，著有多种悲剧。
③ 即圣米歇尔勋章，1816年设立，专门授予学者。
④ 指拿破仑，他于1804年称帝。

出德普兰过分的奢望是合情合理的，就像他本人自信的那样，相信他能使大臣变得不过和外科医生一样高大。

德普兰的一生在好些同时代人的心目中提出不少的谜，在这当中，我们选择了最吸引人的一桩，因为谜底要到故事结尾才揭晓，那时就可以给他洗刷掉对他的某些卑劣的诬陷了。

在德普兰主持的医院里，他所有的学生当中，奥拉斯·皮安训是他关心最多的一个。 在"上帝之家"医院①当实习医生之前，奥拉斯·皮安训是一个医科大学生，住在拉丁区一幢名叫伏盖公寓的简陋难看的房子里。 这个穷苦的年轻人在那里饱尝赤贫的辛酸磨难；贫困就如熔炉，伟大才智都会在其中炼得纯净和永不会腐蚀，正如钻石那样，能够经受千锤百炼而不会粉碎。 在他们不受约束的感情烈火中，通过不断工作，勒紧裤带，忍饥挨饿，他们获得了百折不挠的正直品质，养成了斗争习惯；而天才总是要遇到斗争的。

奥拉斯是个正直的年轻人，在有关荣誉的问题上不会拐弯抹角，什么事都单刀直入，随时准备好为朋友抵押他的大衣，为他们熬夜和献出他的时间。 末了，奥拉斯属于这类朋友，他不去担心自己给出多少，作为交换收入多少，深信收入总会多过给予的。 他的大多数朋友内心对他都有这种尊敬，那是不加虚饰的美德使人油然而生的，而且他们之中的大多数还生怕遭到他拒绝。 不过这些品质奥拉斯表现得并不迂腐。 他既不像清教徒，也不像传教士，他给人以劝告时很自然就赌起咒来，一有机会，骂人的话就脱口而出。 他是个好伙伴，不像穿甲骑士那样假正经；坦白直率，不同于水手，因为水手如今都是狡狯的外交家，而像一个生平无所隐瞒的刚直的

---

① 这是巴黎的主要医院。

年轻人，他走起路来昂首阔步，心胸开朗。 最后一点，一言蔽之，奥拉斯是不止一个俄瑞斯忒斯眼中的皮拉得①；债主们今日都把俄瑞斯忒斯看作古代疯狂行为最真实的形象。 他虽然贫穷，却仍很快乐——也许这是勇气的最大因素之一，并且他像一无所有的人，签下的债务很少②。 他像骆驼一样很少需要，像鹿儿一样灵活敏捷，思想坚定，品行端正。 皮安训的幸福生活是从这一天开始的：那个大名鼎鼎的外科医生证实了他的优缺点；正是这两个方面使奥拉斯·皮安训医生的朋友觉得他加倍难得。

　　一个医院的负责人把一个年轻人收留在身边，那时，就像俗话说的，这个年轻人的脚就踏上马镫了。 德普兰没有漏过一次，总带着皮安训到有钱人家去协助他看病，几乎每次答谢的钱都落到实习医生的腰包里；在那些人家，巴黎生活的秘密都不知不觉展现在这个外省人的眼前。 外科医生看病的时候，便把他留下来；有时他派皮安训陪伴一个有钱的病人去温泉；临了，他给皮安训安排了一个女主顾。 结果呢，过了一段时候，外科医术的暴君有了一个赛伊德③。 这两个人，一个位于荣誉和他的学科的顶峰，拥有巨大的财产，享有巨大的声誉；另一个是普通的末等角色，既没有财产，也没有名声，他们两个成了知交。 伟大的德普兰把一切都告诉了他的实习医生；实习医生知道这一位妇女是不是应该坐在老师身边的一张椅子上，或者应该坐在看病室德普兰睡觉的那张长靠椅上：皮安训了解这个具有狮子和公牛气质的人的秘密，这种气质终于使这个

---

　　① 俄瑞斯忒斯和皮拉得都是希腊神话中的人物，俄瑞斯忒斯对皮拉得的友谊十分深厚，被后世传为佳话。

　　② 因为借债需要抵押品，当时，没有家产很难借债。

　　③ 赛伊德，伏尔泰的悲剧《穆艺戴默德》(1741)的人物，他是穆罕默德的奴隶，盲目地忠诚于他的主人。

伟大人物的胸部过度延伸扩张，由于心脏的膨胀引起死亡；他研究这个人忙忙碌碌一生的怪脾气，他的嗜钱守财的计划，隐藏在学者头衔之中政治家的希望；这颗心并不冷酷，只是心硬一点，深埋在里面的唯一的感情势必引起的失望，皮安训是预感到了。

有一天，皮安训告诉德普兰，有一个圣雅克区的穷挑水夫由于疲劳困苦，得了一种可怕的病；这个贫穷的奥维涅人在1821年的严冬只吃马铃薯充饥。德普兰丢下他所有的病人。他冒着要把马累垮的危险，飞驰到那个穷人的家，皮安训跟在他后面，他亲自把那个穷挑水夫搬到有名的杜博瓦在圣德尼郊区建立的疗养所。他自己去照看这个人，等到医好了他，便给够他钱，让他买一匹马和一辆两轮车。这个奥维涅人做过一件怪事，传诵一时。他的一个朋友病倒了，他马上把他带到德普兰那里，对他的恩人说："我不能忍受他到另外一个医生那里去看病。"德普兰感到一阵心酸，他握住挑水夫的手，对他说："把你的朋友都带到我这儿来吧。"他让冈塔尔人进了"上帝之家"医院，给他无微不至的照顾。皮安训已经好几次注意到他的老师对奥维涅人，尤其是对挑水夫有一种偏爱；不过，由于德普兰对"上帝之家"医院的治疗颇下功夫，有一种自豪感，因而他的学生看不出这里有什么异乎寻常。

有一天，皮安训穿过圣苏尔彼斯广场时，看见他的老师走进了教堂，这时将近早上九点。德普兰当时是没有一步路不坐车的，这时却在步行，并且是从小狮街的边门溜进去的，仿佛他是进入一座形迹可疑的房子。皮安训当然被好奇心所吸引，这个实习医生知道他老师的见解，而且真见鬼，还是个卡巴尼①主义者呢，他于是溜进

---

① 卡巴尼(1757—1808)，法国医生，唯物主义哲学家，著有《人的肉体和精神的关系》(1802)，有很大影响。

了圣苏尔彼斯教堂，看清了确是伟大的德普兰时，那一惊真是非同小可；这个无神论者对天使们是无情的，可惜天使们一点儿不会落在手术刀之下，他们既不会有瘘管炎，也不会有胃炎。然而，这个天不怕地不怕的弄潮儿，却谦卑地跪着，而且是在哪儿？……是在圣母堂，他对着圣母听了一场弥撒，这是为信仰筹资和为穷人而做的；他非常严肃，好像就要做手术一样。

"他到这儿来，显然不是为了澄清有关圣母分娩的问题，"皮安训心里想，他真是无限惊讶，"如果我是在圣礼节看到他牵着华盖的一根绳子，那只需一笑置之；而现在这个时候，他是单独一个人，没有目击者，那应该做何感想呢！"

皮安训不愿鬼鬼祟祟，窥测"上帝之家"医院的第一外科医生，他走开了。碰巧德普兰就在今天邀请他共进午餐，不在家里，是在饭馆。

在上水果和奶酪之间，皮安训经过巧妙的准备，终于谈到了做弥撒，把它称为做作的仪式和闹剧。

"这场闹剧，"德普兰说，"使信仰基督的世界付出的鲜血，比拿破仑的所有战役和布鲁赛①所有的水蛭付出的鲜血还要多！弥撒是教皇的一种发明，可以上溯到六世纪以前，那时是建立在'这就是我的身体'这句话上面的。为了设立圣礼节，需要流出多少血呀！罗马教廷企图通过它的设立，证明自己在关于耶稣·基督是否真正存在的争论中获胜，这一教派分裂，在三个世纪中使教会陷于混乱！图鲁兹伯爵的战争以及阿尔比教派是这一事件的尾声。伏

---

① 布鲁赛（1772—1838），著名的法国医生，生理学流派的创始人，喜用水蛭、放血等治疗。

教派①和阿尔比教派都拒绝承认这种变革。"

德普兰终于兴致勃勃地沉浸在无神论者的激情遐想之中，这是一连串伏尔泰式的嘲讽，说得更准确一些，是对《语录摘引者》②拙劣的模仿。

"咦!"皮安训思忖着，"今天早上我看见的那个虔诚的信教者跑到哪儿去了?"

他默默无言，心里怀疑自己在圣苏尔彼斯教堂看见过他的老师。德普兰用不着欺骗皮安训：他们两个彼此太了解了，在这样重要的问题上他们早已交换过思想，讨论过《物性论》③的各种体系，同时用刀和怀疑论的解剖刀探索过或解剖过。

三个月过去了。皮安训没有得到新的事实补充，虽然这件事铭刻在他的脑子里。就在这一年的一天，"上帝之家"医院的一个医生挽着德普兰的胳膊，似乎在询问他什么，他们走到皮安训面前。那个医生对德普兰说：

"亲爱的老师，刚才您到圣苏尔彼斯教堂干什么?"

"去看一个教士，他的膝盖骨发炎，是安古莱姆公爵夫人给面子把我推荐给他的。"德普兰说。

那个医生满足于这种遁词，但皮安训并没有满足。

"哈!他竟到教堂里去看膝盖骨发炎!他一定是去听弥撒。"实习医生心里想。

---

① 阿尔比教派和伏教派都是异教，十一世纪时流行于法国南部，后被天主教会残酷地镇压下去。

② 指皮戈-勒勃伦(1753—1835)的著作，此书搜集的语录犀利地揭露了天主教会，于1803年出版，在复辟时期被没收和焚毁。

③ 《物性论》，拉丁语哲学家、诗人卢克莱修(约公元前98—公元前55)的诗体哲学著作。

皮安训打算窥测德普兰的行动；他回想起他发现德普兰走进圣苏尔彼斯教堂的日子和钟点，打算明年在同一天、同一时间到教堂去，想知道是不是还会逮住他。 如果情况属实，他的虔诚有周期性倒值得进行一点科学探索，因为在这样一个人的身上，思想和行动之间不应该有直接的矛盾。

到了第二年，在同一天和同一时间，那时皮安训已经不再是德普兰手下的实习医生了，他看到外科医生的马车停在图尔农街和小狮街的拐角，他的朋友从那里沿着墙壁躲躲闪闪地向圣苏尔彼斯教堂走去，他仍在圣母坛前听他的弥撒。 这确实是德普兰！ 外科主任，心底里是无神论者，偶尔装作虔诚的信教者罢了。 这事的个中底细不好解释。 这个著名学者的始终如一更使一切变得复杂。 等到德普兰离开了，皮安训就走近那个照管礼拜堂的教堂执事，问他这位先生是不是一个常客。

"我在这儿已经有二十年了，"教堂执事说，"从那时起，德普兰先生每年来四次听这场弥撒；弥撒是由他定做的。"

"他竟定做弥撒！"皮安训走开时心里想，"这真比得上圣母保持童贞的奥秘，而这种说法本身真要使一个医生不信教哩。"

又过了一段时间，皮安训医生虽然是德普兰的朋友，却没有机会对他谈起他生活中的这段怪事。 尽管他们在看病时或在上流社会相遇过，可是很难找到互相信任和没人打扰的一刻，像两个人，脚放在炉前架上，头靠在椅背上，能互相诉说自己的秘密那样。

终于七年过去了，在 1830 年革命之后，当人民涌向巴黎主教府时①，当人民在共和党人启发之下，前去摧毁那些像闪电一般的、耸

---

① 1832 年，正统主义者利用贝利公爵被暗杀一周年，征集七月革命时受过伤的王家禁卫军士兵，进行请愿。 巴黎人民得知后，涌向教堂及主教府。

立于浩瀚的房屋海洋之中的金色十字架时，也就是当怀疑论同起义一道肩并肩在街上大摇大摆时，皮安训发现德普兰照样走进圣苏尔彼斯教堂。 皮安训跟着他进去，离他很近，但他的朋友没有发现，所以没有向他打招呼，或者表现出惊诧来。 两个人一起听着定做的弥撒。

"亲爱的，您能不能告诉我你听布道的理由？"他们两个走出教堂时，皮安训对德普兰说，"我已经三次亲眼看到您去做弥撒，确确实实是您！ 请您给我解开这个谜吧，解释一下您的见解和行为之间这种明显的不协调。 您不信上帝，而又去做弥撒！ 亲爱的老师，请您回答我的问题吧。"

"表面上我同许多信教的、虔诚的信徒很相似，其实我是和你一样的无神论者。"

于是他对某些政界人物发出滔滔不绝的讥刺，其中最有名的人物为我们本世纪提供了新版的、莫里哀笔下的伪君子形象。

"我不问您这个，"皮安训说，"我想知道您刚才到这儿来所作所为的原因，为什么您要定做这场弥撒。"

"说实在的，我亲爱的朋友，"德普兰说，"我已经到了坟墓的边缘，我可以给你讲讲我开初的生活。"

这时，皮安训和伟大的外科医生来到四面风街，那是巴黎最不堪入目的街道之一。 德普兰指着其中一幢房子的第七层；这幢楼房形状颇像方尖碑，便门开向一条甬道，甬道尽头是一道弯弯曲曲的楼梯，被正确地称之为通气窗射进来的光线照亮着。 这是一幢阴惨惨的房子，在底层住着一位家具商，其余每一层似乎都住着各个不同的贫苦人家。 德普兰怀着满腔激情，把胳膊一挥，对皮安训说：

"我在这上头住过两年！"

"我知道这幢房子，达特兹也在这里住过，我年轻时差不多天天到这儿来，我们管它叫'伟大人物的试验瓶'！ 以后呢？"

"刚才我听弥撒，同我住在阁楼时发生的事有关。 你对我说达特兹也住在阁楼上，就是窗上挂着绳子，晾满衣服，衣服下面有一盆花的那一间。 亲爱的皮安训，我的生涯开头非常艰难，无论是谁我都可以和他比一比哪个受巴黎的磨难更多。 我什么都忍受过：饥渴，缺钱，少衣，少鞋，没有床单被褥，总之，贫穷带来的一切艰难困苦。 住在这个'伟大人物的试验瓶'里，我朝冻得麻木的手指呵气取暖；我愿意同你一起再去看看这个地方。 在整整一个冬天之中，我工作的时候，看得见头上冒气，这分明是我身上的水汽，就像结冰的日子马身上冒气那样。 我不知道到哪里去寻找支持，好熬过这种生活。 我孑然一身，毫无援助，身无一文，既买不起书，也付不上学费；没有一个朋友：我暴躁易怒、阴郁不欢、惴惴不安的性格帮了我的倒忙。 没有人会看出在我的发怒之中，反映出一个人的情绪郁结和工作热情，想从他所处的社会底层，振奋起来，到达上面。 不过我可以对你说——我对你用不着遮遮掩掩，我的根柢感情是善良的，具有强烈的敏感性，这始终是有才具的人的特质，他们在贫困的泥沼里长年累月地踯躅打滚，最后总会攀上某一峰巅。在给我的那点入不敷出的费用之外，我从家里，从老家什么也索取不到。 那时候，每天早上我只吃一个小面包，那是小狮街的面包商廉价卖给我的，因为这是隔日的或者是前天的，我将面包掰碎在牛奶里；这样，我的早餐只费我两个铜子。 我隔一天吃一次包伙晚饭，要花十六个铜子。 这样，我一天只花九个铜子。 你知道得同我一样清楚，我得多么小心注意我的衣服鞋履！ 我不知道如果我们被一个同行出卖了，那时感到的悒郁，会不会像从前你和我看到自己的一只鞋破了，裂开大口子，或者听到礼服的腋窝下咔嚓咔嚓作响时感到那样的忧愁。 我只喝水不喝酒，我酷爱咖啡。 佐彼咖啡店对我来说，就像乐土，只有拉丁语国家的鲁库卢斯①那样的人才能享受。 我有时心里想：'我什么时候能在那里喝上一杯奶酪咖啡，玩上一局多米诺骨牌呢？'

"我竭力获得扎实的知识，好得到个人的巨大声誉，等到我不再默默无闻，那时我就可以对自己达到的地位当之无愧了。 我耗掉的灯油要比面包多：我在夜晚刻苦用功需要照明，所花费的超过了我的饮食费。 这场斗争漫长、持久，得不到安慰。 在我周围唤不起任何同情。 要有朋友，就得同年轻人结交，口袋里有几文钱，好同他们一起去小饮，到大学生去的一切地方！ 我却一文不名！ 而在巴黎，没有人能想象一文不名怎样生活下去。 一想起我那时的贫困，我喉咙里就感到一阵神经性的痉挛，这种痉挛就像病人觉得仿佛食道里有个圆球上升到喉头。

"后来我碰到一些生来就有钱的人，他们从来不缺什么，不知道类似数学上已知三个数，求第四个数的方程式问题：一个年轻人会不会犯罪，就等于未知数 x 为一个五法郎的银币。 这些有钱的笨蛋对我说：'你为什么不借债呢？ 你为什么不签附有抵押品的借约呢？'他们给我的印象使我想起这个公主：她知道人民饥肠辘辘，却问：'为什么不去买奶油糕点呢？'②我真想看到这么一个有钱人，他要动手术，但只身在巴黎，一文不名，没有朋友，借不到债，不得不靠自己的五个手指工作谋生，那时他就会叫苦，说我取

---

① 鲁库卢斯(公元前109—57)，罗马大将，以奢侈闻名。

② 引自博瓦涅夫人的《回忆录》，里面写到某公主吃怕了奶油糕点，以为大家也有同感。

费太高了。 他能做什么呢？ 他到哪儿去充饥呢？

"皮安训，如果你有时看到我生硬暴躁，那是因为我把当年得不到关心，以及在上层社会目睹成百上千件自私自利的勾当以后产生的痛苦积聚在一起的缘故；或者是我想起当年的层层障碍，在我成功之后，仇恨、羡慕、嫉妒、污蔑甚嚣尘上。 在巴黎，有些人看到你已经骑在马上，其中有的拉着你的衣襟往下拽你，还有一些把勒住马肚的皮带搭扣解开了，要让你摔得头破血流；这个去掉马蹄铁，那个偷走你的鞭子：最不掩饰出卖你的则走近来当面朝你放一枪。 亲爱的孩子，你很有才干，很快就会了解这场可怕的战争，平庸之才对卓绝之才永不休止的战争。 要是你有天晚上丢了二十五个路易，第二天你就会被说成一个赌棍，于是你最好的朋友们就会说你上一天赌输了二万五千法郎。 你得了头痛，就会被看成是疯子。你容易感情冲动，就说你不好相与。 如果你为了抵御这伙卑劣的人，在身上积聚了超人的力量，你最好的朋友们就会嚷嚷说，你要吞掉一切，你有统治和主宰一切的奢望。 末了，你的优点会变成缺陷，缺陷会变成恶习，美德会被说成罪行。 你要是救过人，就会被说成杀害了他；如果你的病人又来看病，那不消说你是一贯只顾眼前，牺牲未来；如果他没有死，就被说成一定会死。 你绊了一下，就说你会跌倒！ 你发明了某种东西，要求获得发明权，就被说成一个纠缠不清的人，一个精明狡猾的人，说你不让年轻人成名。 因此，亲爱的，如果我不信仰上帝，那我更不相信人。 在我身上，恐怕你认不出一个人人都诅咒的、截然不同的德普兰吧？

"咱们就别在这堆烂泥里折腾了。 总之，我在这所楼房里住过，我刻苦用功，以便能通过第一次考试，我连一个铜子也没有。这种情况你是知道的！ 我真是到了山穷水尽的地步，像俗话所说，我豁出来干了！　我有一个希望。　我等着从家乡寄来一箱衣物，这是几位老婶娘的礼品，她们一点儿不了解巴黎的情况，只想到你的衬衫，以为每月有三十法郎，她们的侄子就可以吃上蒿雀儿。　箱子寄到时我正在学校：邮费花了四十法郎；守门人，一个住在顶楼上的德国籍鞋匠先垫付了，留下了箱子。　我在如今的旧喜剧街和医科学校街踯躅，怎么也想不出一个法儿，可以不用花四十法郎就取回箱子；我要是先卖掉衣物，自然可以付清这笔钱了。　我老实巴结的，只想到我除了外科手术再没有别的本事。　我亲爱的，那些细腻的心灵，它们的力量只在高级范畴内起作用，却缺乏这种搞阴谋诡计的才思，可以左右逢源，纵横捭阖；它们本身的才干在于偶然的机遇：它们不去寻找，只等着邂逅相逢。

　　"我终于在晚上回到家里，正巧这时我的邻居，一个圣弗鲁尔人，名叫布尔雅的挑水夫也回来了。　我们两个就像合住在一个房间里的两个房客一样彼此熟悉，由于起居都在一起，甚至听到彼此的咳嗽声，久而久之彼此习惯了，也互相了解了。　我的邻居告诉我，因为我欠了三期房租未付，房东决定把我赶出去，第二天就得卷铺盖滚蛋。　而他也由于职业关系受到驱逐。　我度过了生平最痛苦的一夜。　'到哪儿去找一个扛行李的，搬走我可怜的箱箧用品和书籍？　怎么给扛夫和看门人付钱呢？　到哪儿去呢？'这些不可解决的问题，我含着眼泪重复着，犹如疯子老哼着那么几句。

　　"我睡着了。　在贫困中总有神圣的睡眠，充满了美丽的梦。第二天早上，我正在吃面包碎块泡牛奶，布尔雅走了进来，用蹩脚法语对我说：

　　"'大学生先生，我是一个穷人，圣弗鲁尔救济院拣到的孩子，无父无母，没有钱，结不了婚。　你的亲戚也不富裕，供不起你花销，是不是？ 你听着，楼下我停着一部手推车，两个铜子一小时租来的，我们所有的行李都可以放在上面；要是你愿意，我们找个地方搭伴儿住在一起，反正我们是一起从这里被赶出去的。 这儿毕竟不是人间乐园。'

"'那我知道，好心的布尔雅。'我对他说，'不过我现在处境很为难，我在底下有一只箱子，里面有值一百艾居的衣物，有了这笔钱我就可以付房租，还清欠看门人的款子了，但我现在连一个银币都没有。'

"'是这样！ 我倒有一点儿钱。'布尔雅亮出一个肮脏的老式皮革钱袋，满心喜悦地回答我说， '你的一箱衣物留着自己用吧。'

"布尔雅替我付清三期房租，也付了他自己的，又还清欠看门人的钱。 然后他将我们的家具什物以及我那箱衣物装到手推车上，沿街拖着，看到挂着出租牌子的房子就停下来。 我呢，我就上楼去看看出租的房间适不适合我们住。 直到中午我们还在拉丁区徘徊，根本找不到住的地方。 租金是个大障碍。 布尔雅向我提议在一家酒店吃午饭，我们把手推车撂在门口。 将近黄昏时，我在商会大楼必经之道的罗安大院里，发现其中一所楼房的顶楼有两个房间，由一道楼梯一分为二。 我们每人每年的房租是六十法郎。 我们，我和我地位低微的朋友，总算有个窝儿了。 我们一起开伙。 布尔雅每天大约挣五十个铜子，手头存着一百艾居左右，他很快就能实现自己的奢望，买一辆两轮车和一匹马。 他的憨厚我今天回想起来依然心潮起伏，他就是以这种憨厚和表愚内精的洞察力掏出了我的秘密。 他知道了我的境况之后，决定暂时放弃实现他一生的愿望：布尔雅是个沿街叫卖的挑水夫，已经干了二十二年了，为着我的前程他献出了自己的一百艾居。"

说到这儿，德普兰紧紧捏住皮安训的臂膀。

"他给我的钱足够我一直维持到通过考试！ 他作为我的朋友，懂得我有大任在身，我的智力渴望的需要，应放在他的需要之前。他照顾我，管我叫他的小不点儿。 他借给我的钱足够我买书了。有时他悄悄地走过来看我工作；临了，他以母亲一般的小心谨慎，给我准备了有益身心的、丰盛的食物，代替了我以前质量很差、数量又不够的吃食。

"布尔雅约莫有四十岁，有一副中世纪市民的脸庞，额头突出，他的头颅画家可以作为画利枯耳戈斯①的模特儿。 可怜的人感到自己心里充塞着爱，需要形之于外；以前他只被一条卷毛狗爱过，不久以前，狗已经死了，他一直对我提起这条狗，问我能不能肯定教会可以同意做弥撒，安息它的灵魂。 据他说，他的狗是真正的基督徒，十二年来总伴着他上教堂，听着风琴，从来不张开嘴叫唤，趴在他身旁，样子使人以为是在同他一起祈祷似的。

"他把他所有的爱都转移到我身上：他拿我当作一个孤苦伶仃的人那样对待我；对我来说，他不啻是最体贴入微的母亲，最关怀备至的恩人，在自己作品中找到欢愉的这种美德的理想。 我在街上遇到他时，他对我投以会意的一瞥，充满无法形容的高贵气息：于是，他走路显得好像什么也没挑在肩上，他看到我身体健壮，穿着整齐，便显得十分快活。 这就是人民忠诚的表现，女工的挚爱转到更高领域的再现。

---

① 利枯耳戈斯，是个半传说的人物，据传生活在公元前八世纪左右，他到各地旅游后，对斯巴达进行了彻底的立法改革。 关于他的传说，反映了斯巴达国家的形成。

"布尔雅给我料理杂务，他在晚上定时叫醒我，擦干净我的灯，擦洗楼梯台；他既是好仆人，又是好父亲，像一个英国少女那样干净。家里的事他全干了。他像菲罗波门①一样，自己锯木柴，他所有的行动都带着朴实淳厚，同时保持自己的尊严，因为他好像懂得，目的使一切都变得崇高。

"当我离开这个善良的人，进'上帝之家'医院当实习医生时，他想到再也不能同我一起生活了，感到莫大的痛苦，黯然神伤；但他展望到要积聚足够的钱，等我写论文时花销，这时才感到安慰，他要我答应放假日去看望他。布尔雅为我而骄傲，他的爱我既是为了替我着想，也是为着他自己。如果你找出我的论文来，你会看到它是献给他的。在我当实习医生的最后一年里，我挣了不少的钱，够偿还我欠这个正直善良的奥维涅人的情分，我给他买了一匹马和一辆两轮车。他知道我花光了自己的钱，便勃然变色，不过他很高兴看到自己的愿望实现了；他一面乐呵呵，一面责备我，他瞧着他的两轮车和马儿，边擦着泪边对我说：'这不好！啊！多漂亮的两轮车！你做错了，这匹马像奥维涅人一样健壮。'我从未看到过比这更令人感动的一幕了。布尔雅执意要给我买下这个银质的装满器械的医药箱，就是你在我的办公室看见的那一个，在我这是最宝贵的东西。尽管他沉醉在我最初的成功之中，但他从不流露出片言只语和任何手势动作，好像在说：这个人全仗着我的帮助！然而，要是没有他，贫穷真会把我扼杀哩。可怜的人为了我毁了自己：他只蘸着蒜白吃面包，好教我有咖啡熬夜。他病倒了。你可以想象，我在他的枕边度过了多少个夜晚，头一次我医好了他；但

---

① 菲罗波门(公元前253—公元前133)，古希腊的军事首领，据传正直而勤劳。

两年后他旧病复发，尽管我耐心细致地照看，尽了科学上最大的努力，他还是一病不起。 从来连国王也得不到对他那样的照料。 是的，皮安训，为了挽回他的生命，使他免于死亡，我作过的尝试真是闻所未闻。 我很想让他活得长一点儿，好教他能目睹他的成果，实现他一切愿望，满足我充满心灵的感激之情，熄灭至今还在燃烧着我的炉火！"

德普兰显然十分激动，停了一会儿，他接着说：

"布尔雅，我的第二个父亲，就死在我的怀抱里，他在代笔人那里写过一个遗嘱，把他所有的一切都留给了我；遗嘱写在我们一起住到罗安大院的时候。 这个人有着烧炭党人的信念。 他热爱圣母，犹如爱他的妻子。 他虽然是热烈的天主教徒，却从来对我的不信教不说一句。 他濒临危险时，请求我丝毫不要吝惜，好得到教会的援助。 我吩咐教堂天天给他做弥撒。 有时在夜里，他对我流露出对自己未来的恐惧，他担心以前的生活不够圣洁。 可怜的人！他从早干到晚哪。 如果有天堂，那么天堂属于谁呢？ 他就像一个圣人那样约束自己，直到死也无愧于一生。 他的送葬行列只跟着我一个人。 等到我埋葬了我唯一的恩人，我寻思怎样报答他；我想到他既没有家，也没有朋友和妻子儿女。 但他信教！ 他有宗教信念，我又有什么权利同他争论呢？ 他曾经胆怯地对我谈起过做弥撒可以安息死者，他不愿意把这个义务强加于我，认为这等于一报还一报。 我一有条件定做弥撒，便给圣苏尔彼斯教堂一笔款，够一年做四次弥撒的。 因为我能为布尔雅做的唯一的事，就是满足他虔诚的愿望，所以每当一季之初，做弥撒那天，我总是怀着医生的良好心愿说：'我的上帝，如果有一个地方你专门让一生完美无缺的人死后进去的，就请你想到善良的布尔雅吧；如果你要让他经受磨难痛苦，那就转到我的身上吧，好让他更快进入所谓的天堂。'亲爱的，这就是一个有自己见解的人所能允许做的一切。上帝应该是个善良的魔鬼，他总不至于怪罪我。我向你赌咒，要能使布尔雅的信仰进入我的脑壳，我愿意拿出我的财产。"

皮安训在德普兰病入膏肓时曾照看着他，今天他不敢断言大名鼎鼎的外科医生死时是个无神论者。信仰的人也许爱这样想，地位微贱的奥维涅人会来给他打开天国之门，恰如他从前给医生打开那座人间殿堂的大门，门楣上写着："祖国感谢伟大的人物。"①

郑克鲁　译

---

① 这是先贤祠门上的题词；先贤祠建于 1754—1780 年，从 1791 年起，名人的骨灰都安放在里面。

马第奥·法尔贡内

[法国] 普罗斯佩·梅里美①

走出了梵奇奥港②往西北，向岛屿内部走去的时候，人们就发现地势突然高了起来，而在被大块岩石阻塞、有时又为溪谷所截断的蜿蜒曲折的羊肠小道上步行三小时之后，便走到一片极为广大的丛林边缘：丛林是科西嘉牧羊的故乡，也是任何一个犯法的人的窝巢。 必须知道，科西嘉的庄稼人为了节省农田施肥的劳力起见，往往纵火焚烧树林中某一个地区，如果火焰延烧到不必要的远处，那也是活该，只好随它，反正人们在这块因烧成树灰而肥沃的土地上播种，获得丰收是有把握的。 只割麦穗，因为收割费事。 埋在地下仍未腐烂的麦根和树根到了第二年春天便会长出十分浓密的树丛，这些树丛不消几年都长成七八尺高。 人们管这样长成的茂密的伐木区叫作丛林。 丛林中有各种不同的树木和小树，一任自然把它们混杂和交错在一起。 人们只有手中拿着斧头，才能辟开一条路

---

① 普罗斯佩·梅里美(1803—1870)，法国19世纪著名作家，写出了一系列闻名遐迩的名篇，如《马第奥·法尔贡内》《达芒哥》《高龙巴》《卡门》《伊勒的维纳斯》等。 这些中短篇以精致的艺术、独特的风格、丰富的文史知识与深刻的人性内容取胜，奠定了梅里美在文学史上的重要地位。

② 科西嘉岛东海岸上的港口。

走，而且有些丛林是那样地蓊郁茂密，连野山羊也没法穿过。

您要是杀了人，最好跑到梵奇奥港的丛林中去；只要带上一支好步枪和弹药，您就会在那儿安安稳稳地生活下去；可不要忘了带一件有风兜的棕色斗篷，它是可以连被带褥用的。 牧羊的人们会给您牛奶喝，给您干酪和栗子吃，除非您必须进城去增补弹药，您就不用担心什么法院或被害人的亲属了。

当我在一八……年在科西嘉的时候，马第奥·法尔贡内的房子就在离开这片丛林半里路的地方。 在本地，他就算是个阔人了。他高贵地，就是说什么也不干，坐享他羊群的生产来过活，靠着那些游牧无定的牧羊人在山上这儿或那儿给他放牧。 在我就要谈的那件事发生后的两年，我看到他的时候，仿佛他最多有五十岁。 请想象一下：一个短小健壮的人，卷曲的头发像黑玉一般，一个鹰钩鼻子，薄薄的嘴唇，两只又大又黑的活泼的眼睛和一副象皮靴里子那种色彩的面色，那就有了他的形象了。 在他的故乡虽有那么多优秀的射击手，大家还是公认他打枪的本领是非常出色的。 举例来说，他从来就不用霰弹来射击野山羊，而是在一百二十步远的地方，由他选择，爱打羊头就羊头，羊肩就羊肩，总是一弹中的，把它打死。 他在夜间打枪同白天一样方便，人们曾向我称赞他这种娴熟的枪法，在一个没到过科西嘉的人看来也许是无法相信的。 人们在远离八十步的地方，把一支燃着的蜡烛放在一张像碟子一样大小的透光纸后面。 他先把枪瞄准，然后人们把那支蜡烛吹灭，一分钟以后他就在全部黑暗中开枪射击，四次射击倒有三次都穿过了那张透光纸。

马第奥·法尔贡内因为有这样一种了不起的本领，便赢得了很大的名声。 人们说，他是好朋友同时又是危险的敌人。 平时他喜欢帮助别人，乐善好施，他在梵奇奥港的地区和什么人都是相安无事地过日子的。 但是人们却谈到他在讨老婆的科特①地方，曾勇猛地除掉了一个无论在搏斗或爱情上都同样可怕的情敌：至少是有人认为马第奥曾一枪打中了正站在挂着一面小镜子的窗前刮胡子的这个对头。 这件事平息之后，马第奥才结了婚。 他的老婆吉赛巴先给他生了三个女儿(这件事使他很生气)，最后才生了一个儿子，名字叫作多福，他是全家的希望，姓氏的继承人。 女儿都嫁了很好的人家，她们的爸爸必要时就可以指望这几个女婿的匕首和马枪来帮忙了。 儿子还只有十岁，但他已经显示出良好的禀性。

一个秋天的日子，马第奥一清早就和他的老婆出门，到丛林中的旷地上去查看他们的一个羊群。 小多福要跟他们一块去，但是一则那个旷地太远，再说也得留一个人看家；因此爸爸就拒绝了这个要求；后面就可以看出他这一手是否应该后悔。

他走了几点钟之后，小多福安静地躺在阳光里，凝视着青蓝的山，心里正忖度着下星期天就要到城里他伍长②叔叔家中去吃晚饭，突然一声枪响打断了他的冥想。 他站了起来，向发出这种声响的平原一方转过身去。 枪声又接连响了起来，枪声断续的时间虽然不等，却总是越来越近。 最后从平原通往马第奥那所房子去的小道上就出现了一个人，他头上戴着一顶山里人所戴的尖头便帽，有胡须，满身褴褛，撑着他的步枪很吃力地走来。 他大腿上刚中了一枪。

---

① 科特是科西嘉岛一个区的首府。
② 伍长从前是科西嘉各乡镇反抗封建领主而起义时所推举的首领。 今天人们有时还用以称呼一个因财产、亲戚和他保护的人的关系在村镇有一定的影响，并行使有效的长官职权的人。 科西嘉人依照古时的习惯分为五个等级，即贵族(其中一部分是显贵，一部分是地主)、伍长、公民、庶民和外侨。

这个人是一个罪犯①，他在夜间跑到城里去购买了弹药，半路上中了科西嘉步兵②的埋伏。　经过了一度剧烈的抵抗，他终于退了下来，紧紧地被追着不放，他绕着岩石，还不时还枪。　但眼看那些大兵离他已经不远了，而他的枪伤也使他没有力气在被追上之前走到丛林中去了。

　　他走到多福跟前对他说道：

　　"你是马第奥·法尔贡内的儿子吗？"

　　"是的。"

　　"我就是贾尼多·桑比罗。　黄领巾③正在后边追赶我。　把我藏起来，因为我不能走更远的路了。"

　　"可是如果我没有得到爸爸许可就把你藏起来，我爸爸会怎样说呢？"

　　"他会说你干得对。"

　　"谁知道呢？"

　　"快把我藏起来吧，他们来了。"

　　"等我爸爸回来再说吧。"

　　"还要我等么？　该死！　他们在五分钟内就要来到这儿了。　好啦！　把我藏起来吧，要不我就打死你。"

　　多福很镇静地回答道：

　　"你的枪已经放空了，你的腰带④里也没有子弹了。"

　　"我有刺刀。"

　　"可是你能跑得和我一样快吗？"

---

①　这里是指流亡到此地的罪犯说的。

②　这是当时法国政府所招募的一种军队，协同宪兵维持治安。

③　法国步兵的制服当时是一种带黄领巾的棕色衣服。

④　作为弹药袋和公事袋使用的皮腰带。

他纵身一跳，使刺刀不能挨近他。

"你难道不是马第奥·法尔贡内的儿子！ 你就让我在你屋子前被捕吗？"

孩子似乎有点感动。

"如果我把你藏起来，你将给我些什么呢？"他说着又走近那个人。

罪犯伸手到挂在他腰带边的一只皮袋中去摸了一摸，从袋里拿出一块五个法郎的银币，这无疑是留着购买火药用的。 多福一看见那块银币便微微笑了，抓住了银币对贾尼多说：

"不用害怕。"

他马上在屋旁放着的一堆干草上掏出一个大窟窿。 贾尼多弯下腰钻了进去，孩子重新把它盖好，只留下很小的地方通空气以便呼吸，而同时又不让人怀疑这堆干草里藏着一个人。 此外，他又想出了一个十分巧妙的野蛮人的狡计。 他跑过去抱了一只老母猫和几只小猫把它们放在草堆上，使人相信这个草堆新近还没有人动过。 接着，看到了在屋子附近的小道上有血迹，他便细心用尘土掩盖好；做了这件事之后，他又很安静地躺在阳光里。

几分钟以后，就有六个身穿有黄领巾的棕色军服的人由一个副官带领着，来到了马第奥门前。 这个副官是法尔贡内的远亲（我们知道，在科西嘉，攀叙亲族的关系要比别的地方来得广泛）。 他叫蒂奥多罗·甘巴，是一个很活跃而为罪犯所惧怕的人，他已经追捕过很多的罪犯了。

"你好，小表侄，"他说着向多福走来，"你长这样高了！ 刚才你瞧见有一个人走过吗？"

"啊！ 我还没有你高，表叔。"孩子带着一傻头傻脑的神气回答。

"总有一天你会长高的。 但你没瞧见一个人走过吗？ 对我说吧。"

"你问我瞧见一个人走过吗？"

"是的，一个戴一顶黑天鹅绒尖顶便帽，穿一件绣红黄颜色的短上衣的人。"

"一个戴一顶黑天鹅绒尖顶便帽，穿一件绣红黄颜色的短上衣的人吗？"

"是的，快回答我，不要尽重复我的问话。"

"今天早晨，本堂神甫先生曾骑着他的叫作比罗的马在我们门前经过，他问我爸爸好，我回答他……"

"嘿！ 小鬼，别装着玩！ 快对我说，贾尼多是从哪里走过去的，因为我们要追捕的就是他，而且我断定他是走这条小道的。"

"谁知道？"

"谁知道？ 我就知道，你曾瞧见他。"

"难道一个人睡着的时候，他会看见过路的人吗？"

"你没有睡着，坏小子，枪声已经把你惊醒了。"

"那么，表叔，您以为您的枪发出的声音是那么大吗？ 我爸爸的大口径枪发出的声音还更大哩。"

"去你的吧！ 无赖！ 我断定你曾瞧见贾尼多。 甚至你也许把他窝藏起来了。 来啊，伙计们，到这屋子去看一下，我们要的那个人是不是在里面。 他只有一只腿走路，那坏蛋不会那么傻，跛着脚走到丛林中去的。 再说，那血迹到这里就不见了。"

"可是爸爸会怎样说呀？"多福冷笑地问。 "如果他知道在他出门的时候有人走进了他的屋子，他会怎样说呀？"

"坏蛋！"甘巴副官说着揪住他的耳朵，"你知道不知道，我有办法使你改变你这种说法吗？ 也许要用刀背打你二十下，你才肯说出来。"

可是多福总是在冷笑。

"我爸爸是马第奥·法尔贡内！"他很神气地说。

"你晓得不晓得，小鬼，我可以把你带到科特或巴斯蒂亚①去。 如果你不说出贾尼多·桑比罗在什么地方，我便把你打入地牢，脚戴镣铐，躺在干草上，而且我还要割掉你的脑袋。"

孩子对这种可笑的恫吓却扑哧一声笑了出来。 他又重复说：

"我爸爸是马第奥·法尔贡内！"

"副官，"一个士兵低声地说，"我们不能同马第奥闹翻。"

甘巴的样子显然感到很为难。 他低声同他的士兵们谈着话，士兵们已经找遍了整个屋子。 这个动作不需要很长的时间，因为一个科西嘉人的小屋只有四四方方的一个单间。 一张桌子、几张长凳、几只箱子、猎具和家用什物，这就是全部家具。 在这个时候，小多福却在抚摸他的母猫，而且似乎因为士兵和他表叔的慌乱而狡猾地暗自得意。

一个兵走近干草堆来。 他看了看母猫，漫不经心地用枪上的刺刀在草堆上戳了一下，于是耸耸肩膀，似乎他觉得他的小心谨慎是可笑的。 什么都没有颤动，孩子的面容连最轻微的情感也没有暴露出来。

副官和他的一队人用尽了力气，什么办法也没有了；他们已经郑重其事地眼望着平原那方面，准备从来路回去。 这时他们的头领

---

① 科西嘉岛北部东海岸的大港。

深信威吓将不会对法尔贡内的儿子发生任何影响，于是想做一次最后的努力，试图使用诱惑和礼物的力量来打动他。

"小表侄，"他说，"我觉得你倒是一个很机警的小家伙！ 你的前程不可限量。 可是你却戏弄我；如果我不是怕我的表兄马第奥难过，要不把你带走那才怪哩！"

"算了吧！"

"可是等我表兄回来，我一定把这件事情讲给他听。 为了处罚你说谎，看他不用鞭子把你抽得鲜血直流！"

"还有什么？"

"你回头自己瞧吧……可是，你得……做一个诚实的孩子，我会送一点东西给你。"

"我呀，我的好表叔，我倒想给您提一提，那就是说，如果您再耽误下去的话，贾尼多就到了丛林，那时候，光有一个像您这样有胆量的人去追捕他，可就不够了。"

副官从他口袋里拿出一只价值十个银币的银表，并且他看出小多福的两眼闪闪发光地瞧着那只银表，他就拿挂在钢链子末端的那只表对孩子说：

"小滑头！ 你很想有这样一只表挂在你脖子上吧；有了这个，你就可以像孔雀一样，神气十足地在梵奇奥港的街道上溜达，有人问你：'什么时候了？'你就可以对他说：'瞧我的表吧。'"

"等我长大了，我的那个伍长叔叔会给我一只表的。"

"是的，但你叔叔的儿子已经有了一只表……说实话，那还没有这只表好看……可是他还比你小哩。"

孩子叹了一口气。

"那么，你想要这只表吗，表侄？"

多福用眼角偷偷瞧着那只表，那样子好像一只小猫，正有人把整只的小鸡递过来，它感觉到人们在耍笑它，所以它不敢伸爪子去抓，不时转过眼去，以免受到诱惑，但不断舐着嘴唇，仿佛对它的主人说："您的玩笑多么残酷啊！"

可是甘巴副官却似乎是诚心诚意地把表递过来。多福没有伸出手来，但是带着苦笑对副官说：

"您为什么拿我开玩笑呢？"

"上帝做证！我不是开玩笑。只要对我说，贾尼多在哪里，这只表便是你的了。"

多福半信半疑，不自觉地流露出微笑，他的黑眼睛盯着副官的双目，似乎竭力在察看副官对他所说的是不是出于至诚。

"我要是在这种条件下不给你表，"副官喊了出来，"就叫我失去我的军衔！伙伴们是见证，我绝不食言。"

他一面这样说，一面就老是把那只表往前送去，以至它几乎触及孩子惨白色的面颊。孩子的面庞上显示出他心灵里正展开着贪婪和房主应有的义气之间的斗争。他赤裸的胸部起伏得很厉害，似乎他快窒息了。这时那只表在摇摆、旋转，而且有时它还碰到了他的鼻尖。他的右手终于渐渐向那只表伸了过去。他的手指头已经摸到了它，虽然副官还没有放开表链的末端，可是表已经整个儿在他手中了……表面是浅蓝色的……表壳还是新擦亮的……在阳光照射下，整个表亮闪出了火红的光芒……诱惑力太大了。

多福也伸出了他的左手，用大拇指在肩膀上面向后指指他所靠着的那堆干草。副官马上懂得了这意思。他便抛开表链子的末端，于是多福感觉到那只表只属于他一个人了。他像斑鹿一样敏捷地站起来，走到离草堆十步远的地方，士兵们马上前去翻开那个草堆。

不久的工夫，就见那干草动了起来，一个满身出血的人握着匕首走了出来；但当他试图站立起来的时候，他冻结的伤口使他不能站起来。 他倒了下去。 副官扑上去，夺去了他的匕首。 他虽然反抗，人们马上紧紧地把他捆绑了起来。

贾尼多躺在地上，像一捆柴那样被缚住了，他把头转向已经走近他身旁的多福。

"是……的儿子！" 他带着愤怒而尤其是轻蔑的神气对孩子说。

孩子把他已经收下的那块银币抛给贾尼多，他此刻感觉他已经没有资格再得这个银币了；但这个亡命者似乎没有注意到这个动作。 他十分镇静地对副官说：

"我亲爱的甘巴，我不能走路了；看来，您不得不把我背到城里去了。"

"你刚才跑得比鹿还快，" 这个残酷的胜利者回答说，"可是放心吧：我抓到你特别高兴，就是把你背上个里把路也不会累的。而且，伙计，我们就来替你用树枝和你的大衣做一个担架，到了克雷波黎农庄，我们就能找到马匹。"

"好，" 被俘的人说，"在您的担架上请您也放上些稻草，使我能更舒服些。"

当一些士兵正忙着用这些栗树枝做了一个担架，而另一些在包扎贾尼多伤口的时候，马第奥·法尔贡内和他的老婆突然就在通往丛林去的一条小道转弯处出现了。 老婆在一大袋栗子的重压下十分费力地弯着身子向前走来，而她的丈夫手中只拿一支步枪，另一支枪斜挂在肩上，神气十足地走着，一个男人除自己的武器之外，背别的东西是丢脸的。

　　一看见士兵们，马第奥最先以为是来逮捕他的。　可是为什么有这样的想法呢？　马第奥究竟和法院有什么纠葛呢？　不，他已享有了很好名声。　正如人们所说，他是一位有声望的人物；但他是科西嘉人，也是山里人，而且仔细回溯以往，科西嘉的山里人就很少没有犯过轻微的过失，像动枪、动刀和其他琐屑的小事等。　比起别人来，马第奥心里倒是没有什么可嘀咕的，因为十多年来他从没有对一个人开过枪，但他是小心谨慎的人，便做出了一种在必要时防御的姿态。

　　"孩子他妈，"他对吉赛巴说，"把你的麻袋放下来吧，快做准备。"

　　她立刻遵照吩咐。　马第奥把斜挂在肩头上可能使他不方便的那支枪给了她。　他把自己手中的步枪上了子弹，沿着道路旁边的树木慢慢地向他屋子走去，准备稍微有一点敌对动作时，就纵身跳到最大的树干后面，以便隐蔽着放枪。　他的老婆拿了他替换用的步枪和子弹带跟在他后面前进。　在战斗时一个好主妇的任务是替丈夫装子弹。

　　在另一方面，那个副官看见马第奥手端步枪，指头按着扳机一步一步向前逼近，就十分不安。　他暗想，如果碰巧马第奥是贾尼多的亲戚，或是他的朋友，如果他保护贾尼多的话，那么万一他不顾我们的亲戚关系而对我瞄准，他那两支枪的枪弹一定会像把信投进邮筒那样准确地打中我们的两个人！　……

　　在这种困难的情况下，他勇敢地下了决心，单身向马第奥走去，像一个老相识那样迎上去，打算对马第奥说明这件事情；可是他和马第奥之间的这段路，在他看来似乎太长了。

"喂！ 老伙伴，"他喊道，"你好哇，朋友！ 是我啊，我是甘巴，你的表弟啊。"

马第奥没有回答一句话，站住了。 随着副官的讲话，他慢慢地举起了他的枪身，使枪口朝着天，这时副官也就到了他的跟前。

"哥们你好，①"副官说着就对他伸过手来，"我已经好久没有看见你了。"

"哥们你好。"

"我经过这里，特来向你问好，也问我的表嫂吉赛巴好。 我们今天赶了一次远路，可是用不着替我们的劳累叫苦，因为我们获得了一个极大的战利品。 我们刚才逮住了贾尼多·桑比罗。"

"谢天谢地！"吉赛巴喊道，"他上星期还偷了我们一只奶山羊。"

这句话使甘巴听了高兴。

"这个穷鬼！"马第奥说，"他是饿了。"

"这怪物像一只狮子那样顽强抵抗，"副官继续说下去，神气颇有点羞愧，"他打死了我的一个兵还不满足，竟打断了莎尔东伍长的胳膊，但他并没有犯了什么大不了的罪过，不过是一个法兰西人……接着他就躲藏起来，简直连魔鬼也没法发现他。 要不是我的表侄多福，我永远也就找不到他了。"

"多福！"马第奥喊了起来。

"多福！"吉赛巴重复了一遍。

"是的，贾尼多躲藏在这个干草堆里，可是我的表侄却对我点破了他的狡计。 我还要把这件事告诉他的那个伍长叔叔，好叫他给

---

① "哥们你好"是科西嘉普通的客套话。

表侄送个好礼物，酬谢他这份功劳。 在我给代理检察官的报告中，要把他和你的名字都写进去。"

"该死的东西！"马第奥低声说。

他们已走到了队伍旁边。 贾尼多早已躺在担架上准备出发了。当他瞧见了马第奥和甘巴在一起的时候，他冷笑了一声，然后把身子转向屋子的门口，在门槛上啐了一口唾沫说：

"一个叛徒的家！"

只有一个决定要死的人才敢把叛徒二字加在法尔贡内头上。 刺刀一扎，用不着第二下，这就是直接对这种侮辱的报复。 然而马第奥没有别的动作，只是把他的手按在自己的前额上，好像一个心头十分沉重的人。

多福瞧见了他爸爸来到，便走进屋子。 他立刻端了一大碗牛乳再走出来，低垂双目把它送给贾尼多。

"滚远些！"那个亡命者用霹雳般的声调喊了出来。

他转过身去向着一个士兵。

"伙计，给我一杯水喝。"他说。

士兵把他的水葫芦放到了他的手中，罪犯便喝起来，这个士兵刚才还和他实弹交过手。 然后他请求把双手交叉绑在他的胸前，不要背绑起来。 他说道：

"我喜欢躺得舒服。"

人们连忙满足他这个要求，接着副官就发出了起身的号令，向马第奥告别。 马第奥却一声也没有回答他，他以快速的脚步向平原走去了。

大约过了十分钟，马第奥还没有开口。 孩子用焦虑的眼光，一会儿瞧着他母亲，一会儿又瞧着他父亲，他父亲正靠着步枪，用一种极端愤怒的表情逼视着他。

"你一开头就干了好事！"马第奥终于用一种平静的，但是对于知道他的人听来是可怕的声调说了这一句话。

"爸爸！"孩子喊道，同时他两眼含泪向前走去，好像是要给他爸爸下跪。

可是马第奥对他大声说：

"快滚开！"

孩子站住了，呜咽起来，待在离他爸爸几步远的地方，一动也不动。

吉赛巴走近身来，她刚才已瞧见露在多福衬衫外面的那根表链的尖端。

"这只表是谁给你的？"她用严厉的声调问。

"是我的那个副官表叔。"

法尔贡内夺过表来，用力冲着一块石头扔去，就把它打得粉碎。

"孩子他妈，"他说，"这个孩子是我生的吗？"

吉赛巴那棕色的面颊变成了像烧红了的一块砖那样绯红。

"你说的是什么话，马第奥！你知不知道你是在同谁说话呀？"

"那么，这个孩子是他的家族中第一个背信弃义的人。"

多福的哭泣和抽噎更加厉害起来。法尔贡内那灼亮的眼睛老是盯着他。最后，他把枪托往地下一碰，然后又把它背在自己的肩上，重新向丛林走去，一面叫喊多福跟随他去。孩子服从了。

吉赛巴在马第奥后面追上来，抓住了他的胳膊。

"他是你的儿子啊，"她用颤抖的声音对他说，她那双黑眼盯着她丈夫的眼睛，好像她要查看他灵魂深处在想什么似的。

"放开我，"马第奥回答说，"我是他的爸爸。"

吉赛巴拥抱了她的儿子，然后哭着回到她的小屋中去。 她跪在一幅圣母像前，竭诚地祈祷。 这时法尔贡内在小道上走了大约二百步，才在一处狭小的山谷中停下来。 他用他的枪托试了试地，发现土地很松，很容易挖掘。 在他看来，这便是适于执行他计划的地方了。

"多福，到这块大石头旁边来。"

孩子照他的吩咐到了那里，然后跪下。

"念你的祈祷经文吧！"

"爸爸，爸爸，不要杀我啊。"

"念你的祈祷经文！"马第奥用可怕的声音回答。

孩子一面哭泣，一面结结巴巴背诵着天主经和信经。 在每一次祈祷之后，父亲便大声回答"亚门！"

"这就是你所知道的全部祈祷经文吗？"

"爸爸，我还知道圣母礼拜经和连祷的经文，那还是我婶妈教给我的。"

"这经文太长了，但没有关系。"

孩子用微弱的声音念完了连祷经文。

"你念完了吗？"

"哎哟！ 爸爸，开恩吧！ 请饶了我吧，我再也不敢做这样的事了！ 我要恳求我的伍长叔叔宽恕贾尼多！"

他还在说话；可是马第奥已经把他的枪上了子弹，对他瞄准，同时对他说道：

"愿上帝恕你的罪吧！"

孩子绝望地挣扎着，要想站起身来吻他爸爸的膝盖，可是他已经来不及。 马第奥开了枪，多福应声倒毙在地上。

马第奥对尸体连一眼都不瞧，就回到他的屋子去找一把铲子，来埋葬他的儿子。 他刚走了几步，就碰上了吉赛巴，她听到了枪声，惊慌地跑来。

"你在干什么？"她大叫一声。

"裁判。"

"他在哪儿？"

"在山谷里。 我就去埋葬他。 他是按基督徒的仪式死了。 我将为他做一次弥撒。 ——派人去告诉我的女婿狄奥多罗·皮盎奇，叫他来和我们一块住吧。"

郭麟阁　惊蛰　译

陪衬人

[法国] 埃米尔·左拉[①]

一

在巴黎，一切都能出卖：愚笨的姑娘和伶俐的女郎，谎言和真理，泪水和微笑。

你不会不知道，在这个商业国度，美，是一种商品，可以拿来做骇人听闻的交易。大眼睛和小嘴儿可以买卖；鼻子和脸蛋儿都标有再精确不过的市价。某种酒窝，某种痣点，代表着一定的收入。伪造术真是巧夺天工，竟然连仁慈的上帝制造的商品也能仿制。用燃过的火柴棒描绘的假眉，用长长的夹子连在头发上的假髻，售价更是奇昂。

这一切都是合情合理、合乎逻辑的。我们是文明的民族，请问，文明如果无助于我们欺骗人和受人欺骗，从而使我们生活得下

---

① 埃米尔·左拉(1840—1902)，法国小说家，自然主义创始人，也是 19 世纪后半期法国重要的批判现实主义作家。代表作品有《小酒店》《娜娜》《萌芽》《金钱》《崩溃》等。

去，又有何用？

不过老实说，当我昨天听说工业家老杜朗多（你跟我一样了解他）起了一个奇妙而惊人的念头，要拿丑来做买卖的时候，我真的为之愕然。出卖美，这我能理解；甚至出卖伪造的美，这也是十分自然的，这是进步的一个标志。所以我要宣布：由于把人们称之为"丑"的这种迄今一直是死的物质纳入商品流通，杜朗多应该受到全法兰西的感戴。请听明白我的意思，我这里说的丑，是丑陋的丑，直言不讳的丑，光明正大地当作丑来出卖的丑。

想必你有时会见到一些妇女，成双成对地走在宽阔的人行道上。她们灵巧而引人注目地曳着长裙，缓缓地踱着步子，在商店的橱窗前停下来，发出忍俊不禁的笑声。她们像契友良知般地臂挽着臂，往往以"你"字相称，差不多相同的年龄，穿着一样地雅致。但是，其中一个总是貌不出众，生着一张不会招人议论的面孔，人们不会对她回眸顾盼，倘若偶然打个照面，也不会产生反感。而另一个却总是奇丑无比，丑得刺眼，使路人不禁要看她几眼，并且拿她和她的同伴作个比较。

要知道，你上了圈套。那个丑女子要是独自走在街上，会吓你一跳；那个相貌平常的，会被你毫不在意地忽略过去。但当她们结伴而行时，一个人的丑就提高了另一个人的美。

好吧！我告诉你，那个丑陋不堪的女子，就是杜朗多代办所的。她属于"陪衬人"。伟大的杜朗多以每小时五个法郎的价格，把她出租给那个相貌无可称道的女人。

二

下面就是我要讲的故事。

杜朗多是个百万富翁，具有独创精神的工业家。　而今又在商业上显露出他的才华。　多年来，每当他想到人们尚未在丑女身上赚过分文，总是兴叹不已。　在美女身上固然可以钻营，但这种投机事业易担风险，我敢向你保证，有着巨富们惯有的审慎的杜朗多，连想都没有想过去干这种事。

有一天，杜朗多忽然心有灵犀。　正像许多大发明家常有的情形一样，他的头脑中一下子闪现出一个新的念头。　他在大街上溜达的时候，看见前面走着一美一丑两个姑娘。　一望之下，他领悟到丑陋女子正可作为那漂亮女子的装饰品。　他想，就像花边、脂粉和假辫子可以买卖一样，美女买丑女作装饰品，也是合情合理，合乎逻辑的。

杜朗多回到家里深思熟虑。　他策划的这场商业攻势，需要绝顶的巧妙。　他可不愿卷到那种成则一鸣惊人、败则贻笑大方的事业中去冒险。　他整夜掐指盘算，攻读那些对男人的愚蠢和女人的虚荣心阐述得最透彻的哲学家们的著作。　第二天黎明时，他主意已定。算术向他表明这种买卖一本万利，而哲学家们所说的人类缺点又是那么严重，他预料准会顾客盈门。

三

如果我有神来之笔，一定会写出一部杜朗多代办所创业的史诗来。　那将是一部既滑稽又凄惨的史诗，充满泪水和欢笑。

为采办一批货底，杜朗多费了意想不到的力气。　最初，他想直截了当地行事，只在楼道上、墙壁上、树干上和僻静的角落里贴一些方纸条，上写着："征求年轻丑女从事简单劳动。"

他等了一个星期，没有一个丑女登门应召，倒有二十五六个漂亮姑娘，哭哭啼啼地来要求工作：她们面临要么挨饿、要么卖身的绝境，巴不得能找个正当职业以自救。 杜朗多好不为难，他再三向她们说明，她们长得美，不符合他的要求。 但她们硬说自己丑，并且认为，杜朗多说她们美，不是出于礼貌，就是出于恶意。 今天，她们既然不能出卖她们所不具备的丑，那就出卖她们所具备的美吧！

面对这种后果，杜朗多懂得了只有美女才有勇气承认她们无中生有的丑。 至于丑女，她们永远也不会找上门来，承认自己的嘴过分的大，眼出奇的小。 他想，不如到处张贴广告，说明将对每位前来应征的丑女悬赏十个法郎，即使这样，我杜朗多也穷不了多少！

不过，杜朗多放弃了贴广告的办法。 他雇了六七个掮客，让他们在城里遍访丑女。 这真是对巴黎丑女的一次全面的征募。 掮客，这些嗅觉灵敏的人，遇上了一项棘手的差事。 他们根据对象的性格和处境对症下药。 如果对方急需用钱，他们就单刀直入；如果和一个绝不至于挨饿的姑娘打交道，那就得委婉一些。 有的事对讲礼节的人是沉重负担，他们却视若等闲，比方说走上去对一位妇女讲："太太，你长得丑，我要按天买你的丑。"

在这场对顾影自怜的可怜姑娘的逐猎中，有多少令人难忘的插曲啊！ 有时，掮客们看到一个丑得十分理想的妇女在街上走过，他们一心要把她献给杜朗多，作为对主子的报答，即使赴汤蹈火，也在所不辞。 有些掮客甚至使出了极端的手段。

杜朗多每天上午接见和验收前一天采购到的货色。 他身穿黄色睡衣，头戴黑缎子圆帽，四肢舒展地坐在安乐椅中。 新招募来的妇女，由各自的掮客陪同，在他面前一个一个地走过。 他身体后仰着，眨眼示意，像个业余爱好者一样，不时做出反感或者满意的表情。 不慌不忙地猎取一个镜头，便凝神玩味；然后，为了看得清楚些，让商品转一转身，从各个角度细细端详；有时他甚至站起身来，摸摸头发，瞧瞧面孔，就像裁缝摸摸料子，杂货商察看蜡烛和胡椒的质量。 如果被检验的女子的丑确证无疑，相貌真的蠢笨而又迟钝，杜朗多就拍手称快，向捐客祝贺，甚至要同那丑女拥抱。 但是对于丑得有特色的女子，他却存有戒心：如果她目光炯炯有神，嘴角带着富有刺激性的微笑，他就皱皱眉头，喃喃地说：这种丑陋不堪的女人，虽然天生不会引起男人的爱慕，却会激起男性的冲动。 于是，便对捐客表示冷淡，对那女人说：等老了再来吧。

要成为判断丑的行家，要搜罗一批真正丑陋的女子而又不得罪前来应征的美丽姑娘，并非人们想象的那么轻而易举。 杜朗多表明他确有挑选丑女的天才，因为他表现出自己对心理和情欲的理解是何等深刻。 他认为主要问题在于外貌，他只录取令人望而生厌的面孔，以及呆若木鸡、冷若冰霜的面孔。

代办所终于人马齐全，可以向美貌女子们供应同她们的皮肤色泽和美的类型相适应的丑女了，杜朗多便贴出如下广告。

四

杜朗多陪衬人代办所

一八××年五月一日开业

巴黎 M 街十五号

营业时间　每日上午十时——下午四时

夫人：

兹有幸向您宣告，敝人新创一所商号，旨在永葆夫人之美貌。敝人发明一种新的饰物，其神效可使夫人之天然风韵平添异彩。

悉观今日，化妆用品名目繁多，然皆不能天衣无缝。花边首饰，一目了然；假发盘头，难免破绽；粉面朱唇，世人尽知乃涂抹之功。

有慨于此，敝人立志破此难解之题，为夫人提供装饰，且使众目莫辨新风韵之由来。无须一条丝带，无须一点脂粉，只消为夫人觅得一种手段，引人注目，而又不露蛛丝马迹。敝人自信可以夸口，此一无法解决之难题，业已迎刃而解。倘夫人不弃，枉驾光临敝所，廉价一试，定令满城倾倒！此种饰品，使用极为简便，效能万无一失。稍作描述，夫人自能参透其中奥妙。

君不见着绫罗、戴手套之美貌夫人伸出纤手向女丐施舍？君不见比之褴褛衣衫，盛装艳服何等耀目；比之寒酸女丐，贵妇更形高雅？

夫人，敝人所欲贡献于娇容者，乃丑脸最丰富之集锦。破衣烂衫衬托，可使新衣价值倍增。敝所专备之丑脸，亦有异曲同工之妙。

再毋庸假牙、假发、假胸！再毋庸敷面点唇，簪金戴玉！再毋庸购买绫罗绸缎，徒然耗费！租一陪衬人，与之携手同行，足使夫人陡增姿色，博得男性青睐！

如蒙惠顾，不胜荣幸！届时，最丑陋、最完备之货色将呈现于夫人之目，任您视自身之美貌，挑选相应之丑女，俾使相反相成，相得益彰！

价格：每小时五法郎，全天五十法郎。

谨向您，夫人，致以崇高敬意。

> 杜朗多

注意：价格公平。亲爹亲娘，叔伯姑婶，一视同仁。

五

广告果然取得了巨大的功效。 从第二天起，代办所就忙碌起来，营业部挤满顾客，她们乐不可支地带走自己挑选好的陪衬人。天晓得一位美女倚在丑女的臂上有多少快感。 她们即将在别人的丑陋衬托之下增加自己的姿色了。 杜朗多真是伟大的哲学家！

别以为做这门生意不费吹灰之力。 种种出人意料的障碍接踵而来。 如果说在招募人员方面曾经颇费周折的话，要达到顾客满意则尤其不易。

一位贵妇人前来雇个陪衬人。 营业员把商品陈列出来任凭她挑选，并在一旁婉转地发表一点意见。 这贵妇挨个儿把陪衬人巡视一遍，露出满脸鄙夷的神色，不是嫌这个丑得过分，就是嫌那个丑得不够，声言谁的丑也不配衬托她的美。 营业员天花乱坠地夸奖这个姑娘鼻子歪，那个姑娘嘴巴大，这个姑娘额头塌，那个姑娘模样傻，尽管他们巧舌如簧，也是白搭。

又一次，一位太太自己也丑得可怕，如果杜朗多在场，定会疯狂地以重金相聘。 但她是为增加自己的美色而来；她要雇一个年轻而又不太丑的陪衬人，因为，据她说，她只需"稍加点缀"。 营业员简直无计可施，他们请她站在一面大镜子前面，让所有陪衬人一个个从她身边走过。 结果，她还是荣获最丑奖，这才悻悻然地离去，并且还责怪营业员竟敢向她提供这样的货色。

然而，渐渐地，顾客固定下来了，每个陪衬人都有挂好钩的主顾。 杜朗多可以踌躇满志地休息一下了，因为他使人类迈出了新的一步。

我不知道人们是否能理解陪衬人的境遇。 她们有在大庭广众间强装愉快的欢笑，她们也有在暗地里悲伤涕泣的泪水。

陪衬人生得丑，就被人当作奴隶，当顾客付钱给她时，她心如刀割，因为她是奴隶，她容貌丑陋。 可是，她又穿着华丽，她跟风流场上的佼佼者们形影相随，她以车代步，她宴饮于名家菜馆，她在剧院里消磨夜晚，她跟美貌的淑女们以"你"字相称。 天真的人还以为她是出席赛马会和首场演出的上流社会的人物呢！

整整一天，她都高高兴兴。 但到了夜间，她就悲愤交加，呜咽啜泣。 她离开代办所的化妆室，独自回到自己的亭子间里，迎面的镜子向她道出真相，丑陋赤裸裸地摆在眼前，她感到自己永远也不会被人爱了。 她为别人引来爱情，而她却永远得不到爱情的温暖。

六

今天，我只想叙述代办所的创举，以使杜朗多的大名流芳后世。 这样的人，历史上理应有其显要地位。

也许有一天，我会写一部《一个陪衬人的衷肠》。 我认识这么一个不幸的女子，她向我倾吐过她的苦情，使我深有所感。 她的主顾有些是名噪巴黎的女士，但她们对她冷酷无情。 太太小姐们，发一点善心吧，不要蹂躏装饰着你们的花边，对这些丑姑娘要温和些，没有她们，你们毫无美貌可言！

我认识的那个陪衬人，有着火一样的灵魂，我猜想她读过不少瓦特·司各特的作品。 我不知道有谁比多情的驼背人和渴求爱情幸福的丑姑娘更忧伤了。 可怜的姑娘爱上一个小伙子，她的面貌吸引了他的目光，但又把这目光转送到她的主顾身上，就好像她把百灵鸟唤到猎人的枪口下。

她经历过许多悲剧。 对那些像买一盒发膏或一双短靴一样付钱给她的贵妇人，她怀着强烈的愤恨。　她是按小时出租的物品，可是这物品是有感情的啊！　你能设想得到，当她微笑着同偷去她一部分爱情的女人以"你"字相称时，她是多么辛酸吗？　那些在人前装作她的知心朋友，善用甜言蜜语打趣她的女人，内心是拿她当奴隶看待的；她们任性地糟蹋她，就像摔碎书架上的瓷人儿一样。

当然，一个痛苦的灵魂于进步是无伤大雅的！　人类在前进。未来将对杜朗多感谢不尽，因为他把迄今一直是死的商品投入贸易，因为他发明了一种装饰品，给爱情提供了方便。

张英伦　译

看不见的收藏

——德国通货膨胀时期①的一个插曲

［奥地利］斯特凡·茨威格②

列车开出德累斯顿，过了两站，一位上了年纪的先生登上我们的车厢，彬彬有礼地跟大家打招呼，然后抬起眼睛，像跟个老朋友问好似的再一次向我点头致意。 我一下子想不起他究竟是谁；可是等他微微含笑地道了他的姓名，我立刻回忆起来：他是柏林最有名望的艺术古玩商之一，战前③和平时期我常常到他店里去参观并且购买旧书和作家手迹。 我们起先东拉西扯，随便聊聊。 接着他话锋一转，突然说道：

"我得跟您说说，我刚从哪儿来。 因为这个插曲可以说是我这个老古玩商三十七年来从来没有遇见过的奇事。 您大概自己也知道，自从钞票的价值像逸出的煤气似的转眼化为乌有，现在古玩市场上是个什么情况：暴发户们突然对哥特式的圣母像和古版书、古

---

① 指20世纪20年代至30年代初。

② 斯特凡·茨威格(1881—1942)，奥地利著名作家，他的主要成就是中短篇小说，代表作品有短篇小说集《初次经历》《热带癫狂症》《感情的迷惘》以及《象棋的故事》等。

③ 指第一次世界大战前。

老的蚀刻画和画像大感兴趣；你怎么着也满足不了他们的要求，你甚至于得拼命抵抗，别让他们把你店里的东西一抢而光。他们简直恨不得把你衬衫袖口上的纽扣和桌子上的台灯都抢购了去。所以越来越需要源源不断地收进新货——请您原谅，我竟突然把这些我们一向说起来都带有敬畏之心的东西叫作货物——但是这帮家伙已经叫人习惯于把一部绝妙的威尼斯古版书看作是多少多少美金，把古埃齐诺①的素描看作是几张一百法郎钞票的化身。对于这些突然间抢购成癖的家伙们无孔不入的钻劲儿，你怎么抵挡也是无济于事的。所以我一夜之间又给刮得一干二净。我们这家老店是我父亲从我祖父手里接过来的，现在店里只有一些极其寒碜的破烂货，从前连北方的街头小贩也不会把它们放到他们的手推小车上去。我羞愧已极，恨不得关上店门，停业不干。

"正在这种狼狈的境地，我忽然想到，不妨把我们过去的旧账本拿来查一查，找出几个往日的老主顾，说不定我又能从他们那儿捞回几个复本。这种老主顾的花名册总像一片坟地，特别在现在这个时候，实际上它也给我提供不了多少线索。我们大部分老主顾早就被迫把他们的收藏拍卖掉了，或者早已去世，对于硕果仅存的少数几个，也不能抱多大希望。这时我突然翻到一捆书信，大概是我们最早的一位老主顾写来的。他从一九一四年大战爆发以来从来没有向我们订购或者打听过什么东西，所以我压根儿把他给忘记了。他和我们的通信，几乎可以追溯到六十年以前，这可一点也不夸张。他在我父亲和我祖父手里就已经买过东西了，可是我记不得在我自己经手的三十七年里他曾经踏进过我们的店铺。所有的一切都表示出，他大概是个古怪的、旧式的滑稽人物，是门策尔或者斯比

---

① 古埃齐诺(1591—1666)，意大利折中画派画家。

茨维克①笔下那种早已销声匿迹的德国人。 这种人极少活到我们这个时代，作为稀有的怪人，有时散居在一些外省的小城市里。 他的手书是书法的珍品，写得工工整整，钱数下面用尺子划上红线，而且每次总把数目字写上两遍，以免出错；除此以外，他还用从来信裁下来的没写字的白纸和翻转过来的旧信封写信。 凡此种种表明一个不可救药的外省人生性小气和节约成癖。 这些稀奇古怪的文件上面，除了他的签名之外，还签署着他全部复杂的头衔：'退休林务官兼经济顾问官，退休中尉，一级铁十字勋章获得者'。 这位一八七〇年战争的老兵，现在如果还活着的话，想必至少已有八十岁了。 可是这位滑稽可笑、节约成癖的老人作为古代蚀刻画的收藏家却表现出极不寻常的聪明才智、异常丰富的专门知识和高雅不凡的艺术趣味。 我把他将近六十年的订单慢慢地加以整理，其中第一张订单还是用银币计价的呢。 我发现，这个不显眼的外省人在花一个塔勒②还可以买一大堆最精美的德国木刻的时代，一定已经不声不响地收集了一批铜版画，这些藏画可以和那些暴发户的名气很大的收藏相比而无逊色。 因为，单说半个世纪里他在我们店里每次用几个马克、几个芬尼买下的东西加在一起，在今天也已经价值连城了。除此之外，还可以料想，他在拍卖行里和其他商人手里也一定捞了不少便宜货。 当然，他从一九一四年以来没有再寄来过订货单。可是我对古玩市场上的各种行情是十分熟悉的，这样一批版画如果公开拍卖或者私下出售，一定瞒不过我。 所以说，这位奇人想必现在还依然健在，或者这批收藏现在就在他继承人的手里。

　　"这件事情引起了我的兴趣，所以第二天，也就是昨天晚上，

---

　　①　阿道尔夫·门策尔（1815—1905），德国现实主义画家；卡尔·斯比茨维克（1808—1885），德国画家，多取材于德国小城市的生活。

　　②　塔勒，德国旧制银币、16 世纪以来流行于大部分德意志国家。

我立刻跳上火车，径直前往一个在萨克逊①比比皆是的寒碜不堪的外省小城去。 我走出小火车站，沿着这座小城的主要大街信步走着。 我简直觉得难以置信，在这么一些外观平淡无奇、情调低级庸俗、按照小市民的口味修饰起来的房子当中，在某一个房间里面，居然会住着一个拥有伦勃朗②的无比精美的画幅，以及全套丢勒③和曼台涅④的铜版画的人。 我到邮局去打听，有没有一个叫那个名字的林务官或者经济顾问官住在这里。 使我惊讶的是，人们告诉我，这位老先生确实还活着。 于是我在午饭之前便动身前去拜访——老实说，我心里多少有些紧张。

"我毫不费劲儿地找到了他的寓所，就在那种简陋的外省楼房的三层楼上。 这种楼房大概是上世纪六十年代一位善于投机的蹩脚建筑师匆匆忙忙地盖起来的。 二层楼上住着一位诚实的裁缝师傅。 三楼的左侧挂着一块闪闪发亮的铜牌，刻着邮政局长的名字，在右侧终于看到了写着这位林务官兼经济顾问官姓名的瓷牌。 我犹犹豫豫地拉了一下门铃，一位年纪相当大的白发老太太，头上戴着一顶干干净净的黑色小帽，马上把门打开了。 我把我的名片递给她，并且问她，林务官先生是否见客。 她先不胜惊讶地、有些怀疑地看了我一眼，然后看看我的名片。 在这座与世隔绝的小城市里，在这么一幢旧式的房子里，从外地有客来访似乎是件大事。 可是她和蔼地叫我稍等，便拿着名片，进屋去了。 我听见她在屋里轻声耳语，接着突然听见一个洪亮的、大声喊叫的男人声音：'啊……柏林来的R先生，从那家大古玩店来的……请他进来，请他进来……我非常

---

① 萨克逊，在德国东部，原为德意志境内一个王国，帝国统一后为一个行省。
② 伦勃朗（1606—1669），荷兰著名画家。
③ 丢勒（1471—1528），德国著名画家。
④ 曼台涅（1451—1506），意大利北部画家，文艺复兴早期的代表人物。

高兴看见他！'这时老太太已经踩着碎步很快地走了回来，请我进起居室。

"我脱下衣帽，走了进去。 在这间陈设简单的起居室当中，我看见一个年事很高但身体还很强健的老人直挺挺地站着，他蓄着浓密的口髭，穿了一身镶边的、半似军装的家常便服，十分亲切地向我伸出双手。 这个手势显然表示出喜悦的、发自内心的欢迎，可他直挺僵硬地站在那里的神气似乎和这种欢迎有些矛盾。 他一步也不向我迎过来，我只好凑上前去，握他的手。 我心里有点不大自在。可等我去握他手的时候，我发现这两只手一动不动地保持着水平的位置，不来握我的手，而是等我去握它们。 一下子我全明白了：这人是个瞎子。

"我从小看见瞎子，心里就觉得很不舒服。 想到这种人好端端的是个活人，可同时又知道，他对我的感觉，不像我对他的感觉那样，总不免心里有些羞惭和不大自在。 就是现在，我在这副向上翘起的浓密的白眉毛下面，看见了这双凝望着前方却一无所见的死眼睛时，我也得克服我心里最初的惊恐。 可是这位盲人不让我有时间去感到不是滋味，我的手一碰到他的手，他就使劲儿地握起来，并且用一种猛烈的、高高兴兴地大声嚷嚷的方式重新向我问好：'真是稀客！'他笑容满面地向我说道，'的确是个奇迹，柏林的大老板居然会来光临寒舍……不过，要是这样一位商人先生坐上火车的话，咱们可得多加小心啊！ ——咱们家乡有句俗话：吉卜赛人来了，快关房门扎口袋……是啊，我可以想象，您干吗要来找我。 在我们可怜的、日益衰败的德国，现在生意可是很不景气，没有买主了，于是大老板们又想起了旧日的老主顾，又来寻找他们的羊群了。 不过我怕您在我这儿交不到什么好运，我们这些可怜的老退休人员要是有口面包吃就该心满意足了。 你们现在的价格像发疯似的往上涨，我们可是没法奉陪啊……我们这号人是永远退出了。'

"我赶快向他解释，说他误会了我的来意。我到他这儿来，并不是想要卖给他些什么东西，我只不过是恰好路过这里，不愿错过这一机会来拜访他一下，他是我们这个字号的多年老主顾，并且是德国最大的收藏家之一。我刚把'德国最大的收藏家'这几个字说出口，这位老人的脸上便发生了奇怪的变化。他依然还僵硬地直立在屋子当中，可是他的脸上突然发亮，表现出最内在的得意。他把脸转向他估计是他妻子站着的那个方向，仿佛想说：'你听见了吗！'接着转过脸来对我说话，声音里充满了快乐，丝毫也没有刚才讲话时的那种老军人的粗暴口气，而是温柔地，简直可以说是含情脉脉地说道：

"'您的确太好了……不过您也不至于白跑一趟。我要让您看点东西，这可不是您每天都看得见的东西，即使在您那富丽豪华的柏林城里也不是每天都能看到的。……给您看几幅画，就是在阿尔柏尔提那①和那该诅咒的巴黎也找不到比它们更为精美的东西……可不是，收集了六十年，就会收集到各式各样的东西，这些东西平时是不会随便放在马路上的。路易丝，把柜子的钥匙给我！'

"这时，却发生了一件出乎意料的事情。原来站在他旁边的老太太，一面客气地微笑着，一面亲切地静听我们谈话，这时她突然向我哀求似的举起她的双手，同时用她的脑袋做了一个激烈反对的动作。我起先还不明白，她这是什么意思。接着她就走到她丈夫跟前，把两只手轻轻地放在他的肩上，提醒他道：'可是赫尔瓦特，您也不问问这位先生有没有工夫看你的藏画，现在都是吃午饭的时候了。吃完饭你又得休息一小时，这是大夫再三嘱咐的。等吃完饭再把你那些东西给这位先生看，我们再一起喝咖啡，不是更

_____

① 阿尔柏尔提那，闻名世界的维也纳艺术陈列馆，内有丰富的收藏。

好吗？ 再说阿纳玛丽那时候也在家，这些东西她比我懂得多，可以帮帮你的忙！'

"她刚说了这些话，又一次越过这个丝毫未起疑心的人的脑袋，向我重复她那急切地央求的手势。 这下我明白她的意思了。她希望我拒绝马上参观他的画，所以我立即编出一个借口，说有人请我吃饭。 当然能看看他的收藏，对我来说是件乐事，并且也是莫大的荣幸，不过得到下午三点以后，那时候我将乐于前来。

"老人像个被人把最心爱的玩具拿走了的孩子似的生起气来。他转过身去，嘟囔着说道：'当然，这些柏林的大人先生们总是忙得没有工夫的。 可是这一次您可得腾出时间来，因为我给您看的不是三五幅画，而是二十七本，每本专门收藏一位大师的作品，而且差不多每一本都是夹得挺满的。 那好吧，下午三点；可是请准时，要不然我们就看不完了。'

"他又一次向空中把手伸出来等我握，'您等着瞧吧，您会高兴——或者恼火的。 而您越恼火，我就越高兴。 我们这些收藏家就是这样：一切都为我们自己，什么也不留给别人！'他再一次和我使劲儿地握握手。

"老太太一直送我到门口。 在整个这段时间里，我注意到她一直忐忑不安，显出一副又尴尬又提心吊胆的神气。 可是现在刚走到门口，她就压低了嗓子，结结巴巴地说道：'可以让……可以让……我的女儿阿纳玛丽在您到我家来之前去接您吗？ ……由于种种原因……这样比较妥当……您大概是在旅馆里用饭吧？'

"'是的。 令爱来接我，我非常高兴，我将感到非常荣幸。'我说。

"果然，一小时以后，我在市集广场边上的那家旅馆的小餐厅里刚吃完午饭，一个不太年轻的老姑娘走了进来。 她的衣着十分朴素，一进来就举目四下里找人。 我向她走去，进行自我介绍，并且告诉她，我已准备就绪，可以马上跟她一起去看藏画。可是她的脸刷的一下子涨得通红，像她母亲一样，表现出慌乱和尴尬的神气。她问我能不能先跟我说几句话。我立刻发现，她有为难之处。每当她鼓鼓勇气，想要说话的时候，这片局促不安、飘忽不定的红晕便一直升到她的额角，她的手指摆弄着衣服。末了，她终于断断续续地说了起来，说的时候又一再重新陷入迷惘：

"'我母亲打发我来找您的……她什么都跟我说了……我们有一件事要求您……我们是想趁您还没去见我父亲，先告诉您一下……我父亲当然要把他的收藏拿给您看，可是这些藏画已经不全了……缺了好几幅……可惜，甚至要说，缺了相当多……'

"说到这里，她又不得不喘口气，然后她突然凝视着我，急急忙忙地往下说道：

"'我必须非常坦率地跟您说……您知道现在这时势，您什么都会明白的……大战爆发以后，我父亲的双目完全失明，在这以前，他的视力就常常出毛病。一激动他的视力就全都丧失了——原来一开始的时候，尽管他已是七十六岁高龄，他还一个劲儿地要参军去，和法国作战，后来军队没能像一八七〇年那样长驱直入，他就生气得不得了，于是他的视力便很快地一天不如一天。不过除了眼睛以外，他身子骨儿还是十分硬朗，不久以前他还能一连几小时地出去散步，甚至出去打猎，这是他喜爱的消遣。现在可是没法出去散步了，那他剩下的唯一的乐趣就是他的藏画。他每天都看……这就是说，他看是看不了啦，他现在什么也看不见，可是他每天下午都把所有的画夹拿出来，至少可以把这些画摸一摸，一张一张地摸，总是按照同样的顺序，几十年下来，他都背熟了……现在别的东西再也引不起他的兴趣了，我老得把报上各种拍卖的消息念给他听。他听见价钱涨得越高，他就越高兴……因为……可怕的就是这个：父亲对于物价和时势一点也不懂……他不知道，我们已经坐吃山空，靠他一个月的养老金，还维持不了我们两天的生活……再加上我妹夫又阵亡了，留下我妹妹拖着四个孩子——可是我父亲对于我们这些物质上的困难一无所知。 我们起先省了又省，比从前更节省，可是无济于事。 后来我们开始变卖东西——我们当然不碰他心爱的藏画……我们变卖了仅有的那点首饰，可是，我的天，这又值得了多少！ 六十年来，我父亲可是把能够省下来的每一个铜板全都花来买他的画了啊。 有一天家里什么也没有了……我们真不知道这日子该怎么过下去。 这时候……这时候，我母亲和我就卖了一幅画。 父亲当然绝对不会答应我们卖画，他根本不知道，日子多么难过，他根本想象不到，要想在黑市市场上去弄点粮食回来有多么不容易，他也不知道，我们已经打了败仗，阿尔萨斯和洛林已经割让出去，我们念报的时候，再也不把这些消息念给他听，免得他生气激动。

"'我们卖掉的是很珍贵的一幅画，是幅伦勃朗的蚀刻画。 商人给我们出价好几千马克，我们指望用这笔钱可以维持几年生活，可是您也知道，货币贬值得多么厉害……我们把剩下的钱存进了银行，可是两个月以后，这笔钱就一文不值了。 我们只好再卖一张，又卖一张，商人总是迟迟不付钱，等钱寄来，已经值不了多少。 后来我们就到拍卖行去试试，可是就是在拍卖行里，尽管人家出价几百万，我们也还是受骗上当……等这几百万到我们手里，早已变成了一堆毫无价值的废纸。 就这样，我父亲收藏中最好的珍品，包括几幅名画在内，全都慢慢地散失了，仅仅为了维持我们最可怜的生活。 我父亲对此一点也不知道。

"'所以今天您一来，我母亲就吓得不得了……因为要是我父亲把那些画夹子打开给您看，那么一切就都败露了……那些旧的厚纸框子，我父亲一摸就知道，里头夹的是什么。 我们把一些仿制品或者类似的画页塞在里面，代替那些卖掉的画页。 这样他摸的时候，就不会有所觉察。只要他能摸能数这些画页（这些画的顺序他清清楚楚地记在脑海里），那他就跟从前看得见这些画的时候同样的高兴。而平时在这种小城市里，我父亲也认为没有什么人有资格看他的宝贝……他把每一张画都爱若至宝，我相信，如果他知道，他手里摸着的这些画都已经四下散失了，他一定会心碎的。自从德累斯顿蚀刻画馆的前任馆长逝世以后，您是这些年来他的第一个知音，他愿意把画夹子打开来给您看。所以我请求您……'

"这个不复年轻的姑娘突然举起双手，眼里闪着泪花。

"'……我们请求您……别让他伤心……别让我们难过……请您别把他这最后一个幻想给毁掉，请您帮助我们，让他相信，他将向您描绘的所有的画幅，还依然存在……要是他猜到了真情，他准保活不下去的。也许我们是做了一件对不起他的事，但是我们也是没有别的法子：人总得活啊……人的性命，我妹妹的四个孤儿，总比印了画的纸重要一些吧……到今天为止，我们一直也没有剥夺过他的这个乐趣；他很高兴，每天下午能把他的画夹子翻上三个钟头，跟每幅画都像跟个人似的说上一阵。今天……今天说不定会是他最幸福的日子。他盼了好些年，直盼着有朝一日能让一位识货的人看看他心爱的宝贝；我请您……我举起双手恳请您，别破坏了他的这个快乐。'

"她这番话说得这样动人心弦，我现在复述起来，根本不可能把这种感情表达出来。我的天哪，作为一个商人我曾经看见过许多人被人卑鄙地洗劫一空，被通货膨胀整得倾家荡产，他们上百年祖传的财宝被人用一个黄油面包的代价给骗走——但是命运在这儿创造了一个特别的例子，使我心里特别激动。不言而喻，我答应她守口如瓶，并且尽力帮忙。

"于是我们一起到她家去——路上我十分愤怒地听说，人们用便宜得吓人的价钱欺骗了这些可怜的无知的女人，但是这更坚定了我竭尽全力帮助她们的决心。 我们登上楼梯，刚推开门，就听见起居室里传来老人高兴的大嗓门：'进来！ 进来！'凭着盲人敏锐的听觉，他一定在我们上楼的时候就听见我们的脚步声了。

"'赫尔瓦特急于把他的宝贝给您看，今天中午都睡不着了。'老太太含笑对我说。 她女儿的一个眼色已使她明白，我完全同意帮忙，老太太放心了。 桌上摊了一大堆画夹子，像是在等人去看。 盲人一摸到我的手，也不多打招呼，就一把抓住我的手臂，把我按在软椅上。

"'好，现在我们马上就开始看吧！ ——要看的东西很多，而柏林来的先生们又老是没有工夫！ 第一个夹子里全是大师丢勒的作品，您自己马上就可以看出来，收集得相当齐全——而且一幅比一幅精美。 喏，您自己可以判断，您瞧瞧！'——说着他打开画夹的第一幅，'这是《大马图》①。'

"于是他轻轻地、小心翼翼地，就像人家平时拿一样容易打碎的东西似的，用指尖从画夹子里取出一个硬纸框，里面嵌着一张发黄的空白的纸，他热情洋溢地把这张一文不值的废纸举到面前，细细地看了几分钟之久，可是实际上什么也没看见。 他叉开手指兴高采烈地把这张白纸举到眼前，整个脸上十分迷人地表现出一个看得见的人的那种凝神注视的神情。 他那瞳仁僵死、目光发直的眼睛，不知道是由于纸上的反光，还是来自内心的喜悦——突然发亮，闪烁着一种智慧的光芒。

"'怎么样，'他颇为得意地说道，'您曾经看见过比这幅更加精美的复印画吗？ 每个细部的线条印得多么清晰，轮廓多么分明——我把这张画和德累斯顿复印版的画比较过，德累斯顿版那张显

---

① 丢勒的名画。 作于 1505 年，画面是一匹骏马，旁边站着一个骑士。

得平板多了。 再看看它的来历！ 瞧这儿——，’他把画页翻了过来，用指甲极为精确地指着这张白纸的某些地方，使我不由自主地望了一眼，看那儿是不是真的还盖着图章——‘您看，这儿是那格勒藏画的图章，这儿是收藏家雷米和艾斯代勒的图章。 这些在我之前拥有这幅画的著名收藏家大概一辈子也料想不到，这幅画居然有一天会跑到这间斗室里来。’

"听到这位丝毫没起疑心的老人这样热情奔放地夸耀一张空空如也的白纸，我背上起了一阵寒噤。 看见他用指甲毫厘不差地指着只在他的想象中还存在的看不见的收藏家的图章，真叫人毛骨悚然。 由于恐怖，我的嗓子眼堵得厉害，我不知道该怎么回答才好。我慌乱中抬起眼睛看了看那两个女人，又看见老太太浑身哆嗦，十分激动地举起双手，向我恳求。 于是我振作了一下，开始扮演我的角色：

"‘简直叫人拍案叫绝！’我终于结结巴巴地说道。 ‘真是一张印得精美绝伦的画！’老人的脸上马上现出得意的神气，‘不过，这还根本算不了什么，’他洋洋得意地说道，‘您还得先看看《忧愁》①图，或者《基督受难》②图，这可是一幅精工印制的画。这种质量的画，还从来没有印过第二回呢。 您瞧瞧，’说着他的手指又十分轻柔地抚摸着一幅他想象中的画——‘瞧瞧这颜色多么新鲜，笔力多么遒劲，色调多么温暖。 柏林的老板们和博物馆的专家们见了，都要为之神魂颠倒呢。’

"他就这样滔滔不绝、洋洋得意地边说边让我看画夹，足足忙了两个小时。 我和他一起共看这一百张或者两百张空白的废纸或者蹩脚的仿制品，而这些东西在这个可悲的丝毫没起疑心的盲人的记

---

① 《忧愁》是丢勒的名画，作于 1514 年，画面是一天使托腮沉思。
② 《基督受难》是丢勒以基督被钉在十字架上这一故事为题材的绘画。

忆里还是真实存在的，以至于他可以毫无差错、按照准确无误的顺序精确入微地夸奖并且描绘每一幅画。 啊，我没法向您描述，这是多么使人毛骨悚然！ 这些看不见的珍藏早已随风四散、荡然无存，可是对于这个盲人，对于这个令人感动的受骗者来说，还完整无缺地存在着。 他从幻觉产生的激情是如此强烈，以至于我差一点也开始相信它们还依然存在。 只有一次，他似乎觉察到什么，险些可怕地打破了他那梦游病患者的稳健，使他不能热情洋溢地说下去。 他拿起一张伦勃朗的《安提俄珀》①（这是一幅试印的复制品，原来的确非常值钱），又在夸奖印刷的清晰，说着，他那感觉敏锐的神经质的指头，十分钟爱地顺着印刷的线条，重描这幅图画。 可是他那已经训练得十分敏感的触觉神经在这张陌生的纸上没有摸到那些凹纹，于是他突然皱起眉头，他的声音也慌乱了：'这不是……这不是《安提俄珀》吧？'他喃喃自语，神情有些狼狈。 我马上采取行动，急忙从他手里把这幅夹在框子里的画取过来，热情洋溢地大事描绘我也熟悉的这幅蚀刻画的一切可能有的细节。 盲人的那张已经变得颇为尴尬的脸松弛了下来。 我越赞扬，这个饱经沧桑、老态龙钟的老人身上便越发显出快活的样子，显出一股发自内心的深情。'总算找到了一个识货的行家！'他洋洋得意地掉转脸去冲着他的妻女欢呼起来，'总算找到一个懂行的，你们也听听，我的这些画多么值钱。 你们总是疑虑重重地怪我把所有的钱都拿来买了画。这话倒也不假，六十年来，我既不喝酒，也不抽烟，不旅行，不看戏，也不买书，总是省了又省，省下钱来买这些画。 有朝一日，等我不在人间了，你们会看见……你们将成为富翁，比我们城里谁都有钱，就跟德累斯顿最大的阔佬一样有钱。 那时候你们就会对我干

---

① 安提俄珀：希腊神话中英勇善战的阿马宗人的女王，为忒修斯之妻。

的这件傻事感到高兴了。 可是只要我活一天，这些画就一幅也不许拿出我的房子……你们先得把我抬出去埋了，再把我的收藏拿走。'

"他说着，用手指温柔地抚摩一下那些早已空空如也的画夹，就像抚摩一些有生命的东西似的。 这是一个既可怕又动人的场面，因为在进行大战的这些年里，我还从来没有在一个德国人的脸上看到过这样纯净的幸福的表情。 他身边站着他的妻子和女儿，她们跟那位德国大师①的蚀刻画上的妇女形象十分神秘地相像。 画上这些妇女前来瞻仰救世主的坟墓，在这已经打开的空无一物的墓穴前面，她们脸上既显出恐怖的表情，同时又显出一种虔信、高兴看见奇迹的狂喜。 那些女门徒的脸上被救世主的神力感染得光芒四射，这两个日益衰老、饱经风霜、愁苦可怜的小资产阶级妇女的脸上则洋溢着老人的这种天真烂漫的幸福无比的喜悦，她们一面含笑，一面流泪，这样激动人心的景象，我还从来没有见过。 可是这个老人听我的夸奖，真是听个没够。 所以他一个劲儿地翻着画页，如饥似渴地听我说的每一句话。 等到最后，人们终于把这些骗人的画夹推到一边，老人很不乐意地腾出地方来放咖啡的时候，我才松了一口气。 可是和这位似乎年轻了三十岁的老人的激烈、高涨的欢快情绪，和他疯疯癫癫的高兴劲头相比，我这种含有内疚之意的轻松又算得了什么！ 他滔滔不绝地讲了成百上千个买画觅宝的小故事，一再站起身来，不要人家帮一点忙，自己去抽出一幅又一幅画来：他像喝了酒似的带有醉意，情绪高昂。 可是等我末了说我得告辞了，他简直吓了一大跳，像个使气任性的孩子似的显出一脸不高兴的样子，赌气地跺着脚说：'这不行，您还没有看完一半呢。'两个女

---

① 指丢勒。 这里说的蚀刻画就是丢勒的名画《基督受难》图。

人好说歹说，才让这个倔强的生气的老人明白，他不能多耽搁我，要不然我会误了火车的。

"经过绝望的挣扎，最后他终于顺从了。我们开始握别的时候，他的声音变得非常柔和。他握住了我的两只手，他的手指带着一个盲人的全部表达能力，爱抚似的沿着我的手一直抚摸到我的手腕，似乎想多了解我一点，并且向我表达言语所不能表达的感情。'您光临寒舍，给我带来了极大的极大的快乐。'他开口说道，带着一种发自内心的激动情绪，这我永远也不会忘记。'我终于又能和一个行家一起看一遍我心爱的藏画，这对我来说真是个幸福。可是您会看到，您不是白白地到我这个瞎老头子这儿来了一趟。我让我太太做证，我在这儿答应您，在我的遗嘱里加上一条，委托您那久享盛誉的字号来拍卖我的收藏。您应该得到管理这批不为人所知的宝藏的荣誉，'说到这里，他把手亲热地放在这些早已洗劫一空的画夹上面，'一直管理到它四散到世界各地之日为止。请您答应我一件事：请您印个漂亮的藏画目录，这将成为我的墓碑，我也不需要更好的墓碑了。'

"我望了一眼他的妻子和女儿，她们两个紧紧地挨在一起，有时候一阵战栗从一个人的身上传到另一个人身上，仿佛两个人是一个身体，在那儿同受震动，一齐发颤。我自己这时的心情是十分庄严肃穆的，因为这位令人同情的毫无疑心的老人把他那看不见的、早已散失无存的收藏像个宝贝似的托我保管。我深受感动地答应他去办这件实际上我永远无法照办的事。老人的死沉沉的瞳仁又为之一亮，我感到，他从内心渴望真正感觉到我的存在：我从他对我的温柔情意，从他的手指带着感激和许愿的意思使劲握着我的手指时的亲热样子，感觉到了他的这种愿望。

"两个女人送我到门口。她们不敢说话，因为老人耳朵尖，每句话都会听见，但是她们一面望着我，一面流泪，她们的眼光是多么温暖，多么富有感激之情。 我恍恍惚惚地摸索着走下楼梯，心里其实十分羞愧：我像童话里的天使似的降临到一个穷人的家里，使一个瞎子在一小时内重见光明，我用的办法是帮人进行了一次虔诚的欺骗，极为放肆地大撒其谎，而我自己实际上是作为一个卑鄙的商人跑来，想狡猾地从别人手里骗走几件珍贵的东西的。 可是我得到的，远远不止这些：在这阴暗迟钝、郁郁寡欢的时代，我又一次生动地感觉到纯粹的热情，一种纯粹是对艺术而发的精神上的快感，这种感情我们这些人似乎早已忘怀了。 我心里充满——我不能用别的方法表达—— 一种敬畏的感情，虽然我不知为什么，又一直感到羞惭。

　　"我已走在大街上了，上面咣啷一响打开了一扇窗户，我听见有人在叫我的名字：确实不错，老人不听劝阻，一定要用他失明的双眼，向着他以为我走的那个方向目送我。 他把身子猛伸到窗外，他的妻女只好小心地扶着他。 他挥动手绢，叫道：'一路平安！'他的嗓音高高兴兴，像个少年人一样清新爽朗。 这是一个令人难忘的情景：楼上的窗口上露出一张白发老人的高高兴兴的笑脸，凌驾于大街上愁眉苦脸、熙熙攘攘、忙忙碌碌的人群之上，由一片善意幻觉的白云托着，远远脱离了我们这个严酷的现实世界。 我不觉又想起那句含有深意的老话——我记得好像是歌德说的——'收藏家是幸福的人！'"

张玉书　译

判　决

献给费丽丝·鲍威尔①小姐的故事

［奥地利］弗朗茨·卡夫卡②

在最美好的春季里一个星期天的上午，年轻的商人格奥尔格·本德曼正坐在二层楼自己的房间里，他的住所是沿河一长溜构造简易的低矮的房屋中的一座，这些房屋几乎只是在高度和颜色上有所区别。　他刚写完一封信给居住在国外的青年时代的朋友，漫不经心地将信装进信封，然后双肘撑在书桌上，凝望窗外的小河、桥梁和对岸淡绿的小山冈。

他寻思着他的这位朋友如何由于不满自己在国内的前程，几年以前当真逃到俄国去了。　现在他在彼得堡经营一家商店，开始时买卖兴旺，但长久以来生意显然清淡，他归国的次数越来越少，而每逢归国来访时总要这样抱怨一番。　他就这样在国外徒劳无益地苦心经营着，外国式的络腮胡子并不能完全遮盖住他那张从孩提时代起

---

① 费丽丝·鲍威尔，卡夫卡女友。　两人两度订婚，又两度解除婚约。

② 弗朗茨·卡夫卡(1883—1924)，奥地利作家，西方现代派文学的奠基人之一。　作品以象征、隐喻、梦幻的手法和荒诞的形式揭示西方社会中人的异化，以及个人在现实生活中的孤独、恐惧的存在状态，一定程度上反映了专制、腐朽的奥匈帝国覆灭的历史必然性。

格奥尔格就很熟悉的脸庞，他的皮肤蜡黄，看来好像得了什么病，而且病情正在发展。据他自己说，他从来不和那儿的本国侨民来往，同俄国人的家庭也几乎没有什么社交联系，并且准备独身一辈子了。

对于这样一个显然误入歧途、只能替他惋惜而不能给予帮助的人，在信里该写些什么呢？或许应该劝他回国，在家乡定居，恢复同所有旧日好友的关系——这不会有什么障碍的——此外还要信赖朋友们的帮助？但是这样做不就等于告诉他，他迄今为止的努力都已经成为泡影，他最终必须放弃这一切努力，回到祖国，让人们瞪大着眼睛瞧他这个回头的浪子；这不就等于告诉他，只有他的朋友才明白事理，而他只是个大孩子，必须听从那些留在国内并已经取得成就的朋友的话去行事。你愈是爱护他，却愈加会伤害他的感情。更何况使他蒙受这一切痛苦烦恼，是否就一定有什么意义呢？也许，要他回国是根本不可能办到的——他自己说过，他已经不了解家乡的情况。这样的话，他将不顾一切地继续留在异乡客地，而朋友们的规劝又伤了他的心，使他和朋友们更加疏远一层。如果他真的听从了朋友的劝告回归祖国，而在国内又感到抑郁——当然不是故意这样，而是由于事实所造成的——既不能和朋友相处，又不能没有他们，他会抱愧终日，而且当真觉得不再有自己的祖国和朋友了，那倒不如听凭他继续留在外国，岂不更好吗？考虑到这些情况，怎能设想他回来后一定会前程似锦呢？

鉴于这些原因，如果还想要和他继续保持通信联系的话，就不能像对一个即便是远在天涯的熟人那样毫无顾忌地把什么话都原原本本地告诉他。这位朋友已经有三年多没有回国了，他的解释完全是敷衍文章，说是俄国的政治局势不稳，容不得一个小商人离开，哪怕是短暂的几天都不行。然而，就在这段时间内，成百上千的俄国人却安闲地在世界各地旅行。　但是，恰恰对于格奥尔格自己来说，在这三年间发生了许多变化。　格奥尔格的母亲去世——那是大约两年前的事，从那时起，他就和父亲一起生活——他这位朋友可能得悉了噩耗，在一封来信中表示了哀悼，但是毫不动情，其原因只能是，对这种不幸事件的悲痛是身居异国的人所完全无法想象的。　不过格奥尔格从那时起，以全部精力从事他的商业以及所有别的事情。　也许是他的母亲在世时，他的父亲在经营上独断独行，阻碍了他真正按自己的主意行事；也许是他的母亲过世后，他的父亲虽然还在商行里工作，但已经比较淡泊，不再事必躬亲；也许是红运高照，意外侥幸——很可能就是如此——不管怎么说，这两年来商行有了意想不到的发展，职工人数不得不增加了一倍，营业额增加了五倍，往后的买卖无疑会更加兴隆。

　　可是格奥尔格的这位朋友对这种变化却一无所知。　先前，最后一次也许就在那封吊唁信里，他曾劝说格奥尔格移居俄国，并且详述了格奥尔格家若在彼得堡设分号，前景将如何如何。　他所列的数字同格奥尔格现在所经营的范围相比，简直是微不足道。　可是格奥尔格一直不愿意把自己商业上的成就写信告诉这位朋友，假如他现在再回过头来告诉他，那当真会令人惊讶的。

　　所以格奥尔格在给这位朋友的信中，始终仅限于写些无关紧要的、一如人们在安闲的星期天独自遐想时，杂乱地堆积在记忆中的琐事。　他所希望的只是不要打扰他的朋友，让他保持自己在出国后的长时期里所形成的对于故乡的看法，并以此来安慰自己。　于是发生了这样的情形，格奥尔格在三封隔开相当长时间的信中，接连三次把一个无关紧要的男人和一个同样无关紧要的女人订婚的事告诉了他的朋友，结果完全违背了格奥尔格的意图，这位朋友竟开始对这件不寻常的事情发生了兴趣。

格奥尔格却宁可在信中同他谈这类事情，而不愿承认他自己在一个月前已经同一位富家小姐名叫弗丽达·勃兰登菲尔德的订了婚。　他常常和未婚妻谈起这位朋友，以及他们在通信中这种特殊的情形。　"那么他不会来参加我们的婚礼了，"她说，"然而，我是有权利认识你所有的朋友的。""我不想打扰他，"格奥尔格回答说，"不要误会我的意思，他可能会来的，至少我认为他要来的，但他会感到非常勉强，自尊心受到损害，也许他会嫉妒我，而且一定会不满意，可是又没有能力消除这种不满，于是只好孤独地再次出国。　孤独——你知道这是什么意思？""是的，难道他不会通过另外的途径获悉我们结婚的消息吗？""这个我当然不能阻止，但是由于他的生活方式，这是不太可能的。""既然你的朋友都是这个样子，格奥尔格，你就根本不应该订婚。""是的，这是我们俩的过错；不过我现在不愿意再改变主意了。"她在他的亲吻下尽管气喘吁吁，却还说道："不管怎样，我总觉得挺生气的。"这时，他真的认为，如果他把这一切写信告诉他的朋友，也不会有什么麻烦。　"我就是这样的人，他也正应该这样来认识我。"他自言自语地说，"我无法把自己变成另外一种人，这种人也许比我更适宜于承当同他的友谊。"

　　事实上，他在这个星期天上午写的这封长信中，已经把他订婚的事告诉了他的朋友，信里这样写道："我把最好的消息留到最后才写。　我已经和一位名叫弗丽达·勃兰登菲尔德的小姐订婚了，她出身富家，是你出国以后很久才迁居到我们这里来的，所以你可能不会认识。　将来反正还有机会告诉你关于我未婚妻的详细情况，今天我只想说，我非常幸福；你我之间的相互关系只在这一点上起了变化：你现在有了我这样一个幸福的朋友，而不再是一个普普通通的朋友了。　此外，我的未婚妻——她嘱我向你致以亲切的问候，不久还会自己写信给你的——也将成为你的真诚的女友，这对于一个单身汉来说，不会是无所谓的吧。 我知道，以往你由于种种原因而不能来看我们，难道我的婚礼不正是一次可以扫除一切障碍的极好的机会吗？ 但是，不管怎样，你还是不要考虑太多，而只是按照你自己的愿望去做吧。"

格奥尔格手里拿着这封信在书桌前坐了很久，把脸转向窗户。有一个过路的熟人从小巷里跟他打招呼，他正想得出神而在微笑，刚好作为对人家的回礼。

他终于把信放入口袋，走出房间，穿过狭小的过道来到对面他父亲的房间里，他已经有好几个月没有来过了。 事实上，他也没有必要到他父亲的房间里去，因为他在商行里经常同父亲见面，他们又同时在一个餐厅用午餐，晚上虽然各干各的，可是除非格奥尔格出去会朋友——这倒是常事，或者如现在这样去看望未婚妻，他们总要在共同的起居室里坐上一会儿，各人看自己的报纸。

格奥尔格感到非常惊讶，甚至在这个晴朗的上午，他父亲的房间还是那样阴暗。 矗立在狭窄庭院另一边的高墙投下了这般的阴影。 父亲坐在靠窗的一个角落里，这个角落装饰着格奥尔格亡母的各种各样纪念物，他正在看报，把报纸举在眼前的一侧，以弥补一只眼睛视力的不足。 桌子上放着剩下的早餐，看来他并没有吃多少。

"啊，格奥尔格！"父亲说着就站起来迎上去。 走动时他的厚厚的睡衣敞开了，下摆在身体的周围飘动。 "我的父亲仍然是一个魁伟的人。"格奥尔格心里说。

"这里黑得真受不了。"他接下去说。

"是的，确实是很黑。"父亲回答。

"那你还把窗户关着？"

"我喜欢这样。"

"外面已经很暖和了。"格奥尔格说，好像是接着前面那句话，随后坐了下来。

他父亲把早餐的杯盘收拾起来，放进一个柜子里去。

"我只是要告诉你，"格奥尔格接着说，他茫然地望着老人的动作，"我写了一封寄彼得堡的信宣布我订婚的事。"他把信从口袋中抽出一点儿，然后又放了回去。

"为什么要写信到彼得堡去？"父亲问。

"告诉我在那儿的朋友。"格奥尔格说着，用目光追寻他父亲的眼睛。"在商行里他可完全是另外一种样子，"他想，"瞧现在他劈开两腿坐在这里，双臂在胸前交叉着。"

"哦，告诉你的朋友了？"父亲以特别强调的口吻说道。

"父亲，你知道，我一开始并不想把订婚的事告诉他。这主要是考虑到他的情况，并不是由于别的原因。你自己也知道，他是一个很难相处的人。我寻思，他也会从别处获悉我订婚的消息——这我可无法阻止——虽然他离群索居，几乎没有这种可能，但是他反正绝不会从我自己这里知道这件事情。"

"这么说你现在已经改变了主意？"父亲问道，一面把大张的报纸放到窗台上，把眼镜放在报纸上，并用一只手捂住了眼镜。

"是的，现在我已经仔细考虑过了。我想，如果他是我的好朋友，那么我的幸福的婚约对他来讲也是一件高兴的事。因此我不再犹豫，一定要把这事通知他。可是在我发信之前，我先要把这件事告诉你。"

"格奥尔格，"父亲说，撇了一下牙齿都已脱落了的嘴，"听我说，你是为这件书信到我这里来想要同我商量，毫无疑问你这样做是值得赞许的。但是，如果你现在不把全部事情的真相告诉我，这等于什么也没说，甚至比不说更令人恼火。 我不愿意提到与此无关的事情。 自从你亲爱的母亲去世后，已经出现了好几起很不得体的事情。 也许谈这些事情的时候到了，也许比我们想象的要来得早一些。 商行里有些事情我不太清楚，这些事情也许并不是背着我做的——现在我可不是说这是背着我做的——我已经精力不济了，记忆力也在逐渐衰退，有许多事情我已无法顾全。 这首先是自然规律，其次是你母亲的去世对我的打击比对你的要大得多。 ——但是既然我们正在谈论这件事，谈论这封信，我求你，格奥尔格，不要欺骗我。 这是一件小事情，可以说是微不足道的，所以你千万不要欺骗我。 难道你在彼得堡真有这样一个朋友？"

格奥尔格非常困惑地站起来。 "别去管我的朋友了。 一千个朋友也抵不上我的父亲。 你知道，我是怎样想的？ 你太不注意保重你自己了。 年岁可不饶人。 商行里的事没有你我是不行的，这你知道得很清楚，但是如果因为做生意而损坏了你的健康，那么我明天就把它永远关门。 这样可不行。 我们必须改变一下你的生活方式。 并且要彻底改变。 你坐在这儿的黑暗里，如果待在起居室里就有充足的阳光。 你每顿早餐都吃得很少，不好好增加营养。你坐在紧闭着的窗户旁，而新鲜空气对你来说是多么需要呀。 不行，父亲！ 我要请个医生来，我们都遵照医嘱行事。 我们要把房间换一换，你搬到我前面那个房间去，我搬到这儿来。 你不会有什么不习惯的，你的全部东西都将一起搬过去。 但是办这些事要有时间，现在你要上床睡一会儿，你非常需要休息。 来吧，我帮助你脱衣服，你可以看到，我会做得很好的。 或者你现在就愿意到前面房间去，你可以暂时睡在我的床上。 这是再合适不过的了。"

格奥尔格紧挨着他父亲站着，他父亲白发蓬乱的头低垂到胸前。

"格奥尔格。"父亲轻声地说，身子一动也不动。

格奥尔格立刻在父亲身旁跪了下来，在父亲疲惫的脸上，他看到一对瞳孔从眼角直定定地望着他。

"你没有朋友在彼得堡。 你总是一个爱开玩笑的人，连我也想愚弄。 在那儿你怎么会有一个朋友呢！ 我根本就无法相信。"

"你再好好想一想，父亲，"格奥尔格说，一面将他父亲从椅子上扶起来，一面乘他父亲虚弱地站着的时候替他脱掉了睡衣，"自从上次我的朋友来看我们，到现在已快三年了。 我还记得，你不是很喜欢他。 至少有两次我避免让你看到他，虽然他那时正坐在我的房间里。 我非常清楚你为什么对他反感，我的朋友有些怪癖。可是后来你和他就相处得很好了。 你听他谈话，点着头，还提问，当时我还感到很自豪呢。 如果你想一想，你一定会回忆得起来的。他当时谈了一些关于俄国革命的令人难以置信的故事。 譬如有一次，他为了营业上的事来到基辅，遇上群众骚动。 他看到一个教士站在阳台上，往自己的手心里刻了一个粗粗的血淋淋的十字，还举起手来，向人群呼唤。 后来你自己在某些场合还讲过这个故事呢。"

说话中间格奥尔格已经扶他父亲坐下，并且小心地替他脱掉穿在亚麻布衬裤外面的针织卫生裤，又脱掉了袜子。 当看到父亲的不太清洁的内衣时，他责怪自己，对父亲照顾不够。 经常替父亲更换洁净的内衣，这是他应尽的责任。 他还没有开口同未婚妻商量过，将来他们准备怎样安置父亲，因为他们心里早已有了这样的想法，父亲会独自留在老宅子里的。 可是他现在迅速而明确地决定，要把父亲接进未来的新居。 如果仔细考虑一下，搬进新居后再去照顾父亲，看来可能为时已经太晚了。

他把父亲抱到床上。 当他向床前走这几步路的同时，他注意到父亲正在他怀里玩弄他的表链，于是产生了一种惊恐的感觉。 他一时无法把父亲放到床上因为父亲紧紧地抓住表链不放。

但是等到父亲刚在床上躺好时，看来一切又恢复了正常。 老人自己盖上被子，还把被子盖过了肩膀，他用并非不亲切的眼光仰望着格奥尔格。

"你已经想起他了，是不是？"格奥尔格问道，愉快地向他点点头。

"我现在已经盖严实了吗？"他父亲问，好像他自己无法看到，两只脚是否也盖住了。

"你躺在床上感到舒服些了吧。"格奥尔格一边说，一边把被子盖盖好。

"我已经盖严实了吗？"父亲又一次地问道，似乎特别急于要得到回答。

"你放心好了，你盖得很严实。"

"不！"他父亲打断了他的答话喊道，并用力将被子掀开，一刹那间被子全飞开了，接着又直挺挺地站在床上。 他只用一只手轻巧地撑在天花板上。 "你要把我盖上，这我知道，我的好小子，不过我可还没有被完全盖上。 即使这只是最后一点力气，但对付你是绰绰有余的。 我当然认识你的朋友。 他要是我的儿子倒合我的心意。 因此这些年来你一直在欺骗他。 难道不是这样吗？ 你以为我没有为他哭泣过吗？ 因此你把自己关在办公室里——经理有事，不得打扰——就是为了你可以往俄国写那些说谎的信件。 但是幸亏父亲用不着别人教他，就可以看透儿子的为人。 现在你认为，你已经把他征服了，可以一屁股坐在他的身上，而他则无法动弹，因为我的儿子大人已经决定结婚了！"

格奥尔格抬头望着他父亲这一副骇人的模样。 父亲突然之间如此了解这位身居彼得堡的朋友，而这位朋友的境况还从来没有像现在这样打动过格奥尔格。他看见他落魄在辽阔的俄罗斯。他看见他站在被抢劫一空的商店门前。他正站在破损的货架、捣碎的货品和坍塌的煤气管中间。他为什么非要到那么遥远的地方去呢！

"你看着我！"父亲喊道。几乎是心不在焉的格奥尔格奔向床前，准备忍受一切，但是在中途他又站住了。

"因为她撩起了裙子，"父亲开始用甜丝丝的声音说道，"因为她这样地撩起了裙子，这个讨厌的蠢丫头，"为了做出那种样子，他高高地撩起了他的衬衣，让人看到了战争年代留在他大腿上的伤痕，"因为她这样地、这样地、这样地撩起了裙子，你就和她接近，就这样你毫无妨碍地在她身上得到了满足，你可耻地糟蹋了我们对你母亲的怀念，你出卖了朋友，你把你父亲按倒在床上，不叫他动弹。可是他到底能动还是不能动呢？"

说完他放下撑着天花板的手站着，两只脚还踢来踢去。他由于自己能洞察一切而面露喜色。

格奥尔格站在一个角上，尽可能地离他父亲远一点。长久以来他就已下定决心，要非常仔细地观察一切，以免被任何一个从后面来的或从上面来的间接的打击而弄得惊惶失措。现在他又记起了这个早就忘记了的决定，随后他又忘记了它，就像一个人把一根很短的线穿过一个针眼似的。

"但是你的朋友毕竟没有被你出卖！"他的父亲喊道，一面摆动食指以加强语气，"我是他在这里的代表。"

"你真是个滑稽演员！"格奥尔格忍不住也喊了起来，但立刻认识到他闯下了祸，并咬住舌头，不过已经太晚了，他两眼发直，由于咬疼了舌头而弯下身来。

"是的，我当然是在演滑稽戏！滑稽戏！多好的说法！一个老鳏夫还能有什么别的安慰呢？ 你说——你只要马上回答我，你还是我的活着的儿子——除此以外我还剩下什么呢？ 我住在背阴的房间里，已经老朽不堪，周围的一批职工又是那样的不忠实。 而我的儿子却欢乐地走遍全世界，因为我已经作了准备，他就很容易把生意做成，兴高采烈，忘乎所以，俨然摆出一个高尚的人那种冰冷的面孔，走过他父亲的跟前！ 你以为我不曾爱过你这个我亲生的儿子吗？"

"现在他的身子将往前弯曲了，"格奥尔格想道，"要是他倒下来摔坏了怎么办！"这句话在他的头脑中一闪而过。

他父亲向前弯曲身子，不曾摔倒。 他又伸直了身子，因为格奥尔格没有如他希望的走近他。

"站在你那里别动，我不需要你！ 你在想，你还有力量走到我这里来，只因为你不愿意过来才站在那里不动。 你别搞错了！ 我还是要比你强得多。 如果单靠我一个人也许我不得不退缩，但是你的母亲把她的力量给了我，我已经和你的朋友建立了良好的关系，你的顾客的名单也都在我的口袋里！"

"他甚至连衬衣也有口袋！"格奥尔格寻思道，并且相信，他如果把这些谈话公之于世，就会使父亲不再受人尊敬。 他也只是在一刹那间想到这些，因为他不断地又把一切都忘记了。

"挽着你的未婚妻走到我的跟前来吧！ 我会让你还不知道是怎么一回事，就将她从你的身边赶走的！"

格奥尔格做了一个鬼脸，仿佛他不相信这些。 他父亲只是朝格奥尔格待着的角落点点头，表示他一定会说到做到的。

"今天你真使我非常快活，你跑来问我，要不要把你订婚的消息写信告诉你的朋友。 他什么都知道了，你这个傻小子，他什么都知道了！ 我一直在给他写信，因为你忘了拿走我的笔。 因此他这几年就一直没有来我们这里，他什么都知道，比你自己还清楚一百倍呢，他左手拿着你的信，连读也不读就揉成了一团，右手则拿着我的信，读了又读！"

他兴奋得把手臂举过头顶来回挥动。 "他什么都知道，比你清楚一千倍！"他喊道。

"一万倍！"格奥尔格说这话本来是想嘲笑他父亲的，但是这话在他嘴里还没说出来时就变了语调，变得非常严肃认真。

"这些年来我一直注意着，等你来问这个问题！ 你认为，我关心的是其他的事吗？ 你以为，我在看报纸吗？ 你瞧！"说着，他扔给格奥尔格一张报纸，这张报纸是他随便带上床的。 这是一张旧报，它的名字格奥尔格是完全不知道的。

"你打定主意之前，犹豫的时间可真不短啊！ 先得等你母亲死了，不让她经历你的大喜日子；你的朋友在俄国快要完了，早在三年以前他就已经十分潦倒；至于我呢，也到了你现在眼见的这副样子。 你不是有眼无珠，我是怎么个状况你是看得见的嘛！"

"这样说来你一直在暗中监视我！"格奥尔格喊道。

他父亲替他遗憾地随口说道："你可能早就想说这句话了。 现在这么说可就完全不合适了。"

接着，他又大声地说："现在你才明白，除了你以外世界上还有什么，直到如今你只知道你自己！ 你本来是一个无辜的孩子，可是说到底，你是一个没有人性的人！ ——所以你听着：我现在判你去投河淹死！"

格奥尔格觉得自己被赶出了房间，父亲在他身后倒在床上的声音还一直在他耳中回响。 他急忙冲下楼梯，仿佛那不是一级级而是一块倾斜的平面。 他出其不意地撞上了正走上楼来预备收拾房间的女佣人。 "我主耶稣！"女佣人喊道，并用围裙遮住自己的脸，可是，格奥尔格已经走远了。 他快步跃出大门，穿过马路，向河边跑去。 他已经像饿极了的人抓住食物一样紧紧地抓住了桥上的栏杆。他悬空吊着，就像一个优秀体操运动员；在他年轻的时候，他父母曾因他有此特长而引为自豪。 他那双越来越无力的手还抓着栏杆不放，他从栏杆中间看到驶来了一辆公共汽车，它的噪声可以很容易盖过他落水的声音。 于是，他低声喊道："亲爱的父母亲，我可一直是爱着你们的。"说完他就松手让自己落下水去。

这时候，正好有一长串车辆从桥上驶过。

孙坤荣 译

乡村医生

[奥地利] 弗朗茨·卡夫卡

　　我感到非常窘迫：我必须赶紧上路去看急诊；一个患重病的人在十英里外的村子里等我；可是从我这儿到他那里是广阔的原野，现在正狂风呼啸，大雪纷飞；我有一辆双轮马车，大轮子，很轻便，非常适合在我们乡村道路上行驶；我穿上皮大衣，手里拿着放医疗用具的提包，站在院子里准备上路；但是找不到马，根本没有马。　我自己的马就在头天晚上，在这冰雪的冬天里因劳累过度而死了；我的女佣现在正在村子里到处奔忙，想借一匹马来；但是我知道，这是不会有什么结果的，我白白地站着，雪愈下愈厚，愈等愈走不了了。　那姑娘在门口出现了，只有她一个人，摇晃着灯笼；当然，谁会在现在这样的时刻把马借给你走这一程路呢？　我又在院子里走来走去，可是想不出一点办法；我感到很伤脑筋，心不在焉地向多年来一直不用的猪圈破门踢了一脚。　门开了，门板在门铰链上摆来摆去发出拍击声。　一股热气和马身上的气味从里面冒出来。一盏昏暗的厩灯吊在里面的一根绳子上晃动着。　有个人在这样低矮的用木板拦成的地方蹲着，露出一张睁着蓝眼睛的脸。　"要我套马吗？"他问道，匍匐着爬了出来。　我不知道说什么好，只是弯下腰来看看猪圈里还有什么。　女佣站在我的身边。　她说："人往往不知道自己家里还会有些什么东西。"我们两人都笑了。

"喂，老兄，喂，姑娘！"马夫叫着，于是两匹强壮的膘肥的大马，它们的腿紧缩在身体下面，长得很好的头像骆驼一样低垂着，只是靠着躯干运动的力量，才从那个和它们身体差不多大小的门洞里一匹跟着一匹挤出来。它们马上都站直了，原来它们的腿很长，身上因出汗而冒着热气。"去帮帮他忙。"我说。于是那听话的姑娘赶紧跑过去，把套车用的马具递给马夫。可是她一走近他，那马夫就抱住她，把脸贴向她的脸。她尖叫一声，逃回到我这里来，脸颊上红红地印着两排牙齿印。"你这个畜生，"我愤怒地喊道，"你是不是想挨鞭子？"但是我马上就想到，这是个陌生人；我不知道他是从哪儿来的，而当大家都拒绝我的要求时，他却自动前来帮助我摆脱困境。他好像知道我在想什么，所以对我的威胁没有生气，只顾忙着套马，最后才把身子转向我。"上车吧。"他说。的确，一切都已准备好了。我注意到这确实是一对好马，我还从来没有用过这样的好马拉过车呢，我就高高兴兴地上了车。"不过我得自己来赶车，因为你不认识路。"我说。"当然，"他说，"我不跟你去，我要留在罗莎这里。""不。"罗莎叫喊起来，并跑进屋里，预感到自己将遇到无可逃避的厄运；我听见她拴上门链发出的叮当声；我听见钥匙在锁孔里转动的声音；我还可以看到她先关掉过道里的灯，然后穿过好几个房间把所有的灯都关掉，别人就找不到她了。"你同我一道走，"我对马夫说，"否则我就不去了，即使是急诊也罢。我不想为这事把姑娘交给你作为代价。""驾！"他吆喝道，同时拍了拍手；马车便像在潮水里的木头一样向前急驰而去；我听到马夫冲进我屋子时把房屋的门打开发出的爆裂声，接着卷来一阵狂风暴雪侵入我所有的感官，使我什么也听不见，什么也看不到了。但这只是一瞬间的工夫，因为我已经到了目的地，好像病人家的院子就在我家的院门外似的；两匹马安静地站住了；风雪已经停止；月光洒在大地上；病人的父母匆匆忙忙地从屋里出来，后面跟着病人的姐姐；我几乎是被他们从车子里抬出来的；他们七嘴八舌地嚷嚷着，我一句也听不清楚；病人房间里的空气简直无法呼吸；炉子没人管可是冒着烟；我想打开窗子，但是我首先得看看病人。 这年轻的病人长得很瘦，不发烧，不冷，也不热，有一双失神的眼睛，身上没有穿衬衫，他从鸭绒被下坐起来，搂住我的脖子，对着我的耳朵轻声说："医生，让我死吧。"我向四周看了一眼；没有人听到这句话；病人的父母正弯身向前默默地站着，静候我的诊断；姐姐搬来一张椅子让我放手提包。 我打开提包，寻找医疗用具；这孩子还是从床上向我摸过来，要我记住他的请求；我取出一把小镊子，在烛光下检查了一下又把它放回去。 "是的，"我有些亵渎神明地想，"上帝在这种情况下真肯帮忙，送来了失去的马，由于事情紧急还多送了一匹，甚至还过了分多送了一个马夫——"这时我才又想起了罗莎；我该怎么办，我怎样才能救她，离她有十英里之外，而且套的两匹马难以驾驭；在这种情况下，我怎样才能把她从马夫身下拉出来呢？ 现在，这两匹马不知用什么方法松开了缰绳，我也不知道它们是怎样从外面把窗户顶开的；每一匹马都从一扇窗户探进头来注视着病人，对于这家人的叫喊毫不在乎。 "我最好马上就回去。"我想，好像那两匹马在要求我回去似的，但我还是容许病人的姐姐替我脱下皮大衣，她还以为我热得有些晕眩了。 老人给我斟来一杯罗木酒，拍拍我的肩膀，他拿出心爱的东西来待客表明对我的亲切信赖。 我摇了摇头；老人狭隘的思想，使我很不舒服；正是由于这个原因我谢绝喝酒。母亲站在床边招呼我过去，我顺从了，而当一匹马向天花板高声嘶叫的时候，我把头贴在孩子的胸口，他在我的潮湿的胡子下面战栗起来。 这就证实了我的看法：这孩子是健康的，只是血液循环方面有些小毛病，这是因为他母亲宠爱过分给他多喝了咖啡的缘故，但确实是健康的，最好还是把他赶下床来。 我并不是个社会改革家，所以只好由他躺着。 我是这个地区雇佣的医生，非常忠于职守，甚至有些过了分。 我的收入很少，但我非常慷慨，对穷人乐善好施。可是我还得养活罗莎，所以这男孩想死是对的，因为我自己也想死。 在这漫长的冬日里，我在这儿干些什么啊！ 我的马已经死了，村子里没有一个人肯借马给我。 我只得从猪圈里拉出马来套车；要不是猪圈里意外地有两匹马，我只好用猪来拉车了。 事情就是这样。 于是我向这家人点点头。 他们一点也不知道这些事，即使他们知道了，他们也是不会相信的。 开张药方是件容易的事，但是人与人之间要互相了解却是件难事。 好了，我的出诊也就到此结束，我又一次白跑了一趟，反正我已经习惯了，这一地区的人老是晚上来按我的门铃，使我深受折磨。 但是这一次还得牺牲个罗莎，这个漂亮的姑娘多年来一直和我生活在一起，我几乎没有怎么管她——这个牺牲未免太大了。 于是我必须在头脑里仔细捉摸一下，以克制自己不致对这家人训斥起来，他们无论如何也不可能把罗莎还给我了。 但是当我关上提包，伸手去取皮大衣时，全家人都站在一起，父亲嗅着手里的那杯甜酒，母亲可能对我感到失望——是啊，人们还要期待些什么呢？ ——她含着泪咬着嘴唇，姐姐摇晃着一条满是血污的毛巾，于是我打定主意做好准备，在某种情况下承认这孩子也许是真的病了。 我向他走去，他朝我微笑着，好像我给他端去最滋补的汤菜似的——啊，现在两匹马同时嘶叫起来；这叫声一定是上帝特地安排来帮助我检查病人的——此时我发现：这孩子确实有病。 在他身体的右侧靠近胯骨的地方，有个手掌那么大的溃烂伤口。 玫瑰红色，但各处深浅不一，中间底下颜色最深，四周边上颜色较浅，呈微小的颗粒状，伤口里不时出现凝结的血块，好像是矿山上的露天矿。这是从远处看去。如果近看的话，情况就更加严重。谁看了这种情形会不惊讶地发出唏嘘之声呢？和我的小手指一样粗一样长的蛆虫，它们自己的身子是玫瑰红色，同时又沾上了血污，正用它们白色的小头和许多小脚从伤口深处蠕动着爬向亮处。可怜的孩子，你是无可救药的了。我已经找出了你致命的伤口；你身上的这朵鲜花①正在使你毁灭。全家人都很高兴，他们看我忙来忙去；姐姐把这个情况告诉母亲，母亲告诉父亲，父亲告诉一些客人，他们刚从月光下走进洞开的门，踮起脚、张开两臂以保持身体的平衡。"你要救我吗？"这孩子抽噎着轻轻地说，他因为伤口中蠕动的生命而弄得头晕眼花。住在这个地区的人都是这样，总是向医生要求不可能做到的事情。他们已经失去了旧有的信仰；牧师坐在家里一件一件地拆掉自己的法衣；可是医生却被认为是什么都能的，只要一动手术就会妙手回春。好吧，随他们的便吧：我不是自动要去替他们看病的；如果他们要用我充作圣职，那我也只好这样；我是个上了年纪的乡村医生，我的女佣都给人家夺去了，我还能希冀什么好事情呢！于是这家人和村子里的长者一同来了，他们脱掉我的衣服；老师领着一个学生合唱队站在房子的前面，用极简单的曲调唱着这样的歌词：

> 脱掉他的衣服，他就能治愈我们，
> 如果他医治不好，就把他处死！
> 他仅仅是个医生，他仅仅是个医生。

---

① 原文 Blume 为花朵，卡夫卡在这里把鲜红的伤口比作鲜红的花朵，具有一种象征意义。

然后我的衣服被脱光了，我的手指捋着胡子，我把头侧向一边，静静地看着这些人。我镇定自若，胜过所有的人，尽管他们现在抱住我的头，拖住我的脚，把我按倒在床上，我仍然是这样。他们把我放在朝墙的一面，靠近孩子的伤口。然后他们从小房间里走出去；门也关上了；歌声也停止了；云层遮住了月亮；被褥使我的周身感到暖和；忽隐忽现的马头在洞开的窗户前晃动。"你知道，"我听到有人在我耳边说，"我对你很少信任。你不过是从那儿被抛弃掉的，根本不是用自己的脚走来的。你不但没有帮助我，还缩小我死亡时睡床的面积。我恨不得把你的眼睛挖出来。""你说得对，"我说，"这的确是一种耻辱。但我是个医生。那我怎么办呢？相信我，我作为一个医生，要做什么事情也并不是很容易的。""你以为这几句道歉的话就会使我满足吗？哎，我也只能这样，我对一切都很满足。我带着一个美丽的伤口来到世界上，这是我的全部陪嫁。""年轻的朋友，"我说，"你的错误在于：你对全面的情况不了解。我曾经去过远远近近的许多病房，可以告诉你：你的伤口还不算严重。只是被斧子砍了两下，有了这么一个很深的口子。许多人都自愿把半个身子呈献出来，而几乎听不到树林中斧子的声音，更不用说斧子靠近他们了。""这是真的吗，或者是你趁我发烧的时候来哄骗我？""确实是这样，你安心地带着一个公家医生以荣誉担保的话去吧。"于是他相信了，他静静地安息了。可是现在我得考虑如何来救我自己了。两匹马还忠实地站在原处。我很快地把衣服、皮大衣和提包收集在一起；我不愿意把时间花费在穿衣服上；如果两匹马能像来时一样快速，那么简直就可以说我从这张床一跳就能跳回到自己的床上。一匹马驯顺地从窗口退回去了；我把收拾好的那包东西扔进马车；皮大衣飞得太远了，只有一只袖子牢牢地挂在一只钩子上。这就很好了。我自己也跃上马去。 缰绳松松地拖曳着，这匹马同另一匹马几乎没有套在一起，双轮马车晃里晃荡地随在后面，皮大衣拖在最后面，就这样行驶在雪地上。 "驾！"我喊道，可是马没有奔驰起来；我们像老年人似的慢慢地拖过荒漠的雪地；在我们后面长久地响着孩子们唱的一首新编的，但是错误的歌曲：

> 高兴吧，病人们，
> 医生正陪着你们躺在床上！

这样下去我可永远回不到家；我的兴旺发达的医疗业务也完了；一个后继者正在抢我的生意，但是没有用，因为他不能替代我；在我的房子里那讨厌的马夫正在胡作非为，罗莎是他的牺牲品；我不愿意再想下去了。 在这最不幸时代的严寒里，我这个上了年纪的老人赤裸着身体，坐着尘世间的车子，驾着非人间的马，到处流浪。 我的皮大衣挂在马车的后面，可是我够不着它，我那些手脚灵活的病人都不肯助我一臂之力。 受骗了！ 受骗了！ 只要有一次听信深夜急诊的骗人的铃声——这就永远无法挽回。

孙坤荣　译

切帕雷洛先生临终忏悔记

[意大利] 乔万尼·薄伽丘①

切帕雷洛先生临终忏悔时，胡吹一通，把神父骗得晕头转向。他生前作恶多端，死后却得了圣徒的称号，名为圣齐亚帕雷托。

亲爱的女士们，人们做事总是以造物主的值得赞扬的神圣名义开始。既然由我牵头为大家讲故事，我打算讲一件神迹，大家听了，可以坚定我们对天主的深不可测的旨意的信念，永远赞美他的名字。

一切世俗的事物显然都是短暂无常的，里里外外充满了烦恼、焦虑和辛苦，并且面对无穷无尽的危险。如果天主不赐予我们殊恩，不给我们力量和真知灼见，我们混迹于世俗的事物之中，作为一个组成部分，是很难维持长久的。可是，别以为我们是由于本身有什么功德才得到那种殊恩，那是来自天主的慈悲和圣徒们的祈

---

① 乔万尼·薄伽丘（1313—1375），意大利文艺复兴运动的杰出代表，小说家、人文主义者。《十日谈》是他最优秀的作品。批判了宗教的旧思想，宣扬了人类美好的情感。《十日谈》也从此开创了短篇小说这一独特的艺术形式，对世界文学产生了广泛而深远的影响。

求。　圣徒以前和我们一样，也是凡夫俗子。　他们生前也食人间烟火，享受人间欢乐，如今在天主身边，得到了祝福和永生。　我们有所求时，不敢直接祈求最高审判者，而是央告圣徒代向天主说项，因为他们都是过来人，了解我们的弱点。　我们凡夫无缘见到天主，我们的俗眼也无从窥探他圣心的奥秘，有时受到人云亦云的蒙蔽，祈求一个圣徒替我们向天主说项，殊不知那个圣徒早已被逐出天国，再也见不到圣颜。　但天主对我们一向慈悲宽容，并不计较。天主明察秋毫，重视祈祷者的一片诚心，原谅了他的无知或代为说项的被逐圣徒的罪愆，应允了祈祷者的要求，就当他是向一个真正的圣徒祈求那样。　这一点在我马上要讲的故事里是显而易见的。我说显而易见，并不是指天主的审度，而是指人类的判断。

却说以前法国有个大富商，名叫穆齐亚托·弗兰采西①，受朝廷册封为骑士，奉命随同法国国王之弟夏尔去托斯卡纳。　夏尔没有封邑，这次应教皇波尼法齐奥之召前去申请。　和一般商人一样，穆齐亚托的事务千头万绪，短时间内很难清理完毕，因此他决定委托别人代办。　别的事情都容易安排，唯有一件很伤脑筋，那就是他放给几个勃艮第人的债，找不到一个干练的代理人去催收。　他知道勃艮第人蛮横无理，不讲信义，心想只有找一个多少可以信赖而又泼辣无赖的人，以毒攻毒，才能制服那些勃艮第人。　他正苦苦思索之时，忽然想到一个名叫切帕雷洛·德·普拉托的人，以前常去他在巴黎的家里串门。　此人五短身材，衣着讲究，法国人不明白切帕雷洛有"木桩"之意，只当它同齐亚帕洛"花冠"有关，既然他身材矮小，便用小称"齐亚帕雷托"来称呼他，结果这个名字叫开了，

---

① 穆齐亚托·弗兰采西是佛罗伦萨人，农民出身，经商致富。　下文提到的切帕雷洛也确有其人。

知道原名切帕雷洛的人反而很少。

齐亚帕雷托是这样一个家伙：他身为公证人，却以开具假证明为能事，经他手的文件若有一份没有弄虚作假，他反而认为是奇耻大辱。 请他开假证明，他特别高兴，来者不拒，甚至可以分文不取。 请他开真证明，酬劳再多，他也不乐意。 不论有没有需要，他喜欢发伪誓。 当时法国十分重视誓言，可他毫无顾忌，凡是找他上法庭以天主的名义做证时，他就抹杀良心发伪誓。 他热衷于在朋友、亲戚和任何人之间挑拨是非，兴风作浪，散播仇恨，从中得到乐趣。 乱子闹得越大，他越是高兴。 如果要他去杀人或者干什么别的伤天害理的事，他欣然从命，从不拒绝。 他甚至多次表示愿意亲手去害人杀人。 他百般亵渎天主和圣徒，为了一点鸡毛蒜皮的小事就暴跳如雷，破口大骂。 他从不去教堂，看到教堂里办圣事就嗤之以鼻，避之犹恐不及。 与此相反的是，他经常光顾小酒店和下流场所，乐而忘返。 他像狗躲开棍棒那样躲开女人，但对于敲后门的勾当却乐此不疲，没有比他更卑鄙下流的了。 他坑蒙拐骗时面不红心不跳，像圣徒那么心安理得。 他暴饮暴食，吃起来可以玩命，赌博时又是作弊诈骗的好手。 可是我何必在他身上多费口舌？ 只消说他是天下头号坏蛋就够了。 长期以来，他的邪恶得到穆齐亚托先生的权势和影响的庇护，正由于这个原因，尽管他屡屡坑害他人，一贯欺骗朝廷，却经常得到他人的尊敬和朝廷的器重。

穆齐亚托想起了齐亚帕雷托，对他的为人再清楚不过，认为由他去对付无赖的勃艮第人最合适。 穆齐亚托派人把他找来，对他说：

"你知道，齐亚帕雷托先生，我快要离开这里，不定什么时候回来。 我有些债款要向勃艮第人收回，那些人一向刁顽，我不知道除你之外还有哪个更妥当的人可以委托。 你目前在家闲着，如果愿意干，我可以向朝廷保举，并且从你催讨回来的账款里提一部分作为对你的酬劳。"

齐亚帕雷托当时失意潦倒，走投无路，眼看长期以来一直支持他，庇护他的人要走了，因此只对这个建议稍稍考虑了一下，当即说他乐意接受。 两人谈妥之后，齐亚帕雷托从国外得到公证人任命和授权文书，等穆齐亚托离开后，便前往勃艮第。 勃艮第几乎没有人认识他，他一反常态，开始和和气气地收账，执行委托给他的任务，仿佛要等更合适的时机才暴露自己的真面目。 他寄住在佛罗伦萨一对放高利贷的兄弟家，兄弟二人出于对穆齐亚托的尊重，对他关怀备至，想不到他在此期间竟然病倒。 两兄弟不敢怠慢，为他延医诊治，指派仆人加意伺候，希望他早日康复。 但是一切努力都不收效，这位先生上了年纪，据医生说，由于以前生活太不检点，底子给掏空了，像是得了绝症，情况一天比一天差，两兄弟见了忧心忡忡。 一天，他俩在齐亚帕雷托病榻所在的房间隔壁开始议论，一个说：

"我们拿那个人怎么办？ 我们碰上他算是倒足了霉。 他病成这副模样，我们如果把他撵出去，显然于理有亏，会招来众人责骂。 当初人家看见我们接待了他，又尽心尽意地请医生给他治病，他也没有什么对不起我们的地方，如今人病得快死了，我们却突然把他撵出家门。 再说，他生平作恶多端，一定不肯忏悔，也不能接受教堂给他办临终圣事。 没有忏悔而死去，任何教会都不能收容他，他就会像死狗似的给扔到城外荒冢堆上。 即使他作了忏悔，他的罪孽深重，擢发难数，任何修士和神父都不愿或不能赦免。 他既然得不到赦免，到头来还是要给扔到荒冢堆。 当地人本来就讨厌我们干这一行生意，把我们恨得牙痒痒，如果出了那种事，就会对我们横加指责。 他们觊觎我们的钱财，会起来大吵大闹说'那些伦巴第狗①，连教堂都不愿意收留，我们岂能容他们继续待在这里？'他们会闯进我们家，抢我们的钱财，也许还会要我们的性命。 总而言之，只要那个人一死，我们非倒霉不可。"

前面说过，齐亚帕雷托的病榻离两兄弟谈话的地方不远，病人的听觉往往分外敏锐，两兄弟说的话，他都听在耳里。 他便召唤他们过去，对他们说：

"我不愿意你们为我担忧，更不愿意你们害怕由于我的牵连而受到损害。 你们的谈话我全听到了，如果情况真像你们所说的那样发展，你们设想的结果确实难免。 可是我要得到另一种结果。 我一生中冒犯天主的次数太多了，再加一次也无所谓。 你们去请一位最最德高望重的神父来，如果确实有这种神父的话，其余的事情交给我，我自有办法既照顾到你们，也照顾到我自己，保证皆大欢喜。"

两兄弟虽然不抱很大希望，还是去找了一个教团，请求派一位有学问有德行的神父去听一个在他们家病得快要死了的意大利人忏悔。 教团派了一位上了年纪的神父和他们同去，那位神父圣洁明慧，对《圣经》极有研究，深得市民敬爱。

神父到了齐亚帕雷托卧病不起的地方，坐在他身边，首先和颜悦色地安慰病人，然后问他有多长时间没有忏悔了。 一辈子没有忏悔过的齐亚帕雷托先生回答说：

"神父，我每星期忏悔一次已经成了习惯，有时候还不止一次。 我病了八天，说实话，还没有忏悔过：这场病闹得我没有忏悔的气力。"

---

① 泛指意大利人。 当时意大利商业经济发展，不少意大利人以放高利贷为业，而天主教会规定异教徒、自杀身亡和放高利贷者死后不准在教堂墓地安葬。

神父说：

"我的孩子，你做得对，应该这样。既然你经常忏悔，我用不着多听多问了。"

齐亚帕雷托说：

"神父，可别这么说。尽管我忏悔得很多很频繁，我仍旧一直希望把我记忆所及从出生起到最近一次忏悔时为止的一切罪孽统统交代出来。因此，我请求你，我的好神父，请你原原本本地问我，就把我当成生平从未忏悔过似的。你不必顾虑我有病，我宁肯肉体受苦，不愿让肉体舒服而留下罪孽，使我的灵魂万劫不复，辜负了基督以他宝贵的血拯救我的一番好意。"

那个圣洁的人听了这番话非常高兴，认为这是心地真诚的表示。他大大夸奖齐亚帕雷托的习惯，接着问他有没有跟女人犯过奸淫之罪。齐亚帕雷托叹了一口气说：

"在这方面，神父，我不好意思讲真话，因为我怕犯自我吹嘘的罪孽。"

神父接口说：

"你放心大胆说好了，无论是忏悔还是在别的场合，说真话永远不会是罪孽。"

齐亚帕雷托便说道：

"你既然向我作了保证，我不妨告诉你，我至今还是童身，跟出娘胎的时候一模一样。"

"天主保佑你！"神父说，"你做得多好啊。好就好在你自觉自愿守身如玉，不像我们和别的受教规约束的人那样不敢破色戒。"

神父接着问他有没有犯过使天主不悦的贪口腹的罪孽。齐亚帕雷托长叹一声说，犯过，多次犯过。虽然他除了跟虔诚的信徒一样每年在四旬斋①斋戒之外，每周至少还有三次只吃面包喝白水，但是他喝水时津津有味，特别是祈祷或朝圣感到疲乏的时候，简直像酒徒饮酒似的。有时候，他像妇女进城那样想吃素什锦，还有些时候，他觉得吃东西有滋有味，像他这样虔诚斋戒的人真不该有这种想法。神父说：

"这种罪孽，我的孩子，是人之常情，完全可以原谅，我不希望你良心上有不必要的负担。再圣洁的人长期斋戒也想吃东西，疲乏的时候也想喝水。"

"我的神父，"齐亚帕雷托说，"你不必用这样的话来安慰我，凡是与侍奉天主有关的事都必须问心无愧，容不得半点杂念，这一点我并非不明白，你当然清楚。"

神父听了这话十分满意，对他说：

"你如此砥砺意志，实行时又如此诚心自觉，使我非常欣慰。不过我还要问你一件事：你有没有犯过贪婪罪，心里起过非分之想，或者得过不义之财？"

齐亚帕雷托答道：

"我的神父啊，虽然你看见我借住在这两个放高利贷的人家里，但我不希望你对我有什么成见。我同他们毫无瓜葛，何况我来这里是劝说他们，教训他们，要他们洗手不干这种可恶的盘剥勾当。假如天主没有召唤我，我想我的目的也许已经达到了。你知道，我父亲留给我不少财产。他去世后，我把大部分奉献给了天主。后来我做一些小买卖，想挣几个钱维持自己的生计，同时周济基督的穷苦人。我赚来的钱总是一半分给穷人，一半支付自己的用途。天主帮了我大忙，我的买卖总是越来越兴隆。"

---

① 天主教徒每年从圣灰星期三到复活节之间举行的四十天斋戒。

"你做得对，"神父说，"你是不是常有发怒的时候？"

"噢！"齐亚帕雷托答道，"实话实说，那是常有的事。眼看人们做事不公道，不遵守天主的戒律，不畏惧天主的审判，有谁能克制自己不发怒？眼看年轻人追求虚荣，怨天尤人，诅咒发誓，不去教堂，却泡在酒店里，不走天主指引的正道，却走世俗的旁门邪道，我每天都有好几次火冒三丈，气得不想活了。"

神父评论说：

"我的孩子，那种火发得正当，我不要你为此悔罪。不过那种怒火有没有促使你杀人，骂人，或者干过任何害人的事呢？"

"唉，神父！你身为教门子弟，哪能讲出这种话呢？如果我有一闪念想干你说的那种事，你认为天主还能这样保佑我吗？那种事是恶人坏蛋干的，我只要见到他们总是说：'走吧，愿天主点化你们。'"

于是神父说：

"愿天主保佑你，我的孩子，你现在说说有没有作过伪证害人，有没有说过别人坏话，有没有未经别人同意拿过别人的东西？"

"有，我说过别人坏话，"齐亚帕雷托答道，"以前我有一个邻居，老是平白无故地揍老婆。有一次，我对那个可怜女人的亲戚说了她丈夫的坏话，因为那家伙老是喝得醉醺醺的，不把他老婆当人对待，我十分同情那个女的。"

神父又问：

"你告诉过我，你是商人。一般商人往往坑害欺骗顾客，你有没有干过那种事呢？"

"确实干过，"齐亚帕雷托说，"但是当时我并不知情。有一次，一个向我赊了布的顾客来还账，我接过钱没有数，顺手放进一个盒子里，过了一个月，才发现多出四枚辅币①。我保留了一年，准备还给那人，可是以后再也没有见到他，我只好把钱施舍给了穷人。"

神父说：

"那是小事一桩，你处理得也很妥当。"

神父接着又问了许多话，悔罪者以同样的方式一一回答。神父正准备宽恕他的罪孽时，齐亚帕雷托忽然说：

"神父，我还有一件罪过没有交代出来。"

神父问他是什么，他说：

"我记得有一个星期六，过了午后祈祷的时间，我还吩咐一个仆人打扫房间，对神圣的安息日②不够尊重。"

"那也是小事，我的孩子。"神父说。

"可别说小，"齐亚帕雷托说，"星期日应当得到重视，因为我们的救主是那一天复活的。"

神父又问：

"你还干过什么？"

"有一天，"齐亚帕雷托说，"我不小心，在天主的教堂里啐了唾沫。"

神父不禁微微一笑，说道：

"我的孩子，不必为那种事担心，我们出家人每天也在那里吐唾沫。"

"那你们犯了大不敬，神圣的教堂是做弥撒、向天主祭祀的场所，要保持得再清洁不过才对。"

---

① 古时佛伦萨的货币单位是弗罗林，每个弗罗林分为四个小辅币。

② 安息日是星期日，但一些热心的信徒从星期六下午就开始过安息日。

总而言之，诸如此类的事他说了许许多多，开头长吁短叹，后来干脆号啕大哭。 他本来就精于此道，想哭就能哭。 神父慌忙问道：

"你怎么啦，孩子？"

齐亚帕雷托说：

"唉，神父，我犯有一桩罪孽，实在无地自容，所以从没有忏悔过！ 我每一想起，就像你刚才看到的那样号啕大哭，我认为天主再慈悲也不会原谅我这桩罪孽。"

神父反驳说：

"你说什么呀，孩子？ 假如世界上已经犯过和将要犯的罪孽全部集中在一个人身上，而这个人就像我见到的你那样无限后悔，悲痛不已，那么天主慈悲无边，与人为善，只要你一五一十说出来，肯定会宽恕你。 你就放心说吧。"

齐亚帕雷托仍旧泪如泉涌，他唏嘘地说：

"唉，神父，我的罪孽深重，除非你帮助我，为我祈祷，不然我怎么也不相信天主会宽恕我！"

神父说：

"你放心说吧，我答应为你祈祷。"

齐亚帕雷托只顾哭，不肯开口，神父则继续劝他打消顾虑。 齐亚帕雷托涕泗滂沱，让神父等在一旁干着急。 最后他终于长叹一声，开口说：

"神父啊，既然你答应为我祷告天主，我就对你说吧。 你要知道，我小时候有一次咒骂了我的亲娘。"

他说完又泣不成声。 神父说：

"我的孩子，你真认为罪孽有这么深重？ 每天都有人诅咒天主，天主既然心甘情愿地宽恕了诅咒他的人，难道你认为他不会宽恕你诅咒母亲的事? 别哭啦,心放宽一些,即使你是把基督钉上十字架的人之一,天主见你这般痛心也会宽恕你的。"

齐亚帕雷托回答说:

"你哪能这么说,神父? 我亲爱的母亲怀了我,九个月里面日夜勤劳,我咒骂她太不应该,实在罪大恶极,假如你不替我向天主祈祷,我永远不会得到宽恕。"

神父认为无须再问齐亚帕雷托先生什么话了,开始赦免他的罪孽,为他祝福,把他当作再圣洁不过的人,因为悔罪者编的一套话神父都深信不疑。 这也难怪,一个弥留的病人讲得声泪俱下,有谁会不相信? 了事之后,神父对他说:

"齐亚帕雷托先生:天主保佑,你很快就会恢复健康,但是万一天主把你有福的纯洁灵魂召唤到他身边,你是不是愿意让你的遗体安葬在我们的修道院里呢?"

"当然愿意啦,神父,我不希望葬在别的地方,因为你已经答应替我向上帝祈祷。 再说我对你们的教团一向抱有特殊的好感。我还请求你回寺院之后,派人把圣体给我送来,也就是你们每天早晨供在圣坛上的圣饼。 我虽然不配,但仍然想领到圣餐,即便活着时是个罪人,临终领了圣餐,举行了涂油仪式,死时就是基督徒了。"

神父说齐亚帕雷托先生讲得头头是道,他十分高兴,回去后就派人把圣饼送来。 神父说罢就回去了。

再说那两兄弟,他们很担心齐亚帕雷托拆他们的台,趴在齐亚帕雷托房间的板壁外面偷听,听清了齐亚帕雷托对神父说的话。 他们听到齐亚帕雷托忏悔的内容,有时几乎要笑出声来。 他们议论道:"这个人真够瞧的! 衰老、疾病、死到临头的畏惧、即将面对的天主的审判,都不能使他洗心革面,至死也不想改掉生前的邪恶。"但是听到他将安葬在教堂里，他们心里的一块石头就落了地。

过了不久，齐亚帕雷托领了圣体，病情急转直下，又接受了涂油礼，就在他忏悔那天晚祷后不久一命呜呼。两兄弟根据他本人的遗愿安排了隆重殡葬的一切有关事宜，通知修士们按照规矩当夜守灵，第二天早上搬运遗体。

听他忏悔的神父得悉他已死，便向寺院住持汇报，然后打钟召集全体修士，向他们介绍说，根据齐亚帕雷托先生所作的忏悔判断，他是个圣洁的人。神父希望天主应他之请显许多神迹，劝说大家以极大的尊敬和虔诚接纳死者。寺院住持和其余轻信的修士们一致表示同意。晚上大家来到齐亚帕雷托遗体停放的地点，隆重地为他守灵。第二天一早，大家身穿白色法衣，手拿《圣经》和十字架，行礼如仪把遗体迎往教堂，城里万人空巷，几乎所有的善男信女都尾随在后。一到教堂，听取忏悔的神父登上法坛，详细介绍了齐亚帕雷托先生的生平，大谈他的斋戒、童贞、浑厚、朴实，以及种种值得赞扬的事迹。他还谈到齐亚帕雷托先生如何声泪俱下地忏悔了他自己认为最大的罪孽，以及神父本人费了多少口舌才让他相信天主确实会宽恕他。接着，神父责备听众说：

"你们这些天理难容的人同他真有天壤之别，你们脚下绊着一捆稻草就满嘴脏话，把天主、圣母和所有的圣徒都骂遍。"

神父还就死者的忠诚和纯洁说了许多许多，他的话在本地人中间一向很有威信，这次更深深地打动了听众的心。布道刚一结束，在场的人纷纷上前，虔诚地吻死者的脚和手，把他身上的衣服撕得精光，认为能抢到一片碎布就可以沾上福气。遗体搁了一整天，供大家瞻仰。晚上才放进小厅里的一具大理石棺，备极哀荣。第二天，人们络绎前来供奉蜡烛，顶礼膜拜，也有许了愿送蜡像来还愿谢恩的。 他圣洁的名气越来越响，香火也越来越盛，人们碰到倒霉的事除他之外不求别的圣徒。 大家称他为圣齐亚帕雷托，一口咬定说天主借他之手显了许多神迹，直到今天还很灵验，只是诚心诚意，没有有求之不应的。

诸位听到的就是齐亚帕雷托·德·普拉托先生一生的经历，死后又是怎么成为圣徒的。 我不想否认他有蒙主召归、享受殊恩的可能，因为他虽然生前作恶多端，丧尽天良，但在生命的最后一刻也可能真心悔罪，获得天主的恩惠，得以进入天国。 不过究竟是否如此，我们就不得而知了。 揆诸情理，我认为那个死者多半沉沦在地狱，不至于升登天国。 果真如此的话，更说明天主对我们的恩惠是何等浩荡！ 他只问我们的信仰是否纯真，不计较我们的愚昧无知，尽管我们把天主的敌人错认为圣徒，通过他向天主祈求恩惠，天主照样把他当成朋友，听取我们的祈祷，垂顾我们的请求。 当前流年不利，我们蒙天主的恩惠才保平安，愉快地相聚在这里讲故事，赞美他神圣的名字，那就让我们崇拜他，祈求他吧，我们的祷告一定能被他听到。

潘菲洛讲完故事，就此打住。

王永年　译

乡村骑士

[意大利] 乔万尼·维尔加①

　　图里杜·马卡，努齐娅大娘的儿子，复员回家了。

　　每个礼拜天，他都身穿步兵狙击手的制服，头戴一顶圆形赤红军帽，简直像托着金丝雀笼子的算命先生，神气活现地在村里的广场上踱来踱去。 去教堂做弥撒的姑娘们，鼻子藏在头巾里，偷偷地瞧着他。 调皮的孩子们，仿佛一群嗡嗡叫的苍蝇，围在他四周。他嘴上叼着一只烟斗，上面雕刻着一个骑马的意大利国王，简直像活的一样。 他在裤子背后划火柴的时候，总要举起一条腿，仿佛要给人一脚似的。

　　唯有萝拉，庄稼人安杰洛的女儿，对眼前的这一切毫无反应。她既不去做弥撒，也不在阳台上露面，因为她已经跟利柯迪亚地方来的一个车主订了婚。 这个车主叫阿尔菲奥，他的马厩里有四头从索尔蒂诺买来的漂亮骡子。 起先，当图里杜知道这件事的时候，呵，真见鬼！ 他恨不得把那个利柯迪亚人揪出来，扒开他的肚皮，

---

　　① 乔万尼·维尔加(1840—1922)，意大利作家，真实主义流派的主要代表。他的代表作有短篇集《田野生活》《乡村故事》和长篇小说《马拉沃里亚一家》《堂杰苏阿多工匠》等。

挖出他的心肝！ 然而，他并没有这样做。 他只是到这位美人儿的窗子底下，把他所知道的那些轻蔑的歌儿，一支支地唱个不休，以发泄他的恼怒。

"难道努齐娅大娘家的图里杜没有别的事可以干了吗？"邻居们说，"怎么他整夜整夜地像只无家可归的麻雀那样唱呢？"

有一次，图里杜终于碰见了萝拉。 那是在她朝拜受难圣母后回家的路上。 然而，萝拉看见了他，脸上冷冰冰的毫无表情，仿佛没有她的事儿似的。

"看见你真是幸运啊！"图里杜对她说。

"噢，图里杜大哥，他们告诉我说，你月初就回来了。"

"他们告诉我的事可不止这一件呢！"他回答说，"你当真要跟那个阿尔菲奥车主结婚吗？"

"是的，那是上帝的意思。"萝拉回答说，一面攥紧下巴底下头巾的两角。

"是上帝的意思让你这样随便决定的！ 你说得多么轻巧！ 让我从老远的地方回来，听这样的好消息，难道也是上帝的意思吗，萝拉姑娘？！"

可怜的小伙子竭力想装出一副满不在乎的样子，可是他的声音已经沙哑了。 他摇摇晃晃地跟在姑娘的后面走着，赤红军帽的流苏在肩膀上前后跳动。 姑娘看到他这副凄凉的神情，心里也确实感到难受，可是她不忍心用动听的话来哄骗他。

"图里杜大哥，你听着，"萝拉终于对他说，"请你让我赶上我的女伴们吧！ 假如她们看见我跟你在一块儿，村子里的人将会说些什么呢？ ……"

"你说得对，"图里杜回答说，"你现在已经是跟阿尔菲奥订了婚的人，他的马厩里有四匹骡子，不能让人家去说闲话。 可是，我那可怜的老母亲，当年我出外当兵的时候，却不得不把我们家那头栗色的骡子，还有大路边的一小块葡萄园，统统卖掉了。现在，你再也不会想起当初我们常常在院子里窗底下见面，一起谈心的情形；在我们分离的时候，你送给我一块手绢，天晓得，我在它上面流了多少眼泪！我去的地方是这样遥远，那儿几乎谁也不知道我们家乡的名字。……好吧，幸福的日子已经一去不复返。现在，我们分手吧，萝拉姑娘！我们曾经那样亲密，可是一切都已烟消云散，我们的情意也就此了结了吧。"

萝拉姑娘跟那位车主结了婚。礼拜天，她端坐在阳台上，双手交叉，放在胸前，向人们炫耀丈夫送给她的那些粗大的金戒指。图里杜仍然在这条狭窄的小街上踱来踱去，嘴里叼着烟斗，双手插在衣兜里，显出一副漠然置之的神气，用眼睛瞟着过路的女孩子们。可是，一想到萝拉的丈夫竟然有这么多的金子，想到自己路过的时候，萝拉居然假装没有瞧见，小伙子的心就像被什么东西啃啮了似的痛苦。

"我非要在她的眼皮底下教训她一番不可，这个小贱人！"他嘟嘟囔囔地说。

阿尔菲奥家的对面，住着种植葡萄的柯拉大叔，人家说他富得像头猪。他家里还有一个待嫁的闺女，名叫桑塔。图里杜费了不少口舌，想了不少办法，终于得到柯拉大叔的雇用。于是，图里杜开始上他的家里去，并且向那女孩子甜言蜜语地献殷勤。

"为什么你不去对萝拉说些好听的话儿呢？"有一次桑塔姑娘问他。

"萝拉是一位夫人了！如今她嫁给了一个真正的大王！"

"不过，我是不配嫁给大王的。"

"你抵得上一百个萝拉。萝拉连给你拾鞋都不配，不配！我认识一个小伙子，只要你在场，他压根儿就不乐意瞧萝拉一眼，甚至连她的圣人也不愿意瞧一下。"

"当狐狸吃不到葡萄的时候，就……"

"它就说：'你是多么美丽啊，我的小葡萄球！'"

"啊哟！ 图里杜大哥，别动手动脚的。"

"你害怕我吞了你吗？"

"我不怕你，也不怕你的圣人。"

"我知道，你的母亲是利柯迪亚人，你们家有好斗的血统，不好惹的。 啊，我多想用眼睛吞了你！"

"那你就用眼睛吞了我吧，这对我一点儿害处也没有。 别瞎扯了，你还是替我把那块柴禾捡起来吧。"

"为了你，我会把整座房子举起来的，我会的。"

桑塔姑娘为了不让图里杜发现她的羞红的脸，顺手操起手边的一块木柴，朝他掷了过去，奇怪的是竟然没有打中。

"我们抓紧干吧！ 光顾闲扯，柴禾就来不及捆好了。"

"假如我有钱，我一定要娶一个像你这样的妻子，桑塔姑娘。"

"我不会像萝拉那样去嫁给一个大王；不过，当上帝给我挑选了一个合适的人的时候，我也有自己的嫁妆。"

"我们知道你家里挺有钱的，我们知道！"

"假如你知道，那就快点儿干活吧。 爸爸快要回来了，我不愿意让他看见我在院子里。"

桑塔的父亲已经开始拉长了脸，一肚子不高兴。 她却假装没有瞧见。 步兵狙击手赤红军帽的流苏，已经搔动了她的心，整天在她的眼前跳动。 当父亲把图里杜赶出门去的时候，女儿就为他打开了窗子，跟他整夜整夜地谈心，以致左邻右舍都把这件事作为闲谈的话题。

"我为了你快要发狂了，"图里杜说，"我吃不下饭，也睡不好觉。"

"瞧你说的。"

"我真想成为维多利奥·埃马努埃勒①的儿子，那我就能够娶你了。"

"瞧你说的。"

"对着圣母起誓，我真想把你像面包那样一口吞下去！"

"瞧你说的。"

"哎，我对你说，这是真心话。"

"啊哟，我的妈呀！"

每天晚上，萝拉藏在一盆香草花的后面这么偷听着，脸上白一阵红一阵。一天，她终于叫住图里杜。

"图里杜大哥，这么说来，老朋友见面就再也不打招呼了吗？"

"唉！"图里杜叹了一口气说，"谁能够跟你谈上一句话，那就真是有福气了。"

"假如你真有心跟我谈谈，你是知道我住在什么地方的。"萝拉回答说。

于是，图里杜就去萝拉那里谈谈；他去得那么勤，以致桑塔姑娘都发现了。他再来的时候，桑塔当着他的面，砰的一声关上了窗子。当步兵狙击手在街上走的时候，邻居们互相会意地报以一笑，摇摇头。萝拉的丈夫正带着他的骡子在外奔忙，从一个集市赶到另一个集市。

---

① 维多利奥·埃马努埃勒(1820—1878)，意大利国王。

"礼拜天我想去做忏悔，昨天夜里我梦见了黑葡萄①。"萝拉说。

"别管它，让它去吧！"图里杜恳求她。

"不，复活节快到了，我的丈夫回来以后会问我为什么不去忏悔呢。"

萝拉在忏悔室里清洗她的罪孽的时候，桑塔姑娘正跪在忏悔室的门口，一面等着轮到她，一面喃喃地说：

"凭我的灵魂起誓，你这个贱人赎罪的地方绝不是罗马！"

阿尔菲奥带着他的骡子，满载着钱财回来了，他还给妻子带来了礼物，一件过节穿的漂亮的新衣。

"你给老婆带来了礼物，做得真对！"桑塔对他说，"当你外出的时候，她给你的家门可增添了光彩。"

阿尔菲奥是一个歪戴帽子的车主，听到别人以这种口吻谈到他的妻子，顿时好像被刀子扎了似的，面孔刷地一下变了颜色。

"活见鬼！"他暴跳起来，吼叫着，"假如你看错了人的话，我绝不会让你留着眼睛来哭的，对你是这样，对你家里人也是这样。"

"我是不喜欢哭的，"桑塔姑娘回答说，"即使我亲眼瞧见努齐娅大娘家的图里杜夜里走进你老婆的屋子，我也没有哭来着。"

"好！"阿尔菲奥回答说，"多谢你的关照。"

既然猫已经回来了，图里杜白天就不再到那条狭窄的小街去闲逛，只是跟朋友们在酒店里消遣解闷。复活节的前一夜，他们正围着餐桌吃一盆香肠，这时候阿尔菲奥走了进来。图里杜从他那杀气腾腾地直盯着自己的神气，马上明白了他的来意，于是把叉子放在

---

① 按照意大利风俗，这是不吉利的兆头。

盘子上。

"阿尔菲奥大哥，有什么吩咐吗？"他说。

"不敢，图里杜大哥，我有许多日子没有见到你了，有件事想跟你谈谈，至于什么事，你心里自然明白。"

图里杜起初把酒杯递给他，可是阿尔菲奥用手推开了。于是，图里杜站起来，对他说：

"听候你的吩咐，阿尔菲奥大哥。"

车主伸出双臂，搂住他的脖子。①

"老兄，明天早晨，假如你愿意到坎齐里亚的无花果树林来，我们把那件事谈谈，好吗？"

"天亮的时候，请你在大路上等我，我们一起去。"

说完，他们互相吻了吻，图里杜用牙齿咬了一下车主的耳朵，郑重地表示接受挑战，绝不失约。

朋友们默默无语地放下手里的刀叉，离开酒店，陪伴图里杜回家。可怜的努齐娅大娘每天晚上总要等他到深夜。

"妈妈，"图里杜对她说，"你还记得，我当兵去的时候，你很悲伤，觉得我永远不会回来了，是吗？现在，你好好地吻吻我吧，就像当年你吻我那样。明天一早，我就要离开你，到很远很远的地方去了。"

东方还没有发亮，图里杜就起来，拿出那把他当兵去的时候藏在干草堆下的折刀，向坎齐里亚的无花果树林出发。

"啊，圣母玛利亚！你这样怒气冲冲，是要到哪儿去呀？"阿尔菲奥准备离开家里的时候，萝拉惊惶失措，呜咽着，低声地说。

"我要去的地方离这儿不远，"阿尔菲奥回答，"不过对你来

_____

① 按照当地的习俗，这是要求决斗的表示。

212

说，自然巴不得我永远不再回来了。"

萝拉还穿着睡衣，就在床脚边祈祷起来，把贝尔纳迪诺神父从圣地给她带来的念珠紧紧压在嘴唇上，一遍又一遍地背诵着"福哉玛利亚"的经文。

图里杜跟他的对手朝着无花果树林走了一程；阿尔菲奥把帽子拉到眼睛上，默不作声。

"阿尔菲奥大哥，"图里杜开口说，"就像上帝那样真实，我知道我错了，因此情愿让你杀死。可是，我上这里来以前，却看见我的老妈妈已经起来了，她借口照料小鸡，其实是要看我动身，她的心仿佛已经把这件事告诉了她。所以，就像上帝那样真实，为了不让我的老妈妈悲伤地哭泣，我要像宰一条狗那样杀了你。"

"好吧！"阿尔菲奥一面回答，一面脱掉短上衣，"那我们两个人就狠狠地斗吧。"

他们两个都是善于格斗的好手。阿尔菲奥先刺将过来，图里杜急速闪过，不料胳膊却中了一刀。他随即狠狠回敬了一刀，刺个正着，中了对手的小腹部。

"啊，图里杜，你果真存心要杀死我吗！"

"是的，我已经明白地对你说了。现在，我看见我那照料小鸡的老妈妈，她仿佛一直在我的眼前。"

"那就睁大你的眼睛吧！"阿尔菲奥对他吼叫，"我正要给你点厉害瞧瞧。"

为了防御对手的进攻，阿尔菲奥弯曲着身子，用左手捂住痛楚的伤口，胳膊肘儿几乎触到了地面。突然，他飞快地从地上抓起一把土，向仇人的眼睛摔去。

"啊！"图里杜像瞎子一样睁不开眼睛，凄惨地叫道，"我完蛋了！"

他向后面拼命地跳了几步，企图逃命，可是阿尔菲奥已经扑上前来，朝着他的腹部猛刺了一刀，接着，又一刀刺进了他的喉咙口。

"这是第三刀！……回敬你给我的家门增添的光彩。现在，你的老母亲可以不用照料她的小鸡啦。"

图里杜用双手在空中胡乱摸索了几下，在无花果丛中踉踉跄跄地摇晃了几步，然后，像一块石头似的栽倒在地，鲜血从他的喉咙口沸腾般地涌出，泛着泡沫，他甚至来不及发出最后一声呼喊："啊，我的妈妈！"

吕同六　译

坛　子

[意大利] 路易吉·皮兰德娄①

　　尽管前一年霜打了刚开花的橄榄树，可那一年还是橄榄的丰收年。 每棵树都挂着沉甸甸的果实。

　　罗洛·齐拉发在普里莫索莱的山区庄园种了许多橄榄树。 他预料放在地窖里的那五只彩釉坛子会盛不了新榨的橄榄油，因此，他早就在圣·斯泰法诺定制了第六只容量更大的坛子，这个到人胸口那么高的大肚子坛子十分壮观，好像是其他五只的统领。

　　不消说，为了这只坛子他曾同那里的烧坛子的师傅吵了架。 可是，齐拉发又同谁没有吵过架呢？ 为了一件小事，哪怕是围墙上掉下的一颗小石子，或者一棵稻草，他就会嚷嚷着要家里人给他准备骡子进城去打官司。 他又是买印花纸，又是付律师的报酬，一会儿告这个人，一会儿告那个人，不知花了多少钱，眼看快要破产了。

　　据说，他的法律顾问见他一星期要找两三次，都烦了；为了摆

<hr>

　　① 路易吉·皮兰德娄(1867—1936)，意大利小说家、剧作家。 1934 年获得诺贝尔文学奖。 他一生共创作了 40 多部剧本，并与契诃夫、斯特林堡、易卜生并称为"现代戏剧四位大师"。 他的主要剧作有《诚实的快乐》《是这样，如果你们以为如此》《像从前却胜于从前》《六个寻找剧者的角色》《亨利四世》《各行其是》《我们今晚即兴演出》等。

脱他，曾经送给他一本类似《圣经》的小册子，那是一本法规大全，为的是在他要挑起纠纷的时候，可以自己去寻找法律根据。

起先，所有跟他打过交道的人同他开玩笑时，都冲着他叫嚷："备骡！"现在却说："查查本儿！"而且还回答道，"请放心！狗娘养的，我会收拾你们的！"

这只新坛子是花了四两白花花的银子买来的，是一只从未见过的上好的坛子。 这么一口好坛子放在磨房里未免太可惜了，那里长年不见阳光，空气不流通，长满了霉菌，还散发出阵阵酸味。

开始打橄榄已经两天了。 罗洛先生总是怒气冲冲的，因为他不知怎样给打橄榄的农民和赶骡子的人分配报酬，先照顾谁？ 是先照顾这些赶骡子的呢，还是先照顾农民？ 这些赶骡子的人，为了夺取下一季的好收成，往山坡上运送肥料。 打橄榄的农民也够累的；可他又怕赶骡子的人撒不匀肥料，又担心打橄榄的人丢了橄榄。 最后，他竟像土耳其人似的破口大骂起来。 他说："谁要敢给我丢了一颗橄榄的话，我就饶不了他。""谁要是撒不匀肥料，我就让他知道知道我的厉害！"他头戴一顶大白帽，卷起衬衫的袖子，挺胸凸肚，涨红着脸，满身大汗，东跑西颠，转动着一对狼眼，愤愤然搓着剃光了的双颊，在这面颊上强有力的胡须差不多又从剃过的地方冒了出来。

第三天傍晚，三个打橄榄的农民走进磨房，准备把木梯和竿子放在里面。 他们看到那只漂亮的新坛子中间裂开了一道缝，好像有人拦腰一刀，把它分成了上下两截。

"你们看呀！ 你们看呀！"

"谁干的呢？"

"啊呀，我的妈呀！ 罗洛先生现在会怎么说呢？ 一只新坛子，太可惜了！"

第一个农民惶恐无比。 他建议立即悄悄溜走，把木梯和竿子靠在墙外。 第二个农民却说：

"你们都疯了吗？ 难道能这样对待罗洛先生？ 他会以为是我们砸破这口坛子的。 大家必须留在这里！"

他走出磨房，用手卷成话筒，喊了起来：

"喂，罗洛先生！ 罗洛先生！"

罗洛正在山坡下帮助赶骡子的人卸肥料。 同往常一样，他使劲打着手势，不时用两只手拼命地往下拉那顶白帽子，让那帽子紧紧地箍在脑壳上，要摘下来，恐怕还得费一番更大的力气。 晚霞的余晖渐渐从天际消失，村子重又恢复了宁静。 朦胧的夜色笼罩了原野，凉风徐徐吹来。 这个狂怒不已的人还在打着他的手势。

"喂，罗洛先生！ 罗洛先生！"

他终于走上山来。 当他看到这口被砸破的坛子时，简直要发疯了。 他向那三个农民冲去，抓住一个人的喉咙，把他按在墙上，嚷道：

"圣母呀！ 你们要赔我这只坛子！"

另外两个农民吓得面如土色，赶紧把他抱住。 于是，他又对自己大发雷霆，用帽子猛烈地拍打着地面，自己拼命打自己耳光，跺着双脚，像那些号哭死去了亲人的人那样，高声大喊：

"我的新坛子呀！ 用四两白银买的坛子呀！ 还没有用过呀！"

他想搞清谁砸了这只坛子。 难道它会不打自破？ 肯定有人出于卑劣的动机或出于妒忌把坛子砸坏的。 什么时候？ 怎样干的呢？ 可是看不出砸伤的痕迹呀，难道出厂时就是破的吗？ 这怎么可能呢？ 当时敲起来它当当地响得像一口钟呀！

农民们发现他的初怒已消，就开始劝他放冷静一些。 说坛子并没有碎得不成样子，还可以补救。 一个能干的补坛子师傅会把它修好的，修得像新的一样。 正好有一位迪马·利卡西大叔发明了一种奇妙的粘胶，但他牢牢保守着这种粘胶的秘密。 用它胶东西，即使千锤百打也不再裂开。 只要罗洛先生愿意，明天一大早，迪马·利卡西大叔就可以来。 不消四个钟头，坛子就会变得比原来的还好。

罗洛先生不听这些规劝，他认为这些都无济于事。 但是他最后还是被说服了。 第二天天蒙蒙亮，迪马·利卡西大叔挎着一只工具篮出现在普里莫索莱。

他是一个丑陋畸形的老头，活像一棵橄榄树老朽的树根。 除非用一把钩子才能从他的口中掏出一句半句话来。 他的傲慢和悲伤隐藏在他畸形的身躯中；他对任何人都不信任，因此，他这个尚未得到正式承认的发明家的功劳也不能赢得人们的理解和欣赏。 他左顾右盼，生怕别人窃走他的秘密。

"让我看看你的粘胶！"罗洛先生用不信任的目光对他端详了好一阵子后才说出这么一句话来。

迪马大叔颇有尊严地摇摇头表示拒绝。

"看我怎么补吧。"

"能补好吗？"

迪马大叔把篮子放在地上，从里面抽出一块用旧了的、卷得层层叠叠的红布大手帕，然后慢慢地把它打开来。 大家好奇地注视着他。 最后，露出了一副镜梁和镜腿都已折断、用绳子捆着的眼镜。他舒了口气，别人却笑了起来。 迪马大叔对这些并不介意。 他拿起眼镜，用手指擦拭了一番，然后戴上，开始煞有介事地检查起这口破裂的坛子来。 好半天，他才说道：

"能补好。"

"我不相信光用粘胶就能补好。 我还要求用补丁补。"罗洛先生按常规提出要求。

"那我就走了。"迪马大叔干脆地回答。他站了起来，重又把篮子背在身上。

罗洛先生急忙抓住他的胳膊。

"你上哪儿去？ 猪崽子！ 就这样打交道吗？ 瞧你那副查理大帝的神情！ 该死的蠢驴！ 我是要在坛子里盛油的呀，补不好油是要渗出来的呀！ 那么长的裂缝光用粘胶就够了？ 我一定要补丁，要粘胶和补丁。 听我的吩咐！"

迪马大叔合上眼睛，紧闭双唇，直晃脑袋。 大家都这样对待他！ 都不让他痛痛快快地按技术规则干一桩干脆利索的活，都不让他的粘胶发挥作用。

"如果坛子不再像一口钟似的叮当作声……"他说道。

"我什么也没有听到。"罗洛先生打断他，"我要补丁！ 我付粘胶和补丁的钱！ 我该给你多少钱？"

"如果光是用粘胶……"

"见鬼，你长的是什么脑袋！"罗洛·齐拉发怒斥道，"我是怎么说的？ 我对你说过，我要补丁。 好吧，干完活以后再说，现在我不同你纠缠。"

说罢，他走开了。

迪马大叔满腹怒气，极不高兴地干起活来。 他用钻头沿着断裂的边钻眼。 每钻一个眼，他的怒气和不高兴的情绪就增长一分。拉弓的嘈杂声伴随着越来越频繁的、刺耳的鼻息声。 他的脸气得发青，眼睛眯成一道细缝，闪着愤恨的火星。 做完这第一道工序，他猛然把钻头扔进篮里。 然后他把断裂的另一截对上，看看钻的眼儿是不是距离相等，它们之间的位置是不是对应。 接着，他用钳子把铁丝绞成与缝眼相等的份数。 然后把一个打橄榄的农民叫来做自己的助手。

"使劲,迪马大叔!"这位农民对他说,见他的脸都变色了。

迪马大叔举起一只手做了一个愤怒的手势。 他打开装着粘胶的马口铁盒,把粘胶朝天举起晃了两下,好像在说,人们不愿承认它的灵验,我只好把它献给上帝啰。 然后他用手指把粘胶涂满缸的裂缝,拿起钳子和早先准备好的铁丝,钻进坛子,命令农民把断裂的两截坛子对好。 开始缝补以前,他在坛子里对农民说道:

"拉吧! 使劲地拉! 看坛子还会再裂吗? 让不相信的人去瞧瞧吧! 敲吧,敲吧,看这坛子有我这个人在里面是不是还会发出钟一般的响声? 去,快去告诉你的主人!"

"迪马大叔,地位高的发号施令,地位低的受苦受难! 你快缝补吧! 缝补吧!"

于是迪马大叔就着手缝补。 他把铁丝穿进邻近的两个眼儿,然后又用钳子拧紧。 用了整整一个钟头的时间,才缝补完毕。 他的汗如同喷泉一般流在坛子里。 他边工作边抱怨自己命苦,而农民在外边一直安慰他。

迪马大叔终于说:

"现在帮我出来吧!"

这只坛子的腹部虽宽,它的颈部却很窄。 迪马大叔盛怒之下并没有注意到这一点。 现在他试了又试,怎么也爬不出来了。 而那个农民呢,不仅不帮他忙,反而站在那里捧腹大笑。 他被囚禁在由他自己补好的坛子里,找不到出路;要使他出来,只得重新砸破这只坛子。

罗洛先生在一片笑声和喊声中赶到了。 迪马大叔在坛子里面活像一只急疯了的猫。

"你们让我出来呀!"他声嘶力竭地喊道,"上帝呀,我要出去！立即出去！你们帮帮我忙呀！"

起先罗洛先生大吃一惊，他不相信会发生这样的事情。

"怎么？他在坛子里面？他怎么会把自己缝在坛子里面的？"

他走近坛子，冲着老头喊：

"帮忙？我能帮你什么忙呢？瘸老头，怎么回事？你不该先采取一些措施吗？来，试一试，把你的一只胳臂伸出来……这样！头也伸出来，快，不，慢一些！哎哟！先下去，等一等！这样不行！下去，下去。你怎么搞的？现在有什么法子？别着急！别着急！"他开始劝解周围的人，好像感到不耐烦的不是他而是别人。"我的脑袋都冒烟了！安下心来！这是一桩新案件……备骡！"

他用手指骨节弹了两下坛子。它确实像钟一般叮当作响。

"好！修得像新的一样……你等一等！"他对囚禁者说。"去，给我备骡！"他吩咐一个农民。他用五个指头搔搔前额，自言自语道："你瞧，我出了什么事！这不是坛子，而是魔鬼的玩意儿！那就让它留在那儿吧！"

他跑拢去摸摸坛子，而困在里面的迪马大叔，则勃然大怒，拼命挣扎，就像一只跌入陷阱的野兽一样。

"我亲爱的，这是桩新案件，该由律师处理！我去去就回来，请耐心等待！这是为你好。慢慢来！别着急！我得考虑自己的利益。首先得维护我的权利，再尽我的义务。我付你工钱，付你一天的生活费：五个里拉。你够了吗？"

"我什么也不要！"迪马大叔大声嚷嚷，"我要出来！"

"你会出来的。但是我还是付你钱，五个里拉。"

他从胸兜中掏出五个里拉扔进坛子。然后他关心地问：

"你吃过早饭了吗？ 快拿面包和菜来！ 你不想吃！ 那你扔给狗吧！ 反正我请你吃过了！"

他吩咐给迪马大叔拿吃的东西，然后就骑上骡子，快步流星地进城去了。 见到他的人都以为他是去进疯人院，因为他做了那么多奇怪的手势。

幸运的是，他在律师的办公室里没有久等；倒是在他叙明案情以后，为了使律师止住笑，他等了好大一会儿。 他被这阵阵笑声激怒了。

"请原谅，这有什么好笑的？ 阁下，您不感到着急！ 这坛子可是我的呀！"

律师继续大笑不已，还要他再把案情述说一遍，似乎为了引起他更多的笑声。

"什么，在里面？ 把自己缝进去了？ 而你，罗洛先生，竟提出什么样的要求？ 想把他……把他关在里面……啊，啊，把他关在里面为了保全坛子？"

"难道我该损失这只坛子？"罗洛·齐拉发紧握双拳反问道，"难道我该破财受辱？"

"可是，您知道这叫什么？"律师终于对他说道，"这叫扣押人！"

"扣押？ 谁扣他了？"罗洛·齐拉发惊呼，"是他自己扣押自己！ 我有什么错？"

律师于是解释给他听，说这是两回事：一方面，他，罗洛先生，应立即释放关在坛子里的人，为的是不被判处扣押罪；另一方面，补坛子的工匠应对他由于缺乏经验和冒失而造成的损失负责。

"啊！"罗洛·齐拉发长叹一声，"赔我的坛子！"

"且慢！"律师说道，"请注意，这可不是口新坛子。"

"为什么？"

"因为它曾砸碎过。"

"砸碎过？ 不，我的先生。 它现在已经补好了。 而且补得比原来的更好，这是他自己说的！ 如果我现在回去把它砸碎，我就无法再把它补好了。 这只坛子就完了。 律师先生！"

律师向他保证，会考虑这一切的，会让补坛子的工匠按照目前修好的坛子的价值赔偿损失的。

"而且，您可以让他自己先估一个数目。"律师劝他道。

"让我吻吻您的手。"罗洛先生说着，跑开了。

傍晚，他回到住处，发现所有的农民正围着那口藏有人的坛子在欢庆节日。 连那只看门狗也参加了节日的欢庆，它又蹦跳，又狂吠。 迪马大叔已经平静下来，甚至回味起他奇突的冒险，并以不幸者勉强的快乐心情笑了起来。

罗洛·齐拉发进入人群，探着身子朝坛子里望了一望。

"喂，你好吗？"

"很好。 这儿挺凉快的，比我家里都好。"对方回答道。

"我很高兴。 我顺便告诉你，我这只坛子，新的时候，值四两银子。 你认为现在可值多少钱？"

"连我也在内吗？"迪马大叔问道。

乡亲们都笑了起来。

"静一静！"罗洛·齐拉发大声嚷道，"两者选其一：要么你的粘胶管点用，要么一点都不管用。 如果不管用，那你就是个骗子；如果还管点用，那么这只坛子就像它原来一样应该有它的价钱。 它值多少价钱？ 你估计一下。"

迪马大叔思索了一阵，然后说道：

"我回答你。 如果像我原先想干的那样，光用粘胶补的话，我就不会困在里面了，而那坛子也多少还值原来的价钱。 而现在我不得不从里面用这些补丁来补这只坛子，它还有什么价值呢？ 大概只值原价的三分之一。"

"三分之一？ 一两三分三钱？"罗洛·齐拉发问道。

"只会少，不会多。"

"好。"罗洛先生说道，"就依你的话，给我一两三分三钱。"

"什么？"迪马大叔搭腔道，好像并不明白他说的意思。

"我现在砸破坛子让你出来，可你呢，照律师的说法该付给我一两三分三钱。"罗洛先生说道。

"我，要付钱？"迪马大叔取笑道，"阁下开什么玩笑！ 我准备在这里孵虫子。"

他费劲地从口袋里掏出一只小烟斗，点着以后抽了起来，烟顺着坛子的脖子冒出来。

罗洛先生尴尬地站在那儿。 这又变成另一种案情了：迪马大叔现在不愿再从坛子里出来了。 律师竟然没有预料到这种情况。 现在该怎么办呢？ 他打算重新吩咐："备骡！"但天已经太晚了。

"啊！"他说道，"你想住在我的坛子里？ 所有的证人都在这儿！ 为了不付这只坛子的钱，他不愿出来了。 我准备砸碎它！ 由于他想赖在里面，明天我要告他非法居住，并妨碍我使用坛子。"

迪马大叔从里边又喷出一口烟，平心静气地回答道：

"不，先生。 我丝毫不想妨碍你。 我难道乐意待在这里吗？ 你就让我出来吧，我很愿意走开。 付钱，别开玩笑了，阁下！"

罗洛先生勃然大怒，抬起脚来想踢坛子，但他按捺住了；相反，他却用双手紧紧抱住了坛子，使劲提动它。

"您看多好的粘胶！"迪马大叔对他说道。

罗洛·齐拉发怒吼道："该死的！　谁干的坏事，是我还是你？难道还该我赔钱？　你就饿死在里边吧！　让我们看看究竟谁胜谁负！"

说罢他就走开了，也不再考虑早晨扔进坛子里的那五个里拉。而迪马大叔却想用这五个里拉同农民们一起欢度这一个晚上，因为他们被这意外事故耽误了，只好留在谷场上过夜。　有一个农民自告奋勇愿意到附近一家小酒店去买酒。　天空挂着一轮明月，似乎是特意为他们安排的。

罗洛先生已经睡了，突然被一阵喧闹声吵醒。　他走出阳台，发现谷场上，月光下，有一群魔鬼：原来是喝醉了的农民手拉着手围着坛子跳舞呢。　迪马大叔在坛子里扯着嗓子得意地高声唱歌。

这一次罗洛先生再也按捺不住了：他像一头疯牛似的冲了下去，农民们都没有来得及躲开。　他使劲一推，坛子顺着坡地滚了下去。　醉汉们大笑起来。　坛子滚着滚着，撞在一棵橄榄树上，碎裂了。

迪马大叔赢得了胜利。

汤庭国　译

没有归还的一天

[意大利] 乔万尼·帕皮尼①

我曾有幸结识许多上了年岁但依旧容貌姣好的公爵夫人；然而，她们大抵都是些家道中落的贵夫人，身边只有一名身着黑衣的小女仆，住在托斯卡纳②式的衰颓的别墅中；栅栏做成的围墙，两株布满灰尘，像哨兵一样守卫着栅栏墙的杉树，遮掩了整座别墅。

倘若您在某位孤孀寡居的伯爵夫人的沙龙里遇见她们，您尽可以不合时宜地称她们为"高贵的夫人"，并且用那种国际流行的、古典式的、毫无生气的法语——马尔蒙台③修道院长的《道德箴言录》足以帮助您通晓此种上流社会使用的语言——跟她们攀谈。我的那些公爵夫人几乎总是愿意彬彬有礼而又喋喋不休地回答您。当您已经深入到她们的可怜的心灵——褊狭的、被尘埃和细枝末节封闭的、犹如十七世纪演说家的心灵——您将会发现，生命仍然是值

---

① 乔万尼·帕皮尼（1881—1956），意大利小说家。著有各种作品近五十部，代表作有《日常悲剧》《失眠的驾驶员》《话与血》等，在意大利近代文化、文学史上产生很大影响，被称为是"拥有社会各个阶层的读者"的作家。

② 意大利中部地区，以悠久的文化艺术传统著称，首府为佛罗伦萨。

③ 让·弗朗梭·马尔蒙台（Jean Francois Marmontel，1723—1799），法国启蒙主义者，文学家，《百科全书》编辑。

得留恋的，我们的母亲也并不愚蠢糊涂，诚然当我们从娘胎里来到人世间的时候，会以为母亲做了一件蠢事。

那些上了年岁的、容貌姣好的公爵夫人向我絮絮私语了多少异乎寻常的隐私啊！她们非常喜爱香粉，兴许更加热衷于闲谈，因为她们都是德国女人——出于偶然的原因，只有一个是俄国女人——她们所操的娓娓动听的古老的法语，有时竟会激起我的汹涌奔腾的感情波澜；这时，我的心狂乱地跳动，坦白地说，我恰如一个痴心的恋人，产生了不可遏制的欲望。

一天下午，夜幕尚未降临，在一座托斯卡纳式别墅的客厅里，我坐在一张帝国时代的老式沙发上，旁边的茶几上放着仆人递给我的一杯清茶。我默默无声地陪伴着我的公爵夫人中年岁最大、最美丽温雅的一位。

她穿着一身黑色的衣服，脸上罩着一块黑色的面纱，我所熟悉的总是微微鬈曲的萧萧白发，遮掩在一顶绛黑色的帽子里。我恍惚觉得，一轮黑色光圈笼罩在她的周围。这使我很满意。我力图使自己相信，那女人仅仅是根据我的愿望所显现的形象。要相信这一点是不困难的。整个屋子几乎都沉浸在黝黯的昏黑之中，只有一支发出微弱光亮的蜡烛照着她那搽了香粉的脸庞；一切东西都被黑暗吞噬了，以致使我觉得，在我面前的仅仅是一颗悬在空中的脑袋，一张离地面大约一米高的、与身体脱离的脸庞。

可是，公爵夫人终于打开了话匣子，这时我的任何幻觉自然也就不可能存在了。

"那么，请听我细细说，先生，"她对我叙述道，"这件事发生在四十年以前，那时，我正当青春年华，因此完全可以说天真未泯。"

她用那纤细的声音，继续向我叙述她的丰富的罗曼蒂克经历中的一段历史：一名拜倒在她石榴裙下的法国将军，受到她的爱情的熏陶，一举成为一名优秀的演员；后来，在一个夜晚，他却不幸遭到了一个醉汉的杀害。

然而，对于她的诸如此类的风流韵事，我早已了如指掌；我直率地告诉她，我乐意听她叙述比这更曲折、更遥远、更令人难以置信的故事。公爵夫人落落大方，欣然表示，愿意完全满足我提出的要求。

"看来，您要迫使我揭开我所保守的最后一个秘密，"她说道，"它之所以永远是一个秘密，就因为它在我所经历的全部罗曼蒂克事件中是最难以令人置信的。但我晓得，要不了几个月的时间，兴许在春天来临之前，我就要与世长辞了，也许我再也找不到一个能像您这样饶有兴趣地对待荒唐可笑的事情的男人了……

"这个秘密发生在我二十二岁的时候。那时，我是维也纳最艳丽动人的公爵夫人，我也还没有杀害我的第一个丈夫——那是发生在更晚些时候的事，两年以后，当我爱上了……不过你已经很了解这件风流韵事，恕我不再谈它了！

"事情发生在我二十二岁那年快完结的时候，一个上了年岁，但没有胡须，曾经获得过勋章的老人来登门拜访。我接待了他。他要求秘密地跟我谈两分钟话。当只剩下我们两个人的时候，他对我说：

"'我有一个视若掌上明珠的女儿，她现在身患重病。我必须赋予她生命和力量，因此，我正在到处奔波，以购买或借取的方式，寻求青春的年龄。如果您能慷慨允诺，借给我一年的青春，我将在您生命结束以前，逐步地，一天一天地，归还给您。比方说，在您满了二十二周岁的时候，您不是进入二十三岁，而是跳过一年，直接进入二十四岁。您仍然是风华正茂，您丝毫不会察觉这一年龄上的跳跃而带来的影响。 我以后将把这一年的三百六十五天，每次两天或三天，全部如数归还给您，直到最后一天。 这样，当您年纪衰老的时候，您可以根据自己的愿望，体验到再度获得真正的青春年华，突然重新享有失去的健康和美貌的幸福。

"'请您不要以为您是在跟一个爱说瞎话的骗子手或者是在跟一个魔鬼谈话。 我是一个普通的不幸的父亲，我向上帝祈祷了许久，上帝慈悲地准许我做别人所不能做的事情。 我费了很大的周折，总算筹借到了三年，但是，我还需要许多年。 请把您的青春借给我一年吧，您将永远不会因为这一慷慨的行为而追悔！'

"在那以前，我对各种离奇古怪的冒险行为早已司空见惯，在我生活于其中的那个上流社会里，没有任何事情会被认为不可能做到的。 于是，我欣然同意了他的特殊要求。

"几天以后，我比正常的情况下多长了一岁，但几乎谁都没有察觉到这一点，一直到我四十岁，我都异常快活地生活着，根本不需要索回我储蓄着的、有朝一日应该归还给我的一年。

"那位老人给我留下了一份合同，还有他的地址。 他对我说，如果我希望得到一天或一个星期的青春的话，我必须至少提前一个月通知他。 他向我许下了诺言，我会在我希望的日子获得我希望的青春。

"年过四十以后，我的花容月貌逐渐消逝，我便回到我的家庭留下来的为数不多的一个城堡中去隐居，一年只前往维也纳两三次。 我事先向我的负债人写信，然后，既年轻又漂亮，好像只有二十三岁妙龄的我，便去参加宫廷舞会，光临首都的沙龙，这使得那些知道我的美丽的风姿正在衰落的人们大吃一惊。

"青春再现的前夕，是多么激动人心啊！ 前一天晚上，我犹如一朵凋谢的花儿，像往常那样疲倦地熟睡了。 翌日清晨，我苏醒以后，却仿佛一只刚刚学会飞翔的小鸟，轻松愉快地奔到穿衣镜跟前，脸上的每一条皱纹都消失殆尽了，我的身躯轻盈灵巧而又柔软丰腴，头发全都重新闪现出金黄色的熠熠光彩，嘴唇如此娇艳红润，以致我自己都恨不得发狂似的吻它。

"在维也纳，崇拜者们把我团团围住，发出惊奇的赞叹，责备我玩弄了魔法。总而言之，他们什么也没有明白。当归还给我的青春期限快要结束的时候，我便登上马车，急匆匆地返回城堡；在那里，我谢绝一切登门拜访的客人。

"一次，一个来自波希米亚的年轻的伯爵，在我某次重返维也纳参加社交活动的时候，认识了我，如醉如痴地爱上了我，不知怎么回事，他突然闯进了我的城堡中的宅邸。当他看到我跟他在维也纳大街上倾心相爱的女人是如此相像，但又如此难看和衰老的时候，顿时惊愕失色，几乎昏厥了过去。

"打那以后，再也没有人能够闯入我心甘情愿地选择的与世隔绝的生活。在我的生命之花不断枯萎的郁郁寡欢的岁月里，唯独偶尔再现的青春所激起的奇特的喜悦和深深的忧伤，才足以使这种几乎不食人间烟火的生活暂时中断。您能够想象得出我那漫长的、孤独的、与世隔绝的生活中，每每由于少许几天的美貌和激情突然迸发出火焰而产生的奇妙情景吗？

"开头的时候，我满以为那三百六十五天是取之不尽，用之不竭的，只觉得它们是永远不会完结的。因此我过于恣意挥霍，经常给那位神秘的生命负债者写信。然而，他是一个惊人地恪守诺言的人。有一次，我上他那儿去了，瞧见了他的一堆账单。我发现，我并不是跟他签订这类合同的唯一的人，看得出来，他非常精确地记载着他不断偿还的债务。我还瞧见了他的女儿，一个脸色异常苍白的女人，正坐在鲜花盛开的阳台上。

"我压根儿不晓得，他从哪里得到生命的年月，从而使他能够如此准确无误地按日子分批偿还他的债务，但我有某种理由相信，他为此又积欠了新的债务。 他从哪些女人那里借得日子来偿还给我呢？ 我多么想认识她们当中的一位，可是，尽管我常常善于巧妙地提出问题，但我却从来未曾有幸揭开这个秘密。 但是，很可能，她们并不是我想象的那种陌生人……

　　"总而言之，这老头儿是一个异乎寻常地饶有兴味的人物，他极其出色地执行着他的计划。 您简直难以想象，当他以一个银行家才有的冷静向我宣布，现在，他欠我的日子只剩下十一天了，我的生活突然变得多么凄惨可怕。 在整整一年的时间里，我没有给他写过一封信，我曾经一度萌发过这样的念头，把这留着的十一天馈赠给他算了，免得再痛苦地折磨我自己。 您当然能够明白为什么，是吗？ 每一次，当青春昙花一现之后，理智苏醒的时刻便愈发令我黯然神伤，因为随着岁月的流逝，我眼下的情况跟我二十三岁时的距离是愈来愈大了。

　　"从另一方面来说，我又无法抗拒它的诱惑。 您可以设想一下，一个可怜的孤独的老婆子怎能够拒绝哪怕只有一天或两天、三天的美貌、爱情和欢乐呢？ 她需要被人宠爱，虽然只有一天的时间；她需要被人追求，哪怕只有一个钟点；她需要幸福，尽管只有片刻的时光！

　　"然而，我赊给那老头儿的日子快用完了，那笔债务即将永远结束了。 请您想想，我能够支配的青春的日子仅仅剩下一天的时间了！ 这一天一旦消逝，我将最终成为垂暮的老婆子，眼睁睁地坐待死神的召唤。 仅有的光明灿烂的一天，然后将是永世的黑暗！ 我请求您设身处地想想我生活中这一始料未及的悲剧。 在要求归还这一天以前……

"可是，我什么时候应该要求归还这一天呢？ 我将用这一天来做些什么呢？ 三年多来，我没有再恢复过青春，在维也纳，兴许已经没有任何人再记得我，我的美妙风姿似乎已化为鬼怪的幻影。 然而，我仍然感到需要一个恋人，一个全心全意地，以火一般的激情爱慕我的恋人。 我的整个身躯需要再次享受爱抚。 我的皱纹密布的脸容将再次透露出青春的红润，我的嘴唇将最后一次给人以陶醉的欢乐。 我这可怜的干裂而失去血色的嘴唇！ 它们多么渴望有朝一日还能变得鲜红、炽热，哪怕仅仅只有一天，为了最后一个情人，最后一个亲吻！

"可是，我不晓得如何做出我的抉择。 我没有勇气去花掉真正的生命给我留下的最后一天，仅有的一笔微不足道的财富；我也不晓得应该如何耗费这笔财富。 但我发狂似的渴望把它挥霍殆尽……"

这位可爱的公爵夫人深深激起了我的恻隐之心！ 她揭开黑面纱已经有好几分钟了，泪珠在她涂抹着香粉的脸上犁下了两条细细的沟痕。 这时，她以贵夫人的矜持态度强行抑制的啜泣，使她无法继续自己的叙述。

于是，我禁不住产生了一种强烈的、不惜一切代价去安慰这位仪态优雅的老婆子的愿望。 我跪倒在她的脚下，跪倒在一位满脸皱纹的、身穿黑衣服的公爵夫人的脚下。 我对她说，我要以远远胜过任何一个疯狂的绅士的热情来爱她；我用最甜蜜的话语请求她允许我，仅仅允许我一个人享受她的美妙青春的最后一天。

我已无法准确地回忆起我对她所说的一切，但我的言语肯定使她大为感动，因为她用类似舞台上演员惯用的几句台词对我许诺说，我将是她最后的一个情人，但仅仅只有一天的缘分，而且是过一个月以后。 我们约定某一天就在这座别墅里会面，随后我怀着激动的心情，吻了吻她那干瘦的、苍白的手，便告辞了。

晚上，我返回城里。 一弯银色的眉月当空高照，仿佛以讥讽的、怜悯的神情执拗地盯着我。 但公爵夫人的形象在我的脑际萦绕，愈发坚定了我对这件事采取的严肃态度。

那个月显得异常得漫长，兴许是我一生中时光流逝得最缓慢的一个月。 我答应我的未来的情人，在约定的那天以前，我一定约束自己，不再去见她。 我忠实地信守了诺言。

翘首盼望的这一天终于来到了，这真是那最漫长的一个月当中的最漫长的一天。 夜幕也终于降临了。 我尽可能地穿戴打扮了一番，便怀着一颗激动不安的心，迈着迟疑不决的步子，朝那座别墅走去。

我远远地瞧见，明亮的灯光照耀着别墅的窗户，这是从来不曾有过的情景。 走近别墅，我发现栅栏门敞开，阳台上一朵朵硕大的花儿开得十分艳丽。 我走进别墅，来到客厅，大厅里两只奇异的烛台上点燃着明灿灿的蜡烛。

仆人告诉我稍候片刻工夫。 我等待着。 没有任何人出来。 整座别墅都静悄悄的。 摇曳的烛光在闪烁着，鲜花吐出缕缕的清香，氤氲在寂静的空气里。 我焦躁不安地等待了约莫一个小时；我再也耐不住性子了，便走进了餐厅。

餐桌上摆着两副餐具，几簇鲜花和丰盛的水果。 我走进了一间小客厅。 灯光柔和地照耀着，但空无一人。 我最终在一扇房门前站住，我晓得，这里该是公爵夫人的卧室。 我在门上敲了两下或者三下，但是没有人应声。 我寻思，情人行事可以不顾礼节，于是我鼓起勇气，推开了门，在门槛上止住脚步。

房间里仿佛经历了一场浩劫似的，到处是随意乱扔的豪华服饰。 四只烛台环绕着一只投射出明亮的光辉的大烛台。 公爵夫人身穿一件我从来不曾看见过的最漂亮的衣服，仰面坐在面对穿衣镜的一张安乐椅上。

我轻声叫唤她，但她没有回答。

我走上前去，用手轻轻碰了碰她，但她毫无反应。这时，我才发现，她的脸庞像我往常看见的那样，干瘦而又苍白，但脸上的表情显得比平素更加忧伤，似乎受了惊吓的样子。我把手指放在她的嘴唇上，竟丝毫没有感到呼吸的气息，我又把手按在她的胸口，也丝毫感觉不到她的心脏的跳动。

可怜的公爵夫人已经死去了。她是坐在穿衣镜前面，欣喜地期待青春的再临时，愉快地猝然去世的。

我在靠近她的安乐椅的地板上捡起一封书信。这封信向我揭开了她突然离开人世间的秘密。

信中只有几行字，字体工整，像出自军人的手笔，内容是这样的：

尊敬的公爵夫人：请原谅我不能立即把我积欠您的最后一天青春归还给您，为此我实在内疚于心。

我没有能够物色到一位通情达理，并且对我的令人难以置信的诺言表示信赖的女人；而我的女儿已处于生命垂危之中。

我仍将不遗余力地继续寻找合适的对象，一俟获得结果，当即向您禀告，因为让您善始善终地享受最后一天的青春的快乐，是我的真挚的意愿。

尊贵的公爵夫人，请您相信我……

您的最忠实的……

书信末尾的签名，字迹难以辨认。

蔡蓉　译

234

遥远的月球[①]

（另译名:月亮的距离）

［意大利］依塔洛·卡尔维诺[②]

　　根据乔治·达尔文爵士所言:月球曾经非常接近地球,后来是因为它使地球的海水激起潮汐,才使得地球慢慢失去能量,而导致月球逐渐远离地球。

　　我太清楚了! ——老夸父[③]叫道——你们其他人也许不记得,可是我还记得。 那庞大的月亮,她一直都在我们头顶。 满月时,夜晚就如白昼般的光亮,散发出一种乳白色的光,看起来像要吞噬我们。 上弦月时,她就像是一支被风吹胀的黑伞,环绕着天空旋转;下弦月时,她就将她的尖角压得低低的,似乎想刺进海岬的顶峰,永驻在那儿。 不过,这些月盈、月缺都是在不同的时候出现,因为她与太阳的距离不同,并且轨道与其他星球的角度也不同。 至

---

　　① 台湾译名,译林出版社的《卡尔维诺文集》中译作《月亮的距离》。
　　② 依塔洛·卡尔维诺(1923—1985),意大利新闻工作者、小说家。 20 世纪 50 年代问世的《我们的祖先》三部曲,是奇特而充满想象的寓言式作品,使作家获得了世界声誉。 其他代表作还有短篇小说集《马可瓦多》等。
　　③ "老夸父"是卡尔维诺《宇宙奇趣》系列故事中的主人公。

于月蚀，就是地球和月亮交会的现象，我们是每一分钟都有月蚀的。当然，那两个大怪物总是要想尽办法不断地把自己放在对方的阴影中，先是月亮放在地球中，而后则是地球放进月亮中。

轨道是什么呢？喔！当然是椭圆形的：它一会儿靠近我们，然后一会儿又飞开。而潮汐，在月球旋转愈来愈剧烈时，它起落得也就更厉害，无人能够制止。曾经有几个满月的夜晚，月亮降得非常非常低，潮汐也涨得非常快，使得月亮险些掉进海水中，不过，还是差了数码的距离啦！你会问：那你们有没有爬上月球呢？答案当然是肯定的。你只要把一艘船划到它下面，撑起楼梯往上爬就可以了。

月亮不停地在运转中，最低点是在锌矿峭壁下面。我们以前出门都是坐当时的小舟，那种圆圆扁扁、用软木做成的划艇。它还可以载相当多人呢！包括我、维德船长、船长夫人、我那失聪的表弟，有时候还有小史尔丝——她当时大约十二岁。那些夜晚，海水非常平静，波光粼粼，就像水银似的，而水中紫罗兰色的鱼也无法抗拒月亮的诱惑，全部游上了海面，还有章鱼与深黄色的水母也是一样。通常，总是有一群微生物——小蟹、乌贼，甚至一些又轻又薄的水草和珊瑚——伸出海面，指向月亮，吊挂在那灰白的屋顶下，或是悬在半空中，使我们不得不用芭蕉叶挥开那荧光闪闪的昆虫。

我们是这样的完成这件工作：在小艇中我们有一个楼梯，我们其中一个人扶着它，另一个人就爬到顶端，而其他的人就开始划桨，直到我们在月亮的正下方为止，这就是为什么我们必须有这么多人（以上我只是提到几位主要人物）。通常，在小艇划向月亮时，楼梯顶的那个人就会变得害怕，开始大叫："停止！停止！我快要撞破头了！"其实你会看到月亮还是在你的头顶上，大大的、千疮百孔的边缘宛如锯齿一般。 现在的她也许不同，但是当时的月亮，或者只是她的底部，也就是她的下腹部，那最靠近地球、几乎与地球摩擦的部分，却都覆盖上一层尖锐的鳞片。 我现在回想起来，那就好像是一条鱼的腹部，它的味道也极接近，即使不是很明显的鱼腥味，也很像熏鲑鱼的味道。

事实上，在楼梯的顶点，你只要笔直地站立，伸直手臂，你就可以触摸到月亮。 因为我们已经小心地测量过距离（我们一点也不怀疑她会离我们而去），你所要注意的只是你的双手应该放在哪里。 通常我都是选择一个看起来很牢固的位置（我们一次都是五六个人集体爬上去），然后先用一只手攀附着，再用两只手抓紧，很快地我就可以感觉到梯子和下面的小艇正在漂浮，而月球的运转也将粉碎地球对我的吸引。 她是如此强壮，将你拉上来，使你经历到从一个星球跳到另一个星球的感受，因此你必须抓紧梯子，因为猝然间的翻转，就好像翻筋斗似的，把脚抛向头顶上，直到双脚放在月亮的表面。 从地球望去，你似乎是头下脚上的悬在那儿，但是对你而言，那是正常的姿势，唯一奇怪的只是当你睁开双眼，你会看见海水在你上面，波光粼粼，而小艇和其他的人也倒立地站在你上端，就好像一串葡萄悬在葡萄藤上似的。

我聋表弟在做那些翻滚动作时，表现了不凡的天赋。 他那笨拙的双手只要一触摸到月球表面，就忽然变得敏捷而灵巧，因此，他总是第一个从梯子上跳过去，而他们也立刻发现到他能够站立的地点。 事实上，他手掌的力量似乎就足以使他黏附于那行星的表面。有一次我甚至以为，他只要伸出他的双手，月亮就会移向他。

他回地球时也是一样灵敏，虽然动作甚至更困难，但对我们而言，似乎只能不停地跳跃，尽可能跳高，手臂往上伸（这是从月球的观点而言，如果从地球上望去，更像是一个潜水夫，双臂在旁，向下游泳），就像是从地球到月球一样，只是现在我们没有梯子，因为月球没有任何东西可以支撑梯子。 而我表弟这次也不像跳到月球表面时那样伸出手臂来跳跃，似乎准备低下头来翻筋斗，然后双手一推，飞跃起来。 我们从小艇往上看，他似乎笔直地站在空中，正准备握紧月球那巨大的星球往外抛掷，宛如用手掌拍球；然后他的双腿降到可及的距离时，我们就设法抓住他的脚踝，将他拉回船上。

现在，你一定会问我，我们究竟为什么要去月球？ 我会解释给你听的：我们是去取牛奶。 月球的牛奶非常浓，就像是一种乳酪。它形成于鳞片之间，形成的过程大致是：月球航行过地球的大草原森林和湖泊时，这些地方中的各类生物与实体就会变发酵。 因此，它主要的成分是植物果汁、蝌蚪、沥青、扁豆、蜂蜜、淀粉、水晶、鳟鱼、蛋、沃土、花粉、胶质、昆虫、松脂、胡椒、无机盐及氧化物。 你只要将汤匙伸进覆盖月球蛮荒地带的鳞片，等拿出来时就会是满满一匙的粪便。 它显然并不纯净，甚至还有许多渣滓。在发酵过程中，也就是当月球经过一望无际沙漠上空的热空气时，并非所有的生物都会溶化，有些还会粘在里面，如指甲、软骨、门闩、海马、核桃、花梗、碎陶器、钓鱼钩，有时甚至还有一把梳子。 因此收集过这团混合物后，必须提炼、过滤。 不过那并不难，最难的部分就是将它运到地球。 而我们所用的方法就是将汤匙当作投石器，每一匙都用力地用双手抛向空中，这样乳酪就会飞起来。 如果我们掷的力量够大，它就会黏在屋顶上，（我的意思是海面上）。 它只要到了那儿，我们就可轻易将它载到船上。 在这件工作中，那聋子又表现出他的特殊天赋，他的力气很大，而且投得准，只要一丢，他就可以直接把乳酪射进我们在船上为他准备的桶里。 至于我，我很少射得中，因为汤匙里的东西无法克服月球的吸引力，常反弹回我的眼睛。

　　我尚未完全告诉你有关那聋子擅长的每一件事：将月球牛奶从月球鳞片汲取出的事情对他来说只是小孩子的游戏罢了，有时他甚至不需要汤匙而只要将一只手放进鳞片内就可以取得，甚至一只手指就可以做到。　走路时他也不顺着任何一条道路走，专门爱走荒郊小径之路，蹦蹦跳跳的，就像和月亮开玩笑，吓她一跳，或是逗她发笑似的。　而他到了任何地方，只要伸出手，牛奶就像是自动从母牛的奶头中源源不断地流出来，因此我们其他的人只要跟着他，用我们的汤匙搜集他所挤出来的牛奶就够了。　不过他的任何动作似乎都无明确的意识，只是随兴之所至而做。　例如，有些地方像是两片鳞片之间的缝隙，他只是为了好玩才去摸摸它，就像是在摸月球赤裸又柔软的肌肤。　有时候他并不轻易用他的手指积压牛奶，而是经过谨慎判断后用他的大拇指积压（他是光着脚爬上月球的）。　而我们只要从他不断地跳跃，与喉咙发出的啁啾声音，就可以断定他似乎已达到兴奋的巅峰了。

　　月球上的土壤并非一律都是鳞状的，它也有不规则、泛白的贫瘠泥土。　这些软软的地方常使那聋子兴奋地不停翻筋斗，或像只小鸟般的飞翔，就好像恨不得把他整个身体贴附在月球的泥块上似的。　他这样跑着跑着，终于消失在我们的视线范围内。　我曾经怀疑他在我们面前做的那些翻筋斗和轻推手肘，都只是事前的准备工作，一首即将在隐秘地带发生意外的前奏曲。

　　我们在锌矿峭壁下的那些夜晚都陷入特殊的情绪：高兴，却又带着些许提心吊胆的心情。　我们发现有一条鱼也被月亮吸引着，悠游自在地浮动着，因此我们也一边演奏一边唱歌地航行。　船长夫人弹着竖琴，那声音不仅甜美，甚至令人难以承受，致使我们想仰天长啸。

透明的水母也伸出海面，蠕动了一会儿后就向月亮摇摆而溜走了。 小史尔丝兴奋地在空中抓它们，虽然那并非易事。 但她还是伸出小小的手，只要抓到一只水母时她就会高兴地跳起来，最后自己也飞了起来。 像她这么小，体重大的只有一二盎司，是必须借着地球的地心引力来征服月球的吸力才能将她带回来。 因此她也和水母一起飞行，悬在海上，起初她吓坏了，不停地大哭，后来又开怀大笑并抓着空中的贝类和鲦鱼，把一些贝类放进口中咀嚼。 我们努力划着桨，设法跟着那孩子。 月亮依旧是椭圆形的运转，拖着空中蜉蝣的生物群，还有一串串纠缠不清的长海草，而史尔丝也悬在其中，她那雨丝稀疏的发辫似乎也在飞舞着；不过她自始至终都一直在蠕动，并且不断踢着四肢，似乎想抗拒水草的影响。 结果袜子也脱离脚丫，在空中飞舞（她在飞行中早已遗失了她的鞋子）。 借着地球的吸引力，我们在梯子上试着抓住那两只袜子。

吃空中的小生物也是一件好事，史尔丝的重量愈重，就愈容易沉向地球，事实上那些蜉蝣生物中，她是最大的一个，因此软体动物、水草和蜉蝣物都开始攀附她，而她也很快被覆上矽酸的小贝类、甲壳和海草纤维。 她越消失在那团混乱中，就越易摆脱月球的影响力，直到她擦过水面，掉入海中。

我们迅速摇桨救她上来，她的身体还留有磁力，因此必须用力才能剥下覆在她身上的所有东西：柔软的珊瑚缠着她的头，手臂和颈部被乌贼的触须缠绕着，眼皮也被一种类似鲤鱼的淡水鱼和贝类覆盖着，小衣服也像是用海草和水藻织成的。 我们已尽量弄掉那些东西，但是几星期后，她还是不断拔出鱼翅和贝壳，而她的皮肤也被矽藻弄得留下斑点，不仔细看她的人还以为那是雀斑呢！

这件事应该可以使你了解，地球和月球彼此间的太空影响力实际上是相同的。 我再告诉你其他事情：人体从月球降到地球后，仍然会有一段时间受到月球引力的影响，而抗拒我们自己世界的吸引力，甚至像我这么高大魁梧的人，每次只要我上去过那儿后，我就要花一段时间才能习惯地球的上下位置，而别人也必须抓紧我的手臂，让我固定在摇摆的船上，否则我仍会头下脚上地倒立向天空。

"抓紧！抓紧我们！"他们对我大叫。在一阵摸索后，有时我会抓紧维德太太的胸部，那又圆又坚实的接触，感觉很好，很安全，有一种和月球同样强烈的吸引力，甚至更强烈。尤其在我陷得很深的时候，只要我设法将另一只手臂环绕着她的臀部，我就会立刻回到我们的世界。

这就是我爱上船长夫人的开始，也是我痛苦的开始。因为我很快就知道那位女士一直在注视着一个人——那聋子。当那聋子的双手攀上行星时，我注视着维德太太，在她的双眸中，我看见她内心世界的澎湃汹涌；而当他消失在他神秘的月球探险时，我也看到她变得坐立难安，如坐针毡；然后我更清楚看见她变得嫉妒起月球，而我则嫉妒那聋子，维德太太凝视月亮时，双眸就像钻石般怒火熊熊，几乎在挑衅，就像在说："你不会得到他的！"

对这整件事情最不了解的就是那聋子。正如我前面说过的，当我们拉着他的双脚，将他拖下来时，维德太太就会顿时失去其自制力，尽量使他的重量压在她自己的身体上，我只觉得内心一阵抽痛（以前我抓紧她时，她的身体是温柔、亲切的，但并不像拥抱那聋子似的主动向前），然而他却漠不关心，依旧沉醉在他对月球的喜悦中。

我看着船长，怀疑他是否也注意到他妻子的行为，但是他脸部一直未流露出任何表情，那被海水刻蚀的脸部，只显现出黝黑的皱纹。因为那聋子总是最后一个离开月球，因此他的归来就是小艇离去的信号。

然后，维德以一种不寻常的礼貌态度从船底拿起竖琴交给他妻子，后者顺从地接过来，弹了几个音符。任何事物都无法拆散她和那聋子，就同无法将她和竖琴分开一样，我配合着哀怨的曲调，以低沉的嗓音唱道："每一条发光的鱼儿都在悠游，悠游；而每一条黝暗的鱼儿则沉入海底，沉入海底……"所有的人，除了那聋子，每人都附和着我的歌声。

每个月只要月球尚继续运行，那聋子就会重返他的孤独世界——他只有在接近满月时才可能再次被刺激。那次我已被安排做其他事情，因此没有轮到我上去，使我能够和船长夫人单独留在船中。等到那聋子一爬上梯子，维德太太即说道："这次我也想上去。"

这种事以前从未发生过，船长夫人从未上去过月球，但是维德并不反对，事实上他几乎亲自将她扶上梯子，并大叫道："那就上去吧！"因此我们全体都开始帮她。我感受到她丰满、温柔地靠着我的双臂。将她扶稳后，我开始将我的脸和手掌贴着她。当我觉得她升上月球的空间时，那失落的感觉使我心痛，因此我开始猛追着她并喊道："我也上去帮忙一下。"

船长冷淡地命令道："你待在这儿，等会还有工作要做。"我像被老虎钳钳住般愣在原地。

那一刻，每一个人的意图都很清楚了，然而我却无法具体形容，因为直到现在，我还无法肯定自己的分析是否正确。当然船长夫人早就渴望能单独与那聋子在那儿（或者至少不愿看见他单独和月亮在一起），不过她也可能有一个更具野心的计划，而这个计划必须与那聋子协议后才能实现：她希望他们俩能够一起待在月球一个月，不过像我表弟那样的聋子也许并不了解她试图做的解释，或者他也许甚至不明白自己是这位女士渴望的对象。而船长呢？他最盼望的就是摆脱他妻子。 事实上，她一接近那儿，我们就看到他放浪形骸，至此我们才明白为什么他从不试图拉她回来。 但是他是否从一开始就知道月球的轨道正在扩大？

我们每个人都不曾怀疑过这件事。 也许那聋子曾经怀疑过，也许他甚至早有预感那晚将被迫和月球永别，这就是他为何一直躲藏在自己的隐秘天地，只有在月球将回来时才再出现于船上。 而船长夫人试图跟着他，却徒劳无功。 我们看见她千方百计要越过那鱼鳞地带，然后她忽然停下，注视船中的我们，似乎询问我们是否看见她。

无疑地，那晚确实有一些怪异的事情发生。 海面不再像以往满月时般地波涛汹涌，只是向空中拱起些许弧度，显得软弱无力，就像月球的磁力不再能完全发挥她的威力。 而月光也不再如以往满月时般地清亮，夜的阴影似乎加深了。 大家看到这情景，几乎异口同声地叫道：“月亮快走了！”

就在这同时，那聋子就跑着出现在月球，他看似并非惊慌，只是略为吃惊。 他立刻将双手放在月球表面，准备如往常般地翻筋斗，但是这次他翻其身体伸向空中后，却扑了空，就像上次小史尔丝一样。 他在月球与地球之间漫游了一会儿，然后努力地摆动双臂，就好像逆水游泳般，终于缓慢地游回我们的星球。

月球中其他水手也急于效仿他，已没有人想到搜集牛奶的事，船长也并未因此而责怪他们。 但现在的距离并不容易跨过来，他们尝试模仿那聋子的跳跃动作及游泳技术，结果却仍留在原地摸索。船长大叫：“黏在一起！ 白痴！ 大家黏在一起！”听到这声命令，水手试着形成一组，一团，大家挤在一起，直到接近地球吸引力的地区时，忽然这些人如瀑布般掉入海中，小船立刻划过去救起他们。 “等一下，船长夫人不见了！”我大叫道。 船长夫人当时也尝试跳下来，但是她仍然浮在离月球有几码的地方，在空中急促挥舞着她那银白色的长手臂。我爬上梯子，伸出竖琴，试图使她有可抓牢之物，但却徒劳无功。"我碰不到她！我们必须去追她！"我开始往上跳，并挥舞着竖琴。

在我们头顶上，那巨大的金盘不再如往昔一般庞大，它变得小多了，并且不断在缩小，似乎我的目光就能支使开它，而空旷的天幕就像无底的深渊。今晚，无端的空虚袭向我，使我头昏眼花，提心吊胆。

"我好怕！"我想道，"我不敢跳，我是懦夫！"就在那一刻，我跳了。我奋力地游过天际，伸出竖琴给她，她却不飘向我，只是一再翻滚。

"抱紧我！"我叫道。现在我已经追上她，用我的四肢缠住她的四肢。"如果我们抱在一起，我们就可以下去。"我正全心全意将我所有的力量加在她身上，并且专注地享受那份实在的拥抱。由于我太陶醉于其中，并不知道我正使她脱离无重状态，使她又返回月球。我真的不知道吗？或者那就是我从一开始就有的意图？在我尚未能够正常思考之前，一阵喊叫已经冲出我的喉咙。"我才是将与你一个月都在一起的人，"我兴奋地大叫，"将与你一个月都在一起的人。"就在此时，我们的拥抱因为跌落月球表面而分开，两个人都滚落到那冰冷的鳞片上。

我每一次一接触到月球表面就会睁开眼睛，当然在我头顶上的大海就像是绵延不尽的屋顶。而现在我也看见了，是的，我这次也看见它了，但是它变得更高、更窄，海岸、悬崖和海岬是它的边界，那些船只变得好小。我朋友们的脸孔变得好陌生；而他们的喊叫也变得好微弱！我听到附近有个声音：维德太太已经发现了她的竖琴，正在抚弄它，弹出的是啜泣的哀乐。

漫长的一个月开始了。　月球缓缓地绕着地球。　我们在那高挂的星球中，再也看不到我们熟悉的海岸，只看到无底深渊的海洋、满地灼热的火山烁、一大片的冰河、爬满爬虫动物的森林、被急湍划过的岩石山脉、沼泽城市、石坟场和泥土王国。　每一件事物望去都有规律的色彩：异国的景色充斥眼底，平原上满是成群结队的大象和蝗虫，青草长得又多、又密、又浓，几乎与动物们同色。

　　我应该是很高兴的：正如我梦寐以求，能和她单独在一起。　我以前时常嫉妒我表弟和维德太太在月球亲热，现在却是我的特权了，而且是不被打扰、朝夕相处的一个月。　月球表面有牛奶滋养我们，那焦黑的气味是我们所熟悉的。　我们抬起双眼，望向成长的那个世界，终于横跨过它所有的地方，探究了身为地球人所无法看到的景色。　又是我们也注视月球之上的星星，那犹如水果般大，用亮光塑成，在抛物线天空成熟的星星。　这一切都超出我极大的盼望，然而，然而它们都是真的存在着。

　　但是现在我只想到地球。　是地球使我们彼此将对方看得超乎其他任何人。　挣脱地球来到这里，我似乎不再是从前的我，而对我，她也不再是从前的她。　我渴望重返地球，也因为害怕失去它而颤抖。　我梦中的爱情只有当我们在地球与月球之间拥抱时才存在，却被地球的泥土所粉碎。　现在我的爱情所知道的只是令人心碎的乡愁：一个地方、一个环境、一个过去和一个未来。

　　这就是我现在的感受。　但是她呢？　我问我自己，却被我的恐惧吓坏了。　因为如果她也只想到地球，那么这可能是个好现象，那表示她终于开始了解我，但是那也可能代表所发生的一切皆毫无意义，她的渴望依旧只是我的聋表弟。　结果，她却表现得无动于衷。从未抬头看那星球，她失眠，苍白，在那些荒地中，含糊地唱着挽歌，抚弄着竖琴，似乎完全映照着她现在所在的月球环境（这是我的猜想）。 这表示我已战胜我的对手了吗？ 不，我失败了，一次绝望的失败。 因为她终于明白我表弟只爱月球，所以她现在只想变成月球，能够被那超人类的情人同化。

月球绕完那个星球后，我们再次来到锌矿峭壁的上空。 我沮丧地认出他们，我再怎么悲观地猜想，也想不到这段距离会使他们变得如此渺小。 在那混浊的海上，我的朋友们在此行动。 这次不再用那无用的梯子，却从船上升起长竿，每个人都挥舞着一根，顶端装有一个渔叉或是一个抓钩，也许希望刮出最后一滴月球牛奶，或是能对我们有些许帮助。 不过他们不久就会发现，没有一根竿子能够长达月球，于是纷纷丢弃，任它笨拙地漂浮在海面。 然后一阵慌乱中，有些船只失去平衡而翻覆，然而说时迟那时快，他们又沿着水面从另一艘船拖来一根较长的竿，缓缓升起。 那是一根用许许多多竹子接在一起的竿，所以必须慢慢举起，因为它太细了，如果被震动得太厉害，就可能断裂。 因此他们必须用极大的力量和技巧维持平衡，这样整个垂直重量才不会震翻船只。

然后竹竿的顶端即将碰到月球时，我们看着它轻擦月球表面，压在鳞片地带片刻，然后稍微用力，移开后又弹回来，击在相同的落点，最后终于又再次移开。 船长夫人和我都知道那不可能是别人，一定就是我表弟在玩的把戏。 他正和月亮玩最后的游戏，将月亮放在竹竿顶端，好像变魔术一般。 我们知道他并没有其他目的，也不求有实质的结果。 事实上你也可以认为他是想赶走月亮，帮助她离开，指引她到更遥远的轨道上，就如同他不可能奢求违反月球真理，也不可能奢求违反月球的行程和命运。 因此月球现在如果即将远离他，他一定会高兴地面对这次分离，就像他曾经高兴地接近月球一般。

维德夫人面对这一切又能怎么样呢？ 我在这一刻才终于明白她

对那聋子的热情并非轻率地任性，而是永恒的誓言。 因此如果我表弟现在爱上的是遥远的月球，那么她也一定将永远留在这遥远的地方——月球。 我觉察到这一点的同时，也正好看到她非但不举步走向竹竿，反而将竖琴转向地球，在无垠的穹苍中拨弄琴弦。 而我说我看见她，事实上也只是用眼角睥睨她，因为在竹竿触碰月球表面的那一刹那，我已经如蛇般矫健地弹起抓住它，所以现在我正爬上竹竿的节，在纯净的太空中，借由手臂与膝盖的推动，轻巧地滑下。 我似乎被一股自然的力量驱使着，命令我返回地球，根本遗忘了当初来此的动机。 然而内心却又非常清楚自己所为何来，也非常清楚来到月球后所导致的不幸结果。 现在我已抓稳摇晃的竹竿，头下脚上地让地球吸引，轻松地顺着它滑下，直到转瞬间竹竿断成碎片，我也跌落在海中的船只之间。

　　归来是甜蜜的，我再次找到了家，然而思绪依旧充满失去她的悲伤。 凝望月亮寻找她，却是如此遥不可及。 我尔后看到她时，她依然停驻在我离开她时的位置，一言不发地躺在我们头顶上的海滩中，与月亮同色，一手持竖琴，一手偶尔缓缓地拨弄和弦。 我依稀可辨她的胸部、她的手臂、她的臀部，它们与我脑海中的记忆一模一样。 而每当天际出现扁平的金色大圆盘，我都会引颈而望寻找她。 且愈接近月蚀时分，我就愈觉得似乎看见了她与她拥有的一切。 而她所创造的月亮每到满月之日，必会引起地球的狗儿们狂吠不已，当然，我每次也一定会和它们彻夜与共。

（台湾）黄书仪　译

音乐迷杨科

[波兰] 亨利克·显克维支①

　　他一生下来又瘦小、又羸弱。 那些围在产妇床边的女邻居们，看到母子这样虚弱，都摇起了头。 铁匠老婆西摩诺娃，是个最聪明的女人，她便安慰起病人来：

　　"把蜡烛拿来，"她说，"我在你们床头点起蜡烛，看来你们是毫无希望的了，我的大嫂。 你们要到另一个世界去了。 赶快去把神父找来，请他宽恕你的罪过。"

　　"对！"另一个女人说，"该马上让孩子受洗礼，看来他等不到神父来就会死去。 不要让孩子死了成野鬼，让他安心走吧！"

　　她一边说，一边点着了蜡烛，随后便抱起了孩子，把水洒在他的身上，使他眯了眯眼睛，然后她又说道：

　　"我以圣父、圣子和圣灵的名义给你洗礼，并赐名为'杨'。现在你已经是天主教徒的灵魂了，你可以从什么地方来就回到什么地方去啦！ 阿门！"

---

　　① 亨利克·显克维支(1846—1916)，是波兰著名的现实主义作家。 1905 年因《你往何处去》获得诺贝尔文学奖。 早期发表一批脍炙人口的中短篇小说，后转入长篇小说的创作，先后出版了《火与剑》《洪流》《伏沃迪约夫斯基先生》《你往何处去》等。

然而，这个天主教徒的灵魂一点也不想回到他来的地方去，也不想离开他那瘦弱的躯体。相反地，他两只小脚拼命乱蹬，还啼哭起来，不过哭声是那样的微弱和悲哀，连在场的妇女们都说："这真像是只小猫在叫哩！"

　　他们派人去请神父。神父到来后，干完了他那一套仪式，便马上离开了。病人的情况慢慢好转。过了一个星期，她便下地干活了，婴儿虽然奄奄一息，但还是活下来了，直到第四年的春天，当布谷鸟开始咕咕叫的时候，他的病情才有了好转，时好时坏地活到了十岁。

　　他的身体一直都很瘦小，皮肤晒得黑黑的，肚子鼓得很大，两颊凹了进去，一头差不多全是淡白色、像亚麻那样的头发，遮盖着他那双炯炯有神的大眼，这双眼睛看起东西来，仿佛在眺望遥远的地方。冬天，他时常坐在炉子的后边哭泣，不是由于寒冷，便是因为肚子饿的时候母亲没有把吃的东西放在炉子上或者锅里。夏天，他只穿着一件衬衣，腰上系着一根布条子，头上戴着一顶草帽，他常常像小鸟那样，从草帽的破边下朝上仰望。他的母亲是个贫穷的雇工，天天像寄居在别人屋檐下的燕子那样度日。虽然她按照自己的方式很爱她的孩子，可是她也经常打他，还把他叫作"窝囊废"。他才八岁的时候，便开始去放猪羊了，家里没有什么东西可吃的时候，他便到树林里去采菌子，树林里的狼没有把他吃掉，那只好说是上帝对他的怜悯。

　　他是一个非常迟钝的孩子，像别的乡下孩子一样，和别人说话时，喜欢把一个手指放进嘴里。谁也不相信他能长大，更不信他将来会成为他母亲的安慰，因为他很懒惰。他为什么会这个样子，大家都摸不着头脑。他只有一种爱好，那就是音乐，他到处都能听到音乐。等他稍稍长大一些，除了音乐，他就什么也不想了。有时，他到树林里去放牲口，或者拿着篮子去采野果子，就常常空手回来，还嘟哝说：

"妈妈，树林里在奏什么音乐？ 啊！ 啊！"

母亲便回答他说：

"我给你奏音乐，我给你奏音乐，看你还怕不怕！"

于是她就拿起木勺来敲他，给他"奏"了一顿音乐，孩子便哭喊起来，连连保证他以后不再犯了。 但他心里还是想，树林里确有一种音乐在演唱……到底是什么在演唱呢？ 他搞不清楚，只知道松树、山毛榉、白桦、黄莺，一切都在演唱，整个树林都在歌唱。

回声在歌唱……田野上艾草也在歌唱，麻雀在房边的果园里啾啾叫，连樱桃树也在摇动奏出音乐。 傍晚，他听到村里发出的那些声音，就认为整个村庄都在演唱。 有一次人家派他去干活，让他扬粪，风吹着木杈，他也认为是在奏乐。

有一次，监工看见他头发散乱，呆呆地站在地里听那风吹木杈的声音……监工一看到这样，就解下皮带，给了他一顿教训。 可是这对他有什么用呢！ 大家就叫他"音乐迷杨科"①，……春天，他从屋子里跑出，到河边去吹牧笛。 夜里，当青蛙呱呱地叫鸣，秧鸡在草原上歌唱，苍鹰迎着露水在呀呀高叫，公鸡在篱笆后面引颈啼叫的时候，他便睡不着觉，一心一意地听着，他到底听到了什么音乐，那只有上帝才能知道。 他母亲不敢带他到教堂去，因为风琴一响或甜蜜的歌声一起，这孩子的眼睛就仿佛蒙上了一层浓雾，真不像是这个世界的人了……

晚上，巡夜的人在村里转来转去，为了不打瞌睡，就数起天上的星星或者对狗低声地说着话。 他常常看到杨科穿着一件白衬衣，

---

① "杨科"是"杨"的爱称。

在茫茫夜色中跑到酒店那里，他不进酒店，而是到酒店旁边便停住了，藏在墙下听着。 酒店里面的人在跳"奥贝列格舞"①，有时一位跳舞的青年会高叫一声"乌哈"！ 还可以听到皮靴的踢踏声，或者听到姑娘们的"想要干什么"的声音。 小提琴轻快地唱着："我们吃，我们喝，我们多快活！"大提琴用低沉庄严的声音伴和着："上帝赏赐！ 上帝赏赐！"窗户被灯光照得通亮，酒店的每一根柱子好像在颤动，在歌唱，在演奏，而杨科在倾听……

若是他有这样一把能轻快奏出"我们吃，我们喝，我们多快活"的小提琴，他会多么高兴啊！ 就是要这样一些会歌唱的薄木板，唉！ 他能从什么地方找到它呢？ 什么地方会做这样的提琴？只要让他拿一拿，他就会心满意足的！ ……可是他只能听，直听到巡夜人在他背后的黑暗中叫了起来：

"还不快回家去，你这个夜游神！"

于是，他只好赤着脚，尽快地跑回家去，在他身后的黑暗中正传来小提琴的声音："我们吃，我们喝，我们多快活！"还有大提琴的庄严的低音："上帝赏赐！ 上帝赏赐！ 上帝赏赐！"

只要在收获节上或者在别人的婚礼上能听到小提琴的演奏，那对他说来，就像过"盛大的节日"一样了。 过后他便坐在炉子后面，整天都不说一句话，一双炯炯发亮的眼睛，像猫一样在黑暗中望着。 后来，他自己用薄木板和马尾做了一把小提琴，虽然不能拉出像酒店小提琴那样优美动听的音乐来，但还是能发出轻得像苍蝇和蚊子叫那样的声音。 就是这样的提琴，他也从早到晚地拉着。为了这事他挨过不少的拳打脚踢，甚至被打得像一只伤痕累累的不成熟的苹果。 他就是这样的天性。 这孩子越来越瘦，可肚子还是

① 奥贝列格舞是波兰的一种民间舞蹈。

那样的胀大，头发越来越浓密，经常流泪的眼睛鼓得越来越大，而他的面颊和胸膛凹陷得越来越深，越来越深……

他完全不像别的孩子，倒像他那把刚刚能发出一点声音的用薄木板做的小提琴。 在青黄不接的日子里，他差点饿死了，因为他常常只能靠吃生胡萝卜和占有一把小提琴的愿望来过活。

但是这种愿望并没有给他带来好处。

庄院里的仆人有一把小提琴，他有时在暮色苍茫的时候拉起来，以博得女仆的欢心。 杨科常匍匐在牛蒡丛中，尽量接近饭厅那敞开的大门，以便很好地看看小提琴，它正好挂在门对面的墙上。这当儿，孩子通过眼神把自己的整个灵魂都奉献给了小提琴，因为在他看来，那是他最最珍爱的东西，也是一件他无法得到的圣物，甚至连摸一摸都不配。 可是他又非常渴望得到它，哪怕在手中摸一摸，或者在近旁饱看一顿也好……这颗可怜的小小的农家孩子的心，被这种欲望激动得颤抖起来。

一天晚上，饭厅里空寂无人，地主夫妇早就到国外去了，仆人也到女仆那边去了，房子显得空荡荡的。 杨科蜷伏在牛蒡丛中，通过敞开的大门，久久地望着他那个寄托着全部愿望的目标。 正好这时候皓月当空，月光透过窗子斜照着饭厅，在对面的墙上映出了一个明亮的大四方形，这个四方形慢慢地靠近小提琴，最后完全照在琴上。 在黑暗中，这小提琴好像发出了一种银光，特别是它那凸出的琴腹被照亮得如此强烈，使得杨科几乎都不敢直对着看它。 在这皎洁的月光中，凹进去的琴腰、琴弦和弯把，所有这一切都看得十分清晰，琴钮亮得就像圣约翰节的萤火虫那样，旁边挂着的琴弓就像一根银条。

啊哈！ 所有这一切真是美妙而又神奇，杨科越看越入迷。 他蹲在牛蒡丛中，两只臂肘支撑在瘦骨嶙峋的膝盖上，张着嘴，望着，望着……恐惧使他止步不前，难以抑制的欲望又推着他向前。不知是魔力还是什么，那小提琴在月光中像是在向他靠近，仿佛直向他游来……有时显得暗淡，有时又亮得耀眼。 这是魔力，毫无疑问是魔力！ 这时候，风在吹，树在簌簌地响，牛蒡在轻微地摇曳，杨科清楚地听到：

"去吧，杨科！ 饭厅里没有人。 快去吧，杨科！"

夜色清晰而明亮，夜莺在花园的池旁时而轻微、时而大声地歌唱："快去！ 快进去！ 把它取下来！"诚实的猫头鹰却在杨科的头上轻盈地盘旋，对他说："杨科，不要去！ 不要去！"后来，猫头鹰飞走了，夜莺留下了，牛蒡便大声地嘟哝着："那里没有人啦！"小提琴又光芒四射……

可怜的杨科缩着身子，缓慢而谨慎地向前移动，此时夜莺又低声地唱了起来："快去！ 快进去！ 把它取下来！"

白衬衫越来越接近饭厅的大门，黑色的牛蒡已经遮不住他了。饭厅的门外听到了杨科有病的肺部发出的急促的呼吸声。 过了一会儿，白衬衫消失了，只有一只赤脚还露在门外。 徒劳啊，猫头鹰！虽然你又一次飞了回来而且叫着："不要去，不要去！"可是这时候，杨科已经走进了饭厅。

在花园池塘里的青蛙突然一齐大声叫了起来，像是受了惊，过后又静默了。 夜莺停止了鸣啭，牛蒡也不再低语。 杨科轻轻地、小心翼翼地匍匐前进，可是恐惧笼罩着他。 他在牛蒡丛里，就像野兽在原始森林中一样悠然自在，现在却像掉进陷阱里那样。 他的举动仓皇，呼吸急促而带嘶响，同时黑暗又围困着他。 夏天的闪电从东方掠向西方，又一次把饭厅里面照亮，照见杨科匍匐在小提琴的前面，仰望着。 可是闪电消失了，乌云也遮住了月光，什么都看不见了，什么也听不见了。 过了不久，一种低微的、像是哭泣那样的声音在黑暗中响了一下，好像有人不小心把琴弦碰响了。于是，突然……

从饭厅的角落里发出了一个粗壮的睡意惺忪的声音，怒气冲冲地问道：

"谁在那里？"

杨科屏住气。粗壮的声音再次问道：

"谁在那里？"

火柴在墙上擦着了，照亮了饭厅。后来……哎呀！我的上帝！传来了咒骂声，殴打声，孩子的哭声和"啊，上帝"的呼叫声，犬吠声，窗内拿灯照亮的人的跑步声，整个庄院一片喧哗……

第二天，可怜的杨科受到了村长的审讯。

他们要把他当作小偷来审讯吗？……那是毫无疑义的。村长和陪审员们都注视着杨科，他站在他们面前，把手指放进嘴里，睁着一双受惊的眼睛。他又瘦又小，伤痕累累，污迹斑斑，不知道自己在什么地方，也不知道这些人要对他干什么。为什么要审讯这样一个只有十岁、刚能站立起来的可怜孩子呢？难道要把他关进监牢还是怎么的？对于孩子应该有点恻隐之心啊！让巡夜人把他带到一边，打他几棍子，叫他第二次不敢再偷就行了。

那是当然的！

他们把巡夜人斯塔赫叫来：

"你把他带走，给他一顿教训！"

斯塔赫点了点他那愚蠢而粗笨的头，把杨科朝腋下一夹，像夹住一只小猫那样，把他带到谷仓里。这孩子不知是不懂事，还是吓坏了，一句话也没有说，只是像小鸟那样望着。难道他会知道他们要怎样对付他吗？直到斯塔赫把他带进了谷仓，按倒在地上，掀起了他的衬衣，狠狠地打他的时候，杨科才喊叫起来：

"妈妈！"巡夜人每打他一下，他就"妈妈！ 妈妈"地叫起来，可是他的叫声越来越低、越来越弱，直到最后孩子沉默下来，再也不能叫"妈妈"了……

可怜的被人摔破的小提琴啊！ ……

哎呀！ 这个愚蠢的坏家伙斯塔赫，哪有这样打孩子的？！ 况且这孩子又瘦又小，身体一直不好。

母亲赶来了，要带走儿子，可是她只好把他抱回家去了……第二天，杨科没有起来，第三天傍晚，他已经奄奄一息地躺在床上，盖着一条棉布毯。

燕子在篱笆外的樱桃树上歌唱。 太阳透过窗玻璃照了进来，把金色的阳光洒在孩子的蓬乱的头上和毫无血色的脸上。 这阳光好像一条大道，这孩子的灵魂便沿着这大道渐渐地离去。 至少在他死的一瞬间让他走在这条金光大道上，那也是件好事，因为他生前走的是一条荆棘小路。 这时候，干瘪的胸中还有呼吸，脸上的表情像是在倾听窗外传来的村子里的声音。 因为是傍晚，割草回来的姑娘们唱起了"啊，在绿色草地上"这支歌，从溪水那边也传来了阵阵笛声。 这是杨科最后一次在听村里的音乐了。 在他身旁的棉布毯上放着他那把薄木板做的提琴。

垂死的杨科脸上忽然发光了，从他苍白的嘴唇里发出了轻微的声音：

"妈妈！"

"什么呀，我的儿子？"母亲噙着泪水回答。

"妈妈，在天堂那里，上帝会给我一把真正的小提琴吗？"

"会给你的！ 孩子，会给的！"母亲回答说。 她再也不能说下去了，因为从她那结实的胸中突然迸发出郁积的悲痛，她只能呻吟地哼着："啊，耶稣！ 耶稣！"她伏倒在箱子上像发了疯似的号啕大哭起来，就像一个人眼看自己心爱的人被死神抓走而又无法救援。

她并没有救出他来，当她抬起头来再看看她的儿子时，这位小提琴手的眼睛虽然仍旧睁着，但已经呆滞了。 脸色肃穆、忧郁而僵硬，阳光也消失不见了。

安息吧，杨科！

第三天，地主夫妇从意大利回来了，同来的还有地主小姐和一个追求她的男青年。 那青年说：

"意大利，多美的国家啊！①"

"那是一个艺术家会聚的民族。 在那里，有才能的人能够得到发现和保护，那真是幸运！②"小姐补充道。

白杨树在杨科的坟上簌簌地响着……

林洪亮　译

---

① 原文是法文。
② 从"在那里"起，原文是法文。

灯塔看守人

[波兰] 亨利克·显克维支

一

有一次，离巴拿马不远的阿斯宾华尔岛外的灯塔看守人忽然失踪了。 因为他是在暴风雨发作的时候失踪的，所以大家疑心这不幸的人是行走在灯塔所在的那个石骨嶙峋的小岛边上，被一个浪头卷去了。 到了第二天，一向系在山坳里的他的小船都找不到了，于是这种猜测似乎就格外近情。 灯塔看守人的职位空了出来，这是必须赶紧补派的，因为这个灯塔，对于本地的交通，以及从纽约到巴拿马来的船舶，都极为重要。 蚊子湾里又多沙碛和礁石。 在这些碛石中间，白天行船，已是很不容易；而到了夜间，尤其是因为在这热带的烈日所灼热的海面上常常升起浓雾，航行几乎是不可能的事。 在这种时候，给许多船舶做唯一的向导的，便是这座灯塔。

找一个新的灯塔看守人，这是驻巴拿马的美国领事的任务，而且这任务竟也不小：第一，因为绝对必须在十二小时之内物色到这样一个人；第二，这个人必须是非常忠诚小心的——因此当然就绝不能把第一个来应征的人便贸然录用；而最后一个理由是，根本没有人愿意应征候补。 灯塔上的生活是非常艰苦的，它对于那些喜欢过懒散自由的放浪生活的南方人，可以说是毫无吸引力。 这个灯塔看守人差不多就等于一个囚犯。 除了星期日以外，他不能离开他这全是石头的小岛。 每天有一条小船从阿斯宾华尔岛上给他送粮食和淡水来，可是马上就开了回去。 在这个面积不过一亩的孤岛上再没有别的居民了。 灯塔看守人就住在灯塔里；按照着规律管理它。在白天，他悬挂各种颜色的旗帜来报道气象，在晚上，他就点亮了灯。 他必须爬上四百多级又高又陡的石级，才能到达塔顶上的灯边；有时在一日中还得上下好几回，要不是这样，这也就算不得艰苦的工作了。 总而言之，这是一个僧人的生活，实际上还不止此——这简直是一个隐居苦修者的生活。 因此，无怪乎那领事艾沙克·法尔冈孛列琪先生要非常着急，不知道打哪儿去找这么一个有耐性的继任人；而就在这一天，意想不到地有一个人来自荐继任此职，法尔冈孛列琪先生的快乐如何，也就很容易了解了。 来者是一个老人，有七十来岁了，但是精神矍铄，腰背挺直，举止风度，都宛然是一个军人。 他的头发已经全白，脸色黑得像一个克里奥尔人，但是看他那双蓝眼睛，可知他绝不是一个南美洲人。 他的脸色有些阴沉和悲哀，但却显得很正派。 法尔冈孛列琪先生一眼就中意了他。 只要盘问他一遍就成了。 因此就有了底下这一番问答。

"你从什么地方来的？"

"我是个波兰人。"

"你以前在什么地方做事？"

"做过好些事，没有一定。"

"可是一个灯塔看守人是要肯长住在一个地方的。"

"我正是需要休息啊。"

"你办过公事没有？ 有没有公职人员的证明文件？"

这老人就从怀里掏出一块褪色的绸子，好像从一面旧旗上撕下来的一条。 他把这个绸包解开来，说道：

"这些就是证件。 这个十字勋章是在一八三〇年得到的；这第二个是西班牙的勋章，我从卡罗斯党战争里得到的①；这第三个是法国勋章；第四个是我在匈牙利得到的。 此后我又在美国跟南方打仗；可是这一次他们没给勋章。"

于是法尔冈字列琪先生拿起那张文件来看。

"哦！ 史卡汶思基？ 这是你的名字吗？ 哦！ 在短兵相接的时候，缴获两面旗。 你真是个勇敢的兵士了。"

"我也能够做一个忠诚小心的灯塔看守人。"

"做这件事是要每天好几回爬上塔楼去的。 你的腿够不够劲了？"

"我就是凭两条腿穿过大平原②走来的。"

"你懂不懂海事？"

"我在一条捕鲸船上做过三年事。"

"你倒是各式各样的事情都做过了。"

"我没有懂得的就只有一个'安静'了。"

"为什么？"

老人耸耸肩膀道："这就是我的命啊。"

"不过我总觉得你去看守灯塔，似乎太老了。"

"大人，"这个应征者忽然神情激昂地说，"我已经流浪得很疲倦了。 你知道，我做过的事情也不少了。 这是我心里热烈向往

---

① 1834 年，西班牙王斐迪南之弟堂·卡罗斯为了和他的侄女伊萨贝拉争取王位继承权而引起的内战。 1837 年，堂·卡罗斯失败，奔法国，战争方结束。 当时西班牙政府征募外籍兵团，史卡汶思基可能就参加了这个组织。

② 在美国东部与加利福尼亚之间的大草原，通称作"平原"。

着的一个位置。 我现在老了，我要的是休息。 我得对自己说：
'你得在这里待下去，这是你的港口了。'啊，大人，这件事情现
在全得仰仗你。 倘到将来，恐怕不容易碰上这么个位置。 现在我
恰巧在巴拿马，这是多么运气！ 我求求你——看上帝面上，我好比
一只漂泊的孤舟，万一错过了港口，它就会沉没了。 如果你愿意使
一个老人得到幸福——我可以对你发誓，我是忠实的，但是——我
已经厌倦于这样的流浪了啊。"

老人的蔚蓝的眼睛显出一种真挚的祈恳的神色，使这位心地淳
善的法尔冈字列琪先生感动了。

"好吧，"他说，"我就录用你。 你去做灯塔看守人吧。"

老人脸上透出了莫可名状的喜悦。

"谢谢你。"

"你今天就可以到灯塔上去吗？"

"可以。"

"那么再会吧。 还有一句话，万一有什么失职的情形，你就得
革职的啊。"

"知道。"

当晚，当太阳在地峡彼端沉下，一个阳光辉耀的白天已经消
逝，马上就接上了一个没有黄昏的夜晚，那新任的灯塔看守人显然
已经就职了，因为灯塔已照常把明亮的光映射在海面上。 夜色十分
平静，是真正的热带景色，空中弥漫着澄澈的雾，在月亮四周形成
了一大圈柔和而完整的彩晕；大海只因潮水升涨而微有动荡。 史卡
汶思基立在露台上，从下面看上去好像一个小黑点。 他努力想收束
他的种种思想，以接受他的新职位，但是他的心绪紧张得竟不能有
秩序地思索。 他此时的感觉，有些像一头被追赶的野兽，终于在人
迹所不能到的山崖或洞窟里，获得了藏身之处。 他终于获得了一个

安静的时期，安全之感使他满心都洋溢着说不出的幸福。 现在，在这个小岛上，回想起从前种种的漂泊、不幸和失败，简直可以付之一笑。 他实在像一只船，帆樯绳索，都被风暴所摧折，从云端里被抛入海底里了—— 一只被风暴打满了波浪和水花的船，但它还是曲折前进，到达了港口。 当他把这种风暴的情景，和如今正在开始的安静的未来生活相比较的时候，这种惊涛骇浪便在他心头迅速地一一映现。 一部分惊险的生活，他曾对法尔冈字列琪先生说过了；但是此外还有无数别的没有提起。 原来他命运很坏，每当支起帐篷，安好炉灶，正想作久居之计，便总有大风吹来，推倒他的木桩，熄灭他的炉火，逼得他归于毁灭。 现在从灯塔的露台上看着闪烁的海波，他想起了平生所经历过的种种旧事。 他曾经转战四方，而在流浪之中，又差不多什么事情都做过。 由于热爱劳动和正直无私，他曾不止一次地积蓄过一些钱，但是尽管他能未雨绸缪，尽管他怎样小心谨慎，他的积蓄总还是分文不剩。 他曾在澳洲做过金矿工，在非洲掘过钻石，又曾在东印度做过公家的雇佣兵。 他又曾在加利福尼亚经营过一个牧场——旱灾来破坏了他；他又曾在巴西内地与土人贸易，可是他的木筏在亚马孙河上撞碎了；他孑然一身，手无寸铁，几乎是赤身裸体的，在森林里流浪了好几个星期，采拾野果为生，随时都可能葬送在猛兽的嘴里。 后来，他又在阿尔干萨斯州的海仑那城中开设一家铸铁厂，不幸碰上全城大火，他的厂也付之一炬。 此后他还在落矶山里给印第安人捉去，幸而遇到加拿大猎户，仿佛是个神迹似的，把他搭救出险。 再后，他在一只往来于巴希亚及波尔多之间的船上做水手，又到一艘捕鲸船上充当渔师，这两条船都是出事沉没的。 他在哈瓦那开过一个雪茄厂，当他生黄热病的时候，被他的合伙者卷逃一空。 最后他才来到阿斯宾华尔，或许这是他失败史的终点了——因为在这个石骨嶙峋的荒岛上，还有什么能来打扰他呢？　水、火或人，全都扰他不到。　但是从人这方面，史卡汶思基一生并没有受到过很多的迫害；因为他所遇到的，毕竟还是善人多于恶人。

　　但是在他看来，宇宙间地、水、火、风四种元素却仿佛都在迫害他。　凡是与他相识的人，都说是他的命蹇，于是解释他的种种遭遇，都以此为根据。　到后来，连他自己也有些变成偏执狂了。　他相信冥冥之中，有一只巨大而仇怨的手，在一切的陆地上或水面上到处跟着他。　然而，他并不高兴把这种感觉说出来，只有当人家问到他，这只手可能是谁的，他才神秘地指着北极星说道："是从那个地方来的。"的确，像他这样接二连三的失败，真是古怪得很容易逼死人的，尤其是对于一个已经饱受过这些失败的人。　但是史卡汶思基有的是一个印第安人的坚忍，还有一种从心地正直里来的极大的镇静的抵抗力。　从前他在匈牙利的时候，曾经有过一次，因为不肯向人讨饶，不愿抓住人家意在搭救他而给他的鞍蹬，因而身上受了许多剑刺。　他的不肯向忧患低头，也正是如此。　他正如爬上一座高山，勤奋得像蚂蚁一样。　虽然跌落了一百次，他还是安静地开始第一百零一次的攀爬。　他真是一个非常少见的畸人。　这个老兵士，不知经过了几多次烈火中的锻炼，苦难中的磨砺，但是却还有着天真的童心。　当古巴大疫的时候，他之所以害上黄热病，就是因为他把自己所有的奎宁丸完全施舍给病人，而自己不留一颗的缘故。

　　他还有这样一种卓越的品质——在这许多失意事之后，他还是满有信心，毫不失望，以为将来一切自会好转。　在冬天里，他反而精神抖擞，还预言着未来的大事。　他很耐心地等待着这些大事，整个夏季就在向往这些大事中过完了。　但是冬季一个个地消逝，而史卡汶思基还是一无所遇，唯有头发却雪白了。　终于他老了，渐渐地失去了他的精力；他的坚忍逐渐衰颓了，从前所有的沉静也变成多感了，于是这个千锤百炼的兵士竟变成为一个处处生愁的人。　此外，在任何情景中——例如看见了燕子，像禾花雀似的玄鸟，山上的雪，或是听到了旧时的悲歌，他常常会感触起深刻的乡愁，因而人也渐渐地憔悴下去。　最后，只剩了一个念头在支配着他——那就是希望休息。　这念头完全支配了这个老人，把他所有别的希冀和欲望全都吞没了。　这个仆仆风尘的流浪人，除了想得到一角平安的地方，以静待天年之外，再也想不出有什么更宝贵、更值得希冀的事情了。　或者，尤其是因为他被命运所驱策，流徙于天涯海角，使他忙碌得不遑喘息，于是以为人间最大的幸福，便只是不再流浪而已。　这种菲薄的幸福，实在是他应该可以享受到的；但是因为他失意惯了，所以他的向往休息，正和一般人之向往一件绝不容易办到的事一样，因此他简直就不敢有此希望。　如今在十二小时之内，他竟意外地得到了一个好像有人替他从世间百业中挑选出来的职位。所以我们就无怪乎他在晚间点亮了灯之后，就好像目眩神迷——心中自问着这究竟是不是真的，而竟不敢回说是真的了。　但同时，当老人在露台上一点钟一点钟地立下去，现实却给了他显著的证明。他呆看着，于是自己也相信其为真事了。　他好像还是生平第一次看见大海。　灯上的凸透镜在乌黑的海面上投射了一道巨大的三角形光亮，在这以外，老人的眼光所及，完全是远远的一片神秘而可怖的黑暗。　但这遥远的黑暗好像在向着光亮奔来。　长列的浪头一个接一个地从黑暗中翻滚出来，咆哮着一直扑奔到岛脚下，于是喷溅着泡沫的浪脊，在灯光中闪耀着红光，也看得清了。　潮水愈涨愈高，淹没了沙礁。　大洋的神秘的语声，清晰地传来，愈加响朗，有时像大炮轰发，有时像森林呼啸，有时又像远处人声嘈杂。　有时又完全寂静，既而老人的耳朵里，听到了长叹的声音，或者也像一种呜咽，再后来又是一阵猛厉的大声，惊心动魄。 终于海风大起，吹散了浓雾，但却带来了许多破碎的黑云，把月亮都遮没了。 西风越吹越紧，海涛怒立，冲激着灯塔下的石矶，水花直舐着基墙。 这是有一场风暴在远处开始发作了。 昏黑而纷乱的海面上，有几点绿色的灯光正在船桅上闪烁。 这些绿点儿正在忽上忽下，忽左忽右，飘摇不定。 史卡汶思基走下塔顶，回到自己的卧室里。 风暴开始在咆哮了。 在塔外，船里的人正在与夜、黑暗及浪涛相斗争；而塔内却是安逸与平静。 便是风暴的吼声也不能侵入这坚厚的墙壁，只有单调划一的时钟嘀嗒声，在诱使这个疲倦的老人颓然入梦。

二

一小时又一小时，一日又一日，一星期又一星期地过去了。 航海者都说，当海上风暴大作的时候，常常听到黑夜中有呼唤他们名字的声音。 如果这大海的幽冥能够这样呼唤，那么当一个人老起来的时候，或许在另外一个更黑暗更神秘的幽冥中，也会有呼声来召唤的吧，一个人愈厌倦于生活，便愈觉得这些呼声的亲热。 但是如果要听到这些呼声，就需要安静。 况且，老年人大概都喜欢离群独处，好像先已有了入墓之感。 对于史卡汶思基，这座灯塔也就一半等于坟墓了。 没有比灯塔上的生活更单调的了。 倘使有年轻人肯来担任这个职务，他们一定会随即就跑掉的。 所以看守灯塔的大概都不是年轻人，而且还是些忧郁好静、不涉世事的人。 如果他们中有一个人偶尔离开灯塔，身入人丛，他总是踽踽独行，好像一个酣睡初醒的人。 在普通的人生中，有种种细密的观感会指示人们去适应一切世事，但灯塔上却并无这种观感。 一个灯塔看守人所能接触的，唯有一片苍茫高远的海天，漫无圭角。 上面是浑然的天，下面是浩然的水；而这个人的心灵便孤独地处于这二者之间。 在这种生活中，所谓思想，简直就只是不断地默想。 而且也没有一件事情能把这灯塔看守人从这种默想中警醒过来，即使他的工作也没有这能力。 今天与明天完全一样，正如串索上的两颗念珠，只有天气的变换，总算形成了唯一的不同。 但是史卡汶思基却觉得这是生平最幸福的生活了。 他黎明即起，早餐后，揩抹好灯上的凸透镜，于是坐在露台上，远望海景；他的眼睛永不厌倦当前的景色。 在这浩大的蓝宝石似的洋面上，总看得见有好几群饱满的风帆，在阳光中闪耀，明亮得使人目眩。 有时，还有许多船只，趁着所谓贸易风，排着长长的队伍，鱼贯而来，好像一串海鸥或信天翁。 红色的浮筒在微波上徐徐漂荡。 每天午后，总有好多浅灰色的像鸟羽似的烟，一阵一阵地从帆篷中间升起。 这便是从纽约载了客人和货物到阿斯宾华尔来的轮船，航程所过，船后的浪花，曳成一条泡沫的路。 在露台的那一边，史卡汶思基可以看见阿斯宾华尔全市及其忙忙碌碌的港口，港中帆樯林立，舳舻相接；再远些，便可见城中白色的屋宇及高耸的塔楼，都了如指掌。 从他的灯塔顶上看来，那些小屋子就宛如海鸥的巢，船舶都如甲虫，而人在白石的大街上行走，却像点点的黑子。 清晨，和缓的东风吹来了一阵喧哗的市声，就中以轮船的汽笛声最为响亮。 到午后六时，港中一切动作渐次停息下来，海鸥都躲进岩穴里去；波浪渐渐衰弱，好像有些懒倦了，于是在陆地上，在海上，以及在这灯塔上，一时都归于寂静，不受任何喧扰。波浪退落之后，黄沙滩闪着光，在这汪洋大水上，宛如一个个金色的斑点；塔身在蔚蓝的天宇中，显得轮廓分明。 一道道的夕阳从天空中照射在水上，沙滩上和崖壁上。 这时候，便有一种十分甜蜜的疲倦侵袭了这老人。 他觉得现在所享受的休息真是最美妙的；当他一想到这种美妙的休息可以尽他继续享受下去，便觉得心满意足，毫无缺憾。

史卡汶思基给他自己的幸福陶醉了；而且，因为一个人对于改善了的境况很容易满足，所以他渐渐地有了信仰与希望；他心想世上既有人为残废人造屋，那么上帝为什么不终于也收容了他的残废人呢？一天天地过去，他对于这种思想愈加坚信了。这老人对于他的灯塔、灯、岩石、沙滩和孤独的生活，都已渐渐熟悉。而且他对于那些巢居于岩穴中的、每到薄暮时便飞集到塔顶上来的海鸥也熟悉了。史卡汶思基常常将残余的食物丢给它们，不久它们都驯服了，此后每当他给它们喂食的时候，便有一大阵白翅在他周围飞扑，于是老人在这些海鸟中间走来走去，正如牧人在羊群中间一样。退潮的时候，他便走到沙滩低处，拾取潮汐所遗留下来的美味的玉黍螺和绮丽的鹦鹉螺。月明之夜，他便到塔下去捕捉那些常常成千累万地游到岩曲里来的鱼。后来，他竟深爱着这些石矶和这个小岛了。这小岛上并无树木，只是到处生着许多分泌出黏脂来的丛莽，但是远景甚美，尽足以给他弥补缺憾。下午，如果空气非常晴朗，他可以看见那林木茂翳的整个地峡的全景。在这种时候，史卡汶思基就好比看到了一个大花园——一丛丛的椰树，巨大的芭蕉，夹杂着像一个个华丽的花束，纷披于阿斯宾华尔万家屋宇之后。再远一些，在阿斯宾华尔及巴拿马之间，还有一个大森林，每天清晨及薄暮，都有蒸气升腾在这上面，凝结成一重红雾。——这个森林脚下积着死水，上面缠绕着古藤老蔓，无数巨大的兰草、棕榈、乳汁树、铁树、胶树，充斥其间，发出一片林海的声音：这是一个真正的热带森林。

从望远镜中，老人非但能看见这些树木和阔大的香蕉树叶，他甚至还能看见成群的猿猴和巨大的鹳鹤，还有鹦鹉，不时成群地飞起，竟像一曲彩虹围绕在这茂林之上。史卡汶思基对于这种树林很为熟悉，因为他在亚马孙河上碎舟之后，曾在类似的林莽中流浪过好几个星期。 在这种外表奇丽可亲的树林中，他看见有不知多少危险和死亡隐伏着。 在夜间，他曾听到过附近有猿猴哀号，猛虎怒吼，又曾看见过蟒蛇像藤蔓一般缠绕在树身上；他还知道在这种沉寂的森林中的沼泽里，充满了电鱼与鳄鱼；他又知道在这种未开垦的荒野里，人的生活是多么艰苦，在这种地方，就是一片树叶，也比人大上十倍——总之，这是个充满了吸血的蚊虫、水蛭和巨大的毒蜘蛛的荒野。 他因为对这种树林生活有过经验，亲眼看见过，亲身遭遇过；现在他能够从高处远眺这些荒野，欣赏它们的美丽，而自身不会受到它们的危害，因此就使他觉得格外快乐了。 他的灯塔给他以万全的保护。 只有在星期日，他才离开它几小时。 那时他穿上了银纽扣的蓝色制服，胸前挂上了他那些勋章。 当他走进教堂门的时候，他听见那些克里奥尔人都在窃窃私语道："我们有了一位可敬的灯塔看守人了，他虽则是个洋鬼，却不是个异端。①"老人听了这话，昂起了他的乳白色的头，不免有些傲色。 做完弥撒，他立刻就回到他的小岛上去，而且心中非常愉快，因为他对大陆还不很放心。 在星期日，他还在城里买了西班牙报纸来看，或者向领事法尔冈字列琪先生那里借看《纽约先驱报》；在这些报纸上，他急切地寻找着欧洲的新闻。 所以这可怜的老人的心，虽然在灯塔上，却一直在怀念他那在另一半球上的故乡。 有时，当供给他每天粮食饮水的小船来时，他也下塔去和港警约翰生闲谈。 但后来他好像有些害羞了。 他不再进城去看报，也不再下塔来跟约翰生谈政治

---

① 洋鬼(yankee)是称呼美国人的俚语。 美国人奉新教，克里奥尔人奉旧教，波兰人亦奉旧教。 旧教徒称新教徒为"异端"。 史卡汶思基被误认为美国人而奉旧教者，故尊敬之。

了。 这样地过了好几个星期，没有一个人看见他，他也不见一个人。 放在岸上的食物，过一天就不见了；灯光也仍旧每晚都照耀着，正如旭日每晨从这一片海面上升起来一样地准时不误；只有这两件事情，表示老人还住在这个塔上。 显然这老人已对于人世很淡漠了。 但这也不是因为怀乡之故，而是由于他连怀乡之心都已经渐渐消失了。 对于史卡汶思基，这小岛就是他整个的世界了。 久而久之，他就惯常地这样想，他将一辈子都不离开这个灯塔了，因为他简直已经记不起，除此之外，世界上还有些什么。 甚至，他竟变成一个神秘的人，他那双温和的蓝眼睛开始像小孩的眼睛一般呆望着，好像看定了远处的一个东西似的。 当着四周这些异常单纯而伟大的景色，这老人已消失了他的一己的感觉；他的存在已经不再是一个人，而是逐渐与周围的云天沧海融为一体了。 如果问他的周围之外还有些什么，他是一点都不知道的，只是无意识地有些感觉而已。 最后，他就仿佛这些天、水、岩石、塔、黄金色的沙滩、饱满的风帆、海鸥、潮汐的升降——全都化合作浑然一体，成为一个巨大的神秘的灵魂；而他仿佛就沉没在这个神秘中，感受着这个自动安息的灵魂。 他沉没在这中间，任其摇荡，恬然自忘其身；于是在他的逼仄的生命中，在这半醒半睡的状态中，他发现了一种伟大得几乎像半死的休息。

三

但是警醒的时候来了。

某一天，小船送来了淡水和食物，一小时后，史卡汶思基从塔上下来，看见平时照例的那些东西之外，还多了一个粗布包裹。 包上贴着美国邮票，写着："史卡汶思基大人收。"

老人满心奇怪地解开包裹，见是几本书；他捡起了一本，看了一看，随即放下，于是他的手大大地颤动起来。他遮掩着眼睛，好像不信似的，仿佛在做梦一般。原来这本书是波兰文的——这是什么意思？这又是谁寄来的？起初，他分明已经忘记了当他初来做灯塔看守人的时候，他曾从领事那里借看《纽约先驱报》，看见报上载着纽约成立了一个波兰侨民协会，于是他立刻捐助了半个月薪俸，因为他在塔上没有什么用度。那协会里就寄赠他这几本书，以表示答谢。

这些书来得并不奇突，但是老人起先却没有想到。在阿斯宾华尔，又是在他这个灯塔上，在他孤寂的时候，却来了波兰文的书籍，——在他看来，这简直是一种非常的事情，一种从古昔发出来的声息，一种神迹。现在，正如那些水手在夜里一样，他好像听见有人用很亲爱的，可是几乎已经忘却了的声音叫唤着他的名字。他闭目静坐了一会儿，几乎要以为如果把眼睛一睁开，这梦境就会立刻消逝了。

包裹摊开在他面前，被午后的阳光照得清清楚楚，这上面的一本已经翻开了。当老人伸出手去想再把它拿起来的时候，他在寂静之中听见了自己心房的跳跃。他一看，这是一本诗集。封面上用大字印着书名，底下印着作者的名字。这个名字对于史卡汶思基并不陌生；他知道是一个大诗人的名字①，他曾经在 1830 年在巴黎读过他的著作。后来，从军于阿尔及尔及西班牙的时候，他曾经从自己本国人那里听到过这位大诗人的正在日益高扬的名字；但那时他却忙于打枪，身边简直不带一本书。1849 年，他来到美洲，在流离颠沛的生活中，很难遇到一个波兰人，至于波兰文的书，更是一本

---

① 这是指波兰大诗人密茨凯维支。

也没有看到过。 因此，他以更大的热忱，心房也跳得更活泼，翻开了第一页。 这时他好像在这孤岛上，将要举行什么庄严的典礼了。 实则，此刻正是很静穆的时候。 阿斯宾华尔的大钟，正在鸣报下午五时。 天宇清朗，净无云翳，只有几只海鸥在空中盘旋。 大海好像在摇摇欲睡。 岸边的波浪，都在喁喁低语，轻轻地漫上沙滩。 远处阿斯宾华尔的白色房屋及离奇古怪的棕榈树丛，都好像在微笑。 的确，这时候那小岛上真有一股神圣、肃穆、庄严的气氛。 忽然，在这大自然的肃穆中，可以听到那老人的颤抖的声音，他正在高声吟哦，好像这样才能对他自己有更好的了解：

> 你正如健康一样，我的故乡立陶宛！
> 只有失掉你的人才知道他应该
> 怎样看重你，今天，我看见而且描写
> 你的极其辉煌的美丽，因为我正在渴望你。

到这里，他读不出声了。 文字好像都在他眼前跳跃起来；仿佛心坎里有什么东西在爆裂，像波浪似的从他心头渐渐地汹涌上来，塞住了他的喉咙，窒息了他的声音。 过了一会儿，他勉强镇定下来，再读下去：

> 圣母啊，你守护着光明的琛思妥诃华，
> 你照临在奥思脱罗宇拉摩，又保佑着
> 诺武格罗代克城及其忠诚的人民，①
> 正如我在孩提的时候，我垂泪的母亲

---

① 这三处地方都有极其灵验的圣母像。

把我交托给你，你曾使我恢复了健康，

当时我抬起了奄无生气的眼睛

一直走到你的圣坛，

谢天主予我以重生——

现在又何不显神迹使我们回到家乡。

　　读到这里，心如潮涌，不能自制。 老人便哽咽起来，颓然仆地，银白色的头发拌和在海沙里。 他离开祖国，已经四十年了；听不见祖国的语言，也已经不知多久；而现在这语言却自己来找上他——泛越重洋而到另一半球上访他于孑然独处之中——这是多么可爱可亲，而又多么美丽啊！ 使这位老人站在那里哽咽不止的，并不是什么苦痛——而只是一种油然而起的博大的爱心，在这种爱心之前，别的一切事情都是无足轻重的。 所以他只以这一场伟大的哭泣来祈求热爱的祖国给他以饶恕，他的确已经把祖国丢在一边，因为他已经这样的老，而且又住惯了这个孤寂的荒岛，所以把祖国忘记得连忆念之心都在开始消失了。 但是现在，仿佛由于一个神迹似的，它竟回到他身边来，于是他的心就跳跃起来。

　　过了好久，老人还躺在那里。 海鸥在灯塔上空飞翔呼叫，好像在惊醒它们的老友，该当是把残食喂饲它们的时间了；所以，有些海鸥便从灯塔顶上飞下来，渐渐地愈来愈多，开始在地上啄着寻食，或是在老人头上拍着翅膀。 这些翅膀的声音惊醒了他。 他已经哭了个痛快，这时才得宁静与和霁；但他的眼睛却反而精神奕奕。 他不知不觉地把所有的食物都丢给这些海鸟，海鸟便呼噪着冲上前来争食，他自己却又取起那本书来。 夕阳已经沉到巴拿马园林背后，正在徐徐地向地峡外降到另一个大洋上去；但是大西洋上还很光亮；室外尚能看得很清楚，于是他便读下去：

现在请把我渴望的心灵带到那些

山林中，带到那些绿野上去吧。

　　终于，短如一瞬的暮色沉下来，遮隐了白纸上的文字。　老人便枕首于石上，闭着眼睛。　于是那"守护着光明的琛思妥诃华的圣母"便把他的灵魂送回到那一片"被各种作物染成彩色斑斓的田野"①上。　天上还闪耀着一长条一长条金色和红色的晚霞，他的魂梦便乘此彩云，回到挚爱的祖国，耳朵边听到了祖国的松林在呼啸，溪流也在淙淙私语。　他看一切风物，都宛然如昔；一切都在问他："你还记得吗？"他当然记得的！　他看见了广大的田野，在这些田野之间，便是森林和村庄。　这时天已入夜。　平时在这时候，他的灯总已照耀在黑暗的海面上了；但是此刻他却正在祖国的村庄里。　他的衰老的头俯在胸前，他正在做梦。　种种景色，稍微有些纷乱地，都在他眼前很快地闪过。　他没有看见他所诞生的屋子，因为已经给战争毁了；他也没有看见他的父母，因为当他还是一个孩子的时候，他们已经死了；但是村子里的景色，还依然如旧，好像他还是昨天才离开的——整整齐齐的一排茅屋，窗子里都透着灯光，土埠，磨坊，相对的两个小池塘，通夜喧闹着蛙鸣。　有一回，他曾经在这个村子里担任全夜守卫；现在，当时那些景象，又立刻历历呈现在眼前。　一会儿他又是一个枪骑兵了，他正在那里站岗，远处便是一家小酒店，他不时向那里溜一眼。　在夜的寂静中，可以听到喧哗、歌唱和叫喊的声音，还有呜呀呜呀的小提琴和低音四弦琴的声音。　后来那些枪骑兵都上马疾驰而去，马蹄在石上踢出火星

———————

　　①　所引三段诗句及此处引号中语，都见于密茨凯维支所著《塔杜须先生》第一卷开头的一节。

来，而他却骑马独自立在那儿，疲倦得很。 时间慢慢地过去，终于人家的灯火都熄灭了；现在，眼光所看得到的地方，尽是一片迷蒙；已而浓雾升起，显然是先从田野里开始，如一片白云包裹了大地。 你可以说，这简直是一片海洋。 但这实在是田野，不久你就会在黑暗中听到秧鸡啼声，而芦苇丛中的白鹭也会叫起来了。 夜色很平静，很冷—— 一个真正的波兰之夜！ 在远处，松林正在无风而自响，宛如海上的涛声。 东方快发白了。 真的，鸡已在篱落间啼起来，一家家地互相应和着；天上已经有鹬鸟在飞鸣而过。 这枪骑兵觉得精神很爽快。 有人曾经讲起过明天的战争。 嗨！ 这将是像别的一切战争一样，挥着枪旗，呐喊着，厮杀上去的呀。 青年人的血，尽管为夜寒所冻，却还如号角一般地在响着。 但天已渐明，夜色逐渐衰淡下去；林树、丛莽、村庄、磨坊，以及白杨，都已从黑暗中显现出来。 井上的辘轳正在像塔楼上的金属旗那样吱吱地响。在鲜红的晨曦中，这是多么可爱，多么美丽的国土呀！ 啊，这至爱的国土，这唯一的国土！

别作声！ 这守望着的哨兵听见有脚步声在走近来。 一定是有人来换班了。

忽然，有人在史卡汶思基头上喊道：

"喂，老头儿！ 起来！ 这是怎么回事？"

老人睁开眼来，吃惊地看着站在他面前的人。 残余的梦境在他头脑里和现实斗争着，终于，这些梦境由模糊而至于消失。 在他面前，站着的是港警约翰生。

"怎么啦？"约翰生问，"你病了吗？"

"没有。"

"可是你没有点灯。 你得免职了。 一条从圣吉洛谟来的船在海上出了事。 亏得没有淹死人，要不你还得吃官司呢。 跟我一道上船走吧，其余的话，你会在领事馆里听到的。"

老人脸色惨白；当夜他的确没有点灯。

几天之后，有人看见史卡汶思基在一条从阿斯宾华尔开到纽约去的轮船上了。 这可怜的老人已经失业了。 新的流浪的旅途又已展开在他面前；风又把这片叶子吹落，让它飘零在天涯海角，簸弄着它，直到快意而后止。 这几天来，老人大大地衰颓了，腰背伛曲了下来，唯有目光还是很亮。 在他新的生命之路上，他怀中带着一本书，不时地用手去抚摸它，好像唯恐连这一点点东西也会离开他。

施蛰存　译

鸟

[波兰] 布鲁诺·舒尔茨①

　　黄色的冬日来了，充满厌烦。 雪像一条磨得露出织纹的旧桌布，尽是窟窿，铺在铁锈色的大地上。 桌布不够大，有些屋顶没有盖住，这些屋顶就这样屹立在那里，黑色和棕色，木瓦顶和茅草顶，它们像一艘艘方舟，控制着像汪洋大海似的被煤烟熏黑的顶楼——漆黑的大教堂，布满肋骨似的椽子、梁和桁梁——黑黢黢的冬天的阵风的肺。 每天的黎明揭示在黑暗中涌现出来的被夜晚的风充了气的一排排新烟囱和烟囱管帽：魔鬼的管风琴的黑色的管子。 扫烟囱的没法摆脱那些乌鸦，它们在黄昏密密匝匝地待在教堂附近、长着黑色的没有枯萎的树叶的树枝上，接着扑簌簌地飞到空中，又回到树上去，每一只鸟紧贴在它自己那条树枝的自己的位置上，要等到黎明才一大群、一大群地飞走，像一阵阵煤烟、一片片尘土，

---

　　① 布鲁诺·舒尔茨(1892—1942) 波兰籍犹太作家。 1942 年 11 月 9 日在波兰的小城中纳粹党卫军对一群无辜犹太人进行扫射，舒尔茨也在其中。 死后留下了薄薄两册短篇小说集《肉桂色铺子》（英译本为《鳄鱼街》）、《用沙漏作招牌的疗养院》以及一个中篇小说《春日》。 他生前离群索居、默默无闻，死后却以其不可思议的文字，征服了大批的读者，被称为与卡夫卡并肩的文学大师。 他的写作风格绚烂、奇崛，展现出令人惊讶的内心生活和阴郁的想象力。

起伏不定和奇形怪状，呱呱地叫个不停，叫得一道道霉黄色的亮光发黑。 白天寒冷而叫人腻烦，硬邦邦的，像去年的面包。 人开始用钝刀切这种面包，毫无食欲，带着懒洋洋的冷漠神情。

父亲不出去了。 他封起一个个炉子，研究永远无从捉摸的火的实质，感受着冬天火焰的盐味和金属味，还有烟气味，感受着那些舐着烟囱出口的闪亮的煤烟火蛇的阴凉的抚摸。 在那时候，他在一个个房间的高处专心致志地干一切小修小理的工作。 在白天所有的时间里，可以看到他蹲在一架扶梯顶上，在捣鼓天花板下面、在长窗上面的檐板旁、在吊灯的平衡锤和链子旁的一样东西。 他模仿室内油漆工的习惯，用的那架扶梯像两个巨大的高跷；他感到处在靠近漆着天空、树叶和鸟的天花板，可以鸟瞰的地位开心极了。 他越来越同实际的事务隔得远了。 我母亲对他的情况感到担心和不快，试图引他谈谈事情，谈谈月底该付的账单，这时候，他心不在焉地听着她讲话，迷惘的神情中流露出苦恼。 有时候，他为了要跑到房间的一个角落里，把耳朵贴到地板的一条裂缝上去。 就做出警告的手势，阻止她讲下去，还举起双手的食指，强调调查的重要性，接着一心一意开始听起来。 那时候，我们并不知道这些古怪的举动叫人悲伤的根源，可悲的情结正在他的心里成长。

母亲对他没有一点影响，但是他却恭敬地注意着阿德拉①。 对他来说，他的房间的打扫是一个伟大而重要的仪式；他一直做好安排，好亲眼看到这个仪式，带着既恐惧又喜悦的兴奋感觉注视着阿德拉的全部动作。 他认为她的一切作用有更深的象征意义。 那个姑娘用年轻而坚决的姿势把一把长柄刷在地板上推动的时候，父亲简直受不了。 眼泪从他的眼睛里淌下来；无声的笑扭歪了他的脸；

---

① 家中女仆的名字。

一阵阵的喜悦使他的身子直打哆嗦。 他被激动得浑身发痒，达到疯狂的程度。 阿德拉只要向他摇摇手指头，装出挠痒痒的样子，就能使他吓得惊慌失措，穿过所有的房间，砰砰地关上一扇扇房门，最后直挺挺地倒在最远的房间的床上，在一阵阵痉挛的大笑中打滚，想象着那种他没法顶住的挠痒。 因为这个原因，阿德拉摆布父亲的力量几乎是没有限度的。

那时候，我们第一次注意到父亲对动物的强烈的兴趣。 一开头，这是一种猎人和艺术家浑为一体的爱好。 这也许也是一种生物对亲属，然而是不一样的亲属，对种种生物的更深的、生物学上的同情，在一个未曾勘测过的生存领域里做试验。 只是在较后的阶段，情况才发生离奇、复杂、完全邪恶和反自然的变化，这种变化还是不公开的好。

不过，一切都是从孵鸟蛋开始的。

父亲花了许多精力和钱财，从汉堡，或者荷兰，或者非洲的动物研究所进口种种鸟蛋；他用比利时进口母鸡孵这些蛋。 这件事情也把我迷住了——这件蛋里孵出小鸟的事情，这些色彩和形状真正稀奇古怪的玩意儿。 那些怪模怪样的玩意儿长着巨大的、奇形怪状的嘴，一生下来，嘴马上张得很大，贪婪地发出嘶嘶声，露出喉咙口；那些像蜥蜴似的小动物长着脆弱的、赤裸裸的驼背的身子——从这些玩意儿上，很难看出将来的孔雀、野鸡、松鸡，或者秃鹰。这一窝蜥蜴似的小动物放在盛着棉花的篮子里，伸出细细的脖子，抬着脑袋，眼睛上长着角膜白斑，什么也看不见，它们的发不出声音的喉咙无声地叫着。 我父亲会沿着架子走动，围着一条绿色粗呢围裙，好像一个园丁在摆仙人掌的暖房里；他从一无所有中变出那些瞎眼的、跳动着生命的小不点儿，那些虚弱的肚子只是以接受食物的形式去接受身外的世界，那些眼睛被蒙住的、处在生活表层的生物向亮光爬去。 几个礼拜后，那些瞎眼的小东西一下子长大了；一个个房间里充满新住户的欢快的叽叽喳喳的声音和生气勃勃的啾啾声。 那些鸟歇在窗帘框上，衣橱顶上；它们在一盏盏吊灯的错综复杂的镀锡枝条和金属旋涡形装饰中间做窝。

父亲在钻研巨大的禽学课本和仔细看彩色插图的时候，那些长着羽毛的幻象似乎从书页上脱身而出，使房间里充满颜色，一点点血红色，一条条宝石蓝色、铜绿色和银白色。 在喂食的时候，它们在地板上形成一张五光十色、高低不平的床，一张有生命的地毯；一有陌生人闯进来，地毯就会四分五裂，变成碎片，扑簌簌地飞到空中，最后高高地待在天花板下面。 我尤其记得有一只秃鹰，一只巨大的鸟，脖子上没有羽毛，脸上尽是皱纹和疙瘩。 它像一个憔悴的苦行者，一个喇嘛，一举一动充满沉着的庄严；这是受它的伟大的种类的刻板的礼仪所指引的。 它坐在我父亲对面的时候，一动也不动，姿势像永恒的埃及偶像的纪念碑，眼睛上盖着泛白的内障；它把内障斜盖在眼珠子上，完全遮住眼睛，在庄严的孤独中沉思——从石头似的侧面像看，它活像我父亲的一个哥哥。 它的身子和肌肉似乎是用同样的材料做成的；它有同样粗硬的、皱巴巴的皮肤，同样脱水的、瘦骨嶙峋的脸，同样角质的、深深的眼袋。 甚至拿手来说吧，我父亲的长长、厚厚的有圆滚滚的指甲的手，关节强健，同秃鹰的爪子也非常相似。 我望着那似睡非睡的秃鹰的时候，总是禁不住产生这样的印象：我同一个木乃伊在一起——我父亲的去掉了水分的、干缩的木乃伊。 我相信甚至我母亲也注意到这种奇怪的相像，尽管我们始终没有讨论过这件事情。 有意思的是，秃鹰使用我父亲的便壶。

我父亲不满足于孵出越多的新品种，在顶楼安排起鸟的婚配来；他派出媒人；他把热切的、有吸引力的鸟拴在屋顶上的窟窿和裂口里；不久后，我们家的屋顶，一个巨大的双脊木板瓦屋顶，变成真正的鸟的宿舍，一艘收留各种各样从遥远的地方飞来的扁毛生物的诺亚方舟。 在这个鸟的天堂被消灭好久以后，这个习惯仍然在鸟的世界中保留着；在春天迁徙的季节，我们的屋顶被一整批一整批鹤啊、鹈鹕啊、孔雀啊，和各种其他的鸟所包围。 然而，经过一个短短的辉煌的时期，整个事业却发生了叫人遗憾的转变。

　　不久以后，就不得不把父亲搬到顶屋那两间做过贮藏室的房间里去了。 黎明时刻，我们能听到那里传来各种鸟叫混合成一片吵闹声。 顶楼两个房间的木板墙，在三角墙下的空间引发的回声支援下，造成惊天动地的响声，其中扑动翅膀的声音、喔喔的啼声、咕咕的鸣声、交配的叫声。 有几个礼拜，见不到父亲的踪影。 他只是难得下楼，走进住房；不过，他下楼的时候，我们注意到他似乎干瘪了，已经变得比较瘦小。 他偶尔走神，会从桌旁的椅子上站起身来，摆动两条胳膊，好像胳膊是翅膀似的，接着发出一声很长的鸟叫，那时候，他的两只眼睛上像蒙上一层薄翳似的。 接下来，他显得相当困窘，会跟我们一起哈哈大笑，把事情应付过去，试图把整个事情变成开玩笑。

　　有一天，春季大扫除，阿德拉突然出现在父亲的鸟的王国中。她闻到房间里充满着恶臭，就站在门口，扭着双手；地板上，桌子上和椅子上，滴满了一堆堆鸟屎。 她毫不犹豫，猛地推开一扇窗，靠着一柄长扫把的帮助，把所有的鸟都搅得活动起来。 一个由羽毛和翅膀形成的吓人的云团升起来了，发出一阵阵尖叫；阿德拉却像酒神巴克斯的怒气冲天的女祭司那样，在酒神那根手杖发出的旋风保护下，跳着毁灭的舞蹈。 我父亲惊慌失措地摆动两条胳膊，试图同他的那一群扁毛动物一起飞到空中去。 那个翅膀形成的云团缓慢地越来越稀疏；直到最后，只有阿德拉同我父亲留在战场上：阿德拉精疲力竭，气喘吁吁；我父亲呢，这会儿显出羞愧的表情，准备接受彻头彻尾的失败。

过了一会儿，我父亲下楼来—— 一个绝望的人，一个失去了王位和王国的流亡的国王。

于默 译

得　救

[捷克] 雅洛斯拉夫·哈谢克①

　　为什么必须绞死巴贾尔，这与故事的主旨无关。 当狱卒在巴贾尔即将依法判处绞刑的前夕，端着一大盘牛排和一瓶葡萄酒出现在牢房里的时候，这个巴贾尔，尽管压积了一身累累罪行，他还是禁不住笑逐颜开。

　　"这些都是给我的？"

　　"是，是的。"狱卒深表同情地说，"愿您最后一顿胃口好。 回头我再给您端来凉拌黄瓜，我一次端不了这些，还得来回几次才行。 我去取白面包，很快就来。"

　　于是巴贾尔便舒舒服服地在桌旁坐下，笑眯眯地，随即狼吞虎咽地吃起牛排来。 看来他是一条聪慧的混世虫，活着就尽量地捞取一切，连这被法庭操持着的生命的最后片刻的享受也不肯放过。

---

① 雅洛斯拉夫·哈谢克(1883—1923)，捷克著名现实主义作家，也有"捷克散文之父"之称。 20世纪初开始文学创作，写有短篇小说、小品文以及时政论文1000多篇，对奥匈帝国统治下捷克资本主义社会的黑暗进行了抨击。 代表作长篇小说《好兵帅克历险记》（一译《好兵帅克》）是一部出色的政治讽刺艺术小说，被译成包括中文在内的40多种文字，并被编成剧本，拍成电影，受到各国人民的喜爱。

只有一个念头稍许冲淡了一下他的食欲，那便是：今天早上他们通知他，说他的请赦要求已被驳回，只能缓期执行二十四小时，也只是为使被处决者有充分的就刑准备，并给予一次行使自己法权的机会。这些通知他的人明天就要来绞死他巴贾尔，看着他一命呜呼。而他们自己呢？明天，后天，以至在今后的漫长岁月里还是照常地活下去，平平安安地回到家里，而他巴贾尔却已不在人间了。

他一面吃着牛排，一面悟着这个人生的哲理。当他们把凉菜和白面包端来的时候，巴贾尔不禁长叹了一声，并表示想抽袋烟。

他们给他买来几种上等烟叶，让他痛痛快快地抽一次。看守还亲自替他擦火柴，趁机提醒他要相信上帝的无限恩德。说一个人在尘世上失去了一切，那么在天堂就不会了。

巴贾尔请求给他一份火腿和再给一公升葡萄酒。

"您要什么就能得到什么。"看守说，"对像您这号人，可以有求必应。"

"那么，就请再给我添两份肝制的香肠和一份肉冻子吧。另外我还要一公升黑啤酒。"

"绝不少您半点，立即送来。"看守很客气地说，"我们干吗不使您高兴呢！人生几何？能吃能喝就吃点喝点。"

当看守送来所要求的东西后，看守仍继续同那个表示说已经够满意了的巴贾尔谈他那个人生哲学。

"喂，"巴贾尔把盘子一扫而光后，又道，"我对德布勒森腊肠、意大利干酪、油焖沙丁鱼和另一些美味食品都感到有胃口。"

"您爱吃什么就尽管点好啦，说实在的，看您胃口这样好，叫我打心眼里高兴。您大概不会在天亮以前去上吊的。我瞧您是个堂堂男子汉。何苦呢，巴贾尔先生？在通过正式程序了结自己之前去寻短见，我看于您无益呀！ 我这老实人跟您说老实话吧：您是办不到的，真的办不到，您完全不用朝这方面去想！ 您不想再来一杯啤酒？ 或者两杯？ 今天这日子极好呀！ 啤酒下意大利干酪，真带劲！ 我再去给您拿两杯来，炸鱼和烤肉正好都是您老兄的下酒菜。"

不一会儿，这些佳肴美酒的香味便充满了这个不大的牢房，而巴贾尔则被这些什锦美味所包围。 他把桌上的杯盘稍加归整后，便又贪婪地吃起干酪和沙丁鱼来，左右手各端着啤酒和葡萄酒。

猛然间，一个愉快的思想活跃了起来：有一天傍晚，他也是这样酒足饭饱、心满意足地坐在林中餐厅的凉台上，窗前嫩绿的树叶在夕阳余晖下闪闪发光。 刚好在他的对面，坐着一个就像眼前看守一样的胖子——这一角天堂的主人，他也像这位看守一样唠叨个没完，还硬劝我多吃多喝。

"讲个笑话给我听听吧。"巴贾尔恳求说。 于是这位看守挺带劲地给他讲了一个最新奇的笑话，正如他自己所说的，内容下流。

随后巴贾尔表示希望还要点水果、糖块，或者饼干之类的东西，和一杯黑咖啡。

他的这个请求也如愿以偿了。

在他用完了点心之后，狱中牧师进来了，打算给巴贾尔一番劝慰。

牧师是个愉快、和蔼可亲的汉子。 他也像巴贾尔周围那些为他操心、判他死刑而明天则要把他绞死的人一样，他们一个个笑逐颜开，和他们打交道很痛快。

"上帝会使您得到安慰的。"狱中牧师拍着巴贾尔的肩膀说，"明天一大早您就万事了结，而您也用不着灰心丧气，您就忏悔忏悔吧，振作起来仰望一下天国吧。 您要相信上帝，他对每个肯悔罪的人都感到十分高兴。 谁若不肯忏悔，谁就会彻夜折腾，彷徨哭泣。 我知道，那是很难受的，脑袋会发昏。 谁若忏悔，谁就能在这最后一夜睡个安稳的觉。 这多好啊！ 我再重复一遍，孩子，要是您肯洗涤一下您那有罪的灵魂，您便觉得好过多了。"

突然间，巴贾尔脸色发白，胃里翻腾得厉害，他感到难受极了，想呕吐可又吐不出来。 一阵可怖的胃痉挛攫住了他的全身，额头冷汗直冒。

这下可把狱中牧师吓坏了。 更加可怕的抽搐发生了，巴贾尔在牢房的一角痛得翻来滚去。

看守们都来了，立即将他送进狱中医院。 法医们都摇摇头。临近傍晚时分，他发高烧了。 午夜以后，医生们宣布他的病情十分险恶，并且一致认定是剧烈中毒。

病情严重的罪犯照例是不能绞死的，所以当天夜里他们没给他搭设绞架。

代替绞架的是替他洗胃。 还将那些塞满在巴贾尔整个胃里未消化的食物残块进行了化验。 结果发现肝制香肠的某些部分(留在盘子里以及从巴贾尔胃里吸出来的)已经腐烂，并含有剧毒。

对化验结果的推论是这样的：肝制香肠由于湿度的影响引起化学变化，从而产生剧毒，导致巴贾尔剧烈中毒。

因此对出售这种香肠的屠夫进行调查是刻不容缓了。 结果发现那个屠夫没按卫生条例从事，对香肠不加冷冻。 这个案子转交给了国家高等法院处理，法院便以破坏人身安全的罪名将屠夫加以看管。

在那些为巴贾尔治疗的法医中，有一位年轻的医生，他以极大的兴趣关注使巴贾尔致病的整个案情。 他非常热心地想尽一切办法确保巴贾尔的生命，因为这个案子太艰巨、太有趣了。

由于这位医生日夜不懈地护理着巴贾尔，两周以后，他便拍了拍巴贾尔的背道："您得救了！"

　　第二天，他们依法绞死了巴贾尔，因为他已具备了足够上绞架的健康。

　　那个用自己的香肠使巴贾尔的生命得以苟延两个星期的屠夫，被按破坏人体安全罪判处三星期徒刑。

　　那位救了巴贾尔生命的医生却得到了司法部的表扬。

蒋承俊　译

永恒欲望的金苹果

[捷克] 米兰·昆德拉①

　　……他们并不知道他们所追求的只是追求本身而非追求的
对象。

　　　　　　　　　　　　　　　　　——布莱兹·帕斯卡尔

马　丁

　　马丁能做我所不能做的事——在随便哪条街上拦截随便哪个女
人。　必须承认的是在认识了马丁的那些日子里，他的这一技能真让
我获益匪浅，因为，在喜欢女人方面我丝毫不比他逊色，可偏偏又
不具备他那样的胆量。　另一方面，所谓的"逮捕女人"行动本身有

---

　　①　米兰·昆德拉(1929—　　)，捷克当代著名小说家。　20世纪50年代初以诗
人的身份登上文坛。　三十岁左右，写出第一个短篇小说，走上了小说创作之路。
1967年，他的第一部长篇小说《玩笑》在捷克出版，使他一举成名。　1975年移居
法国。　他的《生活在别处》《告别圆舞曲》《生命中不能承受之轻》《不朽》等
小说都曾在世界范围内广为流传。　西方有评论家称他"把哲理小说提高到了梦态
抒情和感情浓烈的一个新水平"，誉他为"20世纪最伟大的在世作家之一"。

时会由于马丁的一个谬见而变成他鉴赏的对象，他也时常停留在这一点上。 正因如此，他过去常常不无伤感地说自己就像个前锋，总是慷慨无私地将一些球传给队友，由他们轻而易举地射进球门，然后再轻而易举地获得荣誉。

上个星期一下午，下了班后，我在瓦茨拉夫广场的一家咖啡馆等候马丁，一边等着，一边翻着一本厚厚的德文书，是关于古伊特拉斯坎文化的。 大学图书馆花了好几个月的时间才从德国借到这本书。 恰好那一天，这本书寄到了。 于是，我便想方设法弄到了手，就像它是遗物似的。 实际上，马丁迟迟不来，反倒使我十分高兴，这样一来，我便能在咖啡桌旁浏览一下自己盼望已久的书了。

每每想起古代文化，怀旧之情便会在我心中油然而生。 或许这只不过是一种羡慕，羡慕那时的历史所特有的甜柔而徐缓的节奏：古埃及文化持续了数千年；古希腊时期则差不多一千年。 在此方面，人生与人类历史如出一辙，起先处于固定不变的缓慢状态，然后逐步加速，变得越来越快。 不幸的是，马丁和我已经进入那一阶段：日、月、年都以一种疯狂的速度流逝着。 就在两个月前，马丁刚过了四十岁生日。

然而，"一切都取决于，"马丁会说，"人们抗衡法规的能力。"他所说的并不完全指土地法或普遍规律——诸如生态规律或时间规律。 马丁抗衡着他的四十岁：他的满腔热情，他的骚动不安，他的不可救药的天真都是他抗衡力的主要支柱。

冒险开始

正是他打乱了我的思绪。 他突然出现在咖啡馆的玻璃门处，然后径直向我走来，边走边冲着一张桌子打着意味深长的手势，还扮了几个鬼脸。 原来有个姑娘正坐在那里喝咖啡哩。 他在我旁边坐下，眼睛却一刻不停地盯着那个姑娘。 "对那个小妞你有何评论？"马丁问我。

我实在感到无地自容。 事实上，我一直全神贯注地读着那本厚书，刚刚才注意到那个姑娘。 不得不承认，她长得挺俏的。 就在这时，姑娘直起身子，朝系黑领结的服务员招呼了一声，想要结账了。

"我们也结账！"马丁下达了命令。

我们还以为不得不跟踪那姑娘哩，没想到她耽搁在衣帽间了。她存了只购物袋，服务员搜寻了好半天才将袋子放在了姑娘面前。正当姑娘付给服务员两个十哈勒①硬币时，马丁冷不丁夺过了我手中的德文书。

"放在这里岂不更好。"他厚着脸皮，以一种若无其事的口吻说道，随后小心翼翼地将书塞进了姑娘的袋子。 姑娘一下子目瞪口呆。

"用手拿着多不舒服。"姑娘想要提溜袋子时，马丁继续说道，同时责备我一点儿没有眼力见识。

这个小姑娘是外省一座医院的护士。 她说来布拉格只是为了观光，现在正急着要赶往佛罗伦茨汽车总站。 在陪姑娘走向有轨电车站的短短的距离里，我们把该讲的话都讲明白了，还敲定星期六前往 B 城，拜访这位可爱的年轻女子。 马丁意味深长地指出她肯定有一些漂亮的女同事。

有轨电车来了。 我将口袋递给年轻女子。 她刚想伸手取出那本书，马丁便以一个潇洒的手势制止了她。 他说星期六我们会来取

---

① 捷克硬币名称。

的，在此期间她不妨仔细一读。 姑娘迷惑不解地笑了一下。 电车将她带走了。 我们朝她挥了挥手。

这又有什么意思呢？ 那本我梦寐以求的书眼下竟跑到了一个遥远的地方。 想到这，真够令人恼火的。 然而，某种疯狂的念头又恰到好处地提起了我的精神，使我进入了飘飘然的状态。 马丁迫不及待地开始考虑如何为星期六下午和晚上找个借口，好向年轻的妻子交代（因为情况是这样的：他家里有位年轻的夫人；糟糕的是他爱她；更加糟糕的是他怕她；更加糟糕的是他总是替她担忧）。

一次成功的登记

我破了点小费，为我们的旅行借了辆车，是辆挺漂亮的菲亚特车。 星期六下午两点，我驱车来到马丁家门前，马丁正等着我。我们出发了。 时值七月，天气热得要命。

我们盼望着尽快抵达 B 城。 但经过一个村庄时，我们看到两个小伙子，只穿着游泳裤，他们那湿淋淋的头发就更具有说服力了。我立马停住了车。 湖实际上就在不远处，几步路就到，也就是一投石的距离。 前一天晚上，我没能像平时那样睡好。 天晓得是由于什么烦事，我在床上辗转反侧，直到凌晨三点才勉强入眠。 我需要恢复一下精神。 马丁也想游游泳。

我们换上游泳裤后，跃入了水中。 我扎了个猛子，不一会儿就游到了对岸。 马丁差不多只浸了浸水，洗了洗身子，便又爬上了岸。 畅游一番之后，我回到岸边，发现他正处于沉思状态。 岸上一大帮孩子大叫大嚷，闹腾得挺欢。 更远处，有几个当地的小伙子在玩球。 可马丁正目不转睛地盯着一个女孩的娇小健美的身影。那女孩离我们大概只有五十英尺远。 她纹丝不动，凝望着湖水。

“看。”马丁说。

“我看着哩。”

“有什么可说的吗？”

“说什么呢？”

“你竟不知道该说些什么？”

“我们得等她转过身来。”我试探着说。

“大可不必。 根本不用等她转过身来。 她的侧面已足够说明一切了。”

“至少先把她登记下来。”马丁说着，转向不远处一个穿游泳裤的男孩，“嘿，小孩，你知道那个姑娘叫什么名字？”他指着女孩问道。 姑娘看上去已陷入一种莫名其妙的冷漠状态。 她依然纹丝不动，凝望着湖水。

“就是那个？”

“没错，就是那个。”

“那不是本地的。”小男孩说。

马丁又转向近旁一个晒日光浴的十二岁模样的小女孩：

“喂，小孩，你知道那边那个姑娘是谁吗？ 就是站在湖边的那个？”

小女孩极乖地站了起来：“就是那个？”

“没错，就是那个。”

“那是曼卡……”

“曼卡？ 曼卡什么来着？”

“曼卡·潘库……是特拉普利策来的……”

那位姑娘依然背对着我们，凝望着湖水。 忽然，她弯下腰去，拾起游泳帽。 当她重又直起身子，将游泳帽戴在头上时，马丁早已蹿回到我身边，对我说：“那是特拉普利策的某位曼卡·潘库。 这下我们可以继续往前开了。"

他完全恢复了平静，流露出一副心满意足的神情，显然除了余下的旅行，其他什么也不多想了。

一点理论

那就是马丁所谓的"登记"。他凭着丰富的经验，得出结论：勾引姑娘其实并不太难，难的是随时了解足够多的尚未勾引到手的姑娘，如果在这一领域我们有极高的量的要求的话。

因此，他宣称，无论何时何地，我们都有必要不失时机地进行广泛的登记，也就是说，在笔记本上或在我们的记忆中（马丁通常仰仗自己的记忆力）将那些有吸引力的女人的名字记录下来。说不定哪一天我们会同她们联络的。

联络是此项活动的一个更高层次。它意味着我们将设法接触某个特定的女人，同她混熟，然后进一步向她靠近。

他喜欢得意扬扬地回顾过去。那时，他会报出一大串和他睡过觉的女人的名字。然而，瞻望未来时，他首先要确保自己有充裕的登了记、联络过的女人。

联络之上便剩下最后一个层次。遵从马丁的教诲，我高兴地指出那些一味追求这最后层次的人都是些卑贱、可怜的原始人。他们不禁令我们想起乡村足球运动员，只会呆头呆脑地向着对方的球门猛冲，却忘了草率的射门冲动并不见得能将他引向这一球门（或以后的众多球门），而球场上需要的是一次有竞争实力的、公平合理的比赛。

"你认为有朝一日会去特拉普利策拜访她吗？"车子重新启动后，我问马丁。

"这可保不住……"马丁说。

"不管怎么说，今天旗开得胜。"我接着说。

游戏和必然

大约三点半光景，我们精神抖擞地抵达了 B 城医院。 我们从传达室给女护士打了个电话。 不一会儿，她出来了，头戴护士帽，身穿白色工作服。 我注意到她的脸颊微微发红。 在我看来这倒是个好兆头。

马丁立刻聊了开来。 姑娘告诉我们她七点下班，让我们到时在医院门前等候她。

"你同你的小姐妹说好了吗？"马丁问道。 姑娘点了点头：

"说好了，我们俩一块儿来。"

"好极了，"马丁说，"但我们总不能让我的同事眼睁睁地看着一个既成事实吧！"

"好吧，"姑娘明白了马丁的意思，"我们可以顺便去见一见她。 博济娜在内科工作。"

在我们慢慢悠悠地穿过医院院子时，我不好意思地说："我很想知道那本厚书是否还在你手上。"

女护士点了点头说在，实际上就在医院。 我终于如释重负。我要求先去取书。

当然喽，在马丁看来这太不合适了，我竟公然偏爱一本书，甚于偏爱一个即将介绍给我的女人。 但我实在是憋不住了。

我得承认，在见不到那本关于伊特拉斯坎文化的书的日子里，我确实遭受了不少煎熬。 只是凭着顽强的自我克制精神，我才耐住性子，挺了过来。 我并不想在任何情况下破坏我们的游戏。 对于我来说，这场游戏还是相当重要的。 几年来，我已学会了欣赏这种游戏。 所有个人利益和愿望都必须服从于它。

在我十分动情地和我心爱的书团圆的时候，马丁继续和那位漂亮女护士海阔天空地神侃着，直侃到她满口答应从同事处借一间小屋，紧挨着霍特斯基湖，供我们欢度良宵。 我们都一个个欣喜万分。 最后我们穿过了医院院子，走进了一幢不大的绿房子。 内科就在那里。

一位护士和一名大夫恰好迎面走来。 那位大夫长得挺逗的，活像个"豆秆"，一对颇为显眼的招风耳朵越发引起了我的兴趣。 就在这时，我们的女护士用胳膊肘捅了我一下。 我扑哧一笑。 他们走过后，马丁转身对我说："这么说，你还蛮有艳福的，乡巴佬，这么一个楚楚动人的女人，你还真配不上哩。"

真是惭愧，我光顾盯着"豆秆"，根本就没注意那个姑娘的模样。 于是，我只好装出一副心满意足的样子。 毕竟，虚伪与我毫不沾边。 这就是说，我觉得马丁的口味比我的可要强得多。 因为我相信他的口味是建立在更加广泛的兴趣之上的。 相比之下，我就黯然失色了。 我喜欢一切事物所特有的客观性和秩序，就连风流韵事也不例外——完全是由于某种谬见，它才被当作独一无二的自由王国。 所以，我自然对一些行家里手的意见比对业余爱好者的更加尊重喽。

有人也许会认为我—— 一个此时此刻正滔滔不绝地讲述着自己的艳遇之一(显然不可能是唯一)的离了婚的男人——居然还以业余爱好者自称，实在是虚伪至极。 然而，我依然是个业余爱好者。也许有人会说马丁视为生命的大事，我却当作儿戏。 有时我会觉得我的整个一夫多妻式的生活都仅仅是仿效别人的结果，尽管我并不否认这种模仿确实令我喜欢。 可我还是无法不感到这种喜欢同时还包含着某种极为随意、滑稽可笑、可有可无的东西，也许类似于参观美术馆或国外游览所具有的那种特点，但丝毫也无法和支撑马丁浪漫生活的那种绝对命令（我一直感觉到它的存在）同日而语。　正是这种绝对命令的存在提高了马丁在我心目中的地位。　他对女人的判断在我看来就是自然本身的判断，是必然通过他的嘴唇在发言。

家啊，甜蜜的家

走出医院大门后，马丁指出一切都很称心如意。　接着他又补充了一句："当然喽，今晚我们得动作迅速一点。　我还想九点前赶到家哩。"

这话可使我着实吃了一惊："九点前？　这就意味着八点我们就得离开这儿。　那么，我们到这里来真是莫名其妙。　我原本还指望着欢乐通宵哩！"

"你为何要在这里浪费时间呢？！"

"可是我们开了整整一个小时车来到这里，又有什么意思呢？在七点和八点间，你又能干什么呀？"

"什么都能干。　你也看到了，我搞到了小屋，这样一来，一切都会顺顺当当的。　眼下就看你了。　你得表现出足够的决心。"

"但你究竟为何偏偏要九点钟到家呢？"

"我这么答应伊津卡的。　她已养成习惯，每星期六晚上睡觉之前，玩一会儿罗密牌戏。"

"我的上帝噢……"我叹了口气。

"伊津卡昨天上班时又受罪了，所以我怎么也得在星期六给她一点儿小小的快乐。　难道不应该吗？　你知道，她是我遇到的最好的女人。　毕竟，"他最后说，"你该高兴才对呀，还有整整一个晚上在布拉格等着你哩。"

我明白继续反对已无济于事。 马丁对自己妻子的忧虑从来都难以消除。 他深信每时每刻都会出现无穷无尽的风流的可能性。 什么都动摇不了他的这一信念。

"打起精神来，"马丁说，"到七点还有三个小时。 我们不会闲着。"

欺 骗

我们踏上地方公园宽阔的大道。 这座公园为当地居民提供了一个散步的场所。 我们仔细察看了几对从身边经过或坐在长椅上的姑娘。 她们的外表都不太招我们喜欢。

必须承认的是马丁勾住了两个姑娘，同她们聊了起来，最后定好了幽会时间。 我看得出他并没有太当真。 这只是所谓的联络练习。 马丁时不时地要练练身手，以免荒废了自己的一技之长。

我们大失所望，离开公园，走进了街道。 到处都充满了小地方的单调和无聊。

"还是喝点什么吧，我渴了。"我对马丁说。

我们找到了一间标有咖啡字样的房屋。 走进之后，才发现原来得顾客自理。 这是间瓦房，透出一股冷漠和敌意的气息。 我们来到柜台前，从一个阴沉着脸的女人手中买了两杯兑了水的柠檬汁，端着它们走到了一张桌旁。 可桌子湿乎乎、油腻腻的，我们赶紧躲开了。

"可别为此烦恼，"马丁说，"在我们的世界上，丑陋自有积极的一面。 没有人愿意待在任何地方，人们总是行色匆匆。 这样一来，令人称心如意的生活的速度便自然而然地产生了。 我可不想让我们为了这点鸡毛蒜皮的事而大动肝火。 这个破地方倒挺安全的。 现在我们什么都可以放心地谈了。"他喝了几口柠檬汁后又说道："你同那位学医的女学生联络过吗？"

"那还用说。"我回答。

"她长相如何？ 给我准确地描绘一下。"

于是，我便向他描绘了一番学医的女学生的模样。 对于我来说，这是轻而易举的事，即便并不存在什么学医的女学生。 没错。也许这会破坏我的形象，但情况确实如此：她是我虚构的。

我可以向天发誓我这样做并非出于什么恶意，既不是为了在马丁面前炫耀自己，也不是想牵着他的鼻子走。 我之所以虚构出学医的女学生，纯粹是因为我对付不了马丁的连连追问。

马丁对我行动的断定实在是不着边际。 他坚信我每天都和不同的女人幽会。 他总是把我看成一个与真实的我截然不同的人。 要是我坦白地对他说我不仅一个星期来没有拥有过什么不同的女人，而且压根儿就没有亲近过任何女人，他会毫不犹豫地把我看成一个伪君子。

正是由于这一原因，大约一个星期前，我不得不凭空捏造说已将某个学医的女学生登了记。 这回，马丁总算满意了。 他催促我赶紧同她联络。 今天，他正要检查一下我进展如何哩。

"她够得上什么水平？ 她比得上……"他闭上眼睛，在黑暗中搜寻着衡量标准。 忽然他想起了一位我俩都认识的朋友，"……她比得上玛盖达吗？"

"比她强多了。"我回答。

"难道说……"马丁的语气中流露出了明显的惊讶。

"她可以同伊津卡相媲美。"

对于马丁来说，自己的妻子属于最高衡量标准。 我的话显然很中马丁的意。　不一会儿，他就陷入了一种梦幻般的状态。

一次成功的联络

就在这时，进来了一位姑娘，穿着灯芯绒紧身裤和短夹克衫。她径直走到柜台前，要了杯汽水，然后，端着杯子来到一张桌旁，正好与我们挨着。　只见她举起杯子，站着喝了起来。

马丁转过身去："小姐，"他说，"我们从外地来，不熟悉此地。　我们想问你一个问题。"

姑娘笑了一笑。　她长得相当漂亮。

"我们热得要命，不知如何是好。"

"可以去游泳啊。"

"问题就在这里。　我们不知道究竟该到哪里去游泳。"

"这里可没有游泳的地方。"

"这怎么可能呢？"

"有一个游泳池，但已一个月没有水了。"

"河里行吗？"

"他们正疏理河道哩。"

"那么你到哪儿游泳？"

"只能到霍特斯基湖，但离这里至少有五英里远。"

"这倒是小事一桩，我们有车，如果你能陪同我们去的话，那就太好了。"

"当我们的向导。"我说。

"更确切地说，是当我们的指路明灯。"马丁纠正我的说法。

"那么，为何不是我们的星光？！"我说。

"是我们的北斗星。"马丁附和道。

"不管怎么说，我们的星比维纳斯更加灿烂。"我补充了一句。

"你就是我们的星座，所以你义不容辞，应该陪我们去。"马丁说。

我们愚蠢的玩笑把姑娘弄得晕头转向。最后，她答应和我们一起去。但她先得处理一些事，然后还要去拿游泳衣。她让我们一个小时后在同一地点等她。

我们乐坏了。我们望着她扭动着屁股，摇晃着卷发，装腔作势地走远了。

"你瞧，"马丁说，"生命很短暂。我们必须抓住每一寸光阴。"

赞美友谊

我们又一次走进了公园。又一次察看了几对坐在长椅上的姑娘。一个耐人寻味的现象是，在许多成双结对的女孩中往往一个长得很标致，另一个恰恰相反。

"这里有着某种特殊的规律，"我告诉马丁，"一个丑陋的女人总是希望分享一些漂亮同伴的光泽；而一个漂亮的女人则希望以丑陋女人为背景，反衬出自己的美丽形象。这样一来，我们的友谊便面临着接连不断的考验。我们从来不会让'选美'随意进行，也绝不会因'选美'而互相倾轧。这一点我极为珍视。'选美'对于我们来说始终属于礼仪范畴。我们总是把更水灵的姑娘让给对方，就像两位老派的绅士永远无法迈进房间，因为谁都要谦谦有礼地请对方先进。"

"嗯，"马丁感动地说，"你真够朋友。来吧，稍坐一会儿，我的腿正疼着哩。"

于是我们舒舒服服地坐下了，面朝着即将落山的太阳，任凭世界在我们周围不知不觉地运转。

白衣少女

马丁霍地站起身来（显然由于某种神秘的感觉），死命地盯着公园的一条僻静的小径。 一位身着白衣的少女正向我们这边走来。打老远处，在尚未完全确定她的体型容貌之前，我们就已清清楚楚地看出她具有一种特殊的、显而易见的魅力，她的形象中洋溢着某种纯洁和温柔的气息。

待姑娘走近时，我们注意到她相当年轻，介乎孩子和少女之间。 我们顿时感到神魂颠倒，难以自持。 马丁嗖的一下子蹿了上去："小姐，我是杰什尼导演，电影导演。 你得帮我们一把。"

他主动伸出手来。 女孩带着惊诧不已的表情和他握了握手。

马丁朝我点了一下头，说："这是我的摄影师。"

"我叫卡利西。"我伸出手。

女孩点了点头。

"我们的处境十分尴尬。 我正在为我的片子找外景地。 我们有位助手，对这一带很熟悉。 本来约好在这里见面的，可直到现在还未露面。 这样，我们心里就直打鼓，不知如何在这个城市和周围的乡下转悠。 我的朋友卡利西，"马丁开起了玩笑，"在这里总是埋头啃着他那本胖胖的德文书，但不幸的是书里可找不出导游图。"

一提起这本和我分居了整整一个星期的书，不知怎的，我的气就不打一处来："真遗憾，你对此书的兴趣没有增强。"我向导演发起了进攻。 "倘若你做好充分的准备，不用让你的摄影师去费心琢磨，你的影片也许就不至于那么肤浅，尽是些胡说八道……对不起，"我转身向女孩表示歉意，"我们关于工作的争论不会让你心烦吧。 这一回我们要拍的是部历史题材的影片，涉及波希米亚的伊特拉斯坎文化……"

"哦。"女孩点了点头。

"这本书挺有趣的，你瞧。"我把书递给了女孩。 她以一种宗教般的敬畏捧着这本书。 在意识到我希望她看一看时，她轻轻翻了几页。

"帕切克城堡肯定离这儿不远，"我继续说道，"它是波希米亚伊特拉斯坎人的中心……我们怎么才能到达那里？"

"只有一点点路。"女孩说着，浑身立马放松了。 因为我们同她进行的晦涩难解的谈话使她如堕五里雾中，而现在谈到通向帕切克城堡的道路时，她的牢靠的知识终于为她提供了一小片坚实的土壤。

"是吗？ 你对这一带熟吗？"马丁装出一副如释重负的样子，问女孩。

"我自然很熟喽！"女孩说，"有一小时路程。"

"你是指步行吗？"马丁问。

"对，步行。"女孩答。

"我们幸好有辆车。"我说。

"你不想给我们当导游吗？"马丁问。 这一次我没有像往常那样接着插科打诨。 我的心理直觉比马丁的更准。 我感到这一次轻浮的玩笑有可能坏了我们的事，而绝对的得体才是我们最好的武器。

"小姐，我们实在不愿打扰你，"我说，"但如果你能好心为我们牺牲一小段时间，领我们转几个我们想转的地方，那你就帮了我们大忙了，我们俩都会感激不尽的。"

"哦，"女孩又一次点了点头，"我很高兴，可我……"直到此时此刻我们才注意到她手中还拎着一只购物袋，里面装着两棵莴苣。"我得把莴苣给妈咪送去，但我家离这儿只有一点点路，我一会儿就会回来的……"

"你当然得按时把莴苣完好无损地给妈咪送去，"我说，"我们很高兴在这里等你。"

"那好吧，顶多不超过十分钟。"女孩说着，又一次点了点头，然后，急匆匆地向家走去。

"上帝啊！"马丁坐了下来。

"难道不棒吗，嗯？"

"我也这么说。为这个小妞儿，我情愿牺牲掉那两个婆婆妈妈的女医师。"

为过分的信任所骗

然而十分钟过去了，一刻钟过去了，那个女孩还是没影儿。

"别担心，"马丁安慰我说，"如果有什么事可以确定的话，那就是她一定会来的。咱俩的表演已到了天衣无缝的地步，那个小妞儿已着魔了。"

我也有同感。于是我们继续等待着。每分每秒，我们对这个孩子般的少女的渴求之情都在不断增强。在此期间，与那位穿灯芯绒裤的姑娘的约会时间过去了。我们一心一意盼着我们的白衣少女，压根儿就没有想到要动窝。

时间在流逝。

"听着，马丁，我想她不会来了。"我终于按捺不住了。

"怎么讲？ 毕竟，那个小妞儿像相信上帝一样相信我们。"

"没错，"我说，"这正是我们的不幸所在。 也就是说她只是太相信我们了！"

"什么？ 难道你反倒希望她不相信我们？"

"没准儿那样更好。 过多的信任便是最糟的盟友。"一个想法忽然吸引住了我的整个心灵："当你对某件事深信不疑时，你会通过信任而使它变得荒唐可笑。 一个真正的信徒，譬如说，政治信徒吧，从不会将政治诡辩过于当真的。 他只会看重那些隐藏于诡辩之下的实际目标。 说穿了，政治谎言和诡辩并不是为了让人相信而存在的。 它们更多地充当一种约定俗成的托词。 有些人愚蠢透顶，竟认真相信它们。 他们迟早会发现这些诡辩自相矛盾、漏洞百出。那时，他们便会开始抗议，最后必然声名狼藉，落得个异端分子和变节者的下场。 没错，过分的信任从来都不会有好结果——这不仅适用于政治或宗教体系，甚至也适用于我们自己的方式，就是通常用来迷惑女孩的方式。"

"不知怎的，我还是不太明白你的意思。"

"非常简单：在那位少女看来，我们实际上是两位庄重并受人尊敬的绅士。 而她，就像一个在公共汽车上给老人让座的有礼貌的孩子，自然很希望能得到我们的喜欢。"

"那么，她为何没有讨我们喜欢呢？"

"因为她太相信我们了。 递给妈咪莴苣时，她就兴致勃勃地将我们的事一股脑儿全讲了出来：历史题材的影片哪，波希米亚的伊特拉斯坎人哪，等等，而妈咪……"

"哦，剩下的全都清楚了……"马丁打断了我，从长椅上站起身来。

背　叛

太阳正缓缓地从小城的屋顶上落下。　天气中陡增了一丝凉意。我们的心中充满了悲哀。　我们又去了趟咖啡店，看看那位身穿灯芯绒裤的姑娘是否由于阴差阳错，还在那儿等着我们。　她当然早已无影无踪了。　已经六点三十分了。　我们朝汽车走去，蓦然发现自己就像两个流浪汉，在一座陌生城市中遭到了放逐，失去了所有的快乐。　我们提醒自己眼下已无计可施，无事可做，唯有退回到我们的汽车领地，那里我们还能享受一点治外法权。

"得啦，"马丁给我鼓劲，"无论如何，别哭丧着脸。　我们还没有任何沮丧的理由。　好戏还在后头哩！"

我真想回敬一句，由于伊津卡和她的罗密牌戏，我们只剩不到一个小时的时间来演这场"好戏"——然而我还是选择了沉默。

"不管怎么说，"马丁兴致挺高，"今天的收获可不小哇。　为特拉普利策的姑娘登了记；与身穿灯芯绒裤的小妞儿挂上了钩。　毕竟，我们已将一切准备妥当，只要愿意，随时都可以行动。　到时，不用费任何事，只要开车来一趟就行了。"

我毫无反对意见。　不错。　登记和联络都完成得相当出色。　可称得上无懈可击。　然而，就在那一刹那，我突然想到最近一年来，除了无休无止的登记和联络，马丁没干过任何更有价值的事。

我望着他。　他的双眼像以往一样，闪着色迷迷的光芒。　这时我忽然感到自己很喜欢马丁，喜欢他那迎风飘扬的旗帜，他总是高举着它，在生活中奋勇前进：这是一面永远追逐女性的旗帜。

时间在流逝。　马丁说："七点了。"

我们将车开到离医院大门大约三十英尺的地方。　这样，从后视镜中便可以稳稳当当地看到从医院里走出来的人。

我依然在想着那面旗帜。 依然在想着这样一个事实：在年复一年的对女性的追逐中，已经不是什么女人的问题，而更多的是追逐本身的问题。 假定事先就知道这种追逐徒劳无益，那么我们就有可能追逐任何数量的女人，从而使这种追逐变成一种绝对追逐。 是的，马丁已然达到了绝对追逐的境地。

我们等了五分钟。 姑娘们还没露面。

这一点也不令我扫兴。 对于我来说，她们来与否已完全无关紧要了。 即便她们来了，难道我们能在短短一个小时里开着车将她们带到那个孤零零的小屋，同她们亲密起来，和她们做爱，然后，一到八点，就愉快地说声"再见"，便打道回府吗？ 根本不可能。当马丁将我们有效的时间限定在八点的时候，他实际上将整个事情推向了自欺游戏的领域。 没错，这个词用在这里最恰当不过了。所有这些登记和联络都只是一场自欺游戏。 马丁企图为自己保持这样的幻想：一切均未改变，可爱的青春喜剧正在继续上演，女人的迷宫永无止境，他依然在这个迷宫中自由驰骋。

十分钟过去了。 大门口还是没有任何人出现。

马丁怒不可遏，差点吼叫起来："再给她们五分钟，我不会再等下去了。"

马丁告别青春已有一段时间了。 我进一步思索着——他的确真心实意爱着自己的妻子。 事实上，他有着最合乎规范、最称心如意的婚姻生活。 这是一个方面。 另一方面（与此同时），马丁的青春在一个令人感动、清白无辜的自我欺骗的层面上继续着：一个永不停息、充满欢乐却诱发错误的青春转化成了一个单纯的游戏，一个再也无法进入真实生活、使自己变为现实的游戏。 由于马丁是个为必然所困扰的骑士，他将自己的风流韵事转化成了与人无害的游戏，自己却浑然不觉。所以他一如既往，每逢艳遇，依然会全身心地投入。

行啦，我对自己说。马丁是自我欺骗的俘虏。那么，我算什么呢？我为何要在这场滑稽可笑的游戏中充当他的助手？明知所有这一切都是欺骗，那我为何又要同他一起装腔作势呢？如此看来，我岂不比马丁更加滑稽可笑吗？此时此刻，我很清楚等待我们的至多是一个漫无目标的钟点和几个未知的、冷淡的姑娘，那么我为何又要表现得像是在期盼一场艳遇似的呢？

就在这时，我在反映镜中看到了医院门口的两个年轻女子。她们老远就散发出一道香粉和胭脂的光泽。涂脂抹粉之后，她们漂亮极了。显然她们的姗姗来迟与精心打扮有直接联系。两个姑娘环顾了一下四周，然后朝我们的小车走了过来。

"马丁，什么也干不成了，"我抛弃了两位姑娘，"已超过一刻钟了。撤吧。"我踩上了油门。

悔　悟

我们离开了 B 城，经过最后一排矮小的房屋，驶进了乡村，在田野和树林中行驶着。一轮硕大无朋的太阳正款款地沉入树梢。

我们沉默不语。

我不禁想起了犹大。一位出色的作家写道：犹大之所以背叛耶稣，是因为他太相信耶稣了；耶稣即将借助奇迹向众犹太人显示自己的神力，可犹大实在等不及了。于是，他便把耶稣交给了他的折磨者，以便刺激他，好让他最后行动。他背叛他，因为他渴望加速他的胜利。

噢，上帝啊，我自言自语，我背叛马丁的动机却绝没有这么高尚。我背叛他，实际上是因为我不再相信他(不再相信他追逐女人的神力)。我是个犹大和疑心鬼托马斯的混合物，实在令人作呕。我感到由于自己的过错，我对马丁的同情在不断增加，他的永远追逐的旗帜(听得出这面旗帜依然在我们头顶上高高飘扬)使我感动得热泪盈眶。我开始责备自己的轻率行为。

难道已没有任何磁场能吸引我重返那个自由自在、游来荡去的时代，那个寻寻觅觅、不断探险的时代，那个无拘无束、主动出击的时代？难道我能轻而易举地和这些对我意味着青春的姿态分道扬镳吗？我曾感到至少应该效仿别人，在自己的情感生活中为这种愚蠢举动寻找一小块安全地带。难道这种感觉已荡然无存了吗？

即便这是场枉费心机的游戏，那又有什么关系呢？即便我明白这一点，那又有什么关系呢？难道我会由于徒劳无益而放弃这场游戏吗？

我明白情况绝不至于如此。我明白一旦重新驶出布拉格，我们便又会(故伎重演)去拦截女孩并想出一些新的花招。在整个这场游戏中，我的分裂人格表现得淋漓尽致。我总是满腹疑云，来回摆动。而马丁像个神话人物，始终表里如一，坚定不移。他正和时间，和蜷缩于生活之中的那些愚昧狭窄的境界进行着伟大的、形而上的斗争。

永恒欲望的金苹果

他坐在我身旁，心中的怒气渐渐消了。

"听着，"他说，"那个学医的女学生真有那么高水平吗？"

"我已告诉过你她可以同伊津卡相媲美。"

马丁穷追不舍。我不得不再一次向他描述了一番那个学医的女学生。

接着他说：“也许你可以将她转让给我，嗯？”

我尽量显得通情达理。“那样或许很难。你是我的哥们儿，这一点会让她烦恼的，她有坚定的原则……”

“她有坚定的原则……”马丁唉声叹气地说。显然，他为此而感到不安。

我可不想让他不安。

“除非我装作不认识你，”我说，“也许你可以冒充他人。”

“太棒了，也许可以冒充杰什尼，就像今天一样。”

“她可不在乎什么电影导演。她更喜欢运动员。”

“为何不呢？”马丁说，“一切都是可能的。”我们眉飞色舞地谈了好一阵子。渐渐地，这项计划变得越来越清晰了。过了一会儿，它已像枚美丽、成熟、闪闪发光的苹果，晃动在我们面前，晃动在黄昏之中。

请允许我郑重地命名这枚苹果为永恒欲望的金苹果。

高兴　译

驿站长

[俄罗斯] 亚历山大·谢尔盖耶维奇·普希金①

十四品文官②

驿站的独裁者。

——维亚捷姆斯基公爵③

谁没有咒骂过驿站长，谁没有同他们骂过架？ 谁没有在气愤的时候向他们索取过那要命的本子以便在上面写下自己对他们的压制、粗暴和怠慢的无济于事的控诉？ 谁不把他们当作人类的恶棍，犹如过去衙门里的师爷，或者，至少也和摩罗姆的强盗④无异？ 但是，我们如果公平一些，尽量为他们设身处地想一想，也许，我们

---

① 亚历山大·谢尔盖耶维奇·普希金(1799—1837)，19 世纪初俄国大作家、俄罗斯近代文学的奠基人。 普希金于中学生时代步入文坛，才华过人，在诗歌、戏剧、小说等方面都大有建树，成了俄罗斯文学从古代进入近代，从感伤主义、浪漫主义到现实主义转折时期最卓越的代表。

② 帝俄时代最低级的文官。

③ 维亚捷姆斯基公爵（1792—1878）， 俄国诗人， 评论家， 这两句诗引自他的诗 《驿站》。

④ 当时的农奴为了逃避地主的压迫，常常结伙为强盗。 奥卡河上的摩罗姆森林里，因常有这样的强盗出没而驰名。

批评他们的时候就会宽容得多。 什么是驿站长呢？ 一个十四品的真正的受气包，他的官职只能使他免于挨打，而且这也并非总能做到(请读者扪心自问)。 维亚捷姆斯基开玩笑称他是独裁者，他的职务是怎样的呢？ 是不是一种真正的苦役？ 白天黑夜都不得安宁。旅客把在枯燥乏味的旅途中积聚起来的全部怨气都发泄在驿站长身上：天气恶劣，道路难行，车夫脾气犟，马不肯拉车——都成了驿站长的过错。 旅客走进他贫寒的住所，像望着敌人似的望着他。要是他能赶快打发掉这个不速之客，还好；但是如果正碰上没有马呢？ ……天哪！ 咒骂、威吓就会劈头盖脸而来！ 他得冒着雨、踩着泥泞挨家挨户奔走。 遇上狂风暴雨天气或是受洗节前后的严寒日子①，他得躲进穿堂间，只是为了休息片刻，避开激怒的投宿客人的叫嚷和推搡。 来了一位将军，浑身发抖的驿站长就得给他最后的两辆三套马车，其中包括一辆急行车。 将军连谢也不谢一声就走了。过了五分钟——又是铃声！ ……一个信使把自己的驿马使用证往桌上一扔！ ……如果我们把这些都好好地想一想，那么我们心里就会怒气消释而充满真挚的同情。 我再说几句：连续二十年，我走遍了俄罗斯的东西南北，差不多所有的驿道我都知道；好几代的车夫我都熟悉；很少有驿站长我不面熟；很少有驿站长我不曾跟他们打过交道。 希望在不久的将来，我所积累的饶有趣味的旅途见闻能够问世。 目前我只想说，人们对驿站长阶层的看法是很错误的。 这些备受诽谤的驿站长，一般来说都是和善的人，生性愿意为人效劳，容易相处，对荣誉看得很淡泊，不太爱钱财。 从他们的言谈(不巧得很，过路的老爷们却瞧不起这种言谈)中，可以吸取许多有趣的东西，得到许多教益。 至于我呢，我是宁愿听他们谈话，也不要听一

———————————

① 指一月下半月最寒冷的时节。

位因公外出的六品文官的高谈阔论。

不难猜到，我有一些朋友就是属于可尊敬的驿站长阶层的。真的，有一位驿站长给我留下了很珍贵的记忆。我们曾有机缘一度相识，我现在准备同亲爱的读者谈谈他的故事。

1816年5月，我曾经乘车在一条现在已经废弃的驿道上经过某省。我官卑职小，只能乘驿车，只付得起两匹驿马的租钱。因此驿站长们对我并不客气，我常常要经过力争才能得到我认为是我名分应得的东西。当时我由于年少气盛，要是驿站长把给我预备的三匹马套到一位官老爷的马车上，我对他的低贱和胆怯就感到愤慨；在省长的宴会上，如果善于辨别身份的仆人上菜时把我漏掉，我也总是耿耿于怀。如今呢，我觉得这两件事都是理所当然的了。真的，"按官阶论等"是一条大家称便的规律，如果用另一条规律，比方说，用"凭才智论等"来代替它，那我们会碰到什么事呢？会发生怎样的争论啊！仆人上菜又从谁开始呢？但我还是回过来讲我的故事吧。

那是一个炎热的日子。离某驿站还有三俄里的时候开始落下稀疏的雨点。转眼之间，倾盆大雨已经把我淋得浑身湿透。到了驿站，第一件要办的事就是赶快换衣服，第二件事是要一杯茶。"哎，杜妮亚①！"驿站长叫道，"生好茶炊，再去拿点奶油来。"一听到这两句话，从隔扇后面出来一个十四五岁的姑娘，跑到穿堂间里去了。她的美丽使我吃惊。"这是你的女儿吗？"我问驿站长。"是我的女儿，"他带着得意扬扬的神气回答说，"她聪明、伶俐，跟过世了的母亲一模一样。"这时他动手登记我的驿马使用证，我就欣赏起他那简朴而整洁的住屋的图画来。它们画的

---

① 杜尼亚是阿芙多季娅的小名。

是浪子回头的故事①：第一幅画上画着一个头戴尖顶帽，身穿长袍的可敬的老人给一个样子浮躁的青年送行，青年人急匆匆地接受他的祝福和一口袋金钱。 另一幅画以鲜明的线条画出这个年轻人的放荡行为：他坐在桌旁，一群虚情假意的朋友和无耻的女人围着他。 再往下，这个把钱挥霍尽了的青年人衣衫褴褛，戴着三角帽在喂猪，并且和猪分食；他脸上露出深切的悲伤和忏悔。 最后画着他回到父亲那里。 仍旧戴着尖顶帽、穿着长袍的慈祥老人跑出来迎接他。浪子跪着，远景是厨子在宰一头肥牛犊，哥哥向仆人们询问如此欢乐的原因。 在每一幅画下面我都读到相当不错的德文诗句。 这一切，还有那几盆凤仙花、挂着花布幔帐的床，以及当时我周围的其他什物，至今还保存在我的记忆中。 这位五十来岁的主人，精神饱满，容光焕发，绿色长礼服上用褪色的绶带挂着三枚奖章，仍然历历如在目前。

我还没有跟送我的老车夫把账算清，杜妮亚已经拿着茶炊回来了。 这小妖精看了我第二眼就察觉了她给我的印象；她垂下了浅蓝色的大眼睛。 我开始同她说话，她很大方地回答我，像个见过世面的姑娘。 我请他父亲喝一杯潘趣酒②，给杜妮亚一杯茶，我们三人就聊起天来，仿佛认识了很久似的。

马匹早就准备好了，可是我仍旧不愿意同驿站长和他的女儿分手。 最后我同他们告别了；父亲祝我一路平安，女儿送我上车。到穿堂间里我停下来，请她允许我吻她一下。 杜妮亚同意了……

从我做这件事以来，我曾有过许多次亲吻，但是没有一次亲吻，曾在我心中留下这样悠长、这样愉快的回忆。

———————————

① 见《新约全书》中的《路加福音》。
② 用沸糖酒加糖水、果子露等制成的混合饮料。

过了几年，机缘又把我带到那条驿道，使我重临旧地。 我想起老站长的女儿，想到又可以看到她而感到高兴。 但是，我又想，老驿站长也许已被撤换，杜妮亚大概已经出嫁。 我的头脑里也闪过他或她会不会死去的念头。 我怀着悲伤的预感走近驿站。

　　马在驿站前停下。 一走进房间，我立刻认出了那几张描绘浪子回头的故事的画，桌子和床还放在原来的地方。 但是窗台上已经没有花，四周的一切都显出破败和无人照管的景象。 驿站长盖着皮袄睡着；我的到来把他惊醒，他稍稍抬起身来……这正是萨姆松·维林，但是他衰老得多么厉害啊！ 在他准备抄下我的驿马使用证的时候，我望着他花白的头发，望着他那好久没刮胡子的脸上的深深的皱纹，望着他那驼背——不能不感到惊奇，怎么三四年的工夫竟会把一个精力旺盛的汉子变成一个衰弱的老头。 "你认得我吗？"我问他，"我和你是老相识了。""可能。"他阴沉地回答道，"这里是大路，来往旅客到过我这里的很多。""你的杜妮亚好吗？"我继续问。 老头的眉头皱起来了。 "天知道她。"他回答说。"这么说她是嫁人了？"我说。 老头装作没有听见我的问话，继续轻声念我的驿马使用证。 我不再问下去，吩咐烧茶。 好奇心开始使我不得安宁，我希望潘趣酒能使我的老相识开口。

　　我没有想错，老头没有拒绝送过去的杯子。 我发觉甜酒驱散了他的阴郁。 一杯下肚，他变得爱说话了。 不知是他记起来了呢，还是装出记起我的样子，于是我便从他口中知道了当时强烈吸引了我并且使我深为感动的故事。

　　"这样说来，您认识我的杜妮亚啰？"他开始讲了，"有谁不认识她呢？ 唉，杜妮亚，杜妮亚！ 是一个多么好的姑娘啊！ 以前，凡是过路的人，都要夸她，谁也不会说她不好。 太太们有的送她一块小手帕，有的送她一副耳环。 过路的老爷们故意停下来，好像要用午餐或是晚餐，其实只是为了多看她几眼。 不管火气多么大的老爷，一看见她就会平静下来，宽厚地同我谈话。 您相信吗？先生：信使们跟她一谈就是半个钟头。 家由她管：收拾房子啦，做饭啦，样样都安排得妥妥当当。 我这个老傻瓜，对她看也看不厌，有时，连喜欢都喜欢不过来；是我不爱我的杜妮亚，不疼我的孩子呢，还是她的日子过得不称心呢？ 都不是，灾祸是躲不了的；命该如此，要逃也逃不了！"于是他开始向我倾诉他的痛苦。

三年前，在一个冬天的晚上，驿站长正在一本新的簿子上画格子。 他的女儿在隔扇后面给自己缝衣服，这时候，来了一辆三套马车，一个头戴契尔克斯帽、身穿军外套、裹着披肩的旅客走进来要马。 马都派出去了。 一听说没马，旅客就提高嗓门，扬起了马鞭。 见惯这种场面的杜妮亚，从隔扇后面跑出来，殷勤地问那个旅客，要不要吃点什么？ 杜妮亚的出现起了它惯有的效用。 旅客的怒火烟消云散了，他同意等待马匹，并且要了晚餐。 旅客脱下毛茸茸的湿帽子，解下披肩，脱掉外套，原来是一个年轻的骠骑兵，体格匀称，蓄着黑口髭。 他坐在驿站长旁边，开始高高兴兴地同他们父女交谈。 晚餐端上来了。 这时有几匹马回来了，驿站长吩咐不用喂食，马上把它们套在旅客的车上。 但是他回来的时候，却发现那个年轻人躺在长凳上，几乎失去了知觉：他感到非常不舒服，头痛得厉害，不能上路……怎么办呢！ 驿站长把自己的床让给他，如果病情不见好转，还准备第二天一早就派人到 C 城去请医生。

第二天，骠骑兵的病情更恶化了。 他的仆从骑了马到城里去请医生。 杜妮亚用醋浸的手帕包扎他的头，坐在他床边做针线活。 当着驿站长的面，病人直哼，几乎一言不发，但是却喝了两杯咖啡，并且哼哼着要了午餐。 杜妮亚没有离开过他。 他不断要水喝，杜妮亚就把她做的柠檬水端给他。 病人润着嘴唇，每次递还杯子的时候，都用他的无力的手握握杜妮亚的手，表示感谢。 午餐前医生来了。 他摸了摸病人的脉，用德语同他谈了几句，然后用俄语宣称，病人只需要静养，过两三天就可以上路。 骠骑兵付给他二十五个卢布的出诊费，并请他用午餐。 医生同意了，两人的胃口都很好，喝了一瓶酒，才彼此非常满意地分别。

再过一天，骠骑兵精神完全恢复了。 他非常高兴，不停地一会儿同杜妮亚，一会儿同驿站长开玩笑，他吹着曲子，同旅客们交谈，把他们的驿马使用证登记在驿站册子上。 他大大博得了好心的驿站长的喜欢，到了第三天早上，驿站长竟舍不得同他的可爱的客人分别了。 那天是星期日，杜妮亚预备去做礼拜。 骠骑兵的马车拉来了。 他同驿站长告别了，为了在这里又吃又住，重赏了驿站长。 他也同杜妮亚告别，并且表示愿意送她到村边的教堂。 杜妮亚犹豫不决地站着……"你怕什么？"父亲对她说，"这位大人又不是狼，不会把你吃掉的；你就坐车子去教堂吧。"杜妮亚上了车挨着骠骑兵坐下，仆人跳上赶车的座位，车夫吹了一声口哨，马儿就奔驰起来。

可怜的驿站长不明白，他怎能让他的杜妮亚同骠骑兵一起坐车走呢？ 他怎么会瞎了眼，怎么会让鬼迷了心窍？ 过了不到半小时，他心里开始烦躁焦急起来。 他感到六神不安，忍不住自己也跑去做礼拜。 到了教堂跟前，他看到人们已经散去，但是杜妮亚既不在围墙边，也不在台阶口。 他急忙走进教堂，神父正从祭坛走出来，教堂执事在吹灭蜡烛，有两个老妇人还在角落里祈祷，但是杜妮亚却不在教堂里。 可怜的父亲好容易才下决心去问教堂执事，杜妮亚有没有来做过礼拜。 教堂执事回答说没有来过。 驿站长半死不活地走回家去。 他只留下一个希望：也许，杜妮亚因为年轻不懂事，竟忽发奇想，乘车到下一站去看她的教母去了。 他痛苦而焦急地等待他让她乘坐的那辆三驾马车回来。 车夫好久还没回来。 最后，到傍晚时分，车夫独自醉醺醺地回来了，带来了骇人的消息："杜妮亚从那一站又跟着骠骑兵往前走了。"

老头禁不住这不幸的打击，他立时倒在那个年轻骗子昨夜躺过的床上。 现在驿站长回想起种种情况，猜到病是假装的。 可怜的老人患了极其厉害的热病，他被送到 C 城，派了一个人暂时来代替他。 给他治病的就是给骠骑兵看病的那个医生。 他对驿站长确凿有据地说，那个年轻人身体完全健康，当时他就猜到他不怀好意，但是因为怕他的鞭子，所以没有作声。 这个德国医生的话不知是真的呢，还是只想夸耀自己有先见之明，但是他的话丝毫安慰不了可怜的病人。 驿站长的病体刚好，他就向 C 城的邮政局长请了两个月的假，对任何人都不提自己的打算，步行找寻女儿去了。 他从驿马使用证上知道骑兵大尉明斯基是从斯摩棱斯克去彼得堡的。 给他驾车的车夫说：杜妮亚一路啼哭，尽管她似乎自己情愿去的。 "也许，"驿站长想道，"我能把我迷途的羔羊带回家来。"他怀着这个念头到了彼得堡，在伊兹玛依洛夫军团一个退职的上士，他的老同事家里住下，就开始四下寻找。 不久他就打听出来，骑兵大尉明斯基是在彼得堡，住在杰摩托夫饭店。 驿站长决定去找他。

一清早，他来到明斯基的前厅，请求禀报大人，说有一个老兵求见。 一个勤务兵在擦用鞋楦撑着的皮靴，他说主人在睡觉，十一点钟以前不接见任何人。 驿站长走了，到指定的时间又回来。 明斯基穿着晨衣，戴着红色小帽亲自出来见他。 "老兄，你要什么？"他问他。 老头的心沸腾起来，泪水涌到眼睛里。 他用颤抖的声音只说出了："大人！ ……请行行好吧！ ……"明斯基迅速地瞥了他一眼，脸一红，就抓住他的手，把他带到书房里，随手关上门。"大人！"老头接下去说，"过去的事情就算了；至少，请您把我可怜的杜妮亚还给我吧。 您已经把她玩够了；别平白无故地毁了她吧。""生米已成熟饭，无法挽回了，"年轻人很尴尬地说，"我对不起你，很希望求得你的宽恕。 可是你别以为我会抛弃杜妮亚，她会幸福的，我可以向你保证。 你要她做什么？ 她爱我，她对以前的环境已经不习惯了。 无论你也好，她也好——你们都不会忘记已经发生过的事情。"接着，他把一样东西塞到老人的衣袖里，就打开了门。 驿站长自己也不记得，他是怎样到了街上的。

他呆呆地站了好久，最后在自己衣袖的折袖里看到一卷纸；他抽出来打开一看，是几张揉皱的五卢布和十卢布的钞票。 泪水又涌到他的眼睛里，是愤懑的泪水啊！ 他把钞票揉作一团，扔在地上，又用鞋跟踩了一脚，走了。 ……走了几步，他停了下来，想了一想，又回转身来。 ……但是钞票已经不见了。 一个衣着漂亮的年轻人一看见他，就奔向一辆出租马车，急忙坐上车，喊道："走！……"驿站长没有去追他。 他决定回自己的驿站，但是先要看看他的可怜的杜妮亚，哪怕见一次也好。 因此，两天之后，他又回到明斯基那里；但是勤务兵厉声告诉他，主人不接见任何人，胸一挺就把他挤出前厅，冲着他的脸砰地关上了门。 驿站长站了一会，只好走了。

就在这一天晚上，他在"一切悲伤的人们"教堂做过祈祷，在利捷伊区上走着。 忽然他前面驶过一辆华丽的马车，驿站长认出了明斯基。 马车在一座三层楼房的大门口停下，骠骑兵就跑上了台阶。 驿站长的头脑里闪过一个侥幸的念头。 他折了回来，同车夫并肩站住。 "老弟，是谁的马？"他问，"不是明斯基的吗？""正是，"车夫回答，"你有什么事？""是这么回事：你的主人吩咐我送一张字条给他的杜妮亚，可是我把他的杜妮亚住在哪里忘记了。""就在这儿二层楼上。 你送信送得太晚了，老兄，现在他本人已经在她那里了。""不要紧，"驿站长心里激动得不可名状，"谢谢你的指点，可是我还要把我的事办完。"说着这话他就走上楼梯。

门锁着。 他按了铃，焦急地等待了几秒钟。 钥匙响了，有人给他开了门。 "阿芙多季娅·萨姆松诺夫娜在这里吗？"他问。"在这里，"一个年轻的女仆回答着，"你找她有什么事？"驿站长并不回答，径自走进客厅。 "不行，不行！"女仆跟在他后面叫道，"阿芙多季娅·萨姆松诺夫娜有客。"但是驿站长不听，继续往前走。 头两间屋子很暗，第三间里有灯光。 他走到开着的门边，停了下来。 在布置得很精致的房间里，明斯基坐在那儿沉思。杜妮亚穿着极其华丽的时装，坐在他的安乐椅的扶手上，像女骑士坐在她的英国马鞍上一样。 她深情地望着明斯基，把他的乌黑的鬈发绕在她的闪闪发光的手指上，可怜的驿站长啊！ 他从来不曾看见他的女儿有这么美，他情不自禁地叹赏起来。 "是谁？"她问道，并没有抬起头来。 他仍旧默不作声。 没有听到回答，杜妮亚抬起头来……一声惊叫，就倒在地毯上了。 明斯基吓了一跳，跑过去扶她，猛然看见老驿站长在门口。 他放下杜妮亚，走到他跟前，气得浑身发抖。 "你要干什么？"他咬牙切齿地对他说，"你怎么像强盗似的悄悄地到处跟着我？ 还是你想杀死我？ 你给我滚！"说着就用一只有力的手抓住老头的衣领，把他推到楼梯上。

老头回到自己的住处。 他的朋友劝他去控告，但是驿站长想了想，挥了挥手，就决计让步了。 两天之后，他从彼得堡动身回到自己的驿站，重新去干自己的工作。 "我失去了杜妮亚单独生活到现在已经是第三个年头了，没有得到她一点消息。 她是死是活，只有上帝知道。 什么事都可能发生。 被过路的浪子勾引的，她不是第一个，也不是最后一个，把她弄去供养一阵，然后就抛弃了。 在彼得堡，这种年轻的傻丫头多的是，今天穿绸缎，穿天鹅绒；可是明天，你瞧吧，就会跟穷酒鬼在一起扫大街了。 有时候一想到杜妮亚也许会流落在那边，就不由得动了罪恶的念头，希望她早点进坟墓……"

这就是我的朋友，年老的驿站长讲的故事，不止一次被泪水打断的故事，——他像德米特里耶夫的美丽的叙事诗里的热心的捷连季伊奇①那样用衣裙拭着眼泪，样子非常感人。 这眼泪部分是由于他在讲故事时喝的五杯潘趣酒所引起的，但是不管怎样，这眼泪使我十分感动。 同他分别后，我久久不能忘掉年老的驿站长，我久久想念着可怜的杜妮亚……

还在不久以前，我路过某地，想起了我的朋友。 我探听到他主管的驿站已经撤销了。 我问起："老站长还活着吗？"没有人能给我满意的答复。 我决定去重访旧地，就向私人租了几匹马，前往H村。

那时正是秋天、满天灰色的云朵；冷风从收割过的田野吹来，风过之处，树上的红叶和黄叶都被吹走。 我进村时太阳已经落山，我在驿舍前停下。 从穿堂间里(可怜的杜妮亚曾在那里吻过我)走出一个胖胖的村妇，她回答我说，老站长已经死了快一年了，他的房子现在住进了一个做啤酒的师傅，她就是啤酒师傅的妻子。 我开始为白跑一趟和白花了七个卢布而感到惋惜。 "他是怎么死的？"我问啤酒师傅的妻子。 "喝酒喝死的，老爷。"她回答说。 "他葬

---

① 德米特里耶夫，诗人，寓言作家，普希金的同时代人。 捷连季伊奇是他的诗《漫画》中的主人公。

在什么地方？""在村外，在他死去的妻子旁边。""能带我到他坟上去吗？""怎么不能。 哎，万卡！ 你玩猫该玩够了。 陪这位老爷到坟地去，指给他看老站长的坟在哪里。"

她这样说的当儿，一个穿得破破烂烂、红头发、独眼的男孩跑到我面前，立即领我到村外去。

"你认识死去的站长吗？"路上我问他。

"怎么不认识！ 他教我削风笛。 从前他(愿他进天国)从酒店出来，我们就跟着他：'老爷爷，老爷爷！ 给点榛子！'他就把榛子分给我们。 从前，他总是跟我们玩。"

"那么，旅客们还记得他吗？"

"不过现在旅客少了，有时候陪审员顺路拐过来，可是他也不谈死了的站长了。 夏天倒来了一位太太，她问起老站长，后来到他的坟上去过。"

"什么样的太太？"我好奇地问。

"一位美极了的太太，"小男孩回答道，"她坐着一辆六匹马拉的马车，带着三个小少爷和一个保姆，还有一只黑哈巴狗。 她一听说老站长死了，就哭起来，对孩子们说：'你们乖乖地坐着，我到坟场去一下。'我说我愿意领她去，可是那位太太说：'我自己认得路。'还给我一个五戈比的银币——真是个好心的太太！ ……"

我们到了墓地，四周光秃秃的，毫无遮拦，满眼都是木头十字架，没有一棵小树遮阴。 有生以来我不曾见过这样凄凉的墓地。

"这就是老站长的坟。"小男孩跳上一个沙墩告诉我说，沙墩上插着一个有铜质圣像的黑十字架。

"那位太太也到这儿来过吗？"我问。

"来过，"万卡回答说，"那时我从远处望着她。 她趴在这儿，趴了好久。 后来那位太太回到村子里，叫来了牧师，给了他一些钱，走了。 我呢，她给了一个五戈比的银币——真是个好太太！"

我也给了小男孩一个五戈比银币，而且已经不为这次旅行和花掉的七个卢布而惋惜了。

水夫　译

鼻　子

[俄罗斯] 尼古拉·瓦西里耶维奇·果戈理①

一

　　三月二十五日，彼得堡发生了一件异乎寻常的怪事。这一天，住在升天大街的理发师伊凡·雅科夫列维奇醒得相当早。（他的姓氏失落，连他门前的招牌上也没有姓氏。那招牌上画着一位满脸肥皂沫的绅士，另有"兼放瘀血"一行小字）。他醒来后立即闻到一股新鲜面包的香味。他在床上稍稍抬起身子，看到他的老婆，一位爱喝咖啡、相当受人尊敬的太太，正从炉子里取出刚刚烤得的面包。

　　"今天我呢，普拉斯科维娅·奥西波夫娜，不喝咖啡了，"伊凡·雅科夫列维奇说，"我想就葱吃块热面包。"（其实，伊凡·雅科夫列维奇既想喝咖啡，又想吃面包，但他知道，这两样东西不可

————————

　　① 尼古拉·瓦西里耶维奇·果戈理(1809—1852)，俄国著名作家，批评现实主义文学的奠基人。他被别林斯基誉为俄国"文坛主将"。代表作有喜剧《钦差大臣》，短篇小说《狂人日记》《鼻子》《外套》，长篇小说《死魂灵》等。

能兼得，因为普拉斯科维娅·奥西波夫娜很不喜欢他这种难伺候的胃口。）

"让这傻瓜吃面包去吧；这样对我更好，"老婆子心里暗想，"那就多了一份咖啡了。"说完她把一个面包扔到桌上。

伊凡·雅科夫列维奇出于礼貌，在衬衫外面罩上一件燕尾服，坐到桌子跟前，倒了一点盐，准备了两颗小葱头，拿起刀子，还装出一副煞有介事的模样，动手去切面包。他把面包切成两半，往当中一瞧，不由得大吃一惊，他看到里面有个发白的东西。伊凡·雅科夫列维奇小心翼翼地用刀把它抠出来一点，用手指摸了摸，自言自语起来："怎么还挺瓷实的？这会是什么东西呢？"

他伸出指头，把那东西拽出来——鼻子！……伊凡·雅科夫列维奇赶紧缩回手；他擦擦眼睛，又去摸摸：鼻子，当真是鼻子！而且看上去还像某个熟人的鼻子。伊凡·雅科夫列维奇顿时大惊失色。不过这份惊骇比起他老婆的满腔愤怒就不值一提了。

"你这畜生，你是在哪儿割下这鼻子的？"她愤怒地吼道，"你这骗子！酒鬼！我要亲自到警察局告你去。简直是强盗！我已经从三个人那里听说了，说你刮脸的时候使劲捏住人家的鼻子，差一点就把它揪下来了。"

此时伊凡·雅科夫列维奇已经吓得半死不活。他认出这东西正是八等文官①科瓦廖夫的鼻子，每逢星期三和星期日他总要给这位先生刮胡子的。

"等一等，普拉斯科维娅·奥西波夫娜！我用破布把它包起来，先在屋角里搁一下，待会儿我把它弄出去就是了。"

---

① 彼得大帝在位时实行的官阶制，共分十四等，前五等为高级官阶，十四等最小。

"我可不会听你的！ 要我让你把割下的鼻子搁在这屋里？……呸！ 又焦又臭的面包干！ 就知道在皮带上来回蹭剃刀，我看你连自己的本分都快尽不了了，你这二流子！ 恶棍！ 想让我替你去警察局承担责任？ ……呸！ 你这混蛋，蠢货！ 给我拿出去！立刻拿走！ 随你弄哪儿去！ 就是别让我再闻到这股子臭味！"

伊凡·雅科夫列维奇丧魂落魄地站在那里。 他想了又想，可就是不知道该想点什么。

"鬼知道这是怎么搞的，"他终于说，还用手搔搔耳朵根，"昨天回家的时候我是不是喝醉了？ ——现在也说不准了。 从种种迹象来看，这事总不像真的：因为面包是现烤的，那鼻子却完全不是。 我简直弄不明白！ ……"

伊凡·雅科夫列维奇不作声了。 一想到警察将在他家里搜出鼻子，叫他吃官司，他简直吓昏了。 恍惚中，他已经看到绣银边的红领子和长剑……他浑身哆嗦起来。 最后，他好歹找出自己的内衣和靴子，把这堆破烂全给穿上，在普拉斯科维亚·奥西波夫娜严厉的训斥声中，用破布包好鼻子，走到了街上。

他想把那东西塞到什么地方，比如说，塞进哪家大门旁的小木箱里，或者不经意地让它掉在地上，自己溜进小胡同里。 但事不凑巧，他偏偏总是碰到熟人，他们一见面就问："上哪儿去？"或者"这么早你去给谁刮脸呀？"——弄得伊凡·雅科夫列维奇怎么也找不到机会。 有一次，他已经扔掉那布包，但一名岗警老远就用斧钺①指着他说："捡起来！ 瞧你把什么东西扔地上了！"伊凡·雅科夫列维奇只好把布包拾起来，把它藏进口袋里。 他绝望了；因为这时随着大小店铺纷纷开张，街上的行人也越来越多了。

---

① 一种古代兵器，在长柄一端装有铁制板斧。

他决定步行到伊萨基辅桥去；看能否悄悄把它扔进涅瓦河里？……不过，直到现在我还没有对伊凡·雅科夫列维奇这位在许多方面令人可敬的市民作些介绍，实在有些不妥。

伊凡·雅科夫列维奇，像任何一个正派的手艺人一样，嗜酒如命。尽管他天天给别人刮胡子，他自己的下巴却从来也不刮的。伊凡·雅科夫列维奇的那件燕尾服（他一向不穿常礼服）色彩斑斓，也就是说，它原来是黑色的，现在布满了棕黄灰各色斑迹；他的领子油光锃亮，三颗纽扣全掉了，只留着线脚。伊凡·雅科夫列维奇是个厚颜无耻的人。八等文官科瓦廖夫在刮胡子时常常对他说："伊凡·雅科夫列维奇，你手上怎么总有一股子臭味！"对此，伊凡·雅科夫列维奇反问道："手怎么会臭呢？""不知道，伙计，总闻到有一股子臭味。"八等文官这样说。于是伊凡·雅科夫列维奇闻了一撮鼻烟，便在他的脸颊上，鼻子下，耳朵后面，下巴底下——总之，在他兴之所至的任何地方弄出一层厚厚的肥皂沫，算是对他的回答。

这位可敬的公民已经来到伊萨基辅桥上。他先朝四下里张望一阵；随后俯身伏在桥栏上，好像在观看桥下是否有鱼群游过，伸手轻轻地扔掉那包东西。他顿时感到像是卸去了十普特①重负：伊凡·雅科夫列维奇甚至暗自笑出声来。他不去给官员们刮下巴了，而是朝一家"茶点小酌"铺走去，想要喝一杯潘趣酒②，突然看见桥头站着一位仪表堂堂、满脸络腮胡子、头戴三角帽、腰佩长剑的地段警长。他吓呆了。这当儿警长钩钩食指招他过来，说：

"来一下，伙计！"

---

① 一普特合 16.38 公斤。
② 一种用果汁、茶、酒掺和的混合饮料。

伊凡·雅科夫列维奇懂得规矩，老远就摘下便帽，敏捷地跑到跟前说：

"您好，长官！"

"不，不，伙计，别叫什么长官；快说，刚才你站在桥上干什么了？"

"真的，老爷，我这是去给人家刮胡子，顺便看看，河水流得快不快。"

"撒谎！撒谎！你休想蒙混过去。照实说！"

"我情愿一星期两次替您老人家刮脸，绝不推托，三次也行。"伊凡·雅科夫列维奇喃喃答道。

"不，朋友，少说废话！我有三个理发师替我刮脸，而且个个认为我这是给他们赏脸。你快说，你在那里干什么了？"

伊凡·雅科夫列维奇顿时脸色煞白……但事情到此如堕五里雾中，后来怎么样便一无所知了。

二

八等文官科瓦廖夫很早就醒来了，吹着嘴唇发出"勃噜噜……"的声音——这是他醒来后的老习惯，虽说自己也说不清，为什么非这么做不可。科瓦廖夫伸了个懒腰，叫仆人把桌上的小镜子拿给他。他想瞧一瞧昨晚鼻子上冒出来的那颗小疙瘩，但他大吃一惊，看到应当是鼻子的地方完全光溜溜的！科瓦廖夫吓坏了，忙叫人端来洗脸水，他用手巾擦擦眼睛：当真没有鼻子！他又用手拧自己一把：莫不是还在做梦？不，好像不是做梦。八等文官科瓦廖夫一骨碌从床上爬起来，甩甩头：没有鼻子！……他立即叫仆人给他穿衣，飞一般径直去找市警察总监了。

不过现在我得先交代一下这位科瓦廖夫，好让读者了解这位八等文官是何许人物。靠学校文凭获得这一头衔的八等文官，跟在高加索混得这一头衔的八等文官是不能等量齐观的①。这是两种完全不同的形式……完成学业的八等文官……但俄国是一个奇妙的国家，如果你谈起某一个八等文官，那么从里加到堪察加所有的八等文官必定认为你指的就是他。至于其他头衔和官阶也都是如此。这位科瓦廖夫本是高加索混得的八等文官。这头衔他得来才两年时间，所以一刻也忘不掉它；而且为了使自己显得更气派，更有身份，他从来不称自己是八等文官，通常都冠以少校头衔②。"听着，大婶，"如果他在街上遇见一个卖胸衣的婆娘，总是这样说，"下回你去我家一趟，我的寓所在花园街；你只消问一声：科瓦廖夫少校可住这里？随便什么人都会给你指路的。"如若遇到的女人有几分姿色，那么除此之外，还要神秘兮兮地加上一句："宝贝，你去打听一下科瓦廖夫少校的寓所就行了。"正因为如此，我们往后也把这位八等文官叫作少校算了。

科瓦廖夫少校有个每天在涅瓦大街散步的习惯。他的胸衣领子总是异常干净，浆得很硬，他的那部络腮胡子并不罕见，直到现在你还可以在省衙门县衙门的丈量员、建筑师——只要他们是俄国人——还有担任各种各样警察职务的人，以及所有长着胖胖的红脸蛋、打一手波士顿纸牌的堂堂男子的脸上看到这种络腮胡子：胡子从面颊中央蔓生开来，一直连到鼻子底下。科瓦廖夫喜欢佩戴各种小巧的玛瑙图章③，有些是家族纹章，有些是刻着星期三、星期

---

① 在作战地区，在高加索，升官晋级远比其他地区要快，所以一些年轻的九等文官来该地谋取他们梦寐以求的八等官阶。

② 八等文官相当于少校军衔，但文官无权自称少校。

③ 指小型私章，常作为饰物挂在表链上。

四、星期一等字样。 科瓦廖夫是因事才到彼得堡来的，确切地说，他想找一份与他的官衔相称的职位：如若运气好，谋个省长秘书的差使，否则在某个显要的衙门里当个庶务官也成。 科瓦廖夫少校并不反对结婚成家，但有一个条件，那就是未婚妻必须带来二十万卢布陪嫁。 因此，读者现在可以想象出，当这位少校看到自己原来那个不大不小、相当周正的鼻子变成了丑陋的光溜溜平塌塌的一块时，心情是多么恶劣了。

事不凑巧，这时大街上没有一辆出租马车，他只得步行前往。他裹在斗篷里，用手帕捂着脸，装成鼻子流血的样子。 "或许这是我的错觉吧：鼻子是不可能稀里糊涂失落的。"他这么想着，故意跑进一家点心铺，想照照镜子。 幸好点心铺里还没有顾客，小伙计们正在打扫房间，摆放桌椅；几个睡眼惺忪的跑堂端出一盘盘热气腾腾的馅饼；桌椅上乱扔着沾满咖啡渍的昨天的报纸。

"哦，谢天谢地，一个人也没有，"他说，"现在可以仔细看看。"他怯生生地走到镜子跟前，瞧了一眼，"鬼知道是怎么回事，糟糕透了！"他啐了一口唾沫说，"没有了鼻子，哪怕长个别的什么也好啊，可就是光秃秃的！ ……"

他懊丧地咬紧嘴唇，走出点心铺，决定一反平素的习惯，不去观看来往行人，遇见熟人也不笑脸相迎。 突然他呆若木鸡似的站在一幢房子的大门旁；在他眼前发生了一桩无法解释的怪事：一辆四轮轿式马车停在台阶前，车门打开了，一位身着制服的绅士弯腰跳下车来，跑上了台阶。 当科瓦廖夫认出这位先生就是他自己的鼻子时，他感到多么可怕而又惊愕啊！ 目睹着这一离奇的景象，他感到眼前的一切都旋转起来，他觉得自己快站不稳了，他像害热病似的浑身发抖，但他还是决定无论如何要等这位先生回到马车里来。 两分钟后，鼻子真的出来了。 他身穿绣金边、大立领的制服，麂皮裤子，腰间佩着长剑。 看他三角礼帽上的羽饰可以断定，他应是五等文官。 从一切迹象看来，他这是坐车外出拜客的。 他朝两边望了望，对车夫喊道："来车！"坐上就走了。

可怜的科瓦廖夫差点要发疯了。 他不知道该怎样看待这种怪事！ 说真的，昨天还长在他的脸上、不会坐车不会走路的鼻子，怎么可能穿上制服了呢！ 他就去追那辆马车，幸好车子跑不多远，就停在喀山大教堂门前了。

他急忙朝大教堂奔去，穿过一群蒙着脸、只留两个窟窿看人、往常总遭到他嘲笑的老乞婆，进到了教堂里面。 教堂里做祷告的人不多，他们多半站在入口处。 科瓦廖夫心情极坏，哪有心思去祈祷，只用眼睛到处搜寻这位绅士。 终于看到他站在一旁。 鼻子把他的脸完全藏在高高的立领里，一副十分虔敬的样子在祈祷着。

"怎么去找他呢？"科瓦廖夫想，"从制服、从帽子、从各方面看，他是一位五等文官。 鬼知道我该怎么办！"

科瓦廖夫先生在他身旁咳嗽了几声；但鼻子一刻也没有改变他笃信上帝的神态，频频朝圣像躬身礼拜。

"尊敬的阁下……"科瓦廖夫强自振足精神说，"尊敬的阁下……"

"您有什么事？"鼻子转身问道。

"我感到奇怪，尊敬的阁下……我以为，您应当知道自己的本分。 我总算找到了你，可是在哪儿呢？ ——在教堂里。 您得承认……"

"对不起，我不明白您在说什么……您讲清楚些。"

"叫我怎么给他讲清楚呀？"科瓦廖夫寻思着，最后鼓足勇气，开始说：

"当然，我……不过，我是一名少校。 我现在没有了鼻子，您得承认，这有失体面。 那些在升天桥上兜售剥皮橘子的女贩子可以没有鼻子，可我还指望着晋级哩……何况我结识许多太太，如五等文官夫人切赫塔列娃，以及其他许多……您自己想想吧……我不知道，尊敬的阁下……（说到这里科瓦廖夫少校耸了耸肩膀）对不起……如果按照道义和名誉这些行为准则来看待这件事……那么您自己就能明白……"

"我根本什么也不明白，"鼻子回答，"您三言两语把意思再说清楚些。"

"尊敬的阁下……"科瓦廖夫神色庄重地说，"我不知道应该怎样理解您的话……我以为事情是一清二楚的……或许您还想……您本来就是我的鼻子呀！"

鼻子瞪了少校一眼，微微皱起了眉头。

"您错了，先生。 我就是我。 再说你我之间不可能有任何密切的关系。 从您这身制服的纽扣来看，您应该是在参政院，或者至少是在司法部门里供职的。 我可是在学术机关方面。"说完这番话，鼻子转过身去，继续祈祷起来。

科瓦廖夫完全愣住了，不知道该做什么，甚至不知道该想什么。 这当儿，他听到一阵悦耳的女人衣裙的窸窣声：一位浑身缀满花边的中年太太缓步走来，身旁倚着一位娇滴滴的小姐，那一袭白色长裙裹着她苗条的身段显得楚楚动人，头上戴一顶淡黄色的、像蛋糕般松软的小帽。 在她们后面一个高个儿、大胡子、有一打领子的仆人正停下来，打开了鼻烟匣。

科瓦廖夫迎上前去，抻了抻胸衣的细麻布领子，整理一下金表链上的玛瑙图章，面带微笑左顾右盼，注目盯了一眼那位体态轻盈的小姐，只见对方像春花似的微微垂下了头，把一只白白的小手举到额头，那纤细的指头竟是半透明的。 当科瓦廖夫看到她帽子底下露出那洁白如玉的圆下巴以及艳若玫瑰的半边脸时，他脸上的微笑便荡漾开去。 但他突然像被烫伤似的又跳开了。 他记起了他没有鼻子，于是眼泪便夺眶而出。 他转身又去找那位穿制服的绅士，准备直言相告：他只是冒充五等文官，他是个大骗子，是无耻小人，他什么也不是，不过是他的鼻子罢了……但鼻子已经不在：他及时地溜掉，大概又去拜会什么人了。

科瓦廖夫因此而绝望了。 他又返回来，在柱廊下站了片刻，仔细朝四下里搜寻，看能不能在什么地方找到鼻子。 他记得很清楚，那人的帽子上有羽饰，制服上绣有金线花边；但没有注意披风、马车和马的颜色，甚至没有留意他后面有没有跟班，跟班穿什么样的制服。 再说来来往往的马车那么多，跑得又那么快，是很难看清楚的。 即使他发现了那辆马车，也没有任何办法让它停下来。 这一天天气很好，阳光明媚。 涅瓦大街上人头攒动；女士太太们汇成五彩缤纷的瀑布倾泻到从警察桥到阿尼奇金桥的整条人行道上。 瞧，他的一位熟人七等文官正迎面而来，他通常管那位先生叫中校，特别是当着外人的面。 瞧，这是亚雷金，参政院的一名科长，他的好朋友，每当八人打波士顿牌时，他总是输得下不了台。 瞧，这是在高加索捞来官职的另一位少校，他正招手喊他过去呢……

"真见鬼！"科瓦廖夫说，"喂，车夫，给我一直拉到市警察总监家！"

科瓦廖夫坐一辆轻便马车，一路上不时对车夫嚷嚷："快点！越快越好！"

"警察总监在家吗？"他走进前厅喊道。

"不在家，"看门人回答，"刚刚出门。"

"真不凑巧！"

"是呀，"看门人补充道，"老爷刚才还在，这会儿可出门了。　您要是早来一分钟，没准能在家里碰到他。"

科瓦廖夫依旧用手帕捂着脸，坐上马车用绝望的声音喊道：

"走！"

"上哪儿？"车夫问道。

"一直走！"

"怎么一直走？　这会儿该拐弯了：往右拐还是往左拐？"

这一问把科瓦廖夫问住了，他不得不重新考虑一番。　处在他的境地，他应该首先去找市警察局，这倒不是因为这事跟警察直接有关，而是因为警察局办事比其他地方要快得多。　至于去鼻子自称供职的单位控告，以便弄个水落石出，这样做是极不明智的，因为听鼻子本人的几次回答就可以看出，此人根本没有什么神圣的观念，他在这件事上同样可以撒谎，正如他撒谎说他从来不认识他一样。总之，科瓦廖夫本来已经想叫车夫拉到市警察局去，可忽然又转念想到：这个刁民和骗子，初次见面就这样厚颜无耻，现在他很可能找个机会想个花招从从容容溜出城去——到那时一切寻找都将毫无结果，事情可能一日两日拖下去，那就更糟了。　最后，似乎是老天爷让他开了窍。　他决定直奔报纸发行科，尽早登一则广告，详细描述此人的一切特征，以便任何遇见鼻子的人能立即把鼻子抓来见他，或者至少能通知他鼻子的行踪。　就这样，他拿定了主意，吩咐车夫直奔报纸发行科，一路上不断用拳头捅他的背，喝道："快点，混蛋！　快点，骗子！""唉，老爷！"车夫这样说着直摇头，只好用缰绳不时抽打那匹像狮子狗那样长毛蓬松的马。　轻便马车总算停了下来，科瓦廖夫气喘吁吁地跑进了一间不大的接待室，只见桌子后面坐着一位头发斑白的办事员，此人穿一件旧燕尾服，戴眼镜、嘴里咬着羽毛笔，正在清点好几笔收进来的铜币。

"这里谁受理广告？"科瓦廖夫大声喊道，"啊，您好！"

"您好！"老职员说着，抬起一下眼睛，随即目光又落在钱堆上。

"我想登一则……"

"对不起，请稍稍等一下。"职员说时，右手指着纸上的数字，左手在算盘上拨动了两颗珠子。

一个衣服上镶金边、外表显示在显贵人家当差的仆役，手里拿着一张字条站在桌旁。他认为应当显示一番自己的见多识广：

"先生，您信不信，这条小狗值不了八十戈比，要是我，连八个戈比也不肯出。可是伯爵夫人喜欢它，喜欢得要命，——所以谁要是找到它，太太就赏他一百卢布！说句得体的话，那是因为各人的口味，就好比现在我跟您吧，总是不一样的。如果是猎人，那就得养条猎犬或者鬈毛狗，只要是好狗，出个五百一千也值得。"

可敬的职员一脸意味深长的神气听着，同时计算着送来的纸条上有多少字。两边还站着许多老太婆，店铺伙计和看门人，手里都拿着纸条。一张上写着：品行端正马车夫一名待雇，另一张上写着：出售一八一四年巴黎产八成新敞篷马车一辆；婢女待雇，十九岁，会洗衣及其他家务；出售坚固耐用轻便马车，缺一弹簧；出售灰斑烈马，十七牙口；出售伦敦新到芜菁萝卜种子；出售别墅，带附属物、马厩及可营造优质桦林枞林的空地；出售旧鞋底，购者可于每日早八点至翌日晨三点前往接洽。容纳这么多人的房子却很小，里面空气极其污浊，但八等文官科瓦廖夫却闻不到气味，因为他一直用手帕捂着鼻子，还因为他的鼻子鬼知道掉到什么地方去了。

"先生，请问……我有急事要办。"他终于忍不住说。

"就好！就好！两卢布四十三戈比！等一等！一卢布六十四戈比！"白发职员说着，把那些纸条径直扔到老太婆和看门人的脸上，"您有什么事？"他终于转过脸来问科瓦廖夫。

"我要……"科瓦廖夫说，"有人捣鬼，或者说有人行骗，我到现在也弄不清是怎么回事，我只求登一则启事，谁给我把那坏蛋抓来，他可以得一笔相当数目的酬金。"

"请问您贵姓？"

"不，为什么要我的姓？ 我不能告诉您。 我的熟人很多，如五等文官夫人切赫塔列娃，校官夫人帕拉格娅·格里戈里耶夫娜·彼德托奇娜等等。 如果让她们知道了，那就太糟糕了！ 您可以简单写上：某八等文官，或者最好写上：某少校。"

"那么，这逃跑的家伙是您的仆人喽？"

"什么仆人？ 跑了仆人倒算不上什么大骗局！ 跑掉的……是……鼻子……"

"哼！ 好古怪的姓！ 那么，这位鼻先生卷走了您的巨额家私喽？"

"鼻子，也就是……您想哪儿去了！ 鼻，我本人的鼻子不知跑哪儿去了。 准是鬼想跟我开玩笑！"

"怎么会跑掉的呢？ 我怎么听不明白您的话。"

"我可不能告诉您怎么回事；但主要是，现在他坐着马车满城跑，还自称五等文官。 因此我要您给登一则启事，让抓到他的人立即扭送前来见我。 你想想，说实在的，脸上缺了这么显著的器官叫我怎么办？ 这又不比脚上缺一个小趾头，我可以把脚塞进靴子里——即使没有趾头，谁也看不见的。 我每星期四都要去拜会五等文官夫人切赫塔列娃；校官夫人帕拉格娅·格里戈里耶夫娜·彼德托奇娜，她的女儿漂亮极了，她们都是我的熟人，您自己想想，叫我现在如何……我这样是不能去见她们的。"

职员咬紧嘴唇，这说明他在思考。

"不，这不能在报上登这种启事。"经过长时间的沉默，他终于说。

"怎么？ 为什么？"

"是这样。 报纸会名声扫地。 如果大家都来登启事，说他的鼻子跑掉了，那么……现在已经有人在说闲话了，说什么报上尽登些稀奇古怪的事情和无中生有的谣言。"

"这件事哪点古怪呢？ 我觉得一点也不古怪。"

"不古怪，这是您的想法。 可就在上星期，也出了这么一回事。 跑来一名官员，就像您现在这样。 拿来一张纸条，按字计算付了两卢布七十三戈比，启事的内容是丢失一条黑色鬈毛狗。 看来这不成问题吧。 结果是诽谤：这鬈毛狗原来是某机关的财务员，哪个机关我可记不得了。"

"我可不是登什么鬈毛狗的启事，我是登我的鼻子的启事：因此跟登我本人的启事几乎是一回事。"

"不行，这种启事我无论如何不能登。"

"可是我真的丢了鼻子呀！"

"既然丢了鼻子，那是医生的事。 据说，有些医生能给人按上随便什么样的鼻子。 不过我注意到了，您是一位性情快活的人，喜欢跟人开玩笑。"

"我敢对您发誓，那是真的！ 事情既然弄到这个地步，我也只好让您看看了。"

"何必劳神！"职员闻着鼻烟，继续道，"不过，如果不太麻烦的话，"他动了好奇心，又补充了一句，"我倒真想瞧一瞧。"

八等文官从脸上拿开手帕。

"真的，太奇怪了！"职员说，"那地方完全光溜溜的，倒像一张刚烤得的薄饼。 是的，平整得简直不可思议！"

"怎么样，您现在还要跟我争辩吗？ 您自己也明白，这启事是非登不可的。 我将万分感激您。 而且很高兴借此机会有幸结识您……"

从以上谈话可知，少校已拿定主意这一回要多奉承他几句。

"登则启事嘛，当然啦，问题不大，"职员说，"只是我不认为这对您有什么好处。 如果您愿意的话，不如去找一位有生花妙笔的人，把它写成一篇真人奇遇的稀世之作，文章可以登在《北方蜜蜂报》①上(说到这里他又闻了闻鼻烟)，这对青年不无裨益(说到这里他擦了擦鼻子)，也可供广大人士猎奇。"

八等文官完全绝望了。 这时他的目光落到报纸下面的剧院演出广告栏上，看到一位漂亮的女演员的名字，他的脸正要漾出微笑，手也伸到口袋里，摸摸是否随身带着蓝票子②，因为依科瓦廖夫之见，校官看戏非得坐池座不可——可是一想到鼻子，好情绪全给败坏了。

职员本人似乎也被科瓦廖夫的艰难处境感动了。 为了多少能减轻他的痛苦，他认为应当说几句深表同情的话：

"您遇到这种意外，说真的，我心里也很难过。 您是否想闻闻鼻烟，它能治头痛，解烦闷。 甚至对痔疮也很管用的。"

职员这么说着，给科瓦廖夫递上鼻烟壶，相当灵巧地把嵌着戴帽美人小像的盖子托在下面。

这一毫无恶意的举动，气得科瓦廖夫再也忍不住了。

"我不明白，您怎么专找这种时候开玩笑，"他愤愤地说，"难道你没有看见，我缺的正是那个能闻东西的家伙吗？ 让你的鼻

---

① 《北方蜜蜂报》，(1825—1864)彼得堡出版的一种政治与文艺报纸。
② 面值五卢布的纸币。

烟见鬼去吧！ 我现在见不得它，别说您那发苦的桦叶，您哪怕给我好闻的上等细烟叶也不行。"

说完这番话，科瓦廖夫万分懊丧地离开了报纸发行科，径直去找区警察分局长。 这位先生极爱吃糖，在他的兼作餐室的前厅里，放着不少圆锥形的大糖块，这些都是商人为了表示友谊给他送上门的。 厨娘这时候给分局长脱下当官穿的过膝长筒靴；剑和全身披挂已经一件件稳稳当当挂在角落里，令人望而生畏的三角帽已经被他三岁的儿子拿去当了玩具。 经过这一整天紧张的操劳之后，他正准备享受一番清闲的乐趣。

科瓦廖夫到他家时，他正伸着懒腰，喉咙里哈哧一声，说道："哎呀，要能睡上两小时那才美哩！"所以可以预见到，八等文官的到来是多么不合时宜。 分局长是一切艺术品和手工织物的热心奖励人，但他最喜欢的还是国家发行的纸币。 "这玩意儿，"他通常这样说，"世上没有比它更好的东西了：它不吃不喝，不占多少地方，口袋里总搁得下，掉在地上也摔不破。"

分局长相当冷漠地接待科瓦廖夫，说：饭后不是办案的时间，又说，造物主早有规定，饭后要稍事休息（从这句话里八等文官可以知道，这位警察分局长对古代先哲的至理名言倒不是一无所知的），还说正派人的鼻子是不会叫人割掉的，这世上形形色色的少校可多啦，他们连一身干净的衬衣裤都没有，就知道成天在那些乌七八糟的地方鬼混！

此话可谓一针见血！ 须要指出的是，科瓦廖夫这人心胸狭窄。如果别人说他什么不是，他倒还能原谅，可是如果事关官阶或职位，那他是绝不含糊的。 他甚至认为，在上演的戏剧里，有损尉官的台词可以睁一眼闭一眼放过去，但对校官的攻击是无论如何不许可的。 分局长的态度使他万分狼狈，他一甩头，两手一摊，神色庄重地声明："老实说，听了您这番侮辱人的指责，我已经无话可说……"立即扭头就走。

他拖着软弱无力的双腿回到家里。这时已经暮色四合。经过一整天无谓的奔波之后，他觉得连寓所也显得凄凉，令人厌恶。走进前厅，他看到仆人伊凡正仰面躺在污迹斑斑的皮沙发上，不时用口水吐天花板，而且每回都相当准地吐在同一个地方。这家伙的自在劲儿真把他气疯了，他甩帽抽他的脑门，骂道："你这蠢猪，尽干傻事！"

伊凡霍地跳起来，慌忙替主人脱下外套。

进了自己的房间，浑身无力、满面愁容的少校急忙坐进圈椅里，叹了几口气才说：

"天哪！天哪！怎么会这么倒霉呢？哪怕我断了胳膊断了腿，那也好些；哪怕没有耳朵，虽然难看，不过还可以凑合，可是人没有鼻子——鬼知道像什么东西：人不像人，鬼不像鬼；这种丑八怪只配扔到窗外去！这鼻子如果是在战争中或者在决斗中被子弹打飞的，或者是我自己不小心弄掉的，这些都还好说；可它丢得不明不白，毫无意义，一钱不值呀！……丢了鼻子，这不可能呀，"他寻思片刻又说，"真是不可思议，鼻子怎么会丢了呢；怎么说也难以置信。我莫不是在做梦，或者这仅仅是一种幻觉；有可能我弄错了，把理发后用来擦下巴的伏特加当白开水喝了。准是伊凡这笨蛋没有把酒拿走，我就抓过来喝光了。"

为了证实他没有喝醉，少校使劲拧了自己一把，疼得他失声尖叫起来。这疼痛使他深信不疑，他的言行举止都是清醒的。他又悄悄走到镜子跟前，先是眯起眼睛，默默想着没准鼻子就在原来的地方，但随即他踉跄而退，说道：

"好一副丑模样！"

这事的确令人费解。 要说丢失一颗纽扣，一把银勺，一块怀表或是别的什么东西，那倒也罢了；可就是丢了鼻子，谁该倒霉呢？何况还是在自己屋里！ ……科瓦廖夫少校把各种情况联系起来细细琢磨，认为最合乎情理的，恐怕不是别人，而是硬要把女儿嫁给他的校官夫人波德托奇娜的罪责了。 他本人倒是喜欢向她的女儿献献殷勤，但竭力避免最终的定局。 当校官夫人有一天直截了当告诉他，说她要把女儿嫁给他时，他就悄悄溜之大吉，冠冕堂皇地推说什么他还年轻，他还得服役四五年，他恐怕要到四十二岁再成婚等等。 因此校官夫人准是出于报复，拿定主意要给他毁容，雇了巫婆来达到这一目的，因为无论如何不能设想，鼻子会被人割掉：谁也没有进过他的房间呀；理发师伊凡·雅科夫列维奇是星期三给他刮的脸，星期三这一天，甚至星期四这一天，他的鼻子还在——这一点他记得很清楚；况且，如果真有人割鼻子，他应该感到疼才对，另外，毫无疑问，伤口不可能好得这么快，变得像薄饼一样光溜。他暗自在脑子里筹划种种计划：依法对校官夫人提出起诉，或者亲自去找她，当面揭露她的阴谋。 但他的思路被从门缝里漏进来的灯光打断了，这灯光告诉他，伊凡已在前厅里点上蜡烛。 不一会儿，伊凡进来了，拿在胸前的蜡烛照亮了整个房间。 科瓦廖夫的第一个动作就是抓起手帕，捂住昨天还有鼻子的地方，千万别让这蠢东西看到老爷这副怪模样，吓得他目瞪口呆。

伊凡还没有回到他那狗窝似的陋室，就听到前厅里有个陌生人在问：

"八等文官科瓦廖夫住在这儿吗？"

"请进，科瓦廖夫少校就住这儿。"科瓦廖夫说着赶紧跑过去开门。

走进来一位仪表堂堂、络腮胡子不淡也不黑，脸蛋胖胖的警官。　他正是小说开始时站在伊萨基辅桥头的那位地段警长。

　　"是您丢失了自己的鼻子吧？"

　　"正是。"

　　"它现在被找到了。"

　　"您说什么？"科瓦廖夫少校喊道。　他高兴得说不出话来了。他出神地望着站在面前的警长，在他的厚嘴唇上和胖脸蛋上亮晃晃地闪烁着跳动的烛光，"怎么找着的？"

　　"这事很蹊跷：他几乎是在路上被截住的。　他已经坐上了公共马车，想动身去里加。　护照早就办成了，用的是一位官员的名字。奇怪的是，起初我还把他当成一位绅士哩。　不过幸好我戴着眼镜，我立即看出，这是一个鼻子。　要知道我眼睛近视，如果您站在我面前，我只能看到您的脸，至于鼻子胡子什么的就一概看不清了。　我的丈母娘，也就是我老婆她妈，也是个睁眼瞎。"

　　科瓦廖夫喜出望外了。

　　"它在哪儿？　哪儿？　我立即去一趟。"

　　"别着急。　我知道您需要它，所以我把它带来了。　奇怪的是，这事的主谋是住在升天大街的骗子理发师，他现在已经在大牢里蹲着了。　我早就怀疑他酗酒、偷盗，前天还抄走了一家小铺的一打纽扣哩。　您的鼻子跟原来的完全一样。"

　　说到这里，警长伸手从口袋里掏出布包着的鼻子。

　　"是呀，就是它，"科瓦廖夫叫，"就是它！　请赏光今天跟我一道喝杯茶吧。"

　　"我以为这是十分愉快的事，但恕我不能奉陪：我从这里还得去一趟疯人院……眼下各种食品的价格涨得飞快。　我家里还养着丈母娘，也就是我老婆她妈，还有好几个孩子；大儿子看来大有希望：这孩子特别聪明，可是家里却没有余钱供他上学。"

科瓦廖夫心领神会，急忙抓起桌上的一张红票子①，塞到警长手里。对方并脚行礼，走出大门。几乎同时，科瓦廖夫就听到他在大街上的怒喝声，他用耳光开导一个笨手笨脚的庄稼汉，因为后者把大车赶到人行道上来了。

八等文官在警长走后的几分钟里一直处在迷迷糊糊的状态中；又过了几分钟他才回过神来，能看到东西并恢复了感觉：这出乎意外的喜讯竟使他一时晕眩了。他小心翼翼地把找回的鼻子捧在手心窝里，又一次仔仔细细地辨认了一番。

"就是它！当真就是它！"科瓦廖夫少校说。"瞧，左边还有一颗昨天冒出来的小疙瘩哩。"少校高兴得差点笑出声来。

但世上没有经久不衰的东西，所以这份快乐到了第二分钟就不如先前那样强烈；到了第三分钟就更加微弱，最后竟不知不觉融入了平常的心境中，正如一颗小石子激起的涟漪最终变成平静的水面一样。科瓦廖夫开始沉思，最后明白事情远没有了结：鼻子是找到了，但还需把它贴上去，让它复归原位才行。

"要是它贴不上怎么办？"

一想到他给自己提出的这个问题，少校顿时变了脸色。

怀着莫名其妙的恐惧他冲到桌子跟前，把镜子挪到眼前，唯恐把鼻子贴歪了。他的手在哆嗦。他小心翼翼、郑重其事地把它按在原来的地方。哦，真可怕！鼻子粘不住！……他把它拿到嘴边，哈口气让它暖和一下，又把它贴到两颊之间那块平整光溜的地方，可是怎么摆弄鼻子总也挂不住。

"喂！喂喂！爬上去呀，混账东西！"他对鼻子说。但鼻子像是木头做的，掉到桌上时发出木塞子那样的古怪声音。少校的脸

---

① 面值十卢布的纸币。

抽搐着扭歪了，"难道它长不上了？"他惊恐地自言自语。

尽管他无数次地把它按到原来的地方，但一切努力都是白费。

他大声唤来伊凡，叫他去请医生，那医生就住在同一幢楼二层的一套最好的房间里。这位医生长得一表人才，蓄着漂亮的乌黑的络腮胡子，有一个活泼健康的太太，每天早上要吃几个新鲜苹果，特别注重口腔卫生，每天起来要花三刻钟漱口，用五种不同的牙刷刷牙。医生应召立刻到来。他先问这不幸发生了多久，接着托起科瓦廖夫少校的下巴，用大拇指使劲在原先长鼻子的地方弹了弹，痛得少校只好猛地一仰脖子，结果把后脑勺撞到墙上了。医生说，这不碍事，要他离墙远一些，先叫他把头转到右边，他摸了摸原先长鼻子的地方，说了一声："嗯哼！"又叫他把头转到左边，又说一声："嗯哼！"最后又用大拇指弹他，痛得科瓦廖夫少校的头猛地抽动，好像一匹让人清查牙口的马似的。做完这番试验，医生摇着头说：

"不，不行了。您最好将就算了，因为弄不好会更糟的。它当然能接上去，我甚至可以立即把它接上去。但我向您担保，这对您更坏。"

"说得倒轻松！没有鼻子叫我怎么活呀？"科瓦廖夫说，"没有比现在更糟的了。鬼知道这是怎么回事！这么一副怪模样，叫我怎么见人呢？我结识的人都有身份：今天我就应当出席两家晚会。我认识许多太太：有五等文官夫人切赫塔列娃，校官夫人波德托奇娜等等，等等。虽说她今天这么对待我，我也只好通过警察局跟她打交道了。您行行好吧，"科瓦廖夫用恳求的声音说，"想想还有没有别的办法？好歹您给接上去：接不好也不要紧，只要粘住就行；遇到危险时，我可以用手轻轻托着它。再说我向来不跳舞，用不着担心动作不慎会坏了事情。至于您出诊的谢礼，请相信，我会尽我的财力……"

"您可相信，"医生说，声音不大也不小，但异常恳切而富有感染力，"我行医向来不以赢利为目的。 这违背我的原则和医术。当然，我出诊也收些酬谢，但只是因为，如若我坚决不收，患者反会感到过意不去。 当然，我乐意接上您的鼻子；但如果您已经不信我说的话，那么我要以我的名誉担保，接上去反倒更坏。 最好还是听其自然。 经常用冷水洗洗它，请相信我，即使没有鼻子，您照样也很健康，跟有鼻子一样。 我还劝您把鼻子泡在酒精瓶里，最好往里面加两匙白酒和热醋——那样的话，您可以用它换很大一笔钱。我本人也想得到它，如果您要价不太高的话。"

"不行，不行！ 多大价我也不卖！"绝望的科瓦廖夫少校喊道，"我情愿它再失落算了！"

"对不起！"医生告辞说，"我很想为您效劳……有什么办法！ 至少您看到我尽力而为了。"

说完，医生气度不凡地扬长而去。 科瓦廖夫连他的脸都没有看清，昏昏沉沉中只看到他黑色燕尾服的袖口里露出雪白的衬衣袖子。

第二天他决定在递呈诉状之前，先给校官夫人写一封信，问她是否愿意私下了结，归还他原属他的东西。 信的内容如下：

仁慈的亚历山德拉·格里戈里耶夫娜夫人：

夫人的古怪行径令我费解，我敢担保，此举您将一无所获，也绝不能强使我与令爱成婚。请相信，鄙鼻的全部经历我已尽知，并且确认此事的主谋不是别人，正是夫人。此物突然失踪，逃亡，并伪装成一名官员，最后又恢复本相，均为夫人或如夫人一样从事于此伟业的人，施行妖术之结果。本人认为有责任事先通知您，如若我所提及之物今天仍不能复归原位，那我将被迫寻求法律的防御和保护。

顺表对夫人的敬意！

您忠诚的仆人普拉东·科瓦廖夫

尊敬的普拉东·库兹米奇先生：

接获来信，令人不胜惊讶。我当坦诚相告，受到先生不公正的谴责完全出乎意外。今正告先生，来信提及之官员，不论是伪装或以本相出现，我均未在舍间予以接待。诚然，有一菲利普·伊凡诺维奇·波塔奇科夫君常来舍下。虽则此君品行端正，学识渊博，且有意向小女求婚，但我从未让他存一线希望。来信又提及鼻子云云。如若先生所指，意为我似对您嗤之以"鼻"，亦即断然拒绝您的美意，那么先生如此措辞更使我大吃一惊，因为，诚如先生所知，鄙人之见适与此相反，如若先生现在能以明媒正娶之方式与小女成婚，我当立即满足您的所求，因为这也正是我的夙愿。

仍愿随时为阁下效劳。

亚历山德拉·波德托奇娜

"不对呀，"科瓦廖夫读完信说，"看来她当真没有过错。不可能！一个犯罪的人是写不出这种信的。"科瓦廖夫对此颇有经验，因为还在高加索一带服役的时候，他曾多次被派去调查案件，"那么这是怎么搞的？只有鬼才弄得明白！"最后他灰心丧气地说。

与此同时，这件奇事已经传遍了整个京城，而且照例是越传越离谱。当时，大家的心理是猎奇：前不久，有关催眠术的试验就吸

343

引了全城居民的注意，何况有关马厩街椅子跳舞的故事①人们还记忆犹新，因此关于科瓦廖夫少校的鼻子每天整三点在涅瓦大街散步的传闻也就不足为怪了。 每天大街上看热闹的人多如潮涌。 有人还说，鼻子喜欢光顾扬凯尔商店：于是宝号门前的人群便挤得水泄不通，甚至须要警察出来维持秩序。 有个相貌可敬、满脸络腮胡子的投机商人，原来在戏院门口出售各种糖果饼干，这时特意钉了许多美观结实的小板凳，每张收费八十戈比，专供好事之徒歇脚。 有位战功赫赫的上校为此特意早早离开家门，费尽九牛二虎之力从人堆里挤进去，可是令他大为气愤的是，他看到商店橱窗里哪有什么鼻子，只有一件普通的羊毛衫和一幅石印版画，画上一位妙龄女郎正在穿袜子，有个穿翻领坎肩、留着山羊胡子的花花公子躲在树后偷看她——那幅画在老地方已经挂了十年之久了。 离开时上校恼火地说："怎么能用这种愚蠢的离奇的谣言来混淆视听呢？"——后来又传说，科瓦廖夫的鼻子不是在涅瓦大街，而是在杰夫里兹公园里散步，而且它好像早就在那里了；传说远在霍兹列夫·米尔扎②在那里下榻的时候，王子就对造物主的这一奇特变幻深感惊异了。 外科医学院的几名大学生也前往观看。 一位可敬的贵妇人还特意致函花园管事，要求让她的几个孩子看看这稀世奇观，如有可能，再加上一些说明以祈裨益并教育青少年。

这事的种种传闻使得所有上流人士欢欣鼓舞，这些人经常出席各种隆重的晚会，喜欢插科打诨逗女士们开心，正愁笑料已经用完。 少数可敬善良的先生则深表不满。 有位先生愤愤不平地说，

---

① 1833年12月17日普希金在日记中嘲笑了这则故事，他写道："城里盛传一件奇事。 据说在原属主管宫廷马厩部门的一幢房子里，所有桌椅纷纷行走，蹦跳起来。 有人说这些宫廷桌椅在请愿，要求进入阿尼奇宫。"

② 霍兹列夫·米尔扎，波斯王子，于1829年到过彼得堡。

他真不明白，在当今文明世纪，怎么会散布这种荒谬绝伦的谣言，又说，他感到奇怪，政府怎么就熟视无睹。 这位先生显然属于这样一类人物，他们希望政府出面干预一切事务，甚至包括日常的夫妻吵架。 此事后来……可是写到这里，故事又如堕入五里雾中，后来怎么样又一无所知了。

三

世上有着许多荒唐无稽的事。 有时根本不合乎情理：忽然，那个伪装成五等文官到处拜客、引得人们议论纷纷的鼻子，不知怎么又复归原位，也就是又重新出现在科瓦廖夫少校的两颊之间了。 这已经是四月七日的事。

这天早晨，科瓦廖夫醒来后无意中照了一下镜子，他看到什么啦？ ——鼻子！ 用手摸摸——当真是鼻子！ "哎嗨！"他一声欢呼，高兴得正想收起光脚跳特列帕克舞①，但走进来的伊凡妨碍了他。 他立即吩咐给他洗脸。 洗脸时，他又一次照照镜子：有鼻子。 他用毛巾擦一把脸，又照照镜子：是鼻子。

"喂，伊凡，你来瞧瞧，我这鼻子上好像有颗小疙瘩，"他嘴上说着心里却想："要是伊凡说：不，老爷，哪有小疙瘩，连鼻子也没有呀——那就完了！"

但伊凡说：

"没有小疙瘩呀，老爷！ 鼻子上干干净净的！"

"好极了，他妈的！"少校对自己说着，打了个响指。

这时候，理发师伊凡·雅科夫列维奇正在门口探头探脑，他那

---

① 俄罗斯一种顿足跳的民间舞。

副担惊受怕的样子，活像一只因偷吃脂油挨了一顿打的猫儿。

"你先说说，手干净不干净？"科瓦廖夫老远就冲着他喊道。

"手干净的。"

"撒谎！"

"天地良心，干净的，老爷。"

"好吧，那你小心点！"

科瓦廖夫坐下了。伊凡·雅科夫列维奇给他围上布巾，挥动小刷子，转眼间就把少校的整个胡子和脸颊变成了商人过命名日请客用的奶油点心。

"原来在呀！"理发师瞧着鼻子，自言自语道。随后他又把头歪到另一边，从侧面细细瞧着鼻子："嗬！当真是它，好像还挺神气的。"他寻思着，一直望着鼻子。最后他轻轻地、尽可能小心地举起两个手指，想捏住鼻尖，这是伊凡·雅科夫列维奇的一套章法。

"喂，喂，喂，小心点！"科瓦廖夫喊道。

伊凡·雅科夫列维奇立即垂下双手，那副惊慌失措的样子是从来不曾有过的。最后，他只好小心翼翼地用剃刀在他胡子底下搔起痒来，虽说不抓住脸上的嗅觉器官来刮脸是很不方便，很困难的。但他好歹用一只粗糙的大拇指顶住脸颊和下牙床，总算克服一切障碍，刮完了脸。

当一切准备就绪，科瓦廖夫立即更衣，叫了一辆出租马车，直奔点心铺去了。进门时，他老远就喊道："伙计，来一杯可可！"，自己却立即走到镜子跟前：有鼻子呀。他高高兴兴回过身来，一脸嘲讽的神气，微微眯起眼睛瞅着两名军人，其中一位的鼻子绝对不比坎肩上的纽扣大。此后他又来到他本想在那里谋个省长秘书或者退而求其次谋个庶务官的某衙门的办事处。他穿过接待室，又照了照镜子：有鼻子呀！ 后来他又驱车去找另一位八等文官或少校，此人极好讽刺挖苦，科瓦廖夫对他的各种各样吹毛求疵的指责总是这样回答："咳，你这个人我可了解！ 一个刺儿头！"他一路上寻思："如果少校见了我并不哈哈大笑，那就是确凿的证据，证明我五官俱全，鼻子在老地方。"可是那位八等文官毫无反应。 "好，好，见他妈的鬼！"科瓦廖夫暗自想道。 回家路上他遇到了校官夫人波德托奇娜和她的女儿，他向她们弯腰行礼，被她们高兴地欢呼着，迎接着，这么看来，他脸上并无缺陷。 他陪夫人小姐谈了很长时间，还故意掏出鼻烟壶，当着她们的面不断塞呀塞呀，把两个鼻孔塞满了烟叶，一边心里说："哼，让你们瞧瞧，妇道人家，见识短浅！ 您那女儿我反正不要。 我只是谈谈恋爱①——对不起！"

从此以后，科瓦廖夫少校又若无其事地在涅瓦大街上，在戏院里以及别的地方，到处闲逛了。 鼻子也若无其事地挂在他的脸上，而且一点也没有迹象表明它曾不辞而别，四出游荡过。 从此以后，人们总看到科瓦廖夫少校兴致勃勃，笑容满面，见到漂亮女人就紧追不舍。 有一天，他站在中心商场的一片铺子前，甚至买了一条勋章绶带。 他为什么要买这东西谁也弄不清，因为他这人是从来没有得过什么勋章的。

这便是发生在我们辽阔国土北方京城里的故事！ 现在，如果把全部经过仔细想一想，那么我们就可以看到，这其中有着许多不足为信的地方。 且不说鼻子的超乎自然的脱落以及它以五等文官身份到处出现是多么荒诞，就说科瓦廖夫吧，他怎么就不明白，报纸是不可能刊登有关鼻子的启事的？ 我这么说，意思不是登启事的费用

---

① 原文为法文。

太贵：这钱不值一提，再说我也绝不是那种爱财如命的人。 但这样做，是有失体统的，不妥当的，不怀好意的！ 再说，鼻子怎么会落到烤熟的面包中间？ 伊凡·雅科夫列维奇怎么又……不，这件事我怎么也弄不明白，一点也弄不明白！ 可是最最奇怪的，最最令人不解的，还是作者们怎么会选取这类题材呢？ 老实说，这实在不可思议，这简直是……不，不，我一点也弄不明白。 首先，这样做对祖国毫无裨益；其次……这其次也是毫无裨益。 我真不明白，这是……

然而，虽则，尽管，当然啦，我们可以设想其一，其二，其三，甚至可以……嗨，哪儿不出几桩荒唐离奇的事呢？ 可是，如果再仔细想想，那你会发现这里面的确有一点儿意思。 不管人家怎么说，这类事世上是有的；极少，但却是有的。

冯加 译

塔　曼

[俄罗斯] 米哈依尔·尤里耶维奇·莱蒙托夫①

　　塔曼——俄罗斯所有沿海城市中最让人深恶痛绝的一座小城市。 在那里我差一点被活活饿死，还不止如此，甚至有人还想把我沉入水中。 深更半夜，我乘驿车到了那里。 城门外仅有的一座石头房子门前，车夫停下了人困马乏的三套马车。 一个黑海哥萨克哨兵听到了马车铃声，便如梦中呓语一样，腔调粗野地高声盘问："什么人？"一个军士和十人长走了出来。 我对他说，我是军官，要到作战部队办理公务，并要他们提供驿馆。 十人长领着我们走遍了全城。 哪一座房子都没有走到跟前——处处客满。 天气严寒，我三夜都没有睡觉，浑身散了架一样，于是怒气冲天。 "把我领到哪里都行，强盗！ 哪怕领去见鬼都行，只要领到一个地方！"我厉声叫道。 "还有一个地方，"十人长搔着后脑勺答道，"就是怕大人不喜欢；那里不干净！②"最后一个词的确切含意弄不清，我吩

----

　　① 米哈依尔·尤里耶维奇·莱蒙托夫（1814—1841），俄国诗人，小说家。他的创作成就分外辉煌，长诗《沙皇伊凡·瓦西里耶维奇、年轻的近卫士和勇敢的商人卡拉希尼科夫之歌》《波罗金诺》《童僧》《恶魔》及诗歌名篇《祖国》、长篇小说《当代英雄》等文学史上的不朽之作，均成就于 1837 到 1841 年。
　　② 这里的不干净非指卫生，而是指常闹妖邪的地方。

咐他继续往前走，在两边只有残旧篱笆的、肮脏的条条胡同里，我们漫无目标地转了很久，最后到了紧靠海边的一间不大的草房前。

一轮圆月照着我新居的苇草房顶和粉白的墙壁；院子的四周圈了一道鹅卵石的围墙，院里还有一座草房，比第一座还要矮小，还要陈旧。几乎贴着它的墙根，海岸的断崖直落海面，下头深蓝色的波涛汹涌激荡，哀声怨语，喋喋不休。月亮静悄悄地望着骚动不安、对她却俯首听命的醉人景色，我也能凭借月光分清远离海岸的两艘战舰，上面黑色的索缆一动不动地印在淡淡的穹窿上，恰似一面蛛网。"码头上会有船的"，我想，"明天就去格连吉克。"

做我勤务兵的是个边防哥萨克。吩咐他把皮箱提到外面并打发走车夫后，我开始喊这里的东家——却没人答应；敲门——也没人答应……怎么回事呢？最后从过道爬出一个十三四岁的男孩子。

"东家去哪里了？""勿有。""怎么？这里就没有东家？""就勿有。""那么女东家呢？""保（跑）郊区了。""那谁给我们开门呀？"我朝门上踹了一脚，问。门自己开了，农舍里散发出一股潮湿的气味；我划了根硫黄火柴，把它凑到小男孩的脸前；照出的是两只白眼睛。这是一个瞎子，一个先天的瞎子。他一动不动站在我面前，我就仔细端详起他的脸来。

我承认，我对所有的瞎子、独眼龙、聋子、哑巴、缺腿的、断臂的、罗锅的等等，一概怀有深深的偏见。我发现，人的外貌和他的心灵之间，向来都有一种奇怪的关系：好像人身的任何部分一旦丧失，心灵就会失去某种感情。

正因为这样，我才仔细端详瞎子的面孔；然而从一副没有眼睛的脸上我能看出什么呢？……我怀着油然而生的怜悯，久久地看着他。忽然一丝隐约可见的微笑掠过他薄薄的嘴唇，而且不知为什么，它在我心中产生一种十分不快的印象。 我头脑中萌生一种疑虑，即这个瞎子不像看起来那么实瞎；我曾经极力劝自己相信，装瞎是装不来的，再说又何苦要装呢？ 现在看来白劝自己了。 可有什么办法呢？ 我就常爱抱着成见去……

"你是少东家？"最后我问他。 "弗是。" "那你是谁？" "孤儿，穷光蛋。" "女东家没有孩子吗？" "勿有；原来有个妞妞，可是跟一个鞑靼人保（跑）到海外了。" "什么样的鞑靼人？" "龟（鬼）晓得！ 克里米亚鞑靼人，刻赤（可耻）的船夫。"

我进了农舍：两条长凳和一张桌子，火炕旁有一个很大的柜子，这就是里面的全部家具。 墙上没有一幅圣像——这是一种凶兆。 透过被打破的窗玻璃，海风直朝里面灌。 我从皮箱里掏出一个蜡烛头儿，点燃后开始归置东西，军刀和长枪放在墙角儿后，把手枪放在桌子上，斗篷摊到长凳上，哥萨克人把他的斗篷摊到另一条长凳上；十分钟后他就打起鼾来，而我却睡不着：因为白眼珠的小男孩总在我面前的黑暗中游来转去。

这样过了大约一个钟头。 月亮照进窗内，月光撒向农舍内的土地上，猝然间，在隔断地板的一条宽宽的月光中闪过一个阴影。 我起身望望窗外：有一个人再次跑过窗前，鬼晓得藏到什么地方去了。 我不能设想，那个东西顺着海岸的斜坡跑了下去；然而除此之外无路可走。 我起床穿上短棉衣，把剑别在腰上，悄无声息地出了农舍。 瞎男孩从我的对面走了过来。 我藏在篱笆下，见他脚步准确无误，却又小心谨慎地走过我的身边。 他腋下挟着一个包袱，转弯朝着码头，沿着陡峭狭窄的小道儿往下走去。 "到那一天，哑巴会大声说话，瞎子会重见光明的。"①我在他的身后边走边想，也保持着适当的距离，不致让他从我视线中失掉。

月亮这时穿上了乌云，雾气也从海面升起；透过雾气，邻近舰船尾灯的灯光依稀可见；时刻都有可能将舰船葬身鱼腹的漂石的泡沫，在岸边闪闪发光。 我举步维艰地顺着陡峭的岩岸往下走，忽然看到：瞎子站了一下，然后猫着腰往右走；他走得那么贴近海水，好像一个浪涛扑来就能把他卷走；不过看来他并不是头一次在这里行走，他从一块石头迈上另一块石头和提防脚下坎坷不平的那种自信足可为凭。最后他停住了脚步，似乎听了一下什么，便一屁股坐在地上，把包袱放到了自己身边。 我藏在岸边一块突出的石头后面，察看他的一举一动，几分钟后，对面出现了一个白色的身影；它走到瞎子跟前，在他身边坐下来。 风不时飘来他们的交谈。

"怎么样，瞎子？"一个女人的声音说，"风暴太猛；杨珂不会来了。"

"杨珂不害怕风暴。"那个人答道。

"雾越来越大了。"反驳的又是那个满腹忧虑的女人的声音。

"雾里更好混过巡逻船。"这是回答。

"他要是淹死了呢？"

"那有什么呢？ 星期天你就可以不系新绦带上教堂了。"

随后是一阵沉默；不过有一点使我感到吃惊：瞎子跟我说话时用的是小俄罗斯方言②，可现在讲起话来，却是一口纯正的俄语。

"看，我说对了吧，"瞎子又拍掌说道，"杨珂既不怕海，也

---

① 语出《圣经》，不过确切的引语应为："到那日，聋者将听到书上的话，盲人的眼将由幽暗晦暝中得以看见。"（见1992年中国天主教主教团准印版《圣经》1178页。）

② 对乌克兰一带所讲俄语的贬称，与俄罗斯人所讲纯正的俄语相对而言。

不怕风，既不怕雾，也不怕海岸巡逻队；你用心听听：这不是水的溅击声，——这是长桨的声音。"

那女人一跃而起，焦躁不安地朝远方张望起来。

"你胡扯，瞎子，"她说，"我什么也没有看见。"

我承认，无论我怎么用心，想在远方找到一只小船一类的东西，结果都未如愿。这样过了十来分钟；接着，你瞧，在山头一样的浪涛之间，出现了一个小小的黑点：它一会儿变大，一会儿变小。慢慢，慢慢，升到了浪巅，很快又从上面跌落下来，就这样，一条小船离岸越来越近。在这样的夜晚敢来横渡二十俄里海峡的水手，可说是胆大包天了，而促使他这样做的原因，也一定非同小可。心里这样想着，伴随着按捺不住的心跳，我的两眼直盯盯望着那条可怜的小船；但它却宛若一只鸭子，一猛子扎入水中，随后急速挥动着翅膀似的双桨，飞出泡沫四溅的谷底；这一下，我想，它要重重撞到岸上，碰个粉身碎骨了；可是它却灵巧地侧了一下身子，安然无恙地闯入一个小海湾。船上走下一个人来，中等身材，戴着一顶鞑靼人的羊皮帽；他挥了挥手，于是三个人一齐动手，从船上朝下拉一个东西；那东西那么重，使我至今也弄不清，船怎么竟没有沉底。每个人扛起一包东西，就顺着海岸往前走，所以我很快就看不见他们了。本来该回去了；但是我承认，这些稀奇古怪的现象使我放不下心来，所以我一直强撑着，直等到天亮。

我的哥萨克勤务兵一觉醒来，见我已经穿戴整齐，一下摸不着头脑；不过我没有对他说明原因。窗外蔚蓝的天空上布满朵朵白云，远方克里米亚的海岸，像扯得长长的雪青色的彩带，尽头是一面峭壁，峭壁顶上闪耀着一座白色的灯塔——我观赏了一阵窗外的景色，便动身去法纳戈里亚要塞，想从司令那里探听一下我去格连吉克的时间。

可是，你瞧！ 司令无论对我说什么都是模棱两可。 停泊在码头里的船什么都有——有巡逻船，也有连货都还没有开始装的商船。 "也许，过它三天、四天，会来一只邮船，"司令说，"到时候——我去看看吧。"我回到住处，心情烦闷，怒火中烧。 我的哥萨克在门口迎住了我，神色惶恐，不知所措。

"不好了，大人！"他对我说。

"是呀，弟兄，天晓得我们什么时候才能离开这里！"听了以后他更加焦急，并凑到我的脸前悄声说：

"这里不干净！ 今天我遇上一个黑海水军军士，他是我的一个熟人——去年曾在一个舰队中服役。 我跟他一说咱们住的地方，他就对我说：'那个地方，老弟呀，不干净，人们居心不良呀！……'再说，从实际情况看，那叫什么瞎子呀！ 无论到哪儿都是独来独往，不管是去赶集，买面包，还是去打水……看起来，这里人对这类事都见怪不怪了。"

"这有什么呢？ 至少女东家还没露头呀？"

"今天您不在时，来了一个老太太，同她一道的还有她的女儿。"

"什么女儿呀？ 她就没有女儿。"

"如果不是女儿，天晓得她是什么人呢；不过老太太现在还在屋子里。"

我走进破旧的小房中。 那里炉子烧得很热，上面正在煮饭，对穷苦人家来说，这饭够讲究啦。 无论我问什么，老太婆的回答都一成不变，说她聋，听不见。 拿她有什么办法呢？ 我转向坐在炉前，不停往火里添柴的瞎子。 "喂，瞎小子，"我揪住他的一只耳朵说，"说，夜里到什么地方去了，拿着包袱！ 啊？！"我的瞎子突然哭起来，大喊大叫："我去啥子地方去啦？ ……啥子地方也勿有去过……拿包袱？ 啥子包袱啦？"老太婆这下听见了，而且大吵大闹起来："真是想得出来，何况是对一个穷光蛋哩！ 您干吗这样对待他？ 他做啥对不住您啦？"这使我感到腻味，于是走了出去，决心无论怎样都要破了这个谜。

我把毡斗篷紧紧裹在身上，坐到篱笆前的石头上，两眼望着远方；被夜里的风暴搅得激荡不安的大海展现在我的面前，它那单调乏味喧嚣，宛若睡意渐浓的市井的怨言絮语，使我遥想久远的年代，把我的心思带回北方，带回我们寒冷的京城。 回忆在我心中掀起阵阵波澜，使我神摇意夺，思绪难收……就这样度过了一个钟头，也许时间还要长些……忽然，似乎听到了一首使我听罢为之动情的歌，不错，是首歌，而且是一位女子的、清脆的歌声，——但它是从哪里来的呢？ ……我仔细谛听——曲调十分奇特，时而舒缓哀婉，时而快速活泼。 我环顾四周——四下没有一个人；再仔细谛听——歌声好似从天而降。 我抬头一看：有位姑娘站在我那座小农舍的房顶上，穿着一身条纹连衣裙，梳着两条舒散的发辫，活活一个海上公主。 她举掌遮挡耀眼日光，凝神遥望着远方，或是发笑，自问自答，或是重新唱起歌来。

我一字一句地记下了这首歌：

> 仿佛各依心愿——
> 在那碧绿的海面，
> 来往着万家舟楫，
> 　　白色帆船。
> 在这百舸千帆之中
> 有我一叶小船
> 未备船帆索具，

只划着两只桨板。

倘遇风急浪险——

那些陈旧有年的舟舰，

便扬起翅膀似的风帆

　　在海面惶苍苍四奔五散。

我则面向大海，

　　把腰低低贴向水面：

"你可别，凶险的大海呀，可别

　　触动我的小船：

我的船装载的

东西价值无限

黑夜里掌舵的船家，

　　是条刚烈勇猛的好汉。"

　　我不能不得出这样的想法，即夜里我听到的正是这个声音；我沉思片刻，而要再朝房顶看一眼时，姑娘已经不知去向了。　刹那间，她跑过我的面前，嘴里又哼起别的什么东西，而且打着榧子，跑到了老太婆跟前，两人随即就吵了起来。　老太婆暴跳如雷，她却放声大笑。　这时我看到，我的温迪娜①又蹦蹦跳跳跑了过来：和我走齐后停住脚步，并直瞪瞪地望着我的眼睛，似乎惊奇我的在场；然后漫不经心地转过身，不言不语朝码头走去。　事情并没有这样结束。　整整一天，她都在我的住房周围转悠；歌唱与欢跳一刻也不曾

_____

　　①　中世纪神话里的一位水神，形象为一艳丽女子，常用动听的歌声把过往客人勾引到水底。　德意志、斯堪的纳民间故事和斯拉夫民歌中都有她的形象，这一形象也曾出现在莱蒙托夫的《美人鱼》(1816)、《童僧》(1829)、《海上公主》(1841)等诗中。　德国作家富凯(1777—1843)的小说中译名为《涡堤孩》。

停止。 真是一个怪物！ 她那双富有机智敏锐的洞察力的眼睛停在了我的身上，于是这双眼睛似乎被赋予了一种诱人的威力，而且每次它们都好像在等待你的发问。 可是我一旦开口，她便诡秘地笑着跑开。

我敢说，我从来还没有见过这样的女人。 她远不算貌美，但对于美，我同样也有自己的偏爱。 美的种类繁多……女人的类型，如同马的品种一样，事关重大；这一发现归功于青年法兰西①。 它，即女人的类型，而非青年法兰西，更多地表现在步态，表现在胳膊和腿上；鼻子更是事关成败……端正的鼻子在俄罗斯比小脚还要罕见。 我的歌女芳龄不过十八。 她非同一般的纤细柔韧的体态，尤其令人叫绝的，唯她独有的低眉俯首的娇态，一头淡褐色的长发，脖颈和肩头上，日光轻晒，浮现金黄的光泽，特别是她那端正的鼻梁——所有这一切，都让我无酒自醉，神魂颠倒。 尽管在她斜视的目光中，我觉察到了某种凶悍与狐疑，尽管在她的笑容中含有某种捉摸不定的东西，可是我的偏爱简直力大莫测：端正的鼻梁让我走火入魔；我幻想着找到了歌德笔下的米娘②，找到了这位作家德意志幻想的奇异的产物——确实如此，我的歌女与米娘有许多相似之处：都能从惊恐不安中迅即变得安之若素，都有耐人捉摸的语言，都有相同的欢喜的舞动，奇异的歌曲……

傍晚我在门口拦住了她，和她进行了如下的交谈：

① 指 1830 年法国革命后在雨果周围形成的法兰西青年浪漫主义作家团体，参加的有让·诺迪埃、阿·维尼等。
② 歌德长篇小说《威廉·迈斯特》的头一部《学习年代》的主要人物之一。《威廉·迈斯特》是歌德作品中十分重要的一部著作，描写了富商的儿子威廉·迈斯特经彷徨、挫折走上改良道路的经历。 米娘是书中一个卖艺的意大利少女，杂技艺人，年轻漂亮，楚楚动人，多才多艺，惹人喜爱。

"跟我说说，美人儿，"我问，"今天你在房顶上干什么呀？""看看风从哪里来。""你看它干什么呀？""风从哪边来，幸福就从那里来呀。""怎么？难道你是在唱歌召福呀？""哪里有歌声，那里就有幸福。""你唱歌不同样也能给自己唱来痛苦吗？""那又如何呢？哪里不多福，那里就多祸，祸福常相依呦。""谁教你唱这首歌的呀？""谁也没有教；心里想唱——开口就来；谁该听，就听得懂；谁不该听，就听不懂。""你的芳名呢，我的歌女？""谁取的名字，他就知道。""那谁给你取的呢？""我怎么会知道呢。""讲话真是滴水不漏呀！不过我就知道你的一些情况。"（她面不改色，双唇纹丝不动，似乎这里说的与她无关。）"我知道，你昨夜去过海边。"我当时就一本正经地把自己看到的一切统统倒了出来，想羞羞她——却一无所获！她放声大笑起来。"您看见了许多，可知道的很少，偶有所知，也该守口如瓶。""但万一我，好比说，想到报告司令呢？"——我随即表现出严肃的，甚至是严厉的神情。她好像受惊飞出丛林的小鸟一样，呼地一步跳跃，唱起歌来消失了。我最后一句话说得很不得体；当时我意识到它的分量，事后感到懊悔莫及。

天刚黑，我就嘱咐哥萨克依照行军习惯烧起茶炊，自己则点起蜡烛，坐到桌旁，抽上了旅途使用的烟斗。快喝完第二杯茶时，门突然吱哇开了，我身后响起连衣裙与脚步轻微的塞窣声；我打了个寒战，转过身去，——原来是她，我的温迪娜！她轻手轻脚，不言不语坐到我的对面，全神贯注地盯了我一眼，也不知为什么，但我觉得她的目光蕴含着无限的柔情蜜意；它使我忆及早年的一种目光，那些目光当时曾使我折服得五体投地，对它们百依百顺。她似乎在等我发问，可是我却没有开口，内心充满着难以述说的羞涩。她的整个面庞笼罩着一层发暗的苍白，显示出她的心潮起伏，忐忑不安；她的一只手漫无目的地在桌上抓摸，而且我发现它在微微颤抖；她的胸脯时而高高隆起，时而又像屏着呼吸。 这出喜剧已开始使我腻味，我便打算以最为平庸的方式打破这种沉默，即给她递上一杯茶，刹那间她一跃而起，两只胳膊搂住我的脖子，接着在我嘴上来了一个湿漉漉的、火辣辣的响吻。 我两眼昏黑，头晕目眩，放纵自己青春年少的欲火，把她紧紧搂在怀里，但她却像条蛇一样，从我怀中滑溜出去，只在我耳边说了句："今天夜里，人们入睡以后你到海边。"——说完像支利箭飞出房门。 在门道里，她碰倒了茶炊和地上的蜡烛。 "这个该死的野丫头！"躺在麦草上，指望用剩下的热茶暖暖身子的哥萨克高声叫道。 这时我才醒悟过来。

大约两个钟头以后，码头上万籁俱寂，我叫醒了自己的哥萨克。 "我的手枪一响，"我对他说，"你就往岸边跑。"他大睁着两眼，木呆呆地回答说："是，大人。"我把手枪别在腰里，就出去了。 她在陡坡的边上等到了我；她的衣衫更加轻薄，柔韧的腰间系着一块不大的方巾。

"随我来！"她抓住我的手说，我们就开始往坡下走。 我也不清楚，我怎么没有倒栽下去；到下面后我们朝右走，上了头天夜里跟踪瞎子的那条路。 月亮还没有升起，只有两颗小星星，像救星一样，在深蓝色的穹窿上闪闪烁烁。 沉重的浪头一个接着一个，均匀而舒缓地向前滚去，轻轻掀动停靠在岸边的一叶孤舟。 "上船吧。"我的旅伴说；我心中迟迟疑疑——我不是爱在大海上做感伤漂流的那种人；可是时间已经不允许我后退。 她跳上小船，我也跳了上去，但还没来得及清醒过来，发现我们的船已在行走了。 "这是什么意思？"我怒不可遏地说。 "这意味着，"她把我按在椅子上，两臂搂着我，答道，"这意味着，我爱你……"说完把她的面颊贴在我的腮上，于是我的脸感受到她炽热的呼气。 忽然，有个东西咕咚一声落入水中：我往腰里一摸——手枪没有了。 啊，心中顿时产生一种可怕的猜疑，血一下涌到了头上！ 回头一看，我们离岸大约已有五十俄丈了，而我却不会泅水！ 我想把她从自己身上推开，但她像只猫一样，死死抓住我的衣服不放，随后猛地用力一推，几乎把我推到海里。 小船摇荡起来，可是我站稳了，于是我们展开了一场殊死的搏斗；疯狂赋予我力量，可我随即又发现，在机敏方面我不及自己的对手……"你要干什么？"我紧紧抓住她的两只小手，大喊一声；她的手指发出咔咔吧吧的响声，可是她没有叫喊，她蛇一般坚毅的本性经受住了这一考问。

"你已看见了，"她答道，"你会去告状的！"说完使出超乎常人的力气把我摔向船舷；我俩都半截身子倒挂在船外；她的头发触到了水面；时值千钧一发，我用一个膝头顶住船底，一手抓住她的一条辫子，另一只手卡住她的喉咙，她松开了我的衣裳，转眼间我就把她扔进滚滚浪涛之中。

四周已是漆黑一片；她的脑袋有两次闪现在海水的泡沫里，除这以外我什么也没有看到……

我在船底找到了半截旧桨，随后艰难地折腾了好一阵子，才使小船停靠在码头。 沿岸边回自己住处时，我不由自主地朝着昨夜瞎子等待渡海者的那个地方仔细观察；月亮已在天上匆匆穿行，当时我感到，有个穿着一身白衣的人坐在岸边。 我受好奇心的驱使，悄悄走了过去，爬到海岸断崖上面的草丛里；稍稍探出脑袋，我能从断崖上头把下面的一举一动都看得清清楚楚，而当认出自己的海上公主时，我并没有为之愕然，反而几乎为之欣喜；她从自己的长发里往外挤着海水的泡沫；湿淋淋的衬衣描绘出她纤细柔韧的身腰和高高的胸脯。 远方很快出现一叶小舟，迅速地开到了跟前；从船上，像头天夜里一样，跳下一个头戴鞑靼帽子的人，不过头发蓄的却是哥萨克式，紧束的腰后还突出一把长长的钢刀。 "杨珂，"她说，"统统都完了！"然后他们继续交谈，可是声音很低，使我什么也听不清。 "那么瞎子到哪儿去了？"杨珂最后说，嗓门加得很大。 "我把他支开了"，——这样回答。 几分钟后瞎子来了，背着一个大口袋，他们把它放到了船上。

"听着，瞎子！"杨珂说，"你要守好那地方……那里有值钱东西……你告诉（说的名字我没听清），我不再听他使唤了；事情变得很糟，他再也见不到我了；眼下很危险；我要另找出路，他可再也找不到这样的好汉子。 不过你可以告诉他，只要他酬劳从优，杨珂也不会把他扔下不管；至于我，凡有风吹海啸的地方，到哪儿都会有我的活路！"沉默了一阵，杨珂又说："她要跟我走！ 这里她待不住了，另外告诉老太婆，就说她该死了，活够了，自己心里也该有个数儿。 至于我们她是再也见不到了。"

"那我呢？"瞎子一肚子委屈说。

"我要你有啥用？"得到的是这样的回答。

我的温迪娜这时跳上船，朝她的伙伴摆了摆手；他补充了句"给，给自己买点饼干吃。"当即把点什么东西塞到瞎子手里。 "就这一点？"瞎子说。 "给，瞧着，再给你点。"随即听见硬币落在石头上的响声。 瞎子没有捡它。 杨珂坐到船上，风从海岸吹来，他们扬起小小的船帆，飞速离去。 月光下，一面小小的白帆在黑沉沉的浪涛之间忽隐忽现，持续了很久；瞎子仍旧坐在岸边，接着我就听到一种声音，好像谁在放声大哭一样：小瞎子真的在哭，而且哭了很久，很久……我心情很沉重。 命运究竟为什么要把我抛到这群正直的走私者宁静的地盘上呢？ 宛若一块投入平滑如镜的清泉水中的石头，我搅乱了他们的宁静，又宛若一块石，自己几乎沉入水底！

我回到住处。 门道里，木盘中即将燃尽的蜡烛哗叭作响，我的哥萨克却不顾命令，怀里抱着枪，睡得十分香甜。 我没有惊扰他，拿起蜡烛进了小房间。 天哪！ 我的锦匣，银鞘宝刀，塔吉斯坦宝剑——朋友的馈赠品——统统都丢了。 当时我就猜到了那个该死的瞎子背走的都是些什么东西。 我相当粗野地推醒了哥萨克，骂了他一通，发了一阵脾气，然而做什么都已是覆水难收！ 倘若到上头告状，说是一个小瞎子洗劫了我的财物，还有个十八岁的姑娘险些把我沉到海底，岂不贻笑大方吗？

　　总算苍天有眼，一大早就有了走的机会，于是我便离开了塔曼。 那个老太婆和那个可怜的瞎子的下场怎样——我不知道，再说，人间悲欢与我何干，我不过是个云游路过的军官而已，身上还带着公务所需的驿马使用证呢！

吕绍宗　译

孤　狼

[俄罗斯] 伊万·谢尔盖耶维奇·屠格涅夫①

　　傍晚我打完猎，独自驾着一辆赛跑马车回去。 距家还有七八俄里路；我的马儿是匹脚力矫健的好母马，它在飞尘滚滚的大路上欢腾地奔驰着，时不时地打着响鼻，晃着耳朵；那只疲累了的狗在车辖辘后边步步紧跟，仿佛有绳子牵住似的。 大雷雨就要来了。 前面有一大片淡紫色的云从树林后面徐徐地升起；在我的头顶上空，有一条条长长的灰云朝我飞掠过来；爆竹柳惊惶地摇晃着，簌簌作响。 闷人的炎热骤然变得又潮又冷；阴影迅速地变浓了。 我拿缰绳抽一下马，让车子奔下溪谷，越过一条长满柳丛的干枯的小溪，上了坡，进入了一片树林。 在我前面那片已经昏暗下来的密密的榛树丛里有一条曲曲歪歪的路；我的马车费劲地前进着。 百年的老橡树和椴树向四处伸出坚硬的老根，横在深深的旧车辙上；我的马车在这些树根上颠颠蹦蹦，我的马也走得跌跌绊绊的。 狂风猛地在上空怒号起来，随之树木也开始大肆喧哗，大颗大颗的雨点凶猛地敲

---

　　① 伊万·谢尔盖耶维奇·屠格涅夫(1818—1883)，19 世纪中叶俄罗斯著名作家。 以暴露农奴制罪恶和讴歌普通农民聪明才智的系列短篇小说集《猎人笔记》(1847—1852)步入文坛，并一举成名。

打着树叶，电光一闪，雷声响开了。 下起了倾盆大雨。 车子缓缓而行，没多久便不得不停了下来：我的马儿陷在泥泞里了，四下黑得什么也看不见。 我随便地躲到一个宽宽的树丛下。 我屈缩起身子，遮着脸，耐着性子等待雨停，突然在电光中瞥见大路上有一个高高的人影。 我便朝着那个地方细细凝视——那人影仿佛是从我车旁的地里冒出来的。

"什么人？"一个响亮的声音问。

"你是什么人呀？"

"我是这里的护林人。"

我报了自己的姓名。

"哦，我知道的！您是回家去的吧？"

"是回家。 可你瞧，多大的雷雨呀……"

"是呀，大雷雨。"那声音回答说。

一道白晃晃的电光把这个护林人从头到脚照得通亮，紧接着响起急促而暴烈的雷声。 雨下得倍加起劲了。

"不会很快就过去的。"护林人又说了一句。

"怎么办呢！"

"要不，我带你到我家去吧。"他若断若续地说。

"那就麻烦你了。"

"请坐上车吧。"

他走到马头旁，抓住马笼头，把马从泥泞里拉了出来。 马车起动了。 我的车子宛如"大海中一叶扁舟"，摇摇晃晃，我抓住车子的坐垫，一边吆喝着狗。 我那可怜的母马费劲地走在烂泥地里。四腿时而打滑，时而磕绊；护林人在车辕前边东摇西晃，像个鬼影。 我们走了一大阵子；我的带路人终于停下脚步。

"我们到家了老爷。"他语调平和地说道。 篱笆门嘎的一声推开了，几只小狗齐声叫喊起来。 我抬起头，借着闪电的亮光，看到围着篱笆的宽敞院落中间有一座小房子。 从一扇小窗里透出暗淡的灯光。 护林人把马牵到台阶旁，便敲起门来。

"马上来，马上来!"响起一个尖细的童声，又听到光脚丫的踩步声，门闩砰一声拨开了，一个穿着小衬衫，腰间束着布带子的十一二岁的小姑娘举着提灯，出现在门口。

"给老爷照路。"他对她说。 "我把您的车子推到棚子里。" 小姑娘瞥了我一眼，便往屋里走去。 我跟着她走了进去。 护林人住的只有一间屋子，熏得黑黑的，而且很低矮，屋里空荡荡的，没有高板床，也没有隔墙。 墙上挂着一件破皮袄。 长凳上搁着了支单筒猎枪，屋角里放着一堆破烂；炉子旁摆着两只大瓦罐。 桌上燃着松明，悲愁地爆燃一阵，又慢慢地暗下来。 房子的正中有一根长竿，一端挂着一个摇篮。 小姑娘熄灭了提灯，坐到小板凳上，用右手摇起摇篮，用左手整了整松明。 我瞧了瞧周围，心里感到很不好受：夜晚走进农家的屋子真是很不愉快的事。 摇篮里的婴儿不安而急促地呼吸着。

"你是一个人在家吗?"我问小姑娘。

"一个人。"她说得几乎听不清楚。

"你是护林人的闺女?"

"是护林人的。"她低声地回答。

门咯吱一声响了，护林人低着头，跨进门来。 他从地上拿起提灯，走到桌子旁，把提灯点上了。

"点松明您兴许不习惯吧?"他说，抖了抖鬈发。

我瞅了瞅他。 我很少看到有这样帅气的汉子。 他身材魁梧，宽肩膀，体形健美。 从那淋湿的麻布衬衫里突露出结实的肌肉。黑黑的鬈曲的大胡子把他那严肃而刚毅的脸盘遮住了一半；两道相挨着的阔眉毛下闪动着一对无畏的不很大的褐色眼睛。 他的两手轻轻地叉着腰，站在我的面前。

我向他道了谢，并问了他的名字。

"我叫福马，"他回答说，"而外号叫孤狼。"

"你就是孤狼呀？"

我倍感好奇地打量了他。 我常常听到我的叶尔莫莱和其他人谈论护林人孤狼的事，附近的庄稼人都像怕火似的怕他。 听他们说，世上还不曾有过像他那样尽心尽责的护林人："连一捆枯枝都不让人拿走；要是你拿走林中的东西，无论在什么时候，哪怕在深更半夜，他也会像雪一样从天而降，突然出现在你的面前，你休想抗拒，因为他力大无比，又像魔鬼那样灵活……没有任何东西能收买他，无论金钱美酒都不管用；他不受任何诱惑。 有些人多次想干掉他，都干不成。"附近的庄稼人就是这样评说孤狼的。

"原来你就是孤狼呀，"我重复了一句，"伙计，我听人说起过你。 人家说你是什么人都不放过的。"

"我是尽自己的职责，"他阴郁地回答说，"总不能白吃主人家的饭呀。"

他从腰后取出斧子，蹲在地上削起松明来。

"怎么，你没有内当家的吗？"我问他。

"没有，"他回答说，使劲地挥一下斧子。 "是不是去世了？"

"不，……是的……去世了。"他说着，一边转开脸去。 我不作声了；他抬起眼睛看了看我。

"跟一个过路的城里人私奔啦。"他带着苦笑说。 小姑娘低下头；婴孩醒来了，哭喊起来；小姑娘走到摇篮旁。 "拿着，给他吃吧。"孤狼说，一边把一个脏兮兮的奶瓶塞到小姑娘手里。 "把他给丢下啦。"他指指婴孩又低声地说。 他走到门口停下步，转过身来。 "老爷，您兴许，"他说，"不要吃我家的这种面包吧，可是我这儿除了面包……"

"我不饿。"

"哦，那算了。 我本应给您烧上茶炊，可是我没有茶叶……我去看看您的马怎么样了。"

他走出去，砰一声带上门。 我再次打量了四周。 我感到这屋里比原先更显凄凉了。 冷却的烟气散发着一股不好闻的苦味，使我呼吸得很难受。 小姑娘坐在原地一动不动，也不抬一下眼睛；她有时晃几下摇篮，羞涩地把滑下的衬衫往肩上拉一拉；她那光着的两腿一动不动垂着。

"你叫什么名字?"我问。

"乌莉塔。"她轻声回答，把愁苦的小脸垂得更低了。 护林人进来了，坐在板凳上。

"雷雨快过去了，"沉默了一会儿之后，他说，"要是您想回去，我送您出林子。"

我站起身来。 孤狼取过枪，检查了一下火药池。

"拿这枪干什么呀?"我问。

"林子里有人捣乱……在母马山沟那边有人在砍树。"他补充了一句，作为对我的疑问眼光的回答。

"从这儿能听得见?"

"在院子里听得见。"

我们一起走出来。 雨已经停了。 远处还聚集着一大团一大团的浓云，有时还闪着长长的电光，但在我们的上边有些地方已露出深蓝的天空，星星透过疾飞着的薄云闪烁着。 从黑暗中开始呈现出那些沾满雨水、被风刮得东摇西晃的树木的轮廓。 我们倾听起来。

护林人摘下帽，低下头。 "喏……喏，"他突然说，伸手指了指，"瞧，就拣这样的夜晚来偷。"除了树叶的喧哗声外，我什么也听不出来。 孤狼把马从棚子下牵了出来。

"我这样前去，"他低声说，"也许会让他溜掉的。"

"我跟你一起走着去……可以吗？"

"好吧，"他回答，把马牵了回去，"咱们把他一下抓住，然后我送你回去。 咱们走吧。"

我们走着：孤狼在前面走，我跟着他。 天知道他是怎么认得出路的，他只是偶尔停下脚步，那是为了听一听斧子的砍树声。

"瞧，"他低声地说，"听见吗？听见吗？"

"哪儿呀？"

孤狼耸了耸肩膀。 我们下到山沟里，风稍静了片刻，斧子的均匀响声清晰地传入了我的耳朵。 孤狼瞧了瞧我，摇摇头。 我们踩着湿淋淋的野草和荨麻继续向前。 传来一阵低沉的持续的轰响声……

"砍倒了……"孤狼喃喃地说。

这时候天空越来越明净了；林子里也有点亮了。 我们终于走出了山沟。

"请在这儿等一下，"护林人轻声地对我说，他弯下腰，举起枪，消失在丛林中。 我专注地去听。 透过喧闹不已的风声，我隐约听到从不远处传来的轻微声响：斧子小心地砍树枝声、车轱辘的轧轧声，马儿的响鼻声……

"往哪儿跑？站住！"骤然响起孤狼铁一般的喊声。 另外还响起了一种像兔子般的哀叫声……出现了一阵打斗声。

"瞎说，瞎说，"孤狼气喘吁吁地嚷着，"你跑不了……"

我朝那吵闹的方向奔去，一步一绊地跑到那打斗的地方。 护林人在砍倒的树旁地上动来动去；他按住那个偷树的人，用腰带反绑那个人的双手。 我走上前去。 孤狼站起来，把那个人也拉了起来。 我看到的是一个庄稼人，他浑身都湿透了，衣服破破烂烂的，长长的大胡子乱蓬蓬的。 那里站着一匹瘦弱的马，一张凹凸不平的草席遮着它的半身，马的旁边还停有一辆小货车。 护林人不吱一声，那庄稼人也默默无言，只是摇动着脑袋。

"放了他吧，"我对着孤狼的耳朵轻声地说，"这棵树我来赔。"孤狼不声不响地用左手抓住马鬃，用右手抓住偷树贼的腰带。

"喂，快点，狡猾的家伙！"他厉声说。

"斧子在那里，您拿上吧。"庄稼人喃喃地说。

"干吗把斧子丢掉呢?"护林人说，一边捡起那把斧子。 我们便往回走。 我走在最后边……又开始稀稀拉拉地掉起小雨点，不多一会儿便变成瓢泼大雨。 我们好不容易才回到那座小屋。 孤狼把抓来的那匹马赶进院子中间，把那庄稼人带进屋里，把绑他的腰带结子松开一些，让他坐在屋角里。 那小姑娘本来已经在炉边睡着了，此时猛地跳了起来，带着惊惶的神色默默地打量着我们。 我在板凳上坐下来。

"咳，好凶的雨呀，"护林人说，"只好再等等了。 您要不要躺一会儿?"

"谢谢。"

"因为您在这儿，我本来想把他关到贮藏室里去，"他指了指庄稼人继续说，"可是那门闩……"

"让他待在这儿吧，别折腾他了。"我打断孤狼的话说。

那庄稼人蹙着眉头看了看我。 我在心里发誓，无论怎么得想法子放走这个可怜的人。 我在板凳上坐着不动。 在灯光下我可以看清他那干枯的皱巴巴的脸，倒挂的黄眉毛、惶惶不安的眼睛，瘦骨嶙峋的肢体……小姑娘躺在他脚边的地板上又睡着了。 孤狼在桌子旁坐着，两手托着脑袋。 蝈蝈在屋角里叫着……雨还在敲打着房顶，顺着窗子直往下流；我们都没有吭声。

"福马·库济米奇，"庄稼人猝然用低沉而衰弱的声音说，"哎，福马·库济米奇。"

"你要干什么?"

"放了我吧。"

孤狼不回答。

"放了我吧……是饿得没法呀……放我走吧。"

"我可知道你们这种人，"护林人沉着脸回答说，"你们整个村子就是贼窝——尽是贼。"

"放了我吧，"庄稼人一再哀求说，"管家……我家给毁了，行行好……放了我吧!"

"毁了! ……不管谁都不该去偷嘛。"

"放了我吧，福马·库济米奇……别毁了我。 你知道，你那东家会要我的命的。"

孤狼转过脸去。 庄稼人打起战来，仿佛患了热病。 他的头摇晃起来，呼吸也快慢不均了。

"放了我吧，"他又沮丧又绝望地一再哀求说，"放了我吧，求求你，放了我吧! 我会赔钱的，真的。 实在是饿得没法……你知道，孩子们哭着要吃的。 真的没法子。"

"那你还是不该去偷嘛。"

"就让那匹马，"庄稼人继续说，"就让那匹马留下作抵押吧……我只剩下这头牲口了……放了我吧!"

"我说了，不行。 我也是做不了主的，东家会追究我的。 再说也不该放纵你们。"

"放了我吧！是穷得没法呀，福马·库济米奇，实在是穷得没法……放了我吧！"

"我可知道你们这种人！"

"就放了我吧！"

"哼，跟你有什么可讲的，老实地待着吧，要不我就……知道吗？你没看见有位老爷在这儿吗？"

这个可怜的人垂下了头……孤狼打了一个呵欠，把头靠在桌子上。雨仍然下个不停。我等着看事情如何了结。

庄稼人猛然挺起身子。他那双眼睛冒出怒火，脸都涨红了。"那你就吃了我吧，你就掐死我吧，"他眯上眼睛，挂下嘴角，说了起来，"你这该死的凶手，你就喝基督徒的血吧，喝吧……"

护林人转过身去。

"我对你说话呢，你这野蛮的家伙，你这吸血鬼，我说你呢！"

"你喝醉了，还怎么的？怎么骂人呢？"护林人惊诧地说，"你疯了，是吗？"

"喝醉了！……那是花了你的钱吗？你这该死的凶手，野兽，野兽，野兽！"

"你这家伙……我要治治你！……"

"我有什么好怕的呀？反正都得死；没有了马，我还有什么活路？你打死我，是死；饿死，也是死，反正一样。一切全得完蛋：老婆、孩子，让他们全去死……可你呢，等着吧，会有受报应的时候！"

孤狼站了起来。

"打吧，打吧，"庄稼人以狂怒的声音说，"打吧，来，来，打呀……（小姑娘急忙从地上蹦了起来，盯着他看。）打呀！打呀！"

"闭嘴！"护林人大喊一声，跨前两步。

"算了，算了，福马，"我喊了起来，"放开他……由他说吧。"

"我偏不闭嘴，"这个不幸的人继续说，"反正一样得完蛋。你这凶手，野兽，你怎么不死呀……等着吧，你作威作福长久不了，有人会掐死你，等着吧！"

孤狼抓住他的肩膀……我扑过去救助那庄稼人……

"您别动，老爷！"护林人朝我喊了一声。

我并不怕他威吓，已经伸过手去；然而令我极为惊诧的是，孤狼一下子把绑着庄稼人胳膊肘的腰带扯掉了，抓住他的衣领，把他的帽子扣到他眼睛上，打开门，把他推了出去。

"带着你的马滚蛋吧！"他朝庄稼人的背后喊道，"你当心点，下一次我可……"

他回到屋里，在屋角里翻寻起什么。

"咳，孤狼，"我终于说，"你真让我惊奇呀，我看你是个好人哪。"

"唉，得了，老爷，"他苦恼地打断我的话说，"只求您别说出去。现在最好还是由我送您走吧，"他接着说，"您一时等不到雨停的……"

院子里响起那庄稼人的马车轱辘的响声。

"听，他走了！"他咕哝说，"下回我就不饶他！……"

半个小时之后，他便与我在林边上告了别。

张耳　译

一个文官的死

[俄罗斯] 安东·帕夫洛维奇·契诃夫①

在一个挺好的傍晚，有一个也挺好的庶务官，名叫伊凡·德米特利奇·切尔维亚科夫②，坐在戏院正厅第二排，举起望远镜，看《哥纳维勒的钟》③。他一面看戏，一面感到心旷神怡。可是忽然间……在小说里常常可以遇到这个"可是忽然间"。作者们是对的：生活里充满多少意外的事啊！可是忽然间，他的脸皱起来，眼珠往上翻，呼吸停住……他取下眼睛上的望远镜，低下头去，于是……啊嚏！！！诸位看得明白，他打了个喷嚏。不管是谁，也不管是在什么地方，打喷嚏总归是不犯禁的。农民固然打喷嚏，警察局长也一样打喷嚏，就连三品文官偶尔也要打喷嚏。大家都打喷嚏。切尔维亚

---

① 安东·帕夫洛维奇·契诃夫（1860—1904），19 世纪俄国批判现实主义作家，享誉世界的短篇小说大师，和法国的莫泊桑、美国的欧·亨利并称为"三大短篇小说巨匠"。出生于罗斯托夫省塔干罗格市。1879 年入莫斯科大学医学系，1884 年毕业，开始行医。1880 年开始发表作品，至 1904 年逝世的 24 年间共发表短篇小说五百余篇、中篇小说多篇和十几部剧本。著名短篇有《在钉子上》《一个文官的死》《胜利者的胜利》《胖子和瘦子》《跳来跳去的女人》《套中人》《带阁楼的房子》《变色龙》等。
② 这个姓可意译为"蛆"。
③ 一出三幕小歌剧。

科夫一点也不慌，拿出小手绢来擦了擦脸，照有礼貌的人的样子往四下里瞧一眼，看看他的喷嚏搅扰别人没有。 可是这一看不要紧，他心慌了。 他看见坐在他前边，也就是正厅第一排的一个小老头正用手套使劲擦他的秃顶和脖子，嘴里嘟嘟哝哝。 切尔维亚科夫认出小老头是在交通部任职的文职将军①勃利兹查洛夫。

"我把唾沫星子喷在他身上了！"切尔维亚科夫暗想。 "他不是我的上司，是别处的长官，可是这仍然有点不合适。 应当赔个罪才是。"

切尔维亚科夫就嗽一下喉咙，把身子向前探出去，凑着将军的耳根小声说：

"对不起，大人，我把唾沫星子溅在您身上了，……我是出于无心。 ……"

"没关系，没关系……"

"请你看在上帝面上原谅我。 我本来……我不是有意这样！"

"哎，您好好坐着，劳驾！ 让我听戏！"

切尔维亚科夫心慌意乱，傻头傻脑地微笑，开始看舞台上。 他在看戏，可是他再也感觉不到心旷神怡了。 他开始惶惶不安，定不下心来。 到休息时间，他走到勃利兹查洛夫跟前，在他身旁走了一会儿，压下胆怯的心情，叽叽咕咕说：

"我把唾沫星子溅在您身上了，大人……请您原谅……我本来……不是要……"

"哎，够了……我已经忘了，您却说个没完！"将军说，不耐烦地撇了撇下嘴唇。

"他忘了，可是他眼睛里有一道凶光啊。"切尔维亚科夫暗

---

① 帝俄时的文官，相当于三品或四品文官。

想，怀疑地瞧着将军。"他连话都不想说。应当对他解释一下，说我完全是无意的……说这是自然的规律，要不然他就会认为我是有意啐他了。现在他不这么想，可是过后他会这么想的！"

切尔维亚科夫回到家里，就把他的失态告诉他的妻子。他觉得妻子对待所发生的这件事似乎过于轻率。她先是吓一跳，可是后来听明白勃利兹查洛夫是"在别处工作"的，就放心了。

"不过你还是去一趟，赔个不是的好，"她说，"他会认为你在大庭广众之下举动不得体！"

"说的就是啊！我已经赔过不是了，可是不知怎么，他那样子有点古怪，……他连一句合情合理的话也没说。不过那时候也没有工夫细谈。"

第二天，切尔维亚科夫穿上新制服，理了发，到勃利兹查洛夫那儿去解释。……他走进将军的接待室，看见那儿有很多人请托各种事情，将军本人就夹在他们当中，开始听取各种请求。将军问过几个请托事情的人以后，就抬起眼睛看着切尔维亚科夫。

"昨天，大人，要是您记得的话。在'乐园'①里，"庶务官开始报告说，"我打了个喷嚏，而且……无意中溅您一身唾沫星子。……请您原……"

"简直是胡闹……上帝才知道是怎么回事！您有什么事要我效劳吗？"将军扭过脸去对下一个请托事情的人说。

"他话都不愿意说！"切尔维亚科夫暗想，脸色发白。"这是说，他生气了。……不行，这种事不能就这样丢开了事，……我要对他解释一下……"

等到将军同最后一个请托事情的人谈完话，举步往内室走去，

---

① 帝俄时代夏季露天花园和剧院常用的名字。

切尔维亚科夫就走过去跟在他身后，叽叽咕咕说：

"大人！ 倘使我斗胆搅扰大人，那我可以说，纯粹是出于懊悔的心情！ ……这不是故意的，您要知道才好！"

将军做出一副要哭的脸相，摇了摇手。

"你简直是在开玩笑，先生！"他说着，走进内室去，关上身后的门。

"这怎么会是开玩笑呢？"切尔维亚科夫暗想，"根本连一点开玩笑的意思也没有啊！ 他是将军，可是竟然不懂！ 既是这样，我也不想再给这个摆架子的人赔罪了！ 去他的！ 我给他写封信就是，反正我不想来了！ 真的，我不想来了！"

切尔维亚科夫这样想着，走回家去。 那封给将军的信，他却没有写成。 他想了又想，怎么也想不出这封信该怎样写才对。 他只好第二天亲自去解释。

"我昨天来打搅大人，"他等到将军抬起问询的眼睛瞧着他，就叽叽咕咕说，"并不是像您所说的那样为了开玩笑。 我是来道歉的，因为我打喷嚏，溅了您一身唾沫星子，……至于开玩笑，我想都没想过。 我敢开玩笑吗？ 如果我们居然开玩笑，那么结果我们对大人物就……没一点敬意了……"

"滚出去！！"将军脸色发青，周身打抖，突然大叫一声。

"什么？"切尔维亚科夫低声问道，吓得愣住了。

"滚出去！！"将军顿着脚，又说一遍。

切尔维亚科夫肚子里似乎有个什么东西掉下去了。 他什么也看不见，什么也听不见，退到门口，走出去，到了街上，慢腾腾地走着。 ……他信步走到家里，没脱掉制服，往长沙发上一躺，就此……死了。

汝龙　译